# 打火机与公主裙 ❷

Twentine 著

江苏凤凰文艺出版社
JIANGSU PHOENIX LITERATURE AND ART PUBLISHING, LTD

图书在版编目（CIP）数据

打火机与公主裙. 2 / Twentine著. —南京：江苏凤凰文艺出版社，2017.9

ISBN 978-7-5594-0629-3

Ⅰ. ①打… Ⅱ. ①T… Ⅲ. ①长篇小说—中国—当代 Ⅳ. ①I247.5

中国版本图书馆CIP数据核字（2017）第132629号

| | |
|---|---|
| 书　　名 | 打火机与公主裙2 |
| 作　　者 | Twentine |
| 出版统筹 | 黄小初　侯　开 |
| 选题策划 | 李文峰　风染白 |
| 责任编辑 | 姚　丽 |
| 特约编辑 | 风染白 |
| 责任监制 | 刘　巍　江伟明 |
| 出版发行 | 江苏凤凰文艺出版社 |
| 出版社地址 | 南京市中央路165号，邮编：210009 |
| 出版社网址 | http://www.jswenyi.com |
| 印　　刷 | 三河市鹏远艺兴印务有限公司 |
| 开　　本 | 880毫米×1230毫米　1/32 |
| 字　　数 | 200千字 |
| 印　　张 | 9.5 |
| 版　　次 | 2017年9月第1版，2019年3月第3次印刷 |
| 标准书号 | ISBN 978-7-5594-0629-3 |
| 定　　价 | 38.00元 |

影视版权抢订热线　13911704013

# 目录

C O N T E N T S

打火机与公主裙

❷

# Chapter 01

## 打火机与公主裙

❷

他们第一次相遇是在威尼斯。

至少田修竹是这么认为的。

那年他受邀参加威尼斯双年展，一个与卡塞尔文献展和圣保罗双年展并称为“世界三大艺术展”的艺术嘉年华盛会。

展会吸引了几十万的参观者，很多都是来看热闹的游客。在人数最多的时候，几个重要的参观点被堵得水泄不通。参观者里有很多学生，艺术院校学生占据绝大多数，也有些无所事事来闲逛的……

她就是其中之一。

他能这样判断，是因为他观察了很久。当时他跟两名策展人在咖啡厅里闲聊，关于销售佣金的话题他并不是很感兴趣，饮着咖啡，退出讨论。这时，外面路过的几个游客吸引了他的注意。

她们很明显是学生。四个女孩子，三个都是金发碧眼的欧美人，所以显得剩下那个黑头发的格外引人注意。她们正在挤入人群，看那幅威尼斯美术馆的镇馆之宝《暴风雨》，此画外出展览的次数极少，所有人都想一睹其尊容，几个女孩根本没有挤进去。

她踮起脚，发现还是看不到，很快就放弃了。她开始鼓捣自己的平板电脑，并很快入了神，专注得连同伴随着人流走了都没有注意到。

她对艺术完全不感兴趣——这是第一个照面时，田修竹得出的结论。

可是下午，当他再次遇到她，她像换了一个人一样。

那是在他的画前。

他为这次展览创作了一套系列油画，一共五幅，他试图用色彩来表现人的五感，需要参观者一幅一幅看过去来体会创作意图。可她只站在最后一幅前，而且她也不看画，一直盯着右下角的标签发呆。如果只是看几眼就算了，她足足看了二十几分钟，久到他都想上去直接告诉她这画到底该怎么看了。

可惜他被别人叫走了。

第三次见面，是在展会结束后。

他劳累一天，推掉所有的晚餐邀请，放空大脑漫步在街头。走了许久，他渐渐察觉有人一直在跟着他。也许是夜色太过温柔，他并没有产生紧张的情绪，他回头，看到了那张说熟悉不熟悉、说陌生不陌生的脸。

她在他身后，晚灯照在她的脸颊上，让她的皮肤看起来细腻透亮，眼睛也像闪着光一样。

“有事吗？”他自然而然说了母语，他从她身上感受到熟悉的气息。

她张了张嘴，有点犹豫地说：“请问你是……田修竹吗？”

从她嘴里听到自己的名字，让他感觉很奇妙。

“你认识我？”

“真是你！呃……认识，不……也不算认识，我以前……”她看起来有点紧张，好像有很多话想说，但或许觉得场合不太合适，最后只道了一句，“我很喜欢你的画。”

他挑眉，“哦？你连乔尔乔内的《暴风雨》都不感兴趣，竟然会喜欢我的画。”

她茫然地看着他，“啊？”

这玩笑对她来说太深奥了，田修竹轻咳两声，略作掩饰。

“那个……贸然打扰很不好意思，我就是想说……就是想说你的画太棒了，我先走了。”她说完，冲他低了低头，转身离去。

她穿着一条蓝色的裙子。

什么蓝呢？

好像是湖蓝，还是钴蓝，抑或是普蓝？他看不清楚了，她彻底融进了夜色。

这画面有点美，田修竹非常文艺地想起了乔治 桑的《威尼斯之夜》——

在那明净的夜晚，湖面水平如镜，连星星的倒影也不会有丝毫的颤动。四周一片蔚蓝、宁静，真是水天一色，使人仿佛进入绮丽梦境，清澈而透明……

他觉得，他之所以会追上她、询问她的名字、邀请她同进晚餐，都是这夜催促的。

他们成了朋友。

过程有点匪夷所思，也有点顺理成章。

他们相识的第二年，田修竹来美国举办画展，他找朱韵出来让她尽地主之谊带他到处转一转。结果出来两天，朱韵在总统山下都不忘闷头写程序。

田修竹十分不满："你就这么敷衍天才画家？"自从朱韵这么叫过他一次后，他经常用此词自嘲。

"没没，很快就好了。"

"你这样会晕过去的。"

"不会。"

"不信算了，我的预言一向准。"

两天后，朱韵真的差点栽倒在尼亚加拉大瀑布下，田修竹终于有理由把她的电脑抽走了。不管她如何跳脚，他始终不还，直到她返回学校。

后来因为签约画廊，田修竹要在美国停留很久，他将住址选在朱韵学校附近。

随着见面的越发频繁，田修竹越来越觉得朱韵的生活很成问题。她所有的课业都在第一时间完成，一周的工作量三天就做完，空余的时间也不休息。

她的成绩优秀到将学业整整压缩了两年，可她永远像是根绷紧的弦，仿佛休息一天都是犯罪。

"你在急什么？"田修竹不止一次这样问，朱韵总是回答不出。

"你很焦虑。"田修竹老神在在地评价。

朱韵给自己找理由："我们这个专业都是这样的。"

"可别人没有做到晕过去。"

"是意外……我那天没吃东西。"

"你这样会吃不消的。"

朱韵不信："我在国内大学的时候比现在辛苦多了，什么事都没有。"

田修竹耸耸肩，还是那句话："不信算了，我的预言一向准。"

二十四岁，人刚刚开始强壮的年龄，所有年轻人都在肆意燃烧生命，他们简直觉得自己长生不老，谁相信自己会吃不消?

时间公平地给了所有人答案。

长期地用脑过度，加上熬夜和整日对着电脑，朱韵憔悴得很快。她也知道自己的问题，失眠、心悸、冒冷汗、内分泌紊乱……她整个身体系统都烂掉了。

“你比我们刚认识时老了十岁。”某次田修竹从国内过来，见到朱韵时说。

这话给了朱韵巨大的打击，大概不管什么样的女人，都怕自己老得快。

田修竹抓住机会邀她去度假。

他们去了法国，田修竹的父母定居在那儿。朱韵在得知要见他父母时，吓得险些从车上跳下去。田修竹拉住她，“冷静点，你要真跳了会给我的身心造成严重的伤害。”

“为什么要去你家？”朱韵问。

田修竹理所当然道：“省住宿费啊。”

“你差这点钱？”

田修竹但笑不语。

田修竹在家里排行老二，有一个哥哥、一个妹妹，哥哥是设计师，妹妹搞摄影，家里艺术氛围浓厚。

朱韵到的时候所有人都在，他们热情地欢迎了朱韵的到来，只是热情得有点过了头，搞得朱韵十分紧张。

不光如此，或许是嗅出什么味道，全家人背地里都对田修竹挤眉弄眼，弄到最后不只朱韵，连田修竹自己都坐立难安起来。

“这真是始料未及。”他满头虚汗地说。

他们只住了一晚就连夜逃了。

之后，他们又走了很多地方。

他们去了科尔马，领略充满阿尔萨斯风情的童话场景，然后又去了十五公里外的里克威尔，看安宁如画的葡萄园，还有高崖上的红土小镇和阿尔卑斯山下最美的阳台……

他们最后去了巴黎市郊著名的吉维尼镇。

“莫奈在此终老一生。”田修竹对朱韵介绍说，“他四十几岁乘火车经过这里，被深深吸引，买了一座房子定居下来。他酷爱园艺，这里都是他改造的。”

花园占地差不多一公顷，种满了花草树木，这儿还有一座水池，池子里横跨了几座绿色的小桥，桥旁是垂柳和花丛，站在桥上向下看，池水碧绿，躺满了睡莲。

就连朱韵这种不关心艺术的人也听闻过莫奈《睡莲》的大名。

田修竹拉着她站到一个位置，他站在她身后，“告诉你个秘密怎么样？”

“不用。”

“给点面子啊。”

朱韵笑了，田修竹指着脚下的土地说：“《睡莲》组图里，有一幅就是在这儿画的。”

“你怎么知道？”

“我就是知道。”

“……”

“你不信我？好吧，跟你说实话，是我看到的。”田修竹神秘兮兮地说，“虽然景物不一样了，但光还在。我之前就站在我们现在这个位置，当时我就看着那片湖水发呆，然后忽然有一瞬间，这里的光影跟那幅画重合了。”他看着朱韵，眼眸晶亮，“你能相信吗，就那么一瞬间，所有的色彩都重合了，跟那幅画一模一样。”

朱韵不懂艺术，“有那么神？不是发呆太久出幻觉了？”

田修竹轻哼，抬手掐了掐她的脸蛋。

这个动作让他们两人都顿住了。

莫奈花园没有风，时光在这里是停止的，他们自己也不知道到底停顿了多久。

“……我有男朋友。”她说。

“那又怎么样？”

朱韵抬头，田修竹笑着说：“胆子大点啊。”

“什么？”

田修竹低声说：“我猜你们感情不是很好。”

“为什么？”

“我从没听你提过他，你生活里一点他的影子也没有。”

“那是有原因的。”

“哦，那得是相当充分的原因才行了。”他半弯腰，追逐她躲避的视线，“充分到他可以完全不管你这样损耗身体，也可以从不去看望你。”

朱韵没说话。

田修竹抱着手臂，“我一直觉得你太勉强自己。你总是很着急，好像迫不及待想把时间过完。但生活是用来体会的，不是用来消耗的。世界那么美好，没有人必须过得很辛苦。你把自己圈住了。”

朱韵说不出话，田修竹的目光一秒都没有离开她，“我喜欢你。”他表白完，自己也觉得不太好意思，脸色微红。朱韵没有答复，他也不在意，温声细语道：“你喜不喜欢我都没关系，但有一点你必须知道，人是自由的。”

她的头埋得更深了，深到他再看不到她的表情。

他环抱住她。

这里太宁静，静得连回忆都变成一种打扰。

田修竹抚摩着她柔软的长发，无声安慰。偶尔一刻他想到，如果很多年前，莫奈真的在这个位置勾勒他心中的睡莲，那他落笔时一定跟自己现在一样温柔。

朱韵第一次跟田修竹提及李峋是回国的前一晚，田修竹主动问起的。

那年她硕士毕业，家人都希望她可以留在国外，但朱韵没有同意。在连续几个月的洗脑下，不怎么了解计算机行业的父母终于相信国内的机会更多、发展更好。

朱韵订完机票，打算请田修竹吃顿饭，一方面告别，一方面表达感谢。谁知在餐厅里，田修竹竟若无其事地表示自己明天会跟她一起走。

“你也走？为什么？”

“国内机会更多，发展更好。”

“……”朱韵放下刀叉，“田修竹。”

她的神情很认真，认真到田修竹不得不停止切牛排。他擦擦手，又清了清嗓子，“我想回去。”

朱韵又要说什么，田修竹抢先一步，“跟你一起。”

他的创作正值巅峰期，事业蒸蒸日上，这个时候回国，理由不言而喻。

“田修竹，我……”

“你有男朋友了。”田修竹笑着说，“你说过两百遍了。”

朱韵捏着高脚酒杯，田修竹重新回去切牛排，不经意问：“我跟他比怎么样？”

“不是一个类型。”

“都是男人。”

朱韵抬眼，餐厅的烛光晃得玻璃杯晶莹闪烁。田修竹有四分之一法国血统，脸很小，比一般的东方人起伏更分明，又不至于太过。他还有双很漂亮的茶色眼睛，虽然平日里有点神神道道，但真的很温柔。

朱韵实话实说：“你比他好。”

田修竹似乎觉得朱韵在说假话。

“真的。”朱韵看着餐盘光洁的边缘，低声道，“其实仔细想想，他大部分时间都挺浑蛋的。”

“那小部分呢？”

朱韵无奈道：“你总问他干什么？”

“不想聊聊？”田修竹用餐布擦擦嘴。他刚吃完东西，嘴唇很红，显得皮肤更加白嫩，配着那表情，看起来精致极了。

田修竹给她倒了点红酒，半开玩笑地说：“明天我们就回去了，有故事最好留在异国他乡，这样回家就是新的开始了。”

田修竹叫服务生撤走所有餐具，只留两个酒杯，他双臂叠在桌面上，就像个学生一样，认认真真听她的话。

那年朱韵二十六岁，出国五年多，没有李峋的日子已经比有李峋的日子多出很多了。

那也是朱韵第一次完完整整地将过去的事讲给别人听。

出乎她的意料，整个讲述过程她一滴眼泪也没掉，这跟之前完全不同。她清楚记得，刚刚出国的时候，她连他的名字都不敢想，一想就难受，一个人躲进夜里流泪。那时她没有朋友，也很少跟其他人沟通，她缺乏自我开导的能力，只能拼了命地学习，找无数事情充实自己，就算累到连笔都握不住了还是不肯歇。

她总固执地认为，他还在受罪，她就没有资格活得轻松。就像田修竹所言，她把自己圈住了。

但最后让她解脱的并不是田修竹。她不能单纯地将一切推到他身上，将自己的变化简单解释为一个温柔男人字字珠玑的劝解。

是时间。

世界上最慈悲、也最无情的时间。它甚至什么都不需要做，单单存在，就足以战胜一切。

此时回顾，其实这五年并没有发生什么特别的事件，她只是普普通通地过日子，看太阳升了又落，人群聚了又散，野草荒了又长。

不知不觉中，她不再夜不成眠，不再起疹，也不再大把大把掉头发。再想起他的名字时，她不再流眼泪，有时甚至还会笑出来。只是那笑容始终难以持久，刚弯起嘴角就用尽了力气，像极了当年校园里眨眼便凋零的白玉兰。

那晚她与田修竹一直留到餐厅打烊，朱韵讲得口干舌燥，意识混乱。

酒喝多了，导致第二天朱韵睡过了，她火急火燎地赶到机场，终于在最后一刻赶上班机。

田修竹跟她身边的人换了座位，他给她戴了眼罩，朱韵蒙住眼睛昏头大睡，十几个小时后，飞机降落。

朱韵留学期间也回国很多次，可没有一次像现在这样感触这么深。

她真的决定彻彻底底留在这片土地了。

母亲开车接她，回程是朱韵驾驶，虽然时间很晚了，可母亲太久没有见到她，一路上有说不完的话。

"前几天跟你江姨通过电话，你小哥哥拿了绿卡了。"

"是吗？"

提起王宇轩，母亲忍不住叹气："当初你刚出去的时候，人家对你那么好。"

朱韵撇嘴，母亲挑明说："我看你们俩挺合适，我跟你江姨那边都心知肚明的，结果你倒好，你就不拿人家当回事。"

"我根本没想这些。"

"该想了，人到什么年龄该做什么事，学生时代就要好好念书，毕业了就要找工作组织家庭。我就觉得王宇轩不错，你们从小关系就好，谁知道你……"

"我跟他太熟了，做生意还不宰熟客呢。"

"这跟做生意能一样吗？你知不知道现在社会多复杂，找个知根知底的多困难。"母亲靠在椅子里，神色端正，"我以前就看出来了，王宇轩一直对你有意思。"

朱韵无奈，"我们不合适。"

"你连个机会都不给人家，怎么知道合不合适？"

"哎哟，他现在都结婚了。"

这话终于把母亲的嘴堵上了。

关于王宇轩的话题终于结束，就在朱韵打算喘口气的时候，母亲又开口了，“跟你一起出来的那个男的是谁？”

“……”朱韵简直要跪下了，她从没跟父母提过田修竹，为的就是避免母亲穷追猛打。他们下飞机的时候，朱韵还特地让田修竹晚一步出来。

朱韵试图装傻，“哪个男的？”

“就是你把什么东西还他的那个。”

朱韵想起来了，临出来的时候，她发现田修竹借给她的眼罩还揣在兜里，掏出来还他。整个过程两秒钟不到，而且他们还挤在拥堵的人群中，这都被看到了。

母亲追问道：“谁啊？你在美国的同学？我看小伙子挺精神的。”

“不是同学，一个朋友。”

“哪儿的朋友？”

“在国外认识的。”

“不是学校的同学？是不是社会上……”

“不是。”朱韵无奈道，“人家是正经画家，你上网搜搜，牛得很。”

“画家？”

母亲似乎有点奇怪，不过她皱了一路的眉头此刻终于松了点，“艺术家啊，你怎么认识的？”

朱韵说：“之前跟同学去意大利的时候，在一个展览上认识的。”

母亲靠回车椅，喃喃道：“画家……”她不知想起什么，忽然笑起来，“你还记不记得你小时候参加过美术班，老师教画兔子，结果你画出来像蛾子一样，把身边的女孩吓哭了。”

“啊？”

“啊什么，你把人家吓哭了自己还生气，之后的课说什么都不去了。”

“不会吧……”朱韵完全想不起来了。

“怎么不会，你小时候脾气大得很。”母亲越说笑意越浓，看着窗外，完全陷入回忆，捂着嘴闷笑，“怎么会画得那么像蛾子呢。”

天色已暗，高速路上车不多，朱韵稍稍加速，远光灯照得夜色苍茫安静。

田修竹在得知自己被朱韵母亲发现的时候，很快登门拜访。

他选在周末的一清早，按门铃时朱韵刚睡醒，蓬头垢面光脚开门，看到西装笔挺的田修竹，反应了好一会儿。

“你干什么？”她没睡醒，声音有些哑。

他眼睛都带着笑，一身正装硬是穿出了休闲范，周身仿佛都散发着清茶的香味，“你叫我来的，说好了七点。”

“我说的是晚上七点。”

田修竹眼睛圆了一点，还是带着笑，“这样啊。”

“……”你故意的吧。

“朱韵？”母亲醒得早，习惯出门散步，回来的时候刚好看见田修竹，瞬间眼前一亮，“这位是田先生吧。”

田修竹冲朱韵母亲行礼，“您叫我田修竹就行了。”

朱韵打了个哈欠。

母亲为了验证朱韵的话，之前特地在网上查过田修竹的情况，对其本来就有好感，如今真人出现在眼前，年轻干净、谈吐得体，活力之中透着儒雅，又带着点小小的羞涩……尤其旁边还衬托着一个邋遢的朱韵，田修竹简直就像裹了一层圣光一样。

朱韵知道母亲满意田修竹，不过她的满意程度还是让朱韵小小惊讶了一下。

母亲似乎彻彻底底忘了王宇轩这个人，田修竹走后的一个星期里，她一直对他赞不绝口。

朱韵回忆了一下田修竹跟母亲的交谈过程，觉得虽然田修竹彬彬有礼，可其实并不擅长哄人说话，尤其是面对长辈，十分腼腆，还容易脸红。

“至于吗……”朱韵窝在沙发里，“我没觉得他有你说的那么好啊。”

母亲端着茶杯，戏谑道：“是你会看人还是我会看人？”

朱韵不说话了。

“这孩子很聪明，才华横溢。”

“这倒是。”毕竟是天才画家。

“不过这都不是最重要的。他性格很好，我猜他肯定不是独生子，家里有兄弟姐妹。”

这朱韵有点惊讶了：“你怎么知道，网上报道了？”

“你也太小看我了。”

“……”

“所以我才一直说你不会看人。”母亲淡淡道，“我还知道他不仅有兄弟姐妹，还跟他们相处得很好。其实这孩子有很强的个性，不过他更多时候是体贴别人，这种体贴，出身不好的人是装不出来的。”

朱韵抱着枕头看电视，不置一词。

母亲从容不迫地喝了口茶，最后说：“他自己有本事，又明白事理，还有个和睦的家庭，这些综合在一起，才是最重要的。”

朱韵没有马上找工作。可能是被田修竹传染了，她在挣钱方面完全不着急，回国之后连续半个月沐浴在祖国慵懒的阳光中，吃饱了睡，睡醒了吃。

养了半个月的猪后，她才不紧不慢地打包行李，准备动身。

她要回那个熟悉的城市了。

父母也赞成，首要原因是他们不想让朱韵离家太远。朱光益觉得朱韵的大学是在那里读的，对那儿很熟悉，而母亲的私心则是田修竹也在那座城市，朱韵临走前她还特地叮嘱让她跟人家好好相处。

火车站近几年翻修过三次，规模是从前的将近两倍。朱韵记得她念大学的时候，火车站和汽车站是紧邻的，而今为了方便整顿管理，分散人流，汽车站早已搬离原址。火车站里的设施也一年比一年完善，去年这儿通了高铁，以前几个小时的路程现在只需要四十几分钟。

时代变化得太快了。

朱韵在离学校不远的地方租了套房子，然后着手工作的事。找工作对朱韵来说并不是事，不吹牛地说，她的实力可以应聘大多IT公司。母亲一直想让她去国有企业，觉得这样工作也更稳定些，但朱韵没同意，一直自己单干。

就这么又度过了近一年的时间。

因为时间较自由，朱韵可以在生活中安排很多其他事。在某个夏末，她去拜访了一位老朋友。

整片华夏大地上，能被朱韵称为“老朋友”的一只手就数得过来，想想也悲催。

朱韵驱车来到市中心一片高档别墅区，这里安保严格，她被堵在外面，打了足足七个电话才将睡梦中的任迪叫起来。

任迪大三的时候离开校园，带着几个乐队成员走南闯北东飘西荡。沉淀了两年后，由她作词作曲的一首《轻红》唱遍大江南北，乐队也由此曲命名，一直火到现在。

朱韵来到任迪的别墅，一脚踏入，瞬间皱紧鼻子——整个房子像灾后现场一样，散发着一股怪味。任迪经常外出，行李箱就堆在门口，脏衣服扔得到处都是，茶几上是吃剩下的外卖盒子，还有成堆成堆的空酒瓶。

朱韵冲楼上喊："任迪？"

没动静。

她又叫了两声："任迪？"

"喊什么喊……"

朱韵回头，看见任迪从厨房晃出来，披头散发，上身套着宽松的白衬衫，下身只穿了条内裤，光着脚在大理石地上吧嗒吧嗒地走。她从冰箱旁抽了瓶啤酒，灌了大半瓶才勉强把眼睛睁开。

"你这儿都不拉窗帘的？"朱韵环视一圈，明明是大清早，屋里却一点光都没有。

任迪懒懒地嗯了一声。

趁着任迪醒觉的工夫，朱韵把会客区整理了一下，其间房子里安静得可怕，这栋别墅少说也近五百平方米，静得掉根针都能听到。

朱韵回头问："乐队其他人呢？"

任迪冷笑一声："不知道。"

她一瓶酒下肚，好像还觉得不过瘾，又去拿了一瓶。

"别喝了。"朱韵说。

任迪反应有点慢，朱韵直接过去拿走酒瓶。任迪身上酒味很重，应该昨晚就喝了不少。她一双微醺的眼睛看着朱韵，大概是朱韵的神色过于严肃，她忍不住后退了半步。

朱韵无奈。

她想起之前，她出国刚两年的时候，奶奶八十大寿，她回国庆祝。那时任迪的乐队刚火起来，演出不断，但她还是抽出一天时间跟朱韵见面。

当日任迪很累，她都连续几天没有好好休息了，朱韵将见面的地点临时换成了酒店，她们并排躺在床上，谁都睡不着。过了一阵，朱韵不自觉地哼了一首曲子，任迪笑了。

"你喜欢这首歌？"

"喜欢啊。"

“你知道我为什么给它取这个名字吗？”

“知道啊。”

任迪扭过头看她。

当年在图书馆的天台上，朱韵忙着写代码骂李峋，任迪在一旁高贵冷艳地弹吉他，她们度过了无数个轻红色的黄昏，这是后来为数不多能让朱韵想起就会心一笑的画面。

任迪看了她一眼就转回头，两人一起盯着天花板。那酒店很高级，墙壁上贴着浅色的印花壁纸，头顶的水晶灯晃得人想流眼泪。

那次见面，任迪虽然看起来很辛苦，但远没有现在这样疲惫。

“是金城吗？”朱韵试着问。

金城是小六子的本名。当年那个被李峋戏称“小妞儿”的人，现在是轻红乐队人气最高的成员。时代变得很快，不知从何时起，金城这种长相阴柔、雌雄莫辨的人占据了大众的审美。

任迪听到这个名字，脸色冷淡，没了酒，她便点了根烟。

任迪离开学校那年就跟金城在一起了，这出乎了大多数人的意料。任迪很傲，有时她那股劲上来比李峋还让人头痛，大家都不相信那个瘦弱的金城能追到她，可他们就那么在一起了。

“你们也六年了吧。”朱韵算了算，“挺久了。”

任迪抽着烟，不带任何情绪地说：“人是会变的。”她笑着问朱韵：“你说这世上不能‘同甘’的人多，还是不能‘共苦’的人多？”

“都很多。一直过得好，忽然不好了就会出问题；如果一直过得很苦，忽然变好了也容易出问题。”

“没错。”任迪轻描淡写地一笑，“任何感情都扛不住时间和变化。”

“总之，不管发生什么，你都不要太上火，看开点。”朱韵说。

“哟，现在都轮到你来开导我了？”任迪把烟直接摁灭在桌子上，扯了扯嘴角，“你管好你自己得了。”

“想开点。”

“你怎么跟一老太太似的。”任迪忍不住道，“你以前不这样啊，现在怎么越来越往付一卓上发展了。”

朱韵：“你别骂人好吧。”

如果说这些年朱韵的“老朋友”里，谁过得最好，恐怕只有付一卓了。

六年下来，这位拉丁巨人不出意料地还是没有固定舞伴，但他也不愁，在城西自己开了个舞蹈班，专教小朋友跳舞。

朱韵曾经去过一次，舞蹈班开设在一个很普通的小区里，不过他品位高，装修很讲究。朱韵去的那次正好赶上表演，昂贵的进口地板上坐了一堆家庭主妇，看着自己的小孩在前面一顿狂扭。

说起来，任迪能跟付一卓认识，也是朱韵的“功劳”。

当年付一卓费了死劲终于大学毕业，被他爸抓回去经商，后来他偷偷跑出来，到这边开了个分文都挣不到的舞蹈班。只不过他自理能力差，刚开始的时候根本不知道从何入手，他在这儿又没熟人，只能求助朱韵。

当时朱韵正在美利坚披星戴月点灯熬油，就把这件事托给任迪了。

“蠢货。”

——这是当年任迪初见付一卓的时候给出的评价。

几年过去，她的评价改了：“厉害。”任迪又从烟盒里取了根烟，懒懒地说，“我见他的次数也不多，但他几乎没变化，次次都那样。这年头，能让自己开心是最大的本事——要喝酒吗？”

“别喝了，你都喝多少了。”

“别拿你的酒量跟我的比。”

朱韵白她一眼，起身想去拉窗帘，被任迪吼住：“别！”

“为什么？”

“晃眼睛。”

任迪常年昼伏夜出，皮肤惨白，而且她总化妆，眼睛周围颜色像是渗进去了一样，永远黑黑的。

朱韵说：“你知道这屋子加上你等同于什么吗？”

任迪躺在沙发里，一双光洁的长腿随意叠着，“什么？”

“墓地。”

任迪慵懒地笑。

“什么毛病……”朱韵到底没有拉开窗帘，她琢磨着怎么样才能让屋里多点人气，想了一圈把电视打开了。

结果瞬间后悔——电视正在播放娱乐新闻，一家游戏公司的高层大婚，对象正是给他们游戏代言的女明星。

这件事最近炒得很热，一来是这位女星从前私生活混乱，绯闻不断，二来这家公司有多款游戏涉嫌剽窃国外经典大作，为了捞钱毫无下限，在圈里名声很臭。现在这两个人“强强联合”的消息一出，马上引起众多关注。

不过不管大家骂也好损也罢，因为这件事，公司马上准备上线的新游戏已经得到了充分的曝光，利弊大小，谁也说不清楚。

朱韵盯着画面中央意气风发的男人，转头看任迪，“酒呢？有多少都拿出来吧。”

任迪翻她一眼，起身拿酒，悠哉道：“高见鸿惨了。”

“怎么？”

“那女的我认识。”任迪一副看热闹的表情，“吸血鬼一只，以前勾搭过我们键盘手，没成功。高见鸿看女人的眼光不行啊。”

朱韵看回电视，刚刚的新闻已经过去了。她愣了一会儿神，直到任迪把酒杯塞到她手里。

如果说这些年来，有什么事是她无论怎么努力都做不好的，恐怕就是应对这家公司。

那是她的一块心病，甚至比李峋还要严重。因为至少李峋的事是有结果的，他的时间凝住了。而这家公司不同，它顶着“L&P”的牌子不停地变化着，每一次变化都搅动着朱韵的神经。

朱韵和任迪喝得酩酊大醉，一觉睡到太阳西沉。朱韵好久没有喝得这么醉了，胃里不舒服，在洗手间大吐特吐。洗手间没有拉帘，她一抬眼看到外面，天色像她的脸一样，通红发烫。

血色的火烧云绵延十几里，市中心最繁华的区域，一幢大楼傲然挺立。楼门口竖着巨大广告屏，上面正在播放该公司马上要上线的游戏资料片。

一辆出租车停在公司门口，从车上下来个男人，身材高大，一身黑衣。他单肩背着行李袋，也是黑的，整个人像抹不开的雾。

正是下班时间，来往路人行色匆匆。

男人站在那幢大楼门口驻足半晌，缓缓迈开步伐。

吉力公司一楼。

空调将大厅吹得冰冷无比，前台两名女接待一边整理手头的东西，一边偷偷往旁边看。

走廊右侧有一面宣传墙，上面挂着公司近几年发布的项目，还有公司领导参加重要活动的照片。

那个男人站在宣传墙前。

他刚来前台询问的时候给两个接待员留下了深刻的印象。他个子很高，通身黑色，衣服质地偏硬，整个人像是用刀一下一下削出来的，搭着那双沉默的眼睛，给人一种说不出的生僻感。

可她们还是忍不住看他。

电话响起，一名接待员接通，小声说："高总……哎，好的，我知道了。"放下电话，她起身对宣传墙前面的男人说："先生，您可以上去了，高总在六楼会议室。"

那人转过身，一语不发地往电梯走去。

中央空调开得低，不止一楼大厅，整栋楼都是冷冰冰的。

从电梯出来，正对面就是一间开阔的会议厅，外面的玻璃门擦得一尘不染，里面是张端正的长桌，周围一圈真皮座椅，角落里摆着两盆修剪好的植物，是房间唯一的暖色。

会议室里有三个人，两人站着，一人坐着。察觉门口来人，三人一起看过来。坐着那人只看了一秒，便接着跟下属交代工作，说了十几分钟，两名下属带着笔记离开。

人都走光后，高见鸿终于抿了口茶，抬头，看向门口那人，"好久不见啊，李峋。"

田修竹来接朱韵的时候看到一个诡异的场面：两个酩酊大醉的女人交叠着躺在沙发里，任迪衬衫扣子解开，近乎全裸，手搂在朱韵的腰上，呼呼大睡。

"真不愧是摇滚歌手。"田修竹感叹。

朱韵被任迪挤在里面，任迪大长腿钩着她，田修竹试着拉任迪的脚让她松开，被任迪睡梦之中狠蹬了一脚。

朱韵被这脚踹醒了，她尚有点理智，艰难地爬起来，"你怎么进来的？"

田修竹无奈，"安保好也不能不关门啊。"

朱韵迷迷糊糊，"……没关门？"

田修竹把朱韵拉起来，朱韵脚下不稳，他单手架着她，捡起地上的一件落满灰尘的薄外套，顺手盖在任迪腿上。

"你们这聚会真热闹。"

田修竹把朱韵装进车里，她在车上醒过来，头晕目眩，盯着车窗看了好一会儿，才沙哑地问："去哪儿？"田修竹回答她："画室。"

田修竹的画室是很早以前买下来的，在美术馆旁边一条小巷里，幽深清静，像一块远离喧嚣都市的孤岛，他在国内的大部分工作是在这里完成的。

朱韵记得第一次去他画室的时候，屋里东西太多，看得她眼花缭乱，转了几圈下来，其实更多记住的是画室的味道。那是一种独特的味道，混着木料、画布、松节油，还有主人本身的气味。

田修竹回到画室便围上卡其色的围裙，站在一块巨大的画布前调颜色。

朱韵看着画布上的底稿，"你画了一半出去的？"

"是啊。"

"你早说你在画画啊，我自己也能回去。"

田修竹笑了，"你自己能不能走出门都是问题。"

朱韵坐在书桌旁醒酒，随手帮他整理起东西来。她无意间从缝隙中抽出一本陈旧的英文杂志，封面就是田修竹。她翻开报道的那一页，内容她太熟悉了。这就是当初在学校时，柳思思让她翻译的那篇文章。

朱韵有些恍惚。

六楼。

偌大的会议室里，只有高见鸿和李峋两人面对面坐着。

高见鸿穿着一身灰色西装，戴着一副银边眼镜，他比以前瘦了些，下颌的棱角更加成熟收敛。不知是屋里的色调太冷，还是中央空调开得太低，他的脸上泛着不正常的白。

"什么时候出来的？"他淡淡地问。

"几天前。"李峋说。

"减刑了？"

"嗯。"

高见鸿点点头，他的手轻轻地拨动茶盏的杯盖，瓷器摩擦的声音跟当下环境很匹配，也是冷的。

高见鸿随口问："过得怎么样？"

李峋没答。

高见鸿说："既然出来了就好好生活，别再犯以前的错。"他瞥了李峋一眼，"今后有什么打算？"

李峋还是没答。

高见鸿也不在意，他扣上杯盖，两手交叠放到桌面上，就像是在给员工开会一样，"我等下还有事，就不跟你聊没用的了，咱们开门见山说吧。李峋，出来了就正经过日子，别想些有的没的——你懂我的意思吧？"

沉默一点点蔓延。

应该是不习惯的缘故，高见鸿想，这栋楼里没人敢不回复他的问话，他不习惯这样，所以手心才会冒出这么多的汗。

半晌，李峋终于开口。这是他这一整晚第一次主动说话，他问高见鸿："你结婚了？"

高见鸿一愣，顺着李峋的目光看到自己左手无名指上的戒指。

他收回手，靠回椅子，"嗯，刚结不久。"

李峋点点头，"恭喜。"

说完，他拎起地上的行李袋，准备离开。

就在这时，从会议室外走进一个人，神色焦急，还没进门就开始催促，"高见鸿你磨蹭什么呢！八点要去华江大酒店聚会，你准备完了吗？"

来人眉头紧皱、大步流星，跟要出去的李峋碰了个正着。

两人都停住了。

这么多年过去，方志靖的额头还是那么宽大，浓眉之上，颞骨生长得更为突出，竖在额头两侧，显出几分凶相。

方志靖难以置信地看着眼前的人，干瞪着眼睛，嘴巴都忘了闭上。

一片沉寂中，李峋缓缓转头，看向皮椅里的高见鸿，像是要确认什么。

高见鸿依旧安宁地坐在皮椅里，他们四目相对，却总看不真切。

六年，称不上沧海桑田，但也不是眨眼一瞬。时间如同面前这张长桌，规整坚硬，将人分隔在两边。

李峋什么都没说，从方志靖身边走过。

人都走没影了，方志靖还是目瞪口呆，高见鸿冷笑一声："吓傻了？"

方志靖这才回神，他紧紧地看着高见鸿，"他什么时候出来的？"

"几天前。"

方志靖被刚刚一幕惊得声音都颤起来了，"怎么这时候就出来了？"

“减刑了。”

“这才几年！怎么减了这么多？！”

高见鸿看着他，缓缓道：“六年了。”

“那……”

“方志靖，”高见鸿嗤笑道，“你至于怕成这样吗？”

方志靖左眼眶装着义眼，平日看不出来什么，只有像现在这样狠狠瞪人的时候，才能感觉出两只眼睛有所不同。

“你就一点不担心？”

“我担心什么？”

方志靖咬牙切齿道：“他是什么样的人，你再清楚不过了！”

不管方志靖多跳脚，高见鸿还是一副悠闲的样子，他一边把玩着茶杯一边说：“我知道你怕什么。不过这个行业更新换代有多快你也应该清楚，他在里面关了那么久，足够把所有东西都洗没了。”

方志靖说：“没了还能再学。”

“哟，看不出来啊，”高见鸿惊讶道，“你对老仇人这么有信心。”

“我没跟你开玩笑！”方志靖大声说，“公司现在处在最关键的时候，绝对不能出一点差错，李峋这人睚眦必报，他……”

“那就让他来啊！”高见鸿忽然拔高声音，他将茶盏往桌上狠狠一扣，水洒了一桌。

他霍然起身，指着周围，“方志靖，你看看这里。你看看这栋楼，看看你手下这些人，看看自己掌握着多少资源！你再看他，他现在还有什么！你别告诉我就算这样你还是不敢跟他决胜负！”

外面来了个员工，看着两个老板这样吵，战战兢兢不敢上前。方志靖注意到了，不耐烦地吼着：“什么事？！”

员工弯着腰，小心翼翼地说：“高总，方总，车已经到了，再不走要晚了……”

方志靖这才想起等会儿还有聚会，他对员工说：“我们马上到。”

高见鸿站在窗边低声说：“我头痛，不去了。”

方志靖沉了沉气，整理了一下衣服往外走，走到门口停住脚步回头，“高见鸿，你不用对我冷嘲热讽，你要真像自己想的那么光明正大，现在也不会跟我一起共事。咱们现在在一条船上，现在公司里多少人虎视眈眈，这种时候绝对不能再节外生枝。你有工夫怀念过去，还不如想想怎么处理事情。”

他说完扬长而去，剩下高见鸿一人，站在玻璃窗前凝望夜色。

比起没有星光的天空，世间华灯溢彩，一片繁华。可或许是因为有层厚厚的玻璃挡住，高见鸿总觉得这繁华有些虚幻，像罩着一层迷雾般，远不如李峋刚刚的神色清晰。

想起李峋最后回头时的眼神，高见鸿的头顿时疼起来。他闭上眼，紧紧压着太阳穴，许久许久，也没有松手。

李峋站在繁华的街口。

车流像条金色巨龙，盘踞在夜色中，一眼望不到头。

“怎么样？”角落里走来一个男人，看着年纪不大，身材干瘦矮小，眼睛有点鼓，稍稍转动便透出一股贼气。

李峋没有回话。侯宁又说：“看你这表情也知道了。我早就跟你说过，你还不信。走吧，先去吃饭，我要饿死了。”

这条街的尽头有一家小面馆，此时生意兴隆，店内爆满，桌子摆到了人行道上。面馆是夫妻档，经营多年，老板脖子上搭着手巾，在店门口的大铁锅里煮面，老板娘则忙着上菜收钱，忙得不亦乐乎。

现在刚好晚八点半，附近的上班族加完班到这儿吃饭，桌桌的主题都是对工作和老板的抱怨。相较起来，李峋这桌格外安静。

桌上两碗牛肉面已经上齐，可李峋并没有动筷子，他抽着一根烟，看着路上的行人和车流。

侯宁吃了半碗，开始摆弄膝盖上的笔记本电脑，飞快地敲击着键盘。

“这就是你之前要做的那家公司？刚刚我已经查过了，现在规模很大嘛。”他没抬头，对李峋说，“不过名声太臭了，网上全是骂声。”

李峋没吭声，还是看着远处。

侯宁从电脑里抬起头，盯了他几秒，扣上笔记本说：“李峋，你跟我走吧。”

李峋缓缓转头，侯宁看着他说：“你刚见过你的老同学了吧，看你这样也知道他们什么态度了。你不能怪人家，全世界都是这样。当年我第一次进去，出来时我爸妈都不认我了，就因为我欠了那么点债。”侯宁冷笑一声，他长得格外瘦弱，一笑脸上扯出不少褶皱，配着那双鼓眼睛，活像只猴子。

侯宁敲敲怀里的电脑，“可他们不知道，那么点钱，我随便动动手指就赚到了。”

李峋目光冰冷。

侯宁向前探身，“李峋，钱怎样都是赚的，你以为你那老同学的钱就赚得干净了？他要真那么干净，怎么会被这么多人骂。所谓朋友都是放屁的，叫得越欢出卖起来就越狠。不过这些都已经过去了，人得向前看，我们离开这里，去国外，以后谁也别想抓住我们，我们会有花不完的钱。”

李峋一直没有回答侯宁，他远远望着一个方向。侯宁回头，看到影影绰绰的夜街尽头，吉力公司的大楼还亮着灯。因为是新建不久的大楼，它看起来比周围的楼更气派。

李峋的神情更加阴郁了，他把烟狠狠掐灭在桌上，起身往外走，侯宁哎了一声收起电脑去追他。

侯宁肢体不太协调，走路的时候还好，跑起来就突显出怪异来。他还不到李峋胸口，体形也像营养不良一样，瘦小枯干、毫不起眼，连初中生看起来都比他强壮。

“你想做什么？你告诉我你要做什么我可以帮你！”

李峋个子高，步伐大，很快侯宁跟着就费劲了，他追了几步没追上，气喘吁吁地冲着那道黑色的背影大吼：“李峋！”

李峋脚步不停，渐渐消失在夜色之中。

一辆跑车停在别墅区门口。

夜色已深，小区内的路灯统一调暗，不过依旧映出了火焰般的通红车身。

这是金城今年买的第二辆跑车，如果算上之前的，他现在一共有七辆跑车，其中五辆都是红的。

其实金城并不喜欢红色，但他买第一辆跑车的时候，正赶上《轻红》单曲刷爆各类榜单，他在经纪人的要求下挑了红车应景。粉丝将红色当成他的本命色，将他形容成火焰一般的男人，这么多年下来，他竟然也顺理成章地觉得红色才是自己的最爱。

“我走了。”任迪从副驾驶位醒来，解开安全带准备下车，金城揽过她的肩膀，深深吻下去。

嘴唇分开，任迪皱眉，“喝这么多？”

“你喝得比我多。”

“但我没开车。”

金城无所谓道：“都这个点儿了还有谁查，就算查出来又怎么样，让公关去做嘛。”

任迪懒得理他，金城抱住她耍赖，在她耳边厮磨，“……哪有摇滚乐队不酗酒的？”

任迪又累又烦，推开金城，“我回去了。”

金城接下来还有聚会，开车离开。

任迪没有马上回家，她在门口点了一根烟。

刚刚入秋，天气还很闷，任迪想解开领口透气，可喝得太多手总抖，几次都失败了，她烦躁得直接将扣子扯掉。

烟灰在撕扯中落下，烫了手，任迪低声骂了一句。等她再抬起头的时候，看到前方树影里走出来一个人。

任迪看见那抹影子，缓缓放下烟。她用十秒钟的时间判断这是现实还是酒后的幻觉，最后慢慢睁大眼睛。

李峋来到路灯下，任迪看得更真切了，她把烟扔到地上，揉了揉干涩的头发，发泄一般跺了下脚，又狠狠骂了句：“操！”

夜风吹来，心口似乎舒坦了一点，她回身开门，冲李峋招手，“进来说。”

她踹开门口挡路的障碍物，走到冰箱门口翻酒。

“你什么时候出来的？”她问。

“不久前。”

任迪做音乐，对声音格外敏感，她听出李峋的嗓音比起从前阴沉了很多。任迪心绪复杂，仰头灌了几口酒，重新打量他。

“你没怎么变。”她说。

李峋笑了，对这句话不做任何评价。

任迪问：“你见过朱韵了吗？”

李峋正在点烟，火苗一燃一灭，抬起头，淡淡道：“没，不想见。”

任迪皱眉。

李峋吐出烟雾，“找你是为别的事。”

任迪默然。

其实刚刚她说谎了，李峋不是没怎么变，他变太多了，整个人像夜一样冷，连嘴边那点淡淡的笑都透着森森寒意。

她垂头，看到酒瓶上映出自己变形的脸庞。可能她在李峋眼里也变了很多，他们从一开始就是相似的人，肆意张扬，自私又混账。

所以他们之间也有一种奇怪的默契。

“你知道高见鸿的事了？”任迪平静地说。

李峋耸耸肩，默认。

果然是这样，她一猜便准。任迪将酒放到一边，觉得有点好笑，“你出来后，先去找的高见鸿？”

李峋嗯了一声，直接将烟灰弹到地板上。

任迪沉默了一会儿，眼神瞥开，冷漠道：“我跟他没什么联系，他的事都是我听说的。刚毕业的时候他和方志靖的游戏项目撞上，后来不知道为什么就拉到一起做了。他们公司早年被人告过，后来不了了之。”她顿了顿，补充道：“朱韵试过一些方法，但她那时在国外，离得太远了。”

李峋靠在墙壁上，半低着头抽烟。

任迪说：“我给朱韵打个电话吧。”

李峋笑道：“我不是来叙旧的。”他的声音像是从胸腔里磨出来的。

李峋直起身，将烟捻灭，“当初在酒吧里说的话还记得吗？”

他这一句来得有些莫名其妙，可任迪听完，他指的是哪天、哪个酒吧、哪句话，瞬间浮现在她眼前。他赞助过她的乐队，那晚她承诺将来盈利后按分成给他钱。

任迪说：“你想要钱？”

“嗯。”

任迪顿了顿，再次确认：“你今天来找我就是为了要钱？”

李峋抬眼看她。六年过去，他的身形彻底成熟，高大颀长，骨骼就像尖锐的刺刀，收锋在体内。

“对。”他说。

任迪问：“你想做什么？”

李峋：“不用你管。”

任迪默然地看着他。他貌似随意地站在那里，表面轻描淡写，实则暗藏疯狂。任迪太了解他了，他出狱后都没有见朱韵，第一个去的地方就是那家公司。他太知道自己要的是什么了，那公司曾是他全部的心血和未来，现在却被仇人掌控着。

任迪皱眉道：“李峋，你冷静一点。”

李峋笑了，“哦，你哪只眼睛看出我不冷静了？”

他拒人千里之外。

任迪刚刚舒坦一点，现在又堵住了，而且比刚刚还烦躁。她一口气把一瓶酒喝光，空酒瓶落到大理石厨台上，力道没掌握好，咣当一声。

“李峋，你少跟我来这套！”酒力一涌，任迪语气也冲了起来。

“当初你把那姓方的打瞎，逞一时意气，又不联系律师，又不让人帮忙，坐六年牢，又禁止一切人员探监。你只顾自己面子，想过其他人没？现在出来了，二话不说又要去作死，你要钱干什么，想买凶杀人？”

李峋不语，任迪指着他道：“行，你要多少钱我都给你。我告诉你，你这次最好是能跟他们同归于尽，也省得打扰朱韵的幸福生活了。”

李峋在听前面的话的时候一直面无表情，直到最后一句，他神色终于冷了下来。

任迪看他变脸，异常爽，“不信？”

李峋冷冷地看着她。

任迪分毫不让地与他对视，半晌，李峋扯了扯嘴角，“说完了？”

“没。”

任迪扬起下巴，站到李峋面前，仰头看着他的眼睛，一字一顿道：“李峋，这句话我很早就想对你说了——你他妈就是一自私的浑蛋。”

她说得李峋嘴角弧度更大了。

“这回说完了？”

任迪转身回到冰箱旁，又抽了瓶酒出来，“乐队钱不归我管，我私人的钱都存在金城那里，你要多少报个数，明天我给你取现金。”

任迪背对着李峋开酒，酒瓶打开，听到后面的关门声。她转过头，李峋已经不在了，只有茶几上留下的一张薄薄的纸片。

事后回想，他们再次见面的时机并不是很好。

岂止是不好，简直糟糕透顶。

朱韵后半夜接到任迪电话，说有事要她帮忙，让她联系田修竹帮乐队看一下专辑封面的设计稿。时间太晚，朱韵睡意蒙眬间还以为是自己在做梦，结果第二天一早，任迪又打来电话。

任迪很少主动打电话给别人，朱韵以为她真的很着急，二话不说就将田修竹拉出画室。

然后，她在那儿见到了李峋。

准确来说，她并没有“见到”他，所以才说这时机糟糕透顶。

任迪把见面地点约在一家咖啡厅，当时朱韵就已经觉得奇怪了，轻红乐队现在大红大紫，平时在大街上都不能随意露面，怎么会明目张胆地约在咖啡厅。但当时朱韵并没有想太多。

咖啡厅人流充足，朱韵跟田修竹坐在靠窗最显眼的地方等任迪。田修竹一身休闲装，坐在藤叶围绕的椅子里，像他笔下的画一样干净清爽。

当时李峋就在五米之外的那桌坐着，她完全没有注意到。

李峋离开咖啡厅的时候，朱韵看到门口一闪即逝的黑影。但直到那时，她依旧没有认出那是谁。她接着与田修竹聊天，可聊着聊着，脑海中总是重复闪过刚刚的画面。

每闪一次，画面就更清晰一点，她渐渐听不到田修竹在说什么了，也不知道自己在说什么，她震惊地发现，那道背影最终竟能清晰到与记忆重合。

她心里怦怦跳，仍不敢相信。

“怎么了？”田修竹看出她不对劲。

朱韵起身往外追，路上人来人往，却再没有那么凌厉的身影。

就在这个时候，一个瘦小的男人来到她身边，用戏弄的语气问道：“找李峋啊？”

朱韵听到这个名字，霎时间感到一阵眩晕。

一切都被证实了。

李峋。

这些年，她曾无数次念及这个名字，但每每都只是叫一个虚影，从来没指望过回应，她也习惯了这样。而这一刻不同了，她脑海中浮现出这两个字，那个人的脸孔和身形瞬间明朗，好像下一秒就会有人出来应声。

朱韵手心发热，她看着面前的男人。

“你是谁，李峋在哪儿？”

侯宁语气带刺：“你连人都认不出，还问他在哪儿？”

田修竹从咖啡厅出来，走到朱韵身边。有他在，侯宁的气势稍弱了点，可依旧是冷嘲热讽："我们是来拿钱的，谁知道他那些老朋友一个比一个虚伪，不给就算了，还找……"他将朱韵和田修竹打量一番，话不说完，冷哼了一声。

朱韵明白是任迪安排了这一切，她没时间去考虑任迪的意图，又问侯宁说："李峋在哪儿？"

"他在哪儿用不着你管，我就是替他不平，专门回来骂你们这些狗的。"侯宁说完，转身离开。

朱韵在街道上发怔，田修竹的手轻轻落在她肩头。

她猛然清醒，几步追上侯宁。侯宁听到身后越来越近的高跟鞋声，他转头，被一把抓住领口。侯宁反射性地叫了起来，朱韵不顾周围人的眼光，扯着他往咖啡厅后面的小巷子里走。

侯宁完全没有想到朱韵会这么直接，他瘦小枯干，比朱韵尚矮一头，而且朱韵下手太用力，他被她拎着，完全没有还手之力。

朱韵把侯宁扯到角落里，狠狠推到墙上，紧逼两步，凝视着他，"我再问你一次，李峋在哪儿？"她盯着他的眼睛，"还有，你是谁？"

她一句一句地问，侯宁越发紧张起来。不过是短短的一段路程，这个女人的神情跟刚刚已经全然不同了。从阳光普照的街道，到冰冷阴暗的小巷，她也是这样变化的。在起初的慌乱和感伤过后，朱韵的目光变得冷静起来，自上而下审视着他，也判断着他。

侯宁没有办法招架这种神态，他习惯躲在暗处，躲在屏幕后面，他所有的情绪都不能端上台面。

就在侯宁腿脚发软的时候，朱韵听到身后有人说："松手。"

那感觉很奇妙，朱韵心想，这么多年下来，她一直觉得自己应该算是别人嘴里强势的女人。她成绩优异，从国外回来一直没有找公司，起初是因为她想多尝试一下国内的项目，好为自己的目标打基础，后来则演变成懒得听从任何人的安排，她习惯了自由。

可这一切，在听到"松手"两字时都烟消云散了。

朱韵听话地松开手，侯宁赶紧跑到李峋身后。

她回头。就是刚刚那身黑色的衣服，高挑的身材，漆黑的发，黑发让他的棱角更分明。他脸上留下了一点岁月的痕迹，但是不多，乍一眼看上去变化很大，可细一看，哪里都是从前的样子，只是棱角被打磨得更锋利了。

李峋双手插着兜，微仰下巴看着她，这姿态让她喉咙发紧。

侯宁拉着李峋的衣服，想尽快离开这里，巷口站着田修竹。

朱韵张了张嘴，第一下没叫出他的名字，她低声说："……来这边说。"

李峋跟她走向巷子最深处，外面就剩下侯宁和田修竹。侯宁还是紧张，刚刚他图爽，骂他们是狗，女人尚且那么恐怖，何况男人……

"他就是李峋？"

侯宁一哆嗦，而后感觉田修竹的声音比起朱韵温柔多了。他侧头，田修竹看着里面两个人，轻笑了一声，"简直跟她形容的一模一样。"

昨夜下了雨，地上泥泞不堪，青黑色的墙壁上也渗出了水珠。

巷子宽度不到三米，不通车，路也比较旧，坑坑洼洼。路边停靠着几辆自行车，也不知放了多久，胎都没气了，杂草从地底顽强地钻出头来。

吧唧。

草被朱韵的高跟鞋踩扁了。

她停住脚步，看着李峋。

"你出来多久了？"她问。

"不久。"

"怎么没找我？"

李峋轻笑。

朱韵有点莫名的紧张，"是任迪叫我来的，你们也是她叫来的吗？刚刚那人说你们是来拿钱的，你们打算做什么？"

他还是没回答，朱韵也觉得这见面太过突如其来，她小声问："你等会儿有空吗？"

"没。"李峋漫不经心地拒绝，他似乎觉得这短暂的见面已经够了，想走，但朱韵刻意挡住了路，他走不了。

"让开。"他说。

朱韵没退，她问他说："刚才那人是做什么的？我看他不像正经人。"

李峋乐了，"那你看我像正经人吗？"他脸上带着笑，极其疏离。他用眼神无声划开一道界限，不给朱韵提及过去的机会。

朱韵觉得有些焦躁，她低声问："你现在住哪儿？"

"城西。"

朱韵眼睛一亮，马上说："你哥也在那边。"

李峋没有说话。

朱韵说："他自己开了个舞蹈班，教小孩子跳舞，就在……"

"朱韵，"李峋打断她，"大家都赶时间，别聊没用的了。"

朱韵说："我不赶时间。"

李峋挑眉，他离得这么近，视线是彻头彻尾的居高临下。他往前半步，神色讽刺，"你不急不代表别人也不急。"

这个距离，他们之间和两边的巷壁形成了一个天然的空间，他的声音就在这个狭小的空间里翻转环绕，从四面八方渗透进她的身体。

趁着短暂的愣神，李峋绕过她走出巷子，融进街道的人群中。

侯宁打算去追他，被从后赶来的朱韵拉住。

朱韵说："怎么联系你们，你们住哪儿？"

"你少管。"

"你们有什么打算？"

侯宁一边抱怨李峋为什么不等他一会儿，一边敷衍朱韵，"我们有什么打算跟你有什么关系？"

朱韵微微躬身，与侯宁面对面对视。侯宁发现朱韵的眼睛很清澈、很漂亮，也很光明。

"你们是在牢里认识的？"她问。

侯宁哼道："是又怎样。"

"我感觉你蠢蠢欲动。"朱韵说，"我不知道你想干什么，但我警告你，别打他的主意。"

侯宁一直是个很矛盾的人，一方面他极度恐惧社会，缺乏与人交往的能力，另一方面他又十分自负，尤其是在这个时代，他有高超的电脑技术，他经常感觉自己像个刺客，躲在角落毫不起眼，可是能给那些看不起他的人致命一击，他们甚至不知道自己得罪了谁。

但角落毕竟是角落，阳光一照，里面所有的垃圾和废物，全部原形毕露。

"你不要觉得自己很了解他。"侯宁冷冷道，"他早就不是你熟悉的那个人了，我们浪费了太长时间。这整条街上比我们厉害的人有几个？可我们现在什么样。你不用说些不痛不痒的话鼓励别人重新开始，坐牢的又不是你们。我们自然有自己弄钱的方式，用不着——哎！"侯宁说到一半，再次被朱韵推到墙上。

田修竹过来拉住她的手，小声说："冷静点。"

朱韵眼眶发红，极力压抑着自己的情绪，"别拿自己跟他比，凭你也配？"

如果不是田修竹拉着，朱韵恐怕已经掐住他的脖子了。她指尖锋利，抵在侯宁下巴上，一字一顿道："有一点你要清楚，他是坐了牢，但他跟'坏人'半点边都沾不上。"

侯宁被那神情震慑住了，喃喃抵抗："……那是从前，你又不知道他现在怎么想。"

朱韵不跟他废话，她粗鲁地从他身上翻出手机，打通上面唯一的联系人。

对方懒懒地喂了一声，朱韵开门见山，"你还记得你以前要做的事吗？"

静了几秒，李峋挂断了电话。

侯宁回神，夺回手机，冲朱韵吼道："你说得这么冠冕堂皇，刚才不还是认都没认出他！"他猛地撞开朱韵，又泄愤似的撞了田修竹一下，冲出巷子。

朱韵手掐着腰，深呼吸。

她闻到泥土的味道，雨后的地表味道很重，她奇怪自己现在才察觉。

田修竹低声说："走吧。"

# Chapter 02

## 打火机与公主裙

❷

侯宁闷头跑了半条街，终于看到靠在路边树下抽烟的李峋。他跑得肺都要吐出来了，蹲在李峋身边呼哧呼哧地喘气，“你也不等我！”他抱怨道，“那女的凶得跟母夜叉一样！”

李峋不说话，侯宁抬头看他，“你走这么快，该不会也是因为怕她吧。”

李峋冷眼看他，侯宁忽然又兴奋起来，从怀里掏出两个皮夹，“你看，那对狗男女的钱包，我临走前弄来的！”

“……”李峋叼着烟，无言地抬头看树冠。见过朱韵，他比平日话更少了。

“那唱歌的不给我们钱也没事。想搞垮公司难度有点大，不过单独搞垮两个人很简单。”侯宁贼笑着说，“我有无数办法套他们的钱！要不干脆买一赠一，把他们亲戚朋友的也一块儿顺来。我给你想了个好点子，咱们把他们的钱搞到手后全买成狗粮寄回他们家，你觉得——哎？”侯宁说得兴致勃勃，忽然停住，视线落在手中朱韵的钱包上。

车里，田修竹提醒副驾驶位置上的朱韵系安全带。

“你们聊什么了？”田修竹发动汽车。

“没什么，他什么都不肯说。”

田修竹将车从地下车库开到路面上，光晃得两人眯了眯眼。

“他不信任我。”朱韵说，“我没认出他，而且我跟你在一起，他觉得我背叛了他。”

“那不算没认出。”田修竹的声音一如既往地平缓，“你不知道他出来了，也不知道他今天会来，是他们钻牛角尖。至于我们，难道他让你六年不能跟任何男人聊天吃饭？哪有这个道理。”

朱韵看着窗外，低声说：“以前我刚跟他在一起的时候，觉得拿他跟其他男人做比较都是一种背叛。”

田修竹静静地开车。

朱韵：“可这么长时间过去了……”

田修竹说道：“六年很久，时间能改变很多东西，不是任何人的错。况且你们那个时候太年轻了，分分秒秒都觉得是一辈子。”

他趁路况较好，转头，深深地看着朱韵，“这种事情别人说什么都没用，只有自己才清楚——你觉得自己背叛他了吗？”

侯宁惊讶地看着手里的钱夹，“这是你？”在朱韵钱夹最里面的一层，他翻出了一张照片。

照片是偷拍的，在一间稍显空荡的会议厅里，一个个子很高的男生正站在台上当众发言。照片像素极低，看不清男生的脸，只有一头金发在暗淡的图片中亮得惊人，让人轻易就能感受到男孩的年轻气盛和野心勃勃。

李峋拿过照片。

这照片很旧了，但保存得很干净，刚刚侯宁的脏手蹭到上面，是这六年来唯一的污渍。

不。

他顿了顿。

不止六年吧。这是什么时候的事来着？

李峋一手拿着照片，一手夹着烟。他忘了抽，就像忘了照片里那个意气风发的人是谁一样。

八年，还是九年。

小半截烟落地，他空出手掐住自己的鼻梁。

那家公司叫什么来着……

时间太可怕了。

一阵风吹过，树上落下叶子，手里的照片也松动了，他反射性地捏紧。

路上行驶的车辆里，朱韵望着窗外的落叶，进行了认真而漫长的思索。

她不得不承认，六年过去，她已然忘记了很多情情爱爱的细节，唯有他们一起奋斗过的那些日夜，还有他曾点亮却没来得及走的那条路，始终牢牢刻在她的脑海里，宛如石骨，在时间造就的废墟之上拔地参天、固若金汤。

时间不可避免地磨平了很多东西，只留一点精粹到海枯石烂。朱韵并不清楚这六年牢狱带给李峋怎样的变化，她唯一知道一点，那就是时至今日，只要他指明一个方向，她仍肯毫不犹豫放弃一切，为之破釜沉舟、孤注一掷。

“背叛”究竟要如何定义，朱韵自己也说不清楚。

“妈的，小贼。”

两个小时后，朱韵和田修竹发现钱包不见了。当时他们刚好吃完饭，服务生手持账单来结账，“先生，女士，请问是现金还是刷卡？”

田修竹靠在椅子里神游太虚，朱韵冲服务生笑笑，“再上份甜品，我们还要再坐一会儿。”

服务生离开，田修竹感叹：“真厉害呀，撞一下就能偷走，拍电影一样。”

“你还佩服起他了？”

“反正里面也没多少钱。对了，你的证件在钱包里吗？给他打个电话让他留一下。”

“田修竹，他偷了我们钱包。”朱韵特地咬住“偷”这个字眼，“你怎么像东西忘在朋友家了一样？”

田修竹努努嘴道：“那报警抓他们？”

朱韵顿住。

田修竹笑道：“所以嘛，算了吧。”

手机响起，朱韵看到屏幕上显示的联系人，瞬间从座位上弹起来，到一旁僻静的角落接电话，“任迪。”

“嗯？”

“你到底怎么想的？”朱韵捏着手机，“李峋出来你至少跟我提一句啊，你知不知道今天我们见面的时候他……”

“他怎么样？”任迪不慌不忙地问，“有没有气死？”

“……”

任迪咯咯笑，“就是我故意的，怎么着？”

朱韵：“为什么？”

任迪：“看他不爽。”

这理由真是充分得让人无法反驳。

“你不觉得很奇怪吗？”任迪反问道，“你跟他什么关系，或者说你们之前什么关系，为什么他出来的消息需要我告诉你？”

朱韵静了静，问：“他什么时候见的你？”

“昨晚。他刚出来没多久，第一个去的是高见鸿那儿，估计是见到姓方的受刺激了，马上就跑来找我要钱。话说回来，你看到他那张脸了吗？”

“什么？”

“好像天上地下全宇宙都欠他的一样。谁欠他？谁他妈也不欠他。”任迪漠然点烟。

“你当初乐队是靠他资助……”

朱韵发誓她只是“偶尔”想到，“随口”一提，谁知任迪瞬间就炸了，“你这是在怪我了？”

朱韵立马澄清：“没，绝对没。”

“那你什么意思？”

朱韵发现自己在两个人面前只有认怂的份儿，一个是李峋，一个是任迪，自始至终，从未改变。

“我就是，”朱韵编不出理由，只能实话实说，“……我就是有点开心。”

“什么？”

一天下来，所有的跌宕起伏慢慢归于平静。朱韵终于意识到，在那些无奈的百转千回和物是人非下，还掩藏着一件最普通却最应该被关注、被庆祝的事情，那就是他自由了。

早了两年。两年时间或许对于别人不算什么，但对于李峋来说，变数太大了。

任迪：“你就不生气？”

朱韵：“生什么气？”

任迪：“他出来也没打算找你，还这个态度。”

朱韵说：“他本来就这样，你又不是第一天认识他。”

自大、贪婪、破坏力极强。就像个强盗，总要最先保证自己的手里有足够多的东西，在此之前，他对什么都没兴趣。

"你换个角度想，"朱韵劝任迪，"他能这样也说明他不会一蹶不振。"

任迪哈哈大笑，"我就算相信他跟方志靖结亲家了，我也不信他会一蹶不振。"

有些人跟有些词生来无缘。

烧杀抢掠、风卷残云，要么侵略，要么死。

说不好是对是错，但他一贯这样。

"对了，"朱韵想起一件事，提醒任迪说，"你先不要给他钱，他身边跟着一个狱里认识的，我觉得那人有问题，我怕他再冲动。"

"你怎么觉得没有用，问题是他怎么想。他要干什么，谁能拦住。"任迪冷冷道，"这么一看，那畜生好像也有点没变的地方。"

"没事的。"朱韵靠在餐厅一尘不染的大理石墙面上，"他刚知道方志靖的事情，情绪很容易激动，只要冷静下来就好了，给他一点时间。"

"还不吃饭？"侯宁跨坐在凳子上，冲洗手间嚷道，"一天都没吃了，去吃饭吧。"

洗手间门打开，李峋赤着上身出来，坐到窗台边擦脸。

这是他们临时租的房子，从窗子往外看，对面楼顶堆着废弃家具，还有盘得乱七八糟的电线。下午六点半，天边是稠腻的浓黄，余晖透过陈旧的木窗，在李峋的背上映出黑色的十字影。

他头上盖着一条白色毛巾，看不到脸孔，水珠顺着身体的轮廓滑下，在地板上留下一道水渍。

"去吃饭吧。"侯宁说。

李峋将毛巾扔到一边，"你自己吃，我要出去一趟。"

"去哪儿？"

李峋没有回答，他起身，头发还没有完全擦干，一缕一缕支着，看起来异常顽固。

"去哪儿啊？"侯宁又问一遍。

李峋套上T恤，走到门口随手拿起鞋柜上的黑色棒球帽往头上一扣，这让他的脸孔更看不清楚了。

李峋推门而去，侯宁冲那背影喊："到底去哪儿啊？"

李峋打了辆出租车，四十几分钟后，车拐进城西一个普通住宅区。

小区里亮着路灯，种着花和杨树，草丛里不时跃过一两只野猫。院子里有打牌的老人，还有散步的夫妻，最中央最亮的地方有群打闹的小孩，叫喊声很大，可不会让人心烦。

李峋认了一下最近的楼的门牌号，然后低着头顺着小路往里走，没过一会儿，视线里多了一个展架。

李峋抬头，看到展架里面印着一个男人的宣传照，男人穿着包臀裤大V领，身段扭得激情无限。照片是等身高的，李峋微微仰头，他很久没有见到需要他用这种角度看的人了。

院子门半开着，李峋走进去，院子里铺着一条石板小路，两边是明显经过修剪的草坪和松树。再往里是一段台阶，台阶上面有一扇关闭着的木门，连着一个小阳台。屋里拉着帘，什么都看不到。

李峋看着那扇门，掏出烟。

他刚要点着，门砰的一声开了。李峋心里一跳，抬眼，一个六七岁大的小姑娘从里面露出头。她看到李峋，冷不防号了一嗓子，划破长夜。

“春丽小姐，都说了不要开门，到时候进蚊子你又来怪我。”男人嗓音磁性，不急不缓，那名“春丽小姐”尖叫着要跑，被一只大手拉住，“还没下课，你往哪儿跑？”

随着声音渐渐清晰，一个英俊的男人从屋里走出来，头发梳得一丝不苟，穿着一件暗红色的衬衫，领口敞开，隐隐露出健壮的胸肌，下身是一条黑色长裤，包裹着修长结实的双腿。

他单手将春丽小姐抱起来，春丽小姐又开始大笑，指向院子里的那个人。

付一卓转头。

最近的路灯在门口展架后面三米的地方，光芒走到这里已经微乎其微，那人整个沉在黑影里。

“春丽小姐，”付一卓视线落在那顶棒球帽上，跟肩头的女孩小声打商量，“你把那人的帽子摘下来给我，明天我给你买娃娃怎么样？”

春丽小姐精神起来，付一卓把她放到地上，春丽小姐大大方方地来到李峋面前。她的身高勉强到李峋裆部，一手拉着他的裤腰带，另一只手使劲往上探，连胸都够不到。

李峋纹丝不动。

春丽小姐仰着头，跟棒球帽下默然的视线对上，渐渐泪眼汪汪。

“给我帽子。”小女孩声音稚嫩委屈。

李峋手里还夹着刚刚没点的烟，他垂眸看了她一会儿，终于收起烟，摘了帽子给她。

春丽小姐兴高采烈地将帽子拿给付一卓。付一卓揽过她，看着院子里的人，低声说：“春丽小姐，你看那个人。”

春丽小姐扭头，付一卓接着问：“你觉得他帅吗？”

春丽小姐盯着李峋的脸，红着脸点头。

付一卓也笑了，“我们俩眼光很像，进去吧。”

春丽小姐傻笑着冲回教室。

“还有你，进来。”付一卓冲李峋道。李峋犹豫了两秒，迈开脚步。

舞蹈教室面积不算大，地上铺着整洁光滑的地板，墙上挂着一面大镜子，上面乱七八糟贴着好多照片，还有女孩子喜欢的饰品。此时教室里还有四五个小孩，闹成一团，根本没人跳舞。

付一卓带李峋来到窗台边，这里堆着一摞练功垫，付一卓指着垫子，“坐。”

他自己坐到一个小板凳上，因为体形实在高大，大腿部位绷得快要裂开一样，“出来多久了？”

李峋轻笑，“怎么每个人的开场白都一样。”

付一卓：“那是因为你什么都不告诉我们。”

李峋沉默。

付一卓：“有点变样了，让我仔细看看。”

李峋的视线落在面前的地板上，付一卓弯腰注视着他，看了一会儿，说：“没变，还那样。”

那边小朋友打闹得太凶，酸奶洒到地上，付一卓哭丧着脸，“哎哟，我这地板哦……”

他起身去后面的小房间拿出拖布和手纸，蹲在地上把酸奶擦干净。春丽小姐趁机吃豆腐，抱着他不撒手。可惜她手臂太短，付一卓的背像棵粗壮的大树一样，她根本抱不住，付一卓一站起来她就掉下去了。

付一卓回到板凳上。

“为什么到这儿开舞蹈班？”李峋低声问。

“你问的是为什么开舞蹈班，还是为什么到这儿？”付一卓看向李峋，李峋移开视线。

“开舞蹈班是因为我喜欢，至于到这儿……”付一卓笑了笑，“也是因为我喜欢。”

李峋道：“盈利吗？”

“你说呢。”付一卓悲惨地说，“惨不忍睹，要喝西北风了！”

又是一阵沉默。

付一卓：“不过我对未来一点都不担心。”

李峋看向他，付一卓靠到背后的镜子上，静静地看着李峋，问道：“你呢？”

李峋思考了很长一段时间。

他穿着黑色的衬衫，肩膀落下了一道凌厉的弯度，看起来顽固又疲倦，可从他的神情里，又什么异常都看不出。

他从前就是这样，付一卓心想，看似不近人情，其实却很能给人安全感。他很牢靠，只要他挡在前面，其他人就什么都不用担心。

他从不在乎吃苦受累，也从不抱怨，即便命运真的不公平。

付一卓有点心酸，“峋。”

付一卓长着一双不错的眼睛，不扯淡的时候深邃又坚毅，他对李峋说：“你身边还有人在。”

李峋默默看着他。付一卓声音沉稳地说道：“虽然不多，但都是很厉害的人，你真的不需要什么事都自己来。”

李峋神情有片刻的恍惚，付一卓靠近他，语气强硬：“你是我弟弟，你得听我的劝。”

弟弟……

这词让人联想起很多事，李峋低下头。

几米开外，小朋友一个追着一个，又打又闹。

孩子们正处在最无忧无虑的年龄，声音稚嫩，充满希望，仿佛多抢一块老师的外国巧克力就是世上最大的快乐。

他裤兜里揣着一张已经皱得不像样的照片。有人留了它七八年还完好无损，可到他手里七八天都存不住。他不擅长保留这些脆弱的物件，就像他不擅长应对那些柔软的情感。

地板湿了。

付一卓默不作声地拿起棒球帽，盖到他头上。

李峋的忍耐力很强，所以他流眼泪，格外让人心碎。

李峋按住帽子，头埋得越来越深。他想忍住的不只是眼泪，还有脑海中不断闪现的，那段一去不回的金色年华。

“我总是在做自己的事……”李峋声音低哑，“我以为我走得很快，其实什么都晚一步，等意识到的时候一切都结束了。我妈是这样，李蓝是，还有其他人，我永远只能得到一个自我安慰的结果。”

李峋抬起头，眼底发红，咬牙道：“你知道吗，我在那家公司见到高见鸿和方志靖，我满脑子想的都是怎么才能弄死他们俩，尤其是高见鸿！”

“峋……”

“可我始终想不到合适的办法，”李峋摇头，“我知道他有理由恨我。”裤兜里那张照片上，也有高见鸿的一角身影。

“他曾经很信任我，”李峋淡淡道，“他们都曾很信任我。高见鸿刚开始并不想跟我干，是朱韵费了很大力气拉他来的。但我从来没关注他们之间是怎么沟通的，说实话，我不在乎。”说到这儿，李峋笑了，“任迪说得对，我是个浑蛋。”

“我不同意。”付一卓皱眉道，“你确实一意孤行，也犯了错，但事情发生都是有原因的，单纯怪罪一个人不公平。”

“不过这都无所谓了。”李峋起身，高大的身形生出一股无形的压迫力，他目视前方，声音冷漠阴狠，“我不管他们怎么恨我，该是我的东西一件也不能少，那家公司不能有姓方的在。”

付一卓说：“你打算怎么做？”

“让他滚。”

“他会滚吗？”

“不会没关系，”李峋瞥了付一卓一眼，“我可以教他。”

这一眼，一切都回来了。

付一卓坐在小马扎上，像个小学生一样维持着仰视的姿态。

昨天任迪给他打电话，破口大骂了一个多小时，这对极少打电话的任迪来说十分难得。付一卓很有绅士风度，不管任迪再怎么骂，他都好声好气地哄着。他一直在对任迪说，李峋不可能会变。

时间会磨平一些人的棱角，也会淬炼一些人的灵魂。

付一卓舒心地往后面的大镜子上一靠，望着天棚感叹："六年，一晃就过来了。哎，你看哥这些年是不是完全没变化，还是那么帅？"

李峋没理他，低头点了一根烟，付一卓瞬间踹了他一脚，"教室禁烟！"

屋里还有两三个小朋友在玩耍，李峋不耐烦地收起了烟。

付一卓好心规劝："你少抽一点吧，对身体不好，你看弟妹都戒烟了，人还是要多听劝。"

一阵玄妙的沉默。

付一卓对上李峋的眼神，感觉气氛不太对劲，"那个，峋，弟妹那边……"

"我回去了。"没等付一卓说完，李峋开口打断。

付一卓震惊，"这么早？"

"有事。"

"你才出来几天？"付一卓皱眉，"你怎么总有事？"

李峋头也不回地走到门口，付一卓赶紧追上他，李峋推开门，外面夜色已深。

付一卓道："都这个时间了啊，是时候去找下弟妹了。"

"……"

"去吗？我开车送你。"

李峋沉声道："别跟我提她，我没工夫想她。"

"等你有工夫想的时候就晚了。"

付一卓借着浓浓夜色，刻意忽略了李峋眼神中的警告，语重心长地说："峋，你看你又任性了。"

李峋危险地眯起眼睛。

付一卓问："你就不想知道弟妹身边那个男的是谁？"

"不想。"

付一卓欠儿欠儿地说："你不想我也要告诉你。"

李峋狠狠咬牙，大步离开院子。付一卓在后面寸步不离。李峋身高腿长，付一卓更高更长，追起来轻轻松松，还有聊天的闲余："他是个画家，叫田修竹。"

李峋的脚步猛然停住，付一卓差点撞上去。

李峋低声："叫什么？"

“田修竹——是叫这个吧，我记得应该是……”

李峋是个不喜欢回忆过去的人，这是从小养成的习惯。大概是因为儿时的记忆里很少有能被称为“快乐”的东西在，所以他只向前看，快刀斩乱麻，摒弃一切他觉得不必要的东西。

所以他的生命经常是脱节的——以前离开那个家的时候，他想放弃李蓝；后来高考结束了，他想放弃付一卓；如今从监狱出来，他也打算放弃那段校园生活——直到他看到那张照片。

那时他满脑子充斥着吉力公司的事，分不出丝毫精力去想其他。但那照片威力太大了，它将他和过去彻底连在了一起。

从那一刻起，他开始回忆了。

他惊讶于自己对记忆的掌控力，他发现其实他谁也忘不了，他的大脑皮层清晰地存储着那些看似被遗忘的细节，他甚至记得第一次帮付一卓代考时，数学试卷最后一道题的答案是什么。

所以，他当然也记得田修竹是谁。

他记得朱韵第一次帮柳思思写的英语作业，记得她去中医馆时的偶遇，也记得他们在美术馆三楼七号展厅看到的那幅画，还有她提起“天才画家”时的神情。

该死的照片。

“……峋，峋？”

李峋回神，冷冷地看着付一卓，沉声说：“以后别跟我提她的事。”

付一卓凝神片刻，脸上的表情忽然端正起来，他对李峋说：“事业问题你是高手，我就不帮倒忙了，但是感情问题，说实话你太幼稚了。”

李峋又要走，付一卓这回直接挡在他面前，“你是不是怀疑弟妹跟那画家在一起了，你问过吗？”

“问她？”李峋直接笑出来，“你让我去问她这些？”

“……”或许是那笑容着实有些恐怖，付一卓换了个角度切入，“你对待感情太偏执了。”

“这件事到此为止。”

夜很宁静，暗处有小虫子不时嗡鸣，细微躁动。

付一卓退后半步，手掐着腰，露出在李峋面前极少有的“哥哥”的姿态。

“峋，如果说从小到大有什么是我绝对不会从你身上学的，那就是对待女人的方式。”

李峋侧过头不看他，付一卓说：“你太缺乏风度。”

李峋冷笑。

付一卓面不改色地说：“女人是这世上最娇贵的花，一点风吹草动都会影响色泽，她们心血熬得比男人快很多。”

李峋手插兜，看向一旁，完全听不进去。

付一卓严肃道：“你要知道，你当初没有给任何人机会，你只为自己做下决定，所以你不知道那段时间里别人都是怎么度过的。”

李峋嘴唇抿成一条线。

付一卓：“如果大家六年来都沉浸在你的事里，早就油尽灯枯了。”

李峋死死抿唇，倔得就像一根扳不弯的钢条。

他脑中浮现出咖啡厅里的画面。

朱韵进店的一瞬间就吸引了他的目光，不是因为她是“朱韵”，在认出她之前，他先判断出她是整个店里最美的女人。

她处在最好的年龄，有最美的笑容，自信阳光、气质高雅。她的皮肤光滑饱满，像刚抽出的嫩芽一样，闪着光芒。

付一卓苦笑道：“我记得你小时候数学学得最好，最擅长摆弄机器，到最后人也变得条条框框、说一不二。可人不是机器，人心也不是算术题，不能简单加减。”

他看着李峋，又说：“朱韵本来可以留在国外，可她毕业就回国了，回到这座城市，在你们大学附近租了房子，一年了，她一直单干没有找公司。虽然她本人从来没有说过什么，但我从旁观者的角度看，总觉得她潜意识里是在等什么，你觉得呢？”

李峋半低着头，帽檐完全遮住了他的脸孔。

付一卓：“我不知道她还爱不爱你，但有一点我知道——如果你现在有什么目标的话，她会是全世界最不计代价、也最有能力帮到你的人。”他静了静，最后说：“所以如果她真的来帮你了，别为难人，也别那么偏执。感情不是电脑，只懂0和1，你也该成熟点了。”

又是一阵沉默。

李峋转眼看付一卓，“计算机不懂0和1。”

“？”

“它只接受这两种输入是因为数字电路只能接受0和1。”

“……”

“数字电路只能接受0和1是因为非线性电子元件只有两个非线性区。”

“……”付一卓凝视李峋半晌，拍拍他的肩膀，“今天就到这儿了，你先走吧，有空再来。”

朱韵并不知道李峋和付一卓的见面，她还在担心李峋跟任迪要钱的事情。

李峋出狱这半个月，所有人的生活都被搅成一锅糨糊，黏黏稠稠，和不开也甩不掉。不过好在她在蹭了一身糨糊的情况下还能保持着一颗清醒的头脑。

思路是明确的，对于吉力公司，李峋绝不会善罢甘休。

“那家公司挺大吧，他刚出来就有这么多精力去思考这些了？”田修竹问道。

朱韵瘫在沙发里，“他对上心的事情有用不完的精力。”

“没人有用不完的精力，执着只能强撑一阵。”

朱韵摇头，“你不了解他。”她安静了一会儿，从沙发里爬起来，“我得出门一趟。”

“去哪儿？”

“吉力公司。”

朱韵第一次知道方志靖进了吉力公司的那天，正是她晕倒在尼亚加拉大瀑布的前一晚。那时她本以为自己已经足够破罐子破摔了，也本以为过去的事情已经到头了，不可能更可怕了，可事实证明生活就是无底的痛苦和讽刺。

朱韵质问过高见鸿，不止一次，可从没有结果。

方志靖在得知朱韵联系过高见鸿后，特地在过年的时候给朱韵母亲送了大礼，不是为了缓和与朱韵的关系，而是想让她在母亲对他的称赞声中更加痛苦不堪。

久而久之，这成了朱韵的心魔。甚至她回国之后也无时无刻不在想，如何才能把心口这根刺拔了。

可她想到头破血流都想不出好办法，她有实力可以去任何一家IT公司就职，可这没什么用，就算公司之间有竞争关系，也只是针对产品和项目，并不能撼动什么。

她也有过创立公司的想法，可一想到这都是为了私仇，她就怎么也下不了决心招聘员工。

“你还不够坏。”在朱韵自顾自纠结的时候，田修竹对她说，“很多事不是实力强就能做到的，人的性格占据很大一部分。你太软了，胆小。”

朱韵不想承认，田修竹笑着说：“这是天性，你不需要勉强自己。”

现在胆小的朱韵再次来到吉力公司，她向公司前台询问，被告知高总需要预约才能见面。

朱韵说：“你告诉他是老同学。”

前台打量着朱韵。

这个女人很漂亮，穿着一身通勤装，修身的中长款白色小西服，挎着一个精致的黑皮包。见她仪容得体，前台接待也较为客气，跟高见鸿通完话，对朱韵说：“请您稍等，高总马上就下来了。”

这时外面开来一辆车，刚好停在公司正门外。那里是禁停区，可保安看了车牌后，就权当没看见的样子。

车上下来一个浓妆艳抹的女人，细碎蓬松的波浪头，大大的墨镜直接遮住了半张脸，她穿着高跟鞋，咚咚咚颇有节奏地进了大厅，身后保安跟过来，“吴小姐，车还没熄火。”

吴真随口道：“不用熄，来接人的，马上就走了。”她径直来到前台，高贵冷艳地发问：“高见鸿呢？”

前台慌张地回答道：“高总在楼上开会，马上就……”还没等她说完，吴真已经扭头往电梯走去了。

朱韵站在旁边，吴真路过时两个女人对视了一轮。

吴真体形跟朱韵相仿，姿态丰盈。许是做艺人的缘故，她皮肤保养得很好，只是妆化得太浓，全都盖住了，惨白的脸色下，嘴唇红得像沾了血。

“吴小姐！”前台在后面叫她，吴真没有理会。等电梯门关上，前台才露出一个鄙夷的神态，被朱韵看在了眼里。

一层一共两部电梯，吴真那个门刚关上，旁边的电梯就到了。高见鸿从电梯里出来，一眼看到朱韵。

他们上次见面是什么时候来着，朱韵有些记不清楚了。

“稀客啊。”高见鸿笑着走过来，“平时请都请不到，今天怎么上门来了？”

旁边的前台小心翼翼地说：“高总，吴小姐来了，刚上去找你了。”

高见鸿转头，看到大门口停着的蓝色宝马，眉头不经意地一蹙。

保安察言观色，连忙跑过来。

高见鸿低声道："不是告诉你门口不能停车。"

保安有苦说不出："是吴小姐非要……"

高见鸿："去催后勤，把门口的路桩抓紧弄好。"

保安："是是。"

高见鸿又看到电梯，刚刚上去的那部已经从六楼往下走了。"跟我过来。"他领着朱韵往楼道里走，顺便告诉前台："让她等我一会儿。"

高见鸿跟朱韵来到安全通道，他将门关上，世界霎时安静了下来。

楼道里有股潮气，储物的小隔间没有关紧，里面露出两把拖布。储物间门口堆着几个踩瘪的纸壳箱，以前似乎是装显示屏的。

"咱们长话短说吧。"朱韵先开口。

"好啊。"高见鸿神态轻松，"想说什么，说吧。"

"你见过李峋了？"

"见过。"高见鸿扯着嘴角，跟朱韵开起玩笑，"看来你在他心里地位不行啊，他出来第一个见的人是我，吃醋没？"

"高见鸿。"

"不如我来猜猜吧，你打算说什么。"高见鸿手插在西服裤兜里，拧着眉头深思了一会儿，"想让我把方志靖赶出去？如果是这个就省省吧——我们俩公司职位同级别，谁也赶不走谁。不过想让我把李峋弄回公司的话，倒还有点可能，你让他来应聘看看啊。"

朱韵神色不变地看着他，高见鸿的脸渐渐冷下来。

高见鸿的手机振了起来，他看都不看直接挂断。

"老婆的电话？"朱韵说，"回去吧。"

高见鸿站在原地纹丝不动，"你到底要说什么？"

"没什么可说的了。"朱韵往外走，"是我的错，已经六年了，还这么天真。"

朱韵已经拧动门把，高见鸿又把门狠狠推上了。朱韵回头，高见鸿站得很近，银边眼镜后的目光寒意逼人。

"你怕我们起争端？"高见鸿冷冷道，"现在跟大学时期可不一样了，我们都不是学生了，真刀真枪拼起来，肯定要有人头破血流，你觉得那个人会是谁？”

朱韵不回答，高见鸿平静地给出答案：“是他。”

朱韵嘴唇紧抿。

“我承认他是个天才，但这个时代没有那么简单。”高见鸿说着，忽然改口，“不，哪个时代都没有那么简单，不然他也不会落到现在这个地步。你记不记得我以前说过什么？”

朱韵依旧没有回答，高见鸿说：“我说过，我承认他是个很有本事的人，但也仅仅如此，他走不远。”

朱韵凝视着他。

朱韵眼睛形状很漂亮，眼白是干净的乳白色，没有一丝杂质，衬得黑眼珠更为晶亮，就像带着雪霜的葡萄，让对方可以轻易从中找到自己的影子。

她好像要将高见鸿彻底看透一样，轻声说：“本来不会是这种结果，你应该知道。”

高见鸿的手机又振动起来，他不耐烦地再一次挂断。

“你跟以前一模一样，不给任何人机会，永远无条件站在他那边。”高见鸿反讽道。

“我们说的是两回事。”

“哪两回事了。”

朱韵抛开所有遮遮掩掩，狠狠念出那三个字——“方志靖！”

她盯着高见鸿，“你知道李峋跟方志靖之间发生过什么吧，其他所有事我们都可以先放下，你怎么能跟方志靖在一起？”

朱韵控制不住自己的情绪，渐渐激动起来：“这家公司是怎么来的，当初我们俩虽然走了，但投资的钱并没有给你切断！”

高见鸿不屑一顾道：“哦，两百万，给我个账号我下午就打给你，就当善款救济老同学了。”

“高见鸿！”朱韵难以置信地看着他，她眼睛红了，这样才显出几分女人的样子，不像刚刚冰山一块，“你怎么能说出这种话？”

高见鸿只是冷笑。

朱韵看着他，“你找谁搭档不好非得是他！你就这么恨李峋，你这跟直接往他身上插刀有什么区别？”

这问题她不止一次问过他，她是真的渴望高见鸿能给出一个让所有人都能接受的回答。可高见鸿每次都是理所当然地站在那儿。

她还抱有最后一丝期待，“你别再跟他一起做事了。”

高见鸿沉默了一阵，蓦然笑了，“朱韵，现在说什么都没用了。”高见鸿弯下腰，与朱韵四目相对，“从李峋第一眼在公司见到我和方志靖的那一刻起，这场仗就必打无疑了。现在就算我放过他，他也不会放过我。”

“你根本不了解他。”朱韵低声说，“李峋是狠，但他不绝情，不然他也不会进监狱。”

高见鸿的眼神没有一丝波澜，“他绝不绝情已经不重要了。” 他直起身，推开门，却没有迈出去，“朱韵，实话告诉你，从大学时期开始我就一直期待着这一天。我很庆幸我跟他的这场较量是在离开学校后，这样就免于小打小闹了。”

朱韵没有说话，高见鸿的手机再次振动起来，这回他没有挂断。他声音缓和了很多，最后对朱韵道：“这场较量的结果一定会很惨烈，到时你别怪我。”

在朱韵跟高见鸿争执的当口，李峋跟侯宁也吵得不可开交。准确地说是侯宁单方面发火，原因是李峋拒绝跟他一起出国。

“你还要回去？”侯宁不敢相信自己的耳朵。他是个非常情绪化的人，什么都表现在脸上。此刻他脸色通红，气得嘴唇和眼皮都神经质地跳动起来。

“你怎么这么傻？你看你那几个老朋友，一个直接坑了你的公司，一个忘恩负义钱也不肯给，还有你以前的女朋友，你自己也看到了，早就跟别的男人跑了。你告诉我你还留恋什么，你在里面的时候不是这么婆婆妈妈的啊。”

李峋只是坐在床边抽烟。

其实侯宁注意到了，这几天李峋的样子跟之前完全不同。刚出来时他浑身戾气。现在虽然戾气也在，但他的脚更踏实了，牢牢地踩在地面上。他漫不经心地吐出嘴里的烟雾，做下绝对不会更改的决定。

侯宁比李峋小两岁，他自小长得瘦弱，但脑子聪明，他被人出卖进了监狱，一直被欺负，是李峋帮了他。他一直觉得李峋跟他是一类人，他拿李峋当同伴，现在李峋却要留下。

“你要不要一起留下？”李峋问。

“不。”侯宁想都没想直接拒绝，“你是第一次出来，你根本不知道社会是怎么对待我们这样的人的。”

李峋没说话。

侯宁又说："况且你离开这个行业这么久，想以正当途径去搞那家公司你打算耗进去多长时间？明明有更简单的办法，为什么非得这样？"

"不为什么。" 李峋将烟扔到地上，一脚踩灭，"我不习惯简单，辛不辛苦不重要，我得咽下这口气。"他很随意地说出这番话，目光又黑又沉。

侯宁不止一次被他这样的目光触动，这是侯宁这样的人永远都不会拥有的目光，极具侵略性，像黑色的火焰，不碰到的人不会知道它有多炽热，而碰到的人早就伤痕累累。

侯宁最后努力道："我们去国外不行吗？也能给你报仇啊。"

李峋："这些人不值得我躲起来，我走了才叫一败涂地。"

当他做好决定，就再没有任何的不清不楚，他干干脆脆看向侯宁，"我最后问你一次，你留不留？"

侯宁从思考中惊醒，后背全是冷汗，"不……"

侯宁想起自己第一次出狱的时候，他也曾幻想过可以像"正常人"一样生活，可现实给他上了无数的课。

他用力摇头，额头甚至冒了汗，"不，我不会留下的，我不能忍受那种看人脸色的生活。李峋，你绝对会后悔的。"

李峋安静地看着他，侯宁咬牙切齿："你看着吧，你早晚要来找我！"

他说完夺门而出，甩门的声音很大，整个楼层都听得清清楚楚。隔壁门口堆着的空塑料瓶被震倒，骨碌碌地滚到了下一层。

李峋仰头，躺倒在床上。

这房子太旧，天棚落下不少墙皮，边沿的位置还有浅浅的霉菌印。

李峋闭上眼，他刚刚没坐多久，可后背已经有点僵了。他试着转动了一下脖子，听到骨节响动的声音。

他自嘲地想到，他也不算孤家寡人，至少这折磨人的后背自始至终陪伴着他。

月中的某一日，由中国互联网协会主办的第十四届互联网大会在本市举行，地点在华江大酒店国际会议中心。

朱韵的入场证是从之前合作过的一家公司要的。她到得比较早，门口安检的地方只排了三四个人。宽阔的走廊里铺着薄薄的红毯，两边全是参加大会的展商和IT公司的广告牌。每家公司的牌坊前都在搞活动，扫二维码下载APP，安装成功后会赠送U盘和充电器，或者水果饮料。

朱韵正好有点渴，她去扫了一个理财APP，志愿者热情地端给她一个小果盘，朱韵一边往嘴里送苹果，一边将安装好的软件打开。

闪退了。

"……"朱韵把苹果咽肚，将APP卸载。

近几年网络业务发展迅速，P2P、O2O等新一代商务模式逐步兴起，人们的生活也随之发生翻天覆地的变化。小型IT企业如雨后春笋一样成批成批地冒出来，这次的互联网大会也是如此，来参加会议的大多是渴望拓展渠道的小公司销售或运营人员。

朱韵来到会场。

大会还在准备阶段，华江集团财大气粗，整个会议中心布置得华丽异常。为了营造高科技的效果，墙上四面近十米高的落地窗都被厚重的垂帘挡住，不让阳光进入。顶棚上装了三只大型魔球灯，转出绚烂的色彩。整个大厅有近千个座位，每把椅子上都罩着白色的衬布，座位下方放着一个口袋，里面装着此次会议的流程、奖项以及嘉宾介绍。

朱韵找了个座位坐下来，翻开介绍嘉宾的小册子，第一页上就是方志靖神采奕奕的照片。

吉力是五家受邀参加大会的公司之一，也是华江集团准备注资的企业，位置在最前排，正中央，椅子都跟后面不同，雪白的欧式实木真皮椅，端正气派。

她没看介绍，直接合上。

她是来等李峋的，她有预感，他会来。

前段时间她一直尝试联系李峋，但没有成功，这人忽然像蒸发了一样。问任迪和付一卓，他们也找不到。那个时候朱韵才意识到，自从李峋出狱后，所有的见面都是他找来的，他们反过来想联系他的时候，根本无处着手。

发现这一点让她觉得有些好笑——他都已经这样了，还是掌握主动权的一方，所有人都在跟着他的情绪走。

付一卓说得对，人有些东西是渗进骨头里的，改也改不了。

在连续找人一个星期无果后，田修竹建议她出去散散心。那时互联网大会正好要召开，朱韵收到邮件，看到吉力公司作为代表参加的消息。

她想给李峋打个电话，可始终想不起来当初她抢来侯宁手机时，那一瞥而过的号码。

“你要这都能记住，我就回法国了。”田修竹笑着说。

朱韵后知后觉地反应过来田修竹话里的意思。

田修竹很体贴人，他的体贴也是深入骨髓的。他不会让人不舒服，也不会给人难堪，就像那座莫奈花园一样，安安静静，本身就很美。

朱韵跟他相识这么多年，他帮助了她很多。

“怎么不说话了？”田修竹背对着她，坐在一个浅黄色的实木高脚凳上，有条不紊地给面前的画布上色。他涂完最后一笔，回过头，脸色轻松地说：“开玩笑呢，不会走的。”

“这样会让你觉得尴尬吗？”朱韵问道。

虽然他们并没有正式在一起，但朱韵承认，他们的感情超过了普通朋友。

朱韵自己也很意外，李峋出狱带给她的冲击比她想象的大得多。就像混乱的战场里忽然有人竖起了军旗，虽然形势惨淡，但她还是鼓足了劲头。

她跃跃欲试准备往坑里跳，她已经很久没有对事业这么上心过了。

朱韵对田修竹说：“我不能放着李峋和那家公司不管，我一定会去找他。”

田修竹：“所以呢，你是去找他工作，还是找他谈恋爱？”

朱韵看着他说：“不管是什么，我的精力都会放在那边。你别在我身上浪费时间了，这对你不公平。”

田修竹忍不住笑起来，“你怎么这么老实。”

朱韵静默。

“好了，别紧张。”田修竹穿着白色衬衫，这让他的脸庞显得更为平和，“你把人与人的关系考虑得太复杂了。我留在国内是因为有工作要做，而且我待在你身边觉得很舒服，我们各取所需，就是这么简单。”

也许是常年生活在国外的缘故，田修竹对待感情很坦诚，他很少拐弯抹角，总是直白地表达自己的意思。

他又说：“他一出来，你就像打了兴奋剂一样。”

确实，这个朱韵要承认。

“让我想想，”田修竹说，“其实有时越熟的工作伙伴就越难走到一起，电视剧里都是这么演的。你们现在最多就是战友，比起爱情，目标对他而言更重要。”

朱韵移开目光，她看到桌上放着的耳机，田修竹作画的时候喜欢听歌，不过那都是她不在的情况下。

田修竹轻声道："但你和我之间，永远都不会有比爱情更重要的东西。我这人懒，没有太高的目标和追求，对我来说家庭就是一切。我能为此放弃所有东西，这是我能向你保证的，他却不能。"

田修竹看着她，目光温柔正直。他很少说谎，也从不对感情斤斤计较，他吃得下感情里的亏，这跟李峋截然不同。

田修竹重新拿起调色板和画笔，颜料在短暂的休息时间里蒙了一层薄薄的干膜，他用笔轻轻抿开。

"你们的梦想当年以那么惨烈的方式收场，有执念也正常。虽然隔行如隔山，但人都有想攀的高峰，越厉害的人就越难忍受壮志未酬，这道理我懂。"

他调完颜料，在画布上画下一笔，是最美的翠绿色。他开着玩笑说："以前我说你不够坏，报不了仇。现在够坏的人来了，你快借力拔了那根刺，然后我们就回法国，过最安宁的生活。女孩不需要拼杀一辈子，那样太可怜了。"

按照议程，大会九点正式开始，但八点五十了，人还在陆陆续续往里进。

朱韵往外面大厅看，安检口外茫茫人海。

一直磨蹭到九点二十多，主持人才上台试麦。

顶灯熄了，所有人的注意力都放到了最前面，那里的人群躁动。朱韵望过去，只见几个受邀嘉宾在工作人员的簇拥下缓缓入场。朱韵一眼就看到中间的高见鸿和方志靖。两人都穿着正装，高见鸿率先入座，方志靖则直接走到后面，跟从台上下来的主持人交头接耳不知在说些什么。

台上有人在致辞，灯光打得太亮，看不清面孔。

朱韵离前台很远。她环顾一圈，发现大会的座位安排很巧妙，整体会场座位区分了三个部分，最前面是嘉宾区，只有两排位子；中间部分大多是媒体人和大型公司代表，人数也不多；后面就是汪洋大海般的中小企业，人数众多，放眼望去全是二十几岁的年轻人，每个人脸上都写满了朝气和干劲。

朱韵身边的女孩主动跟她打招呼，声音弱弱的："你好……"

朱韵转头，女孩很瘦弱，脸上稚气未脱，看着像是刚从大学毕业的学生。她不好意思地从包里掏出一张名片递给朱韵。

朝阳网络科技有限公司，运营推广专员洪小薇。

"你好……"洪小薇再次跟朱韵打招呼，朱韵说："我没有名片。"

“哦哦，那请问你是做什么的？”

朱韵想了想：“程序员。”

洪小薇一副恍然大悟的样子，随后又跟朱韵聊起自己公司的情况，还把他们做的手机APP拿给朱韵看。APP的名字叫“小贱兼职”，功能是帮在校大学生联系兼职工作。

“你是程序员，请问你觉得我们的软件还能怎么改进？”洪小薇弱弱地问。

朱韵拿过她的手机，使用了几分钟，说：“功能还可以再完善点，现在只有简单的工作介绍和联系方式，后续还可以加上工作的价值评估。”

“哦哦……”

“软件现在只支持自己搜索工作，可以加上根据用户的优点、长处智能推荐的功能。你们的后台数据库记录用户的搜索历史了吗？”

“啊？”洪小薇听得一愣一愣的，紧张地说，“没有。”

朱韵：“这就有点浪费了，真实数据是很宝贵的资源。你要在最短的时间内了解每一个用户的需求才行。”

“对不起。”洪小薇慢慢低下头，竟然道起歉来。

朱韵回神，窘迫道：“没事，慢慢完善就行了。这软件的出发点很好，市场需求也很充足。”

洪小薇总算恢复点元气，她冲朱韵笑着说：“你真厉害，比我们公司的程序员厉害多了。”

朱韵说：“你们公司多少程序员啊？”

“一个。”

“……”

洪小薇再次脸红，“我们公司一共就七个人。”

朱韵：“那小贱是谁啊？”

洪小薇：“我男朋友，就是那个程序员。”

朱韵笑起来，洪小薇红着脸说：“我们今年大学刚毕业，他想创业，我就陪着他了。”

朱韵点头，“很好。”

洪小薇小嘴弯弯的，“刚开始的时候特别难，不过现在慢慢也步上正轨了，我们软件的注册用户已经有三千多人了，上星期还有广告商联系我们。”

朱韵：“慢慢来，不用操之过急。”

身边冒出一颗头。

朱韵吓一跳，之后反应过来是个腰弯得太深的人。朱韵坐在靠边的位置，这人手持一大沓名片，弯腰鞠躬挨个儿给到人手里。他年纪也不大，看着比洪小薇更腼腆，不怎么会说话，公司名字都报不清楚。

“……你是程序员吗？我们公司正在招聘程序员。”他小声说。

朱韵看名片，飞扬网络有限公司，美术总监郭世杰。

朱韵说：“你们公司连美术总监都出来招人了？”

郭世杰脸红了，“人……人手不够……”

台上有人正在致开幕词，致辞嘉宾是国家互联网信息办公室的领导。他冗长地讲了一通后，主持人上台总结，又将下一位领导迎上来致辞。

台下根本没人在听。

这行业就是如此，大家只喜欢务实内容，年轻人不买老规矩的账。大家都像洪小薇和郭世杰一样，宁可挤出时间多发一张公司名片。

这是个很美妙的时代。

早年如果想做企业，资金、公关、人脉……攒多少都不够；而现在，会场里一千个人，至少八百人的年龄在二十五岁以下，他们每个人都信心满满。

虽然不是所有人都能走到最后，但时代至少给了他们一次机会。

三个人、两个人，甚至一个人，只要把握机遇，赶上时代的浪潮，一款产品就足以让人青云直上，富甲一方。

一个男人从她身边经过。

黑衣黑裤，身形潇洒，他仗着自己个子高，走路有点微微驼背，显出几分慵懒。

台上的领导又下去了，这回换成了企业代表发言，第一家就是吉力公司。

方志靖作为成功企业发言人，与之前两位挂名领导相比受到了更多的关注。他慷慨激昂地介绍着自己的公司，阐述吉力过去取得的成果以及未来的发展方向，表明吉力公司渴望带动整个产业蓬勃向上。

他振奋的模样跟刚刚走过的那道散漫背影形成鲜明对比。

这是个蓬勃的时代，也是一个梦幻的时代，英雄们潜龙出海、迎风破浪，渴望用实力证明一切。

朱韵深深吸了一口气。

不只是后面的人不听发言，就连最前面一排同是受邀嘉宾的高见鸿也对方志靖的演讲充耳不闻。他闭着眼睛，手指按在太阳穴的位置，舒缓疲惫。

两旁的工作人员正在讨论最新上市的游戏，眼神一松，面前晃过一道黑漆漆的影子。

李峋理所应当得像是回家一样，走进嘉宾区，一屁股坐到台上发言嘉宾的位置上。

工作人员慌忙去拦。

李峋坐下的一刻，高见鸿缓缓睁开眼睛，他没有转头，余光一角已经足够验证来人是谁。

工作人员过来，小声对李峋说："先生……请问你有嘉宾邀请函吗？"

李峋瞥他一眼，那眼神实在称不上和善。工作人员是个年轻人，被盯得有点慌："先生，如果没有邀请函的话……"

"我认识他。"高见鸿淡淡道。

工作人员一愣："哦，那好吧。"

工作人员离开后，两个座位上的男人都没说话。整个大厅只有台上打了强光，其他地方都是暗沉的紫蓝色灯光，氛围更加凝重了。

李峋面无表情地看着台上演讲的人，随着方志靖的发言，台上的大银幕滚动播放着吉力公司的各项新游戏宣传片。照这个发行速度，吉力至少还能霸占之后两个季度的下载量。

"我再来问一次。"李峋低声道。

高见鸿冷漠地看着前方，"你问几次答案都一样。"

李峋没有应声，似乎还在给他时间考虑。高见鸿的神色越来越冷，转头，忍不住嘲讽道："你以前不这样啊，怎么关了几年还关出人情味了，你可别吓唬我。"

李峋也转过头，脸上带着几分笑，很轻，透着冰冷和玩味，"所以你是想跟我作对了？"

对上李峋轻描淡写的眼神的一刻，高见鸿左脑颞骨处有根神经刺啦一下从头疼到尾，像是有人用针以极快的速度刮过头皮，左眼也跟着发烫了。

"你要想清楚。"李峋语气轻松，就像谈论屁股下面这把椅子有多舒服一样。

高见鸿不可抑制地想到从前。

从前李峋的目光就是这样的，从不躲避，什么都敢看。那时他不管自己只是个初出茅庐的大学生，带着几个计算机系的菜鸟，多大的活儿都敢接。现在他也不管自己是个脱离行业六年的人，孑然一身，多大的企业都敢呛。

高见鸿胃里翻江倒海——他凭什么这么自信？

“哟，这是谁啊？”

在高见鸿和李峋谈话的时候，方志靖的发言已经结束了。刚刚在台上的时候，他就已经注意到李峋的到来，那时他声音微颤了一瞬，后来马上调整过来。但这一瞬依然让他心生不满，一定要讨回来。

“这工作人员都哪儿去了，随随便便什么人都放进来？”方志靖看向一旁。工作人员察觉苗头不对，赶紧过来解释。可方志靖根本没给他开口的机会，劈头盖脸就是一顿批评，工作人员话都说不出，只能默默忍着。

可惜不管那边闹得多欢，李峋和高见鸿都没有理会。

高见鸿有点忍不了头痛了，沉声道：“你走吧。”

李峋一动未动，似乎在酝酿着什么，许久之后他低声道：“高见鸿，这是我最后一次找你，我就开门见山说了。”

高见鸿眼皮又是一颤，狠狠地说：“快走吧！”

可他命令不了李峋，他从来都不能命令李峋。他无意间抬眼，然后惊恐地发现，这次李峋的目光中真的有“人情”在了。他脑中一瞬间闪过朱韵对他说的话——你根本不了解他，李峋是狠，但他不绝情。

李峋声音低哑，活生生逼自己放下一切，对他说：“高见鸿，你让他滚，这公司我给你了。”

“你让谁滚？”没等高见鸿说话，方志靖已经怒不可遏，压着火道，“我看该滚的是你。”

李峋依旧没有理会，他看着高见鸿，只等高见鸿下一句话。

所有的演讲都已经结束，大会进入正题，一个打车软件的董事长代表众多创业者表达了目前市场局面复杂化、挑战接踵而至的看法。他表示近年来O2O的私募市场有非常严重的泡沫，市场不可能为泡沫埋单。

他打趣说：“最近大城市生活水平上升很多，因为全世界的VC投了几百亿美元，基本都补贴给北上广人民了。”

“而且现在市场也越来越浮躁。”他意有所指地道，“很多企业都是直接奔着最快出钱的目标去，捞一票就走人，根本不管口碑，这样下去肯潜心做产品的会越来越少。”

方志靖也盯着高见鸿，所有人都看着高见鸿。

高见鸿再次抬手按了按太阳穴，转头对李峋说："我跟他要说的一样。"该滚的是你。

方志靖松下一口气，脸色也红润起来。另一边，吴真从旁边走过来，却因为没有嘉宾通行证被工作人员堵住了。

吴真不满道："干什么啊？"

"小姐，要去嘉宾席的话得有通行证才行。"刚刚他就是因为没有拦住那个黑衣服的男人被训斥了一通。

"笑话，你看看我是谁？"她妆容太浓，又在昏暗的场地里，戴着墨镜，工作人员没认出来也正常。

方志靖听到动静，走过来训斥工作人员："怎么什么人都拦，你们到底培训过没有？"

工作人员简直欲哭无泪。

"算了。"吴真倒是好说话，拧着身体走到里面。她来到高见鸿和李峋面前，她不认识李峋，不动声色地打量着他。因为嘉宾区都是按照公司分区坐的，她以为他也是吉力的人，问道："你是谁啊？没见过呢。"

李峋自然没有理她。

吴真被人无视，十分不爽："问你话呢，你是谁啊，这不是吉力公司的座位吗？"

"你就不用管他了。"方志靖从后面过来，冷嘲道，"丧家之犬而已。"

吴真的目光落在李峋身上，长长地哦了一声。

李峋转身往外走。

"李峋！"高见鸿在李峋身后叫住他，看着那道黑色背影，说道，"从来都是你说这说那，今天看在老同学的分儿上，我也劝你一句。"

李峋回头看他。

高见鸿坐在椅子里，缓声说："人要识时务，现在跟以前不同了，你单枪匹马，爬不了山。"

"哎。"方志靖皱眉，故意批评高见鸿，"你这样说就不太好了，好歹是老同学，你也帮帮忙，给人家推荐个公司。不然这简历都半截的，你让他去哪儿找工作啊？"

高见鸿若有所思地点点头，问李峋："需要吗？"

李峋缓缓弯起嘴角。

所有关于“情”的东西，都消失不见了。

一个唯唯诺诺的男人低头发名片，发到嘉宾区，工作人员准备上去拦，被另外一个工作人员制止了：“别管。”

“……这儿不让进去发吧？”

“谁知道让不让进，吉力那个老总脑子有病！咱们别管就得了。”

于是，郭世杰闷着头一路发到李峋跟前。

方志靖看到这么个人物进入视线，心火又蹿起来，把李峋带给他的压抑全部撒在了这个小人物身上。

可在他刚要开口训斥的时候，李峋一把拿过郭世杰手里的名片。

“哎？先生你拿太多了……”郭世杰根本没意识到自己闯进了什么地界儿，他已经连续发了几个小时的宣传单和名片，头脑都混乱了。不过他还记得这些名片都是公司老大掰着手指头数着印的，明令一卡一人，发多了就提头去见。

方志靖看李峋揣起名片，大笑道：“怎么，公司就这么找好了？”

高见鸿看着郭世杰佝偻着的样子，也笑了，“你还真是跟以前一样，想一出是一出。”

李峋凝视了他一会儿，低声道：“你也跟以前一样，总是看不远。”

高见鸿神色冰冷，吴真听得挑了挑眉。

郭世杰还没搞明白是怎么回事，蒙着一张脸左看右看。李峋大步离去，郭世杰追在后面。李峋步伐迈得大，且过道拥堵，郭世杰很快就被甩开了。等他追到大厅门口的时候，李峋早就消失了。

郭世杰擦了擦脸上的汗，气还没喘匀，又一道黑影从面前闪过。黑影往门口冲去，冲了没几步猛然急刹车返回来，一把夺走他手里仅剩的几张名片，再次往门口跑去。

朱韵跑出酒店，远远地看到李峋上了一辆出租车，缓缓离去。

她站了一会儿，等胸口慢慢平复后，低下头，重新看这张名片。

飞扬网络有限公司。

世间缘分难寻规律，老天无聊消遣，随意撒下丝线，却将毫无关联的事物紧紧捆绑在一起。赌上顽固的尊严与骄傲，今后一荣俱荣，一损俱损。

郭世杰正犯愁名片没了，这时手机响起。他一看来电人名字，顿时整个人都不好了。他颤颤巍巍接通电话，里面传来张放慵懒的声音：“外勤出得怎么样啊？”

“啊……还行。”

“拿没拿到合作？”

“现在还不确定。”

“那有没有招到人啊？”

郭世杰谨慎地说：“……好像有几个人看起来挺感兴趣的。”

张放喝了口咖啡，“那你声音怎么这么虚？”

“……没……没啊。”

“反正看成效了。”张放气定神闲道，“董总马上出差回来，到时公司要是再没起色，咱们几个就一起等着秋后问斩吧。”

郭世杰额上又是两道汗下来。

朱韵回去后上网搜索了一下这个“飞扬网络有限公司”。公司是去年成立的，主要在做游戏，但基本都是没有上线就被砍掉的，消息非常少。

网上有这家公司的招聘信息，朱韵点进去，内容很简短——招程序员，工资待遇要求什么都没提。她看了眼发布时间，就是公司刚成立的时候，已经很久没有更新了。

朱韵直觉这家公司有点不靠谱，但没办法，因为李峋看样子是打算去这里。她按照名片上的电话给公司打过去，接电话的正是有气无力的郭世杰。在听说朱韵是来询问招聘信息的时候，他一下子精神起来，“请……请你等等！我去找我们人事总监！”

“好。”朱韵心说公司结构还挺正规，还有人事总监。

过了一会儿张放来接电话，没说几句就直接约了第二天的面试时间。

结果当天，她跟李峋碰到了一起。

这公司地段还不错，在市中心偏北的创业园区里。近年来政府扶植互联网创业，专门为这些公司建了一条创业街。互联网发展浪潮太猛，整条街大大小小的公司算起来有几百家了，开了黄、黄了开，比麦子收得还快。

朱韵按照张放给的地址，找到创业园区B栋。

她一进楼就看见了李峋。

创业楼的一层大厅很开阔，中间摆着园区模型，搞得像售楼处似的。李峋就站在模型旁边抽烟。

当然，他也一眼就看见了朱韵。

两人谁都没说话，场面有点尴尬。恍然间，朱韵竟有种大一刚开学时的感觉。

她早应该想到，李峋的效率比她还高，肯定也是分分钟打电话约面试。

两人均默不作声，各自端庄地等待着，显得大厅更加空旷了。没一会儿工夫，他们的手机一前一后振动起来。

张放发来短信，通知上楼面试。朱韵看完短信抬头，发现李峋已经先一步进电梯了，她在后面紧追几步，可惜还是没赶上。

李峋一秒没等，直接上去了。

朱韵："……"公司在十二层。

虽然朱韵一开始就预感公司规模不大，但她从没想过这规模居然有这么"不大"。就这么小小的一层里竟然硬生生塞进去八个公司，有七个是搞互联网的，还有一个是做物流的。

拜这个物流公司所赐，狭窄的楼道里堆了成山的快递，走路都困难。

等朱韵挤到飞扬公司门口的时候，李峋已经被张放拉进小黑屋面试了。

接待朱韵的是郭世杰，他显然还对朱韵有印象，冲她和善地打了招呼，又接了杯水，招待周到。

"谢谢。"朱韵接过水杯，打量周围环境。

公司面积只有一百多平方米，但看起来很开阔。主要是人太少了，算上朱韵和李峋也才四个人——哦不，刚刚从厕所又出来一个年轻人，睡得一头乱毛，打着哈欠回到电脑旁。

他一碰键盘，屏幕亮了，上面正挂着个页游在玩。

……

就在朱韵正无声体会飞扬公司的企业氛围时，小黑屋里忽然传出张放的惊呼："什么？坐牢？！"

小黑屋门开，张放脑袋露了出来。朱韵和郭世杰就站在外面，张放瞪着郭世杰，"你都往公司里引的啥人？"

郭世杰无辜地看着他，张放瞥了朱韵一眼，说："得了，一起进来吧，早面早完事。"他末了又冲郭世杰道："你也来。"

小黑屋里，四个人静默无语。

面试房间也就六七平方米，一张方桌子把他们隔开两边。以张放和郭世杰为代表的飞扬员工一方体格瘦弱，垮垮地坐着。反观李峋和朱韵，朱韵穿着得体，坐姿端正；李峋则抱着手臂靠在椅子里，神色冷漠，一言不发。相较起来，好像这边才是面试官一样。

屋里气氛诡谲，郭世杰额头上又开始渗汗。

张放觉得自己的气势有点被压倒了，他不甘示弱，嘴角一耷，也装起高冷来。

"傻坐着干什么，不知道把简历交上来？"张放皱着眉，语气不善地对朱韵道，"还是你也像他一样，连份像样的简历都拿不出来啊。"他说着还跟身边的郭世杰抱怨，"你说现在这些应聘的都怎么回事，跟我们当初简直没法比，要专业没专业，要……"

他话说一半，桌子上多了一沓纸。

"抱歉，这是我的简历。"朱韵说。

张放轻咳两声，拿起简历，大爷一样审阅起来。

屋里又恢复了一阵宁静，只剩唰唰翻纸的声音。不多时，张放沉下一口气，在大家以为他要发表什么看法的时候，他忽然举起简历，扭身狠狠抽了郭世杰一下。

郭世杰一脸茫然，"怎……怎么了……"他捂着脑袋惊恐地问。

张放眯着眼睛问郭世杰："你都招的什么人？"

"啊？"

"不是混混就是骗子，你还想不想干了？"

郭世杰完全不了解发生了什么，旁边朱韵眼神一斜，先开口道："骗子？请你说得详细一点。"

张放定睛看她，嘴角带着明察秋毫、看破大局的笑。他拿起简历，"你作假也作得像一点，有这种简历的人会来应聘我们公司，你是不是当大家都是傻子啊？"

郭世杰探头想去看到底是什么样的简历，结果又被张放抽了脑袋。张放声音挤在牙缝里，小声说："你有点出息行不行？"

等张放回头，发现朱韵正看着他。

"你对公司很没信心？"她问道。

张放轻咳，"咱们就事论事。"

朱韵：“就事论事就是你完全不看好自己的公司。如果你连面试员工的时候都能摆出一副公司明天就要倒闭的表情，那还怎么召集人才。”

郭世杰在旁听着，心里一万个同意。

“即便公司实力真的不行，你也要有信心。”朱韵接着说，“有信心才能带来运势，这样你才有机会摸到好牌翻身。另外，你是公司的HR总监？”

张放：“啊？对啊。”

朱韵：“我问句题外的，你觉得做HR最重要的一点是什么？”

张放被朱韵一段话直接说傻了，耿直地回答：“不知道啊。”

朱韵：“是识人之能。”

朱韵身体向前，两手叠在桌子上，凝视着张放的眼睛，“否则摸了王牌认不出，那就太可惜了。”

张放被那黑亮的眼睛盯着，忽然一个激灵惊醒。

这女人说话太猛，差点把他绕到沟里去。

“我说……”他刚想给自己找回气势，手机响了，屋外赵腾发来短信——

“别装了，董总后天回来，你招不来人就准备自断一臂给他下饭吧。”

张放看完短信脑袋嗡嗡的。行啊，现在谁都能在他头上踩两脚了。

张放连朱韵都顾不上了，拿起手机啪啪啪地回复——

“你游戏玩完了？活儿都我干你好意思瞎叨叨？”

等了一会儿没等来消息，张放知道赵腾的游戏应该又新开了一局。他气得牙痒痒，拍着桌子冲郭世杰泄愤道：“你说他是不是过分，活儿都是我干，骂也是我担，他都干什么了，天天偷懒玩游戏，我容易吗我！”

张放抱怨完就盯着郭世杰，渴望他也说两句。可惜郭世杰嘴拙脑子慢，根本不知道怎么配合。张放又要发火，郭世杰闭着眼睛等死，没想到屋里另一个男人解救了他。

“我也觉得你不容易。”李峋保持着原来的姿势坐在椅子上。

张放莫名其妙地看向他，朱韵也暗暗凝神。根据历史推论，这人下面的发言应该是没有好话的。

可事实发展出乎她的预料。

李峋淡淡道：“公司是大家的，但总要有人站出来带头，这个人承担了比别人更多的责骂，只是因为他做了更多的工作。”他一摊手，“不干活儿的自然没错误。”

朱韵："……"

张放忽然觉得这个李峋怎么这么可爱啊。

长得邪帅邪帅的，声音又好听，低沉稳重，说起话来信服力爆表。

"我太赞同了！"他激动地说，"他们就知道放嘴炮，根本不理解我！"

"是啊，"李峋冲张放笑笑，"说话多轻松啊，小嘴巴一张一合就出去了，根本不用负责的。"

他说着，转头看向朱韵，吊着眼梢问："对吧？"

朱韵心中万马奔腾，差点没把屁股下的椅子给抠破了。

张放在李峋一番诱哄下身心舒畅，摆摆手说："你们先回去吧，等我通知。"

李峋先一步离开，朱韵心里叹气，收拾东西的时候听见旁边一个声音弱弱地问："……这是真的吗？"

朱韵转头，看见自己的简历不知什么时候被郭世杰拿了过去，他一边翻阅一边问朱韵："是真的吧？"

朱韵说："当然是真的。"

张放倒在椅子里，晃着转椅，眼神考究地盯着她。在她准备离开的时候，张放忽然冲外面号了一嗓子："老腾——"

外面没动静，张放低声骂了一句，一脚蹬开滑椅，"你跟我过来。"

他带着朱韵来到外面，赵腾正戴着耳机窝在椅子里玩游戏。这局游戏正打到最高潮，赵腾飞速点击鼠标，浑身紧绷，脸带杀气。然而在这紧张刺激的时刻，屏幕忽然一黑……

"靠！"

赵腾耳机一摘鼠标一摔，真的"腾"起来了，"老子掐死你！"

"先干正事！"张放冲他咆哮。

一听要干正事，赵腾马上蔫下来，懒洋洋地坐回椅子里，"干什么呀，我这儿还有不少活儿积压着呢。"

张放看他这偷懒的样子就恨得牙痒，他把朱韵的简历放到赵腾面前，"做个测试，题目你随便想，快点！"

赵腾如同无骨人一样瘫在椅子里看简历，刚翻了一页就停下了，看向朱韵。他边盯着她边从桌上拿了盒口香糖，抠了两颗出来放进嘴里，嚼了足足两分钟，不知在思索什么。

张放在一旁催促："合计什么呢，想个考题这么难？"

赵腾瞥过来，"要么你想？"

张放踹他椅子。

赵腾打开文档，敲着题目问道："刚才不是有两个人面试吗，就测试一个？"

张放说："那个你别说，我还真挺看好。"

郭世杰在旁小声道："就他哄你说话……"

张放回头，"造反啊！"

郭世杰再次隐匿。

张放叹了口气，说："不过我仔细想想还是算了，简历都拿不出来。而且他可是坐过牢啊，还是故意伤人。这么多年牢饭吃下来别再有什么反社会倾向啊，招进来不是找事吗。"

赵腾淡淡道："董总也坐过牢。"

张放掐着腰，"那不一样。"

朱韵静静地站在一旁听着他们的谈话。

"来吧。"赵腾写好问题，把座位让给朱韵，"两道题，一道你口述回答就行了，另外一道逻辑编程题，你写写看。"

"好。"

朱韵看向文档中的第一题——手机游戏的"手感"不好，该怎么办？

她回头问赵腾："手感指什么？"

张放绝望，果然简历是作假的。

赵腾却没有在意，拿出手机点开一个游戏，"你玩玩看。"

朱韵拿着玩了一会儿，是个非常幼稚的打怪小游戏。

赵腾在一边问："怎么样？"

朱韵实话实说："无聊。"

张放脸上涨红，这是他策划制作的游戏。

"无聊我们都知道，"赵腾笑着说，"除了无聊，玩起来感觉怎么样？"

"有点卡，不流畅。"

"对，而且逻辑顺序不好对不对？"

"嗯。"

"这些都叫'手感'。"

朱韵点头，说："那我先简单理解成优化改进了。"

赵腾耸肩，示意她继续。朱韵整理思路，说道："这游戏的数据结构和优化算法都有问题，加载资源不是动态的，对于不再使用的内存也没有做到及时释放。"

朱韵点了点手机里的小人儿，小人儿磨磨蹭蹭地往前走了两步。

"角色对于玩家的指令反应强度设计得不合理，而且网络传输的数据应该有冗余。"

她陆陆续续又点出几个问题后，放下手机，"如果把这些都调整好的话，你说的'手感'应该会有较大提升。"

张放斜眼瞪赵腾，赵腾对朱韵说："你先写下一道程序题吧。"

朱韵正坐在椅子上，对张放和赵腾说："那个……写前我能不能先说句话？"

张放做的游戏刚被朱韵喷得像坨屎一样，脸上有点挂不住，冲朱韵道："考试期间不要闲谈，先把题做了。"

"做不做都一样。"朱韵看向赵腾，"你知道的吧？"

赵腾舌头在口腔里转来转去，最后说："工资方面，你开个数吧。"

朱韵："工资你们看着给，但我有个条件。"

赵腾问："什么条件，你说。"

朱韵："刚刚那个跟我一起面试的人，我想让你们把他也录用了。"

张放抱着手臂，"你亲戚啊？"

朱韵："不是，以前认识的人。"

张放狐疑："你俩刚刚看着也不像认识的啊。"

朱韵："很久没见面了。"

张放不满道："你当我们这儿什么地方，老友会啊，自己都没进来还搞起裙带关系了。告诉你，我们这儿可是完完全全凭实力说话！"

朱韵看向他，张放被那眼神盯着，忽然有那么一丝丝紧张。

朱韵看了片刻，移开目光拎包起身。

"如果太为难的话就算了，祝愿贵公司早日找到合适的员工。"她说完就打算往外走，被赵腾叫住："哎哎！你先等等……"

赵腾扯着张放往角落里钻。

张放："干什么啊你，拉拉扯扯的！"

赵腾压低声音："快点签了！"

张放："签什么？"

赵腾往后面使了使眼色，张放看过去，朱韵还在公司门口等着。

张放："你没听她说还要搞裙带关系吗？"

赵腾："她要带就带，一人一个月给五千也才一万块钱，咱们捡大便宜了，她那份简历拿到外面去五万都请不来！"

张放犹豫："有那么厉害吗？那男的可刚坐完牢啊。"

赵腾："董总也进去过。"

"所以啊！"张放激动得直拍手，"你更应该知道这种人有多可怕啊！我们有一个还不够，还再招进来一个！"

赵腾手掐着腰，半晌，笑了笑。

"那随便你，反正招人不归我管，我已经给你意见了，你爱听不听，我回去玩游戏了。"

"站住！"张放扯住赵腾，小声问，"真有那么厉害？"

"你这才最没道理。"赵腾冷笑说，"你自己也是程序员，连同行厉不厉害都看不出来？"

张放义正词严地说："你别损我，我半路出家的跟你们能一样吗？！而且你给我端正态度，我可还身兼公司财务一职，公司的状况我比你们都清楚，现在必须确保每份工资都给得有价值才行！"

赵腾无力地看着张放，"你歇着吧，连你都能拿工资，人家差什么？赶紧去拟合同。"

# Chapter 03

## 打火机与公主裙

❷

于是朱韵回国后的第一次面试，顺利拿到offer（录取通知），第二天就入职了。

当然，还有李峋。

他们在上班第一天再次在飞扬公司的楼下碰头。这次赶上上班早高峰，两部电梯门口都挤满了人，大家都排队等着。

李峋身高鹤立鸡群，备受瞩目。他跟朱韵远远打了个照面，翻了一眼，转身去走楼梯。

朱韵挤开身边的人，跟了上去。

她推开楼道门，李峋已经到二楼了。朱韵穿着高跟鞋，踩在水泥台阶上发出咚咚的急促声响，追了半层楼梯终于看到转弯处的黑色身影。

“李峋！”她叫了一声，声音在空荡的楼道里发出层层回音。

李峋停住脚步，朱韵又上了半层楼，在距离他六七级台阶的地方站住脚。李峋侧头，俯视着她。

创业园区的楼只是外面看着光鲜，楼道里的墙都没刷漆，栏杆扶手也只涂了一半，看起来像个半成品。可这里并不阴暗。这楼道设计得最好的地方就是每层都加了窗户，所以不管墙面和台阶的水泥色调再灰，人余光里总会出现湛蓝的天、洁白的云，还有地上翠绿的树木。

朱韵发现自己这次面对李峋，虽然紧张还在，却没有第一次在小巷里见面时那种全部内脏都扭在一起的难受感。

这是个新的开始，虽然起点不是那么高，但就如同余光里那些颜色一样，有一角就可以了。

那一角所带来的微乎其微的活力与希望，对于她面前这个人来说，已经足够了。

“李峋，我们聊聊吧。”朱韵仰头说，“虽然我一直猜不透你的想法，但我觉得我们现在至少有一个共同目标。”

李峋好整以暇地掏了根烟，靠在楼梯转角的扶手上。

朱韵：“你不接受方志靖在那家公司里，我也不接受。说实话我之前试过一些方法，但都不行。那时我正在国外念书，离得太远，等我回来的时候这家公司已经做大了。不过这些年他们公司的产品和发展路线我都很了解，如果……”

“我说，”李峋吐了口烟，懒洋洋地打断她，“你跟我说这些干什么？”

朱韵一顿：“我说了我们现在有共同目标，而且我承认我一个人实力不够。”

“哟，” 李峋皮笑肉不笑地道，“这么牛哄哄的海归高才生实力会不够？”

“……”

李峋捏着手里的烟卷玩，“我对那家公司下手，是因为它本来就是我的东西。朱小姐有什么理由？别告诉我是为了咱们过去那点交情。”

朱韵默默地看着他。

李峋讽刺地笑道：“算了吧朱韵，用不着。我是坑蒙拐骗也好，饿死路边也好，都跟你没关系。”他悠然转身，烟夹在手里，在空中画了个弧线，“带着那小白脸和你那华丽的简历，有多远滚多远。”

他说完，晃荡着往楼上走。朱韵原地站了三秒，沉默地跟了上去。

李峋再一次停住脚步，这次朱韵没有停，她从他身边经过，往楼上走。

擦肩而过之时，李峋闻到了香水味，很高级的女人香，跟这半吊子的创业楼一点也不搭。那味道一瞬间就占据了他的鼻腔肺腑，将粗糙的烟草气都驱没了。

这莫名让他情绪更坏了。

“我让你滚。”他再次说道。

朱韵回头问了句：“你对我的感情一点没变吗？”

李峋眼睛一眯，冷着脸不作声。

朱韵："如果是，那我们确实无法合作了，你说一声，我现在就走。"

他没有回答，他们都知道答案。六年，谁过得都不轻松。他们都是较真的人，更不容易撑过那段漫长的岁月，他们都需要反思、改变，用以自救。

但好在还有东西一直没变。她看着他，在他的沉默里最后说道："不管感情怎么样，我始终相信你是个真正的天才，所以我才会来。"

李峋夹烟的手指轻轻一颤。

高跟鞋的声音渐渐消失在楼道里。

李峋在原地站了很久，最后烟头险些烫了手，他发泄一般狠狠地摔到地上。

张放对两名新员工第一天上班就迟到的事极其不满。

他在办公室里转来转去。

朱韵推门进来，张放冲她喊道："这都几点了，有没有点时间观念！第一天就迟到，以后还得了？"

朱韵经过刚刚跟李峋的一番交谈，心中感叹颇多，没注意张放，径直走到里面。

张放要发飙，瘫在椅子里的赵腾说："行了，快点安排工作吧，还有不少活儿要干呢。"赵腾比昨天瘫得更厉害了，整个人像吸毒了一样，黑眼圈奇重，惨得不行。他有气无力地提醒张放："董总明天就回来了……"

这句话顺利扭转了局势，张放啥火都咽下去了。他招呼朱韵来到一张桌子前，刚要开口，门又开了，李峋晃进来。

张放深吸一口气，揉着自己的胸口，"哎哟，我这脾气真的……快点过来！"

李峋走过来，张放指着面前这张桌子，"你们俩就用这张了，谁坐哪儿自己选，然后让老腾给你们装电脑。"

这是张四人用的方桌，朱韵就近把包放在一角。张放问李峋："你呢？"

李峋扬扬下巴，示意对角线位置。

"行，那就让老腾——老腾！别窝着了！快起来！"张放叫了两声，忽然想起一件事，"对了，还没给你们介绍公司概况呢。"

朱韵无语地看着他。

就这么个四尺见方的公司，还有个屁的概况。

在张放的坚持下，朱韵重新认识了一遍飞扬公司的三名元老级员工——一个兼策划、测试、技术于一身的程序员赵腾；一个兼财务、人事、运营于一身的程序员张放；一个兼原画、3D、UI、打杂于一身的美术总监郭世杰。

朱韵问郭世杰："你不兼程序员？"

郭世杰不好意思地笑，"不。"

"基本就是这么个情况。公司现在在研发制作的游戏有两个，等下会发给你们文档，好好看一遍，有不懂的就问我们。"张放解释完，对赵腾说："你快点把电脑给他们装上。"

赵腾已经在沙发里睡着了。

他睡得沉，张放骂骂咧咧怎么都叫不醒。李峋说："我去吧，电脑在哪儿？"

张放："哎？你会装电脑？"

李峋："嗯。"

张放惊喜地问："那你会修电脑不？"

李峋面无表情地看着他。

张放被他盯了几秒，浑身发毛，"行行行，机箱都堆在厕所门口。"他思前想后，又说："我跟你讲啊，咱们这个公司虽然不大，但上下级观念还是要有的，俗话说……"

李峋转身走了。

张放："哎哟，我这个脾气！"

朱韵等着李峋装电脑的时候，简单扫视了一圈公司，窗边那块区域摆着一张巨大的办公桌，配备着公司唯一一把真皮大靠椅。

朱韵走过去，办公桌上东西比较凌乱，有几张纸上乱七八糟写了不少东西，字迹潦草，分辨不出内容；钢笔也忘了盖帽，笔尖早就干得不能用了。钢笔旁有一个落满灰的名片盒，朱韵没有动，隔着灰蒙蒙的盒子看下去，两排四四方方的宋体字落入眼帘——

飞扬网络有限公司总经理

董斯扬

公司的电脑都是组装机，李峋挽着袖子搬东西，郭世杰过来帮忙。

李峋拆开一个显卡，拿着看了半天。

郭世杰在旁边小声问："怎么了？你不会装这个吗？我去叫赵腾吧。"

"真神奇。"李峋淡淡道。

郭世杰："什么神奇？"

李峋："我六年前装过的型号，六年后竟再次安装了。"

"……"

郭世杰自然明白他这话是什么意思，脸红道："我们公司资金不是很充足，机器配置不好，显卡、显卡型号很低，不过勉强还能用。"

朱韵站在后面，也抻脖往里看。

从前基地的电脑也是组装机，所有的配置都是李峋选的，也是他来安装的。基地电脑出问题，从来不需要联系学校的修理人员，只要李峋一个人就够了。

李峋装电脑装到一半，赵腾醒过来。他挠着肚子上厕所，路过李峋这里一看，说道："走线不错啊。"

李峋只花了一个小时就完成了两台电脑的全部安装，朱韵测试开机的时候他就站在旁边，提醒她道："设密码。"说完就回到自己的座位。

赵腾蹲厕所蹲了半个小时，张放催他："别拉了！快回来发文档！"

在赵腾拉屎的这段时间里，朱韵无所事事地浏览网页，刚开了三个页面，咔！屏幕定格了。

朱韵晃了晃鼠标，没反应。

朱韵斜眼看李峋，他正神色严肃地看着屏幕。

朱韵小声说："死机了。"

李峋眼神飘过来，还维持着严肃的神色，朱韵指了指自己的电脑。李峋过来，鼓捣了一会儿弄好了，骂了一句"烂机器"又回去了。

赵腾提着裤子从厕所出来，张放又骂起来："工作效率在哪里？能不能快一点！"

赵腾翻了个白眼，问朱韵和李峋："有QQ号没？"他看这两人的神色，摇摇头，"看你们这样就不像有，赶紧注册一个，工作用。"

飞扬网络有限公司没什么内部网络系统，工作直接拉QQ群。群里倒是干净，算上朱韵和李峋两个新来的，一共就六个人，所有人都将群名称改成自己真实姓名，只有老板董斯扬挂名"飞扬天下"，头像是一把刀。

赵腾隔空喊话："文档在群文件共享里！自己下载！"

朱韵软件用得不熟练，点了半天终于把文件下载下来了。在阅读了两篇张放的鬼畜游戏策划案后，她再一次开始怀疑人生。

飞扬目前"研发"的两款游戏，一款叫《无敌武将》，属于策略战斗类游戏，背景是战国时代，但朱韵震惊地发现里面竟然有吕布在。

她通篇规划案读下来也没看出有什么逻辑性的东西在，只看出张放是吕布的狂热粉丝，策划案里一半的篇幅都是在介绍吕布的技能设计。她打开内测版玩了几轮后，发现除了吕布以外，这游戏几乎毫无内容。

第二款游戏就更不用提了，名字叫《花花公子》，该游戏还有个别称叫《坏蛋上司轻一点》。

从名字也能看出这游戏的路线。张放在策划案里提到一句，该游戏面向用户为十二岁至三十五岁的孤独男性群体，属于温暖型游戏，陪伴大家度过无数个寂寞的长夜。

《花花公子》还没有出试玩版，在规划表最后一栏里写着“进度严重滞后”。

朱韵将胳膊肘垫在桌子上，两个指头按着太阳穴。

张放过来，“看得怎么样了？”

朱韵提起精神，“已经看完了。”张放看向李峋，李峋也点点头。

“好。”张放冲剩下两人吼道，“开会了！”

会议室就是面试的小黑屋，赵腾拉着一张脸，“放儿啊，三个人的时候就算了，五个人怎么挤啊？”

张放坚持道：“这是董总定的规矩，开会必须在会议室，得符合管理。”

于是五个人挤在小方桌旁围成一圈，朱韵坐在赵腾身边，跟李峋面对面。赵腾斜眼看她，“你还带本来了？”

朱韵一顿。她一听开会，本能地带了本和笔。赵腾趁着张放准备的时候小声对朱韵说：“别写，费纸。”

朱韵：“……”

张放准备就绪，清清嗓子。

“来，开始了啊。”他把胳膊架在桌子上，看着朱韵和李峋说，“刚才公司的研发游戏你们都已经了解了吧，有什么想法，说一说。”

没人吱声。

张放说：“行，给你们一点消化时间，反正现在就这么个情况，两个游戏组都缺人。”

朱韵听得心惊胆战，她和李峋来之前这公司一共就仨人，还能劈出两个项目组来。

“所以你们俩至少要一人负责一个。本来是两项都要负责的，但看在你们刚进公司，还不是很熟悉的分儿上，给你们一点缓冲时间。事先说好啊，我们公司的压力可是不小的，你们得加把劲才行。”张放揉揉手，“那……你们俩分一下吧，看看谁来负责哪一项。”

朱韵看向李峋，后者靠在椅子里，没有发言的意思。

朱韵说：“那我负责《无敌武将》吧。”

“行，李峋你负责《花花公子》，有意见吗？”张放问李峋。

李峋摇头。

“好！”张放埋头在笔记本电脑里噼里啪啦打着什么，赵腾偷偷瞄了一眼，是工作进度表，这是要交给董总审阅的。虽然只是口头上将项目分给两个新人了，但张放还是不知廉耻地把进度表往后延伸了好几步，他这个月的任务目标基本完成了。

张放愉悦地抬头，刚好跟赵腾的视线对上。

赵腾眯眼道：“这世上怎么会有你这种不要脸的人？”

张放权当没听见：“散会！”

离开小黑屋，朱韵叫住张放：“我觉得这个《无敌武将》游戏设计不太合理。”

张放打着哈欠，摆手道：“你去找赵腾聊，程序都是他写的。”

朱韵又去找赵腾，赵腾正在玩游戏。朱韵在后面看了一会儿，问道：“为什么你这机器跑起来这么快？”

赵腾哼笑：“当然是因为这是我自己加工的。”

朱韵：“可以自己改公司的机器？”

赵腾：“当然可以。”

朱韵若有所思地点点头，赵腾回头，“找我干吗？”

朱韵想起正事，将自己觉得游戏不妥的地方都列出来，“这游戏内容和游戏背景对不上，唯一一个完整开发的吕布还是要删除的。除他以外，其他角色基本没有内容，还有战役系统，太粗糙了。”

赵腾懒洋洋地笑。

朱韵试着问：“要怎么改？”

赵腾：“不知道。”

朱韵：“……”

赵腾理所当然道："我是程序，策划是张放写的，他策划书里写什么，我就做什么。"

朱韵无语地看着赵腾。

赵腾算是个比较帅气的小伙子，身形清瘦，五官有点日系风，头发留得也比较长，眼睛永远睁不开一样。他年龄不大，只有二十二三的样子，可他不像那些刚离开大学的稚嫩学生，他身上的社会气很浓，像是有六七年工作经验的老油条。

朱韵心想，从另一方面讲，如果赵腾是《无敌武将》唯一一个真正意义上的程序员的话，那他的水平应该是可以的，因为这游戏里唯一的成品角色"吕布"，做得真的很不错。

可惜，他看起来完全没有要继续下去的意思。

"如果我们把其他的角色也做得跟吕布一样，还有战役和剧情也完善了，那游戏最后呈现的效果跟现在会完全不同。"朱韵说。

赵腾瘫在椅子里，"我们时间不够。游戏下月底要上线，只能这样了。你后续把内容整理一下就行了，要求策划书上都有。对了，UI也是你负责，美术有问题去找郭世杰。"说完又回去打游戏了。

第一天上班，张放和赵腾除了那次开会以外，没跟他们有过多交流。

赵腾挂名"主程"，似乎对朱韵这位新员工十分有信心，只提了简单要求，就不再管她了。而对李峋，张放和赵腾连简单要求都没有提，可能他们已经认定了他就是朱韵带进来的关系户，主要是为了凑数用。

朱韵默默回到自己的座位，打开赵腾的程序。

飞扬公司制作游戏所使用的引擎是Unity3D，朱韵不用问都知道他们选这款引擎是因为免费。

U3D在国内推广开只有三四年的时间，算是比较新的游戏引擎。以前朱韵留学的时候，在旧金山凑热闹去过GDC，也就是全球游戏开发者大会。她在那儿第一次接触到这款游戏引擎，当时因为这引擎过于火爆，她之后还参加了U3D的短期培训。

朱韵偷偷瞥向李峋，他聚精会神地盯着电脑，眉头皱着，鼠标不时点击着什么，并没有敲击键盘。

U3D用的编程语言主要是JavaScript 和C#，对他来说难度应该不大，就是不知道他现在手生到什么程度。而且主要问题是，李峋之前从没有接触过游戏引擎，他们大学时代完全没有想过将来会去做游戏。可能李峋唯一写过的游戏就是大一刚开学时，那个坑死朱韵的像素小人儿。

引擎里面有不少细小的操作技巧，还有很多内置素材的使用方式，都需要一些经验积累。如果是完全的生手接触的话，可能几个小时下来连运行游戏的方法都找不到。

李峋很认真，他完全没有注意到朱韵正在看他。

半晌，朱韵的目光回到自己的屏幕上。

一台破机器，里面是一个破烂的游戏。

她深吸一口气。

要做的事很多，一件一件来吧。

太阳落山，天色渐暗，离下班还要半个多小时的时候，张放他们就开始收拾东西了。

张放临走前对朱韵和李峋说："明天可千万别迟到，不然没人救你们。"

"……"朱韵发现他们似乎十分惧怕老板董斯扬，从公司的整体状况判断，这位董总的管理能力应该属于"极差"的范畴，也不知道他们到底怕些什么。

"你还不下班？"赵腾问朱韵，"第一天上班就加班，这么敬业啊。"

朱韵："我再等一等。"

赵腾："那叫点外卖吧。"

朱韵："谢谢，先不用，我还不饿。"

赵腾又问后面的李峋："你呢，你也加班？要吃晚饭不，我这儿有外卖单。"

李峋关了电脑直接离开。

赵腾看着他的背影，转头对朱韵说："这什么毛病？你们以前认识，他以前也这样？别人说话都不听的？"

朱韵敲着键盘说："以前比这还严重。"

赵腾轻轻地哇了一声，又说："那我先走了，你下班的时候直接把门锁上就行了。"

朱韵的视线还是停留在屏幕上，应了一声："好。"

赵腾走到门口回头，朱韵还盯着电脑，其严肃认真的程度在这家公司——不，应该说是在他待过的所有公司里都极为少见。赵腾高中就辍学了，写程序是他的爱好，他在这方面勉强算有点天赋，不过他懒得钻研，只将这当成混口饭吃的本事而已，所以他也很不理解朱韵这种拼死拼活工作的人。

他想起她那份简历，那可真是精彩，光彩照人。他疑惑朱韵为何会来他们这儿。从第一天的情形来看，她的工作能力和学历是相匹配的。

图新鲜？还是来体验生活？

也不知道能坚持多久……

赵腾饿了，干脆地将所有疑问都抛到脑后，愉快地下班了。

七点。

八点。

公司里只剩朱韵一个人。

她几次看时间，好像是在等待什么。

八点半，有人来到公司，是同城的加急快递，快递小哥赶路赶得满脸是汗，“请问是朱女士吗？”

“对。”

“您的快递，请签收。”

朱韵在快递单上签字，“速度可以啊。”

快递小哥笑着说：“我们同城加急基本就半天的。”

快递员离开，朱韵回到座位把包裹拆开，里面是两套显卡、硬盘以及CPU和内存条。朱韵去储物间翻出工具盒，然后开始拆李峋的机箱。

这是她第一次装电脑主机。

虽然是计算机系的学生，但朱韵深知自己跟硬件缘分不深，可能女生对于这种拆装机器的活儿都不太感兴趣。在朱韵的概念中，装电脑应该是件很简单的事，无非就是那么几样东西，插好就行了……

可就是这个“插好”，成了最大的问题。

朱韵把CPU和内存插入主板后，风扇说什么都弄不上去，半个多小时了都没有起色，搞得她有点急躁。她跟这几样东西较上了劲，从手机里下载了装机教程，就放在旁边，自己跪在地上弄，不多时，额头已布满汗珠。

她是如此专心致志，以至外面进来人了都没有察觉。

李峋刚在外面吃了饭，顺便抽了两根烟。等他回来的时候，屋里乍一看是空无一人的——因为朱韵几乎贴地装机，处在门口视线的盲区里。但屋里亮着灯，李峋知道肯定有人在。

他走过去，第一眼看到的是朱韵的屁股。

朱韵跪在地上，高跟鞋脱在一边，正在纠结跳线和电源线。她穿着白色的衬衫、灰色的西装半身裙，这裙子将她撅起来的屁股衬托得圆润紧致。

从这个角度能看到她后脑的头发，又黑又亮。李峋视线向下，朱韵小腿白皙，脚的形状精巧动人。

她以前是这样吗？

李峋站在她身后，默然回忆着。

她一直长得不错，虽然六年前远没有现在这么艳丽。那时她什么都藏着——美藏着，聪慧藏着，痛苦与憎恶也藏着。不管干什么都缩手缩脚，好不容易爆发一次得酝酿几个月。

朱韵还在埋头跟机箱较劲，忽然听到身后打火机点火的声音。

她条件反射地一抽，脑袋磕在办公桌上，疼得要死又不敢出声，也不敢去摸。

她满脑子飘着四个大字：他、没、走、吗？

他刚才不是下班了吗……

朱韵被那打火的声音刺激，脸不受控制地红起来。她故作镇定地接着摆弄手里的线，一边飞速动脑，想着如何才能化解这个尴尬的局面。

“反了。”

朱韵：“……”

“跳线正负极接反了。”李峋平静地说。

接反了？

朱韵闷头检查，果然接反了。她刚准备改回来，感觉身后的人往前走了几步。

他声音近了，也显得更为低沉，“我来吧。”

朱韵抹开额头的碎发，小声说：“……不用。”

李峋冷漠道：“我不想在这儿等通宵。”

朱韵撇撇嘴，让开了，在穿鞋的短暂工夫里极力让脸颊颜色恢复正常。李峋斜咬着烟蹲到地上，无言地看了几眼后，有条不紊地把刚刚朱韵装的东西全都拆了。

好歹也是折腾了一个多小时的成果，朱韵忍不住问：“其他的也装错了？”

“没，重排线。”

他的声音跟从前比有些不同了，变得很成熟。很低，很冷，听不出情绪。

朱韵也觉得自己的线弄得不好，问道：“走线不好会有什么后果？”

“难看。”

“……”朱韵在后面翻了他一眼。

李峋拆掉显卡，拿在手里看了一会儿。

朱韵抿嘴，她在升级配置上很舍得花钱，俗话说“工欲善其事，必先利其器”——从某种程度来讲，这个道理最开始还是李峋教给她的。

李峋手里这块显卡是她下血本配备的。当初她在美国读研究生时参观过学校研究“Deep Learning”的人工智能实验室，那里的机器用的就是这款显卡的前身。

其实飞扬公司的项目根本用不到这种顶级的显卡，但她还是坚持要最好的。也许有些自欺欺人的态度在里面，她总觉得好的工具会帮助使用者一同强大。

朱韵兴致勃勃地问李峋：“这个型号怎么样？”这回不可能不满意了吧。

李峋将显卡插回去，声音还跟之前一样平淡：“不知道，没见过。”

朱韵顿住。

时间总不甘心让一切太过简单，它总是能从生活的点点滴滴渗透进来，在不经意间动摇人心。这普普通通的六个字，就像他度过的静止的六年一样。

没人说话，屋里的氛围有些低沉。

就在这时，机器启动了。

显卡被李峋一次点亮。它飞速运转，幽静的绿色光芒透着浓浓的神秘感，低调地传达着自己强悍的实力。

朱韵听见李峋鼻腔轻轻出了一声。

他很满意。

她猜他现在应该是笑着的，虽然不至于开怀，但至少是真正的笑。

科技带来的力量不费吹灰之力驱散了所有的低落。这么多年下来，他还是那个会无限压缩悲痛、省下时间向前看的人。

李峋很快装好了自己的机器，又去装朱韵的电脑。

时间已经不早了，朱韵收拾好东西准备下班，“你不走？”

李峋正在测试朱韵的电脑，摇摇头。

朱韵想了想，低声道：“我那儿有Unity引擎的书和论文，明天我拿过来吧。”

李峋淡淡嗯了一声，视线依旧落在屏幕上。

朱韵看了那背影几秒，说了句“走时记得锁门”，便转身离去。

第二天朱韵八点到公司，李峋还在。

从他的模样看不出什么异常，她不知道他是到得早还是压根儿没走。

飞扬公司规定的上班时间是八点半，剩下三个员工都是磨磨蹭蹭踩点儿来的。

虽然张放还是那么闲、赵腾还是那么懒、郭世杰还是那么没有存在感……但朱韵明显发现，今天公司的气氛跟昨日有所不同。

这么一回想，好像老板今天要回来。

朱韵略有期待，想见见董斯扬究竟是个什么样的人，不过直到中午他也没有来。

朱韵干活儿认真，渐渐地就把这件事忘了。

午饭赵腾给大家统一叫了外卖，朱韵还有点东西没有完成，坐在电脑前敲代码。张放和赵腾一边吃盒饭一边唠八卦新闻，在聊到某女星的三围数字的时候，不知听到什么声响，忽然闭上嘴，耳朵也竖了起来。

有个女人跟门口的物流公司吵起来了。

要说这家物流公司，整层楼都对他们有意见。他们东西多，自己屋里装不下就堆在走廊里。本来创业楼的走廊设计得就狭小，这下来来往往就更加不方便了。

女人声音尖锐，听着意思大概是中午去外面买了麻辣烫，结果在翻越货物箱的时候不小心绊倒了，麻辣烫全撒在了箱子上。

结果两方都不消停了，一方觉得自己午饭没的吃了，一方觉得麻辣烫渗进箱子里弄脏货物了，两家顺理成章地对喷起来。

就在这时，电梯门开了。

一个男人从里面大步迈出，他像是在思考着什么深奥的问题，眉头紧锁，闷着头往里走。

然后，他被堵在了物流公司门口。

“让开。”男人声音沙哑，带着长久奔波的疲惫。

没人理他。

男人二话没说，上去就是一脚。

皮鞋踢在箱子上，整个楼层都为之一震，两个大箱子前后一起瞬间被踹飞七八米远。

物流公司员工眼睛一瞪，转头就要骂人，可等他看清男人是谁的时候，瞬间又蔫了下去。

“……哎呀，我去，回来了！”屋里张放听到这个声音，一个鲤鱼打挺从椅子上蹦起来。赵腾看他这样，冷笑着喝了口奶茶。

朱韵正在整理《无敌武将》的战役表，公司的门被粗鲁地推开。

她扭头，只见一彪形大汉虎虎生风地进了屋。

董斯扬将腋下瘪瘪的公文包扔到一边，扬声道：“张放呢？！”

“哎！董总！”张放不知从哪个角落蹿出来，“我在这儿呢董总！”

张放这人本身就有点跳脚虾米的气质，现在往董斯扬身边一站，就显得更为抠搜了。

以前朱韵认识的人里，最强壮的应该是付一卓，但现在他要靠边站了。这位董总个头一般，但块头巨大。整个身体像石头凿出来的一样魁梧有力，肌肉藏在西服下，一块块隆起，将衣服绷得一点褶都没有。

董斯扬的强壮跟付一卓不同。

付一卓身材虽硬，但气质很软，且能看出明显的涵养。而董斯扬身材气质都硬，面容之中透着一股阴狠奸诈的感觉，一笑尤甚。他左眉有一道明显的疤痕，将眉尾断掉，伤疤直接延伸至眼皮里，让整张脸看着更为凶恶。

虽然穿得人模狗样，可这人看着一点也不像好人。

哎？

朱韵忽然想起她之前听到的张放和赵腾的言论，董斯扬确实是坐过牢。

他是以什么罪名进去的？

在朱韵天马行空乱想之际，面前一暗。朱韵抬头，董斯扬魁梧的身材显现在眼前。

董斯扬盯着她，目光犀利，“新来的？”

旁边的张放连忙介绍：“对对，新员工，海归背景，工作能力还不错。”他热情地给董斯扬介绍朱韵的简历，董斯扬扫他一眼，“我问你话了？”

张放立时住嘴。

朱韵起身跟董斯扬打招呼：“董总好。”

董斯扬扫视她一遍，低声道：“怎么招了个女人进来……”

朱韵没听清，“什么？”

董斯扬皱着眉摇头，接着往前走。走到李峋那儿又停了，张放小声说：“这个叫李峋，也是新员工。”

李峋正在看书。

书是朱韵今早带来的，她一起扛来很多书和资料，大多是实践性质的，可李峋偏偏从中挑了本纯粹的理论书籍看。该书由U3D的开发者编著，从根本上介绍整套游戏引擎的开发思路。

他从一早开始看，到中午大概看了六分之一。对于朱韵熟悉的那个李峋来说，这个看书速度已经非常慢了。

但有一点还跟以前一样，就是他看起书来非常专注，地震都叫不醒。所以他自然也没有注意到董斯扬和张放。

张放轻咳一声，李峋还没醒来，他一手拄着头，脸色黑沉，似乎正在思考什么。

忽然，手里的书被抽走。

李峋脸色更黑了……

董斯扬翻阅手里的英文原版书，看向李峋，问道：“这玩意儿你看得懂？”

李峋缓缓道：“差不多吧。”

董斯扬把书扔还给他，回到自己的办公桌旁。办公桌上凌乱不堪，他随手扒拉开一片办公区域，松了松自己的领口，又点了点桌子。

“哎！”张放意会，弓着腰开始汇报工作。

朱韵停下手里的活儿，偷偷听张放的汇报。张放搬了台笔记本电脑，给董斯扬演示上面的游戏，大概讲解了半个小时的时间。

朱韵在听了十几分钟的时候，终于明白这家公司的问题到底是出在哪儿了——这个董总，是个彻彻底底的外行。

张放口若悬河，用了无数的计算机术语，里面其实有七成是错误的，剩下三成都是废话。他演示《无敌武将》，却只给董斯扬看吕布一个角色，说得天花乱坠，根本停不下来。若不是朱韵已经了解过这款游戏的本质，光听张放的介绍还以为是什么旷世大作。

朱韵回头看赵腾和郭世杰。郭世杰战战兢兢地闷头画画，赵腾难得没有玩游戏，看戏一样望着张放和董斯扬。感觉有人看自己，他转头跟朱韵四目相对，露出了一个慵懒狡黠、你知我知的笑，闷头敲了敲键盘。

QQ上赵腾发来私聊，朱韵打开一看——

“像不像暴君和太监？”

“……”

朱韵转眼去看李峋，李峋正拿笔往书上做记录，好像公司发生的这些事都跟他无关。

董斯扬捏着那支已经不能用了的钢笔，他指头粗，钢笔在他手里像小孩玩具一样。他阴森地看着张放，“也就是说，我走这段时间，你们手里的两个项目，一个原地踏步，一个干脆连腿都没抬过。”董斯扬虽然听不懂计算机术语，但他并没有被张放绕晕。

朱韵看到张放后背缩了起来。

董斯扬把钢笔狠狠往桌上一拍，“开会！”

与会人员是全体员工，包括朱韵和李峋。这回他们没去小黑屋，五个人站成一排等着领导训话，大家很有默契地将队伍由低到高排列。朱韵踩着十厘米的高跟鞋，竟然比其他三个男员工都高点，就站在李峋身边。

董斯扬站在前面，一手掐着腰，一手指着他们：“就这么两个破游戏，已经磨蹭几个月了！我投了多少人？给你们多少资金？结果呢，现在连盘屁都端不出来！你们自己说你们该不该杀？”

董斯扬走到郭世杰面前，指着他的鼻子——“废物！”

郭世杰浑身发抖。

换到赵腾——“无能！”

赵腾低头装死。

轮到张放，董斯扬干脆直接上手了。他掐着张放的下颌，像拎小鸡崽一样给他往上拔高了五公分。

“董总……董总我错了！”张放踮着脚，痛苦求饶，“我真错了，董总你饶了我吧！”

眼看张放脸色越来越红，朱韵开始犹豫要不要制止一下。但她转念想到张放一开始招聘时的样子以及他这两天的工作态度，还有他刚刚一门心思糊弄董斯扬的嘴脸。

还是掐死他算了。

但董斯扬最终还是松手了，朱韵偷偷看了一眼，发现张放只有下巴被掐得通红，脖子上一点痕迹都没有，董斯扬只是捏了他的骨头而已。

“你们告诉我，这俩游戏好玩不？”董斯扬下场巡游一轮后，回到一开始的发言位置。

没人回答。

最后还是张放嗫嚅地打破安静：“我觉得还……”他刚说一半，看到董斯扬的眼神，马上改口道，“我觉得不是很好玩……”

董斯扬破口大骂：“你他妈自己都觉得不好玩你还想让别人玩？！”

张放哆嗦。

董斯扬指着他，“当初要开项目的时候你能说出一朵花来，现在呢，这才做到一半这破玩意儿就他妈不能看了！什么原因？”

“执行力太差。”

忽然传来的声音让所有人的目光都注视过来了。

五个男人看着一个女人，朱韵坚持把话说完：“两款游戏的设计初衷都可以，但执行环节问题太大，一拖再拖。”

一片寂静。

董斯扬靠到办公桌上，从怀里掏出烟来，一边点一边对张放说：“我说过几次了，公司不要招女人。”

朱韵：“……”

董斯扬：“商场如战场！我们现在这就等于在开作战会议！将军营帐里藏着女人，那能打胜仗吗？”

朱韵：“……”

“是是，”张放脸色凝重，“是我欠考虑了。”

董斯扬又说：“何况你还给自己招来一个竞争对手，就他妈会动嘴。”

朱韵被董斯扬的几句话惊呆了，没等解释，董斯扬猛吸了口烟，对众人说：“你们几个什么鸟样我太清楚了。我不用你们跟我谈这谈那，我只需要有个人站出来跟我说——‘这项目老子他妈一个人就能做好！’”

他拿烟对着他们。

“有没有这个人？你们就告诉我到底有没有这个人？！”

鸦雀无声。

董斯扬将烟狠狠扔到地上，转身翻办公桌抽屉，“我的刀呢？”

大家：“……”

在众人战战兢兢之际，李峋转身往自己座位走。

董斯扬脑壳长了眼睛，瞬间抬头，喊住李峋："站住！谁让你动了，我说散会了吗？"

李峋回头，"你这会能开出结果？"

董斯扬一愣，眼神沉下。

朱韵虽不知道董斯扬之前是干什么的，但她觉得他黑起脸来真的可怕。这种可怕不是普通上司对下属的威慑力，这里面还有些其他的东西在。

所有人都被董斯扬吓住了，只有李峋，他似乎对这种感觉已经习以为常。

"开不出结果就不要浪费时间了。"他火上浇油地说。

董斯扬眼神越来越黑。

如果说刚刚开会时还只是停留在发火阶段，那现在火已经熄了，他周身开始冒凶气了。朱韵听到身边张放用极其小的声音一个劲儿地碎碎念："完了完了完了……"

李峋仍然没有要让步的意思。

董斯扬朝李峋走过去，刚迈出一步，一道声音划破沉寂——

"我能！"

五个男人重新看向屋里唯一的一个女人。

朱韵举着手，黑亮的眼睛盯着董斯扬，清晰地承诺道："我一个人就能把这个项目做好。"

"你能？"董斯扬仿佛听到极好玩的笑话一样，临时拐道，来到朱韵面前。

朱韵忍住后退的冲动。其实她穿着高跟鞋跟董斯扬身高差不多，但董斯扬体格过猛，气势过盛，朱韵总觉得面前像站了一座山一样。

董斯扬身边的凶气减少了，可能是觉得对于一个女人来说用不着太过上心，他整个人变得轻浮了许多。

"你一个人能做好？"他笑吟吟地问。

赶鸭子上架。

"能。"朱韵回答道。

董斯扬呵呵笑，他手掐着腰，仰着下巴睨视她，回头问张放："叫什么来着？"

张放连忙道："朱韵。"

"哦，朱韵。"董斯扬慢条斯理地说，"你可能不太了解我们这儿的企业文化。"

你这儿还有企业文化？

董斯扬："我们这儿的规矩是老板的话不能随便接。"

他像逗小孩一样对朱韵说："接了就是立下军令状了。军令状你懂不懂，就是古代行军打仗的时候……"

"我知道军令状是什么。"朱韵说。

"那就好。"董斯扬宽和地问朱韵，"那你还是要继续了？"

朱韵默认。

董斯扬又笑了，他指着朱韵，对其他人说："老子自小就喜欢这种凡事往前冲的女强人！知道为什么吗？"

众人赔笑，没有接茬儿。

董斯扬朗声道："因为她们失败之后往往变得比女人还女人，就真正理解了自己到底应该干什么，到那时候就算修炼成功了！"

众人哑口无言。

董斯扬重新看向朱韵，说道："其实我们公司本来有个总经理秘书的位置，专门为这种女人设立的，但你现在还坐不了，你还得磨炼。"

说完他把自己逗得哈哈大笑。

饶是朱韵觉得自己这么多年大风大浪过来了，还是不禁感叹人外有人天外有天："真是独特的企业文化。"

"好说！"董斯扬心情大好，"从今天起《无敌武将》项目就归你了。"说完他话锋一转，目光也认真起来，"到时候如果拿不出成果，你就自己看着办。"

一拍手，"散会！"

经过这一段插曲，董斯扬的心情舒畅了很多，办公都哼着小曲。

"真不知道你怎么想的。"下班后，朱韵找赵腾讨论《无敌武将》的策划修改方案，赵腾皱着眉头对朱韵说，"你这不是没事找事吗？"

朱韵："什么叫没事找事？"

赵腾眉头更紧了，他拿过朱韵修改过的策划案，翻阅得很快，就像当初看朱韵简历时一样，一扫而过。看完之后他把策划案放到桌子上，手掐着鼻梁，半天没有说话。

"怎么了？"朱韵问，"是不是改得有问题，你直说就行，越详细越好。"

赵腾抬眼环视一圈。

公司现在很空，董斯扬带着张放外出谈业务去了，李峋要去查什么资料，告了假。只剩郭世杰在角落闷头画画。

赵腾小声对朱韵说：“你跟我来。”

朱韵跟在赵腾身后，来到安全出口的楼道间。这里是公共抽烟场所，一层楼七八家公司的员工休息闲聊的地方。

赵腾把门关好，开门见山对朱韵说：“你去找董总服个软吧。”

“什么？”

“董斯扬这人吃软不吃硬，尤其对女人，他一直就那个德行。你要跟他这么硬杠下去，肯定要吃亏。”

朱韵：“咱们出来不是要讨论策划案的？”

赵腾皱眉道：“能讨论出结果的事才有讨论价值。”

朱韵：“怎么就讨论不出结果了，你觉得我改的策划案内容整体都有问题？”

赵腾有点急躁，“没问题，就是因为没问题所以问题才大！”

他从后裤兜里拿出折叠起来的策划案，语气急促道：“你这两页纸里包含了多少工作量你知不知道？我们原来设定的就是武将打人就行了，只设一个武力值，武力值高就打得快点，低就打得慢点，如果你要这么改，之前的就完全作废了。”

朱韵静了静，说：“我们这款游戏的特点有两个，一是背景，二是战争。市面上的战争策略游戏九成是三国题材，而我们是战国。战国历史不像三国那么出名，但内容其实远比三国宏大。秦始皇横扫六合统一中华，如果我们能将玩家成功代入游戏中，一定是个突破。”

朱韵说的赵腾都懂，这也是当初他们选择这个背景的原因。但想归想，做归做……

“现在游戏内容太简单了，连街头打群架都不会这么无脑。”朱韵接着说，“而且我们的游戏现在整体套用的都是三国的框架，甚至所有的美术设计都是一样的，通篇都是错误。”

她拿过赵腾手里的策划案，翻到第一页。游戏的宣传封面上秦始皇骑着马，意气风发地指挥着军队。

赵腾：“这怎么了？”

朱韵指着秦始皇胯下的马匹说：“战国时期只有马鞍，没有马镫，马镫是汉朝才出现的。”

赵腾无力仰头。

朱韵又指向秦始皇的衣服，“周人图腾是火，秦始皇迷信五行之说，认定秦朝为水，灭掉周火。黑色主水，所以秦人尚黑。秦始皇绝对不会穿着这么一身扎眼的柠檬黄去主持典礼的。还有……”

“行了行了。”赵腾打断她，他深叹一口气，苦劝道，“大姐啊，玩这类游戏的人没有这么高水平的，谁会懂得这么详细，没人看得出来的。”

朱韵收起策划案，说：“你这是自欺欺人，用户永远比你想象的聪明得多。你现在这些糊弄人的设计最终都会反馈到游戏成绩上。”

赵腾无可奈何。

他完全不擅长应对朱韵这种类型的人。

这女人从第一天来面试的时候起，就浑身散发着一股精英味。赵腾的办公位置在朱韵后面，他时常注意她。她永远坐得笔直，屏幕永远处于工作状态，即使是中午吃饭休息的时候，他也从没见她打开过什么娱乐网站。

她也是全公司里穿得最正规的。虽然董斯扬也像模像样地穿着西服来上班，但说到底那就是一流氓。朱韵不同，她是真正适合穿这身高级通勤装的人，从那份简历就能看出来。

赵腾处在巨大的矛盾中，他思来想去，最后使劲揉揉脸，“这款游戏必须在下个月上线，最晚下下个月，修改时间不够。”

“没错。”朱韵说，“所以我想找你商量，我们能不能采用后续更新的方式完善。先拿出一两场开篇战役吸引眼球，然后每月进行一次更新。”

每月更新……

这词对于飞扬公司来说是十分陌生的，他们做过的游戏大多是一刀流，投放进去就不管了，石沉大海。

“我们老板说得对。”朱韵道，“商场就是战场，那产品就是武器。要是磨刀时期就不上心，那开战了就只能一溃千里。”

“我们老板？”赵腾注意到这个字眼，“他那么说你你不生气，还把他归为‘我们’？”

朱韵摇头，“那是另外的事，我们先要把这个项目做好。”

赵腾闷着头原地转了两圈，最后下定决心了一般对朱韵说：“我知道你实力强，但这个项目从一开始就是瞎弄的，天马行空乱想的，根基打得不牢。这样吧，这次你先去跟董总服个软，他这人虽然凶，但对自己人还不错。”

说完，他深吸了一口气，“下一个项目！我们下个项目好好搞。其实我也想好好做一款游戏，但一直没有机会，也没人能配合。”

朱韵：“没有下一个。”

赵腾一愣，“什么？”

朱韵拿起策划案，“就这个。”

赵腾不耐道：“我说了，这个项目太麻烦了。”

朱韵：“这个游戏的出发点没问题。”

赵腾：“太麻烦了！”

朱韵声音不高，一字一顿、斩钉截铁：“就这个，做好再做下一个。”

赵腾快要崩溃了，他使劲挠挠自己的脖子，还想试着说服朱韵：“这个太费时间，我们得考究每场战役的细节，还得重新设计一套战斗系统。我们做个简单点的游戏策划案吧，这样也方便往里深入。”

朱韵摇头，“公司已经投入很多了，再改代价太大，什么都要重来。你别怕麻烦，尽力做就行。项目现在是我负责，就算真出问题，归责也归不到你头上。”

她说完回身往外走，走到门口时又说：“以前有个人告诉我，人不能总做小菜一碟的事。”

赵腾没明白，“什么？”

朱韵静默片刻，回头笑了笑，“意思就是人得主动给自己找麻烦，躲是没用的。”说完离去，剩下赵腾目瞪口呆地站在原地，半晌，脸色涨红地冲门外吼：“你和你那朋友是受虐狂吗？！”狠狠跺了跺脚，跟了上去。

楼道恢复平静，仿佛刚刚那段谈话只是一场可有可无的幻觉。

只有隐隐的吐气声，从楼下一层传来。

一个黑色的影子靠在墙壁上抽烟。

李峋办完事从外面回来，懒得等人满为患的电梯，一边思索着事情一边爬楼。

他听到一半朱韵跟赵腾的谈话。

他不喜欢分神，可现下他的思考总是跟朱韵最后的那番话混在一起。

他几番剥离无果，索性不再想了，把烟扔在地上，踩灭，抬头时无意间看到窗外的景色。

他非常诧异，深秋的天原来有这么蓝吗？

蓝到艳丽，几乎开始晃人的眼睛了。

# Chapter 04

## 打火机与公主裙

❷

赵腾虽然对做这个项目一万个不乐意，但他好歹也是这家公司的程序员，而且上头还有董斯扬监督，必要工作是逃不掉的。

本来赵腾以为到下个月游戏上线为止，自己的悠闲日子是到头了，没想到他的工作量并没有明显的增加。朱韵没有刻意给他少安排工作，该分配的任务一项都没少，可赵腾依然觉得干起来很轻松，或者换句话说，是干起来不烦躁。

究其原因，赵腾觉得是项目变牢固了。

以前张放主事的时候，这个项目就如同风雨中的危楼，朝令夕改，一吹一抖。经常上午一个想法，下午马上就推翻。赵腾活儿干得无比烦躁，总是干到一半就换去干张放。

而朱韵跟张放截然不同，她清楚地知道每天甚至每小时应该做什么。她搭出大体框架，主干永远都不会偏，之后再一点点添加细节，也不是东拼西凑，从根部慢慢往上延展，抽出枝丫，翻出新绿。

起初也许看不出来，但随着项目推进，赵腾很快体会到朱韵工作时强大的逻辑性和条理性，这让工作事半功倍。

她从不躲避问题，所有障碍都在第一时间寻求方法解决。

赵腾第一次在这种高水平的领队手下干活儿，第一次知道项目进程表并不是写着玩的，也第一次体会到做项目做到爽是什么样的感觉。

某日赵腾到楼道抽烟，李峋跟了过来。

两个男人一个靠墙一个靠窗，各抽各的烟，各想各的事，各发各的愁。

“唉……”赵腾叹了口气，“我们张放可怎么办啊？”

李峋看他，赵腾说：“我越来越嫌弃他了。”

李峋没应声，赵腾问：“你们的项目怎么样了？”

李峋：“没怎么样。”

赵腾：“还没开始动作呢？你小心再拖董总要发火啊。”

李峋嗤笑：“有人自告奋勇当黄继光，有什么可小心的。”

赵腾脑海中不由得浮现出朱韵挺身堵枪眼的英姿。

赵腾难得八卦起来：“你们俩什么关系呀？”

李峋回答：“没关系。”

赵腾明显不信，“没关系她应聘时为什么提条件要带你一起进来？还替你挡刀，还给你装那么贵的电脑——别以为别人不知道，泰坦盒就扔在垃圾桶里呢。”

李峋嘴里叼着烟，淡淡道：“可能是看我长得帅吧。”

“……”赵腾定定看着他，“你认真的？”

李峋面色太过坦然，让赵腾不知不觉中也认同了这个神经病的答案。

他也承认李峋长得好，主要是个儿高脸小，还有就是气质独特，但具体独特在哪儿赵腾说不清楚。

“好吧，你们俩进来后确实拔高了公司形象。”赵腾耸耸肩，把烟掐灭，“我回去了。”

“把进度带快一点。”李峋道。

赵腾停住脚步，“什么？”

李峋靠着墙，看着窗外的色调，声音也染上一层慵懒的浅黄，“她在最后提交时会磨蹭很久，你要把这段时间空出来，不然可能会赶不上预定日期。”

“你怎么知道？”

“猜的。”

“……”

李峋瞄他一眼，说：“公司很久没有产品上线了，现在手里这两款游戏很重要。已经投入了很多，如果砸了，今明两年都要赔进去。”

赵腾皱眉，默不作声离开楼梯间，三秒后又回来，推门对李峋说：“《无敌武将》是朱韵负责，是她自己在董总那儿担下来的，就算有什么问题也是她承担责任，找不到我头上。”

李峋偏过头看赵腾，他比赵腾高出很多，视线里自然地带着一股俯视的味道。他也没多说，只留了一句意味不明的“是吗”便离开了。

因为这两个字，赵腾轻松的工作重新变得烦躁起来。

他自己都没有注意到，受了李峋最后那个眼神的影响，这之后他每次跟朱韵对接工作的时候，总是若有若无地提醒她再快一点。

朱韵皱眉，“有点拖了？”

赵腾同样发现，随着最终日期日渐临近，朱韵果然如同李峋所说的，进展越来越慢，眉头越来越紧，处理问题越来越纠结。

“没事，差不多可以了。”赵腾劝慰朱韵，“现在这些内容足够支撑第一次发布了，后面的我们慢慢补充——这不是一开始你说的吗？”

朱韵坐在电脑前，面目凶恶地敲代码，一边嗯嗯地应答。

离游戏上线还有半个月，张放开始操作运营推广，每天痛不欲生。趁着董斯扬不在公司，他抱着赵腾哭天抢地：“哪有钱啊！哪有钱啊！我哪有钱做推广啊啊啊！”

朱韵质问道：“我看报表上写的不是有推广费用吗？”

张放吼道：“都给你和那吃干饭的发工资了！”

产品即将上线，朱韵脾气也大了起来，“推广是推广，工资是工资，产品前期投入这么多，推广就给几千块钱，这不开玩笑吗？”

张放咆哮：“穷是我的错咯？！”

朱韵袖子一撸，“董斯扬呢，我找他说去。”

赵腾懒洋洋地在旁边道：“谈业务去了。”

朱韵怒道：“公司一共就两款游戏，都处在最关键的时候，他放着不管，天天跟谁谈业务？”

赵腾耸耸肩，开始玩游戏了。

朱韵扭头瞪张放，张放气势没她足，准备去瞪下家郭世杰。结果一扭头，李峋的身影进入眼帘。

他正在郭世杰的办公桌前看什么。

张放果断转移攻击目标：“吃干饭的，你干什么呢？！”

李峋没动。

张放大步流星地走过去，看到他手里拿着一张打印出来的图片，上面是郭世杰画的《无敌武将》的游戏宣传封面。

张放挤过去，“干啥，你天天不干活儿瞎晃什么？学学小郭，人家多勤奋！”

李峋把图放到桌面上，“这图不行。”

郭世杰无力地抬起脑袋，黑眼圈浓成熊猫。他为了赶工，已经连续加班十多天了。张放揽过郭世杰的肩膀，冲李峋道：“你说改就改，你谁啊，小郭这么累了看不出来？”

李峋：“太普通了。”

张放深呼吸，“作为公司的人事主管，我深感咱俩得找时间谈谈了。”张放语重心长地说：“你有往上爬的想法没错，但人得踏实。我提醒你，人家小郭在公司的职位可是比你高的……”

“现在改还来得及。”李峋压根儿都没看张放一眼，直接对郭世杰说。

郭世杰看起来太累了，他闷着头，一脸愁苦。

李峋弯下腰，看着郭世杰的眼睛，“我知道你辛苦。”他低声对他说，“但这图是用来宣传的，是门面，是用户的第一印象，一定要装点好。”

郭世杰怔怔地看着他。

“你知道这游戏内容不错吧。”李峋说着，淡淡的法令纹让他的脸颊看起来十分沉稳。

郭世杰点头，更改过的游戏跟之前的完全不同了，连他这种平时不怎么玩游戏的人都觉得很有趣。

“所以再拼一下，等上线之后时间就能宽松一点了。如果真觉得弄不出来的话，找外包做也行。”李峋直起身，指了指旁边的张放，“让他掏钱。”

张放：“啊？”

他前面的话得过且过了，就最后四个字听得真切，惊疑道：“什么？什么就我掏钱了？怎么能让我掏钱呢？！”

李峋睨他一眼，回到自己的座位。

张放抓住郭世杰的手，拍着胸脯保证道：“放心小郭，我不会让你这么辛苦的。我看这图挺好看的，一点问题没有，对吧朱组长？”

朱组长站在原地，双手掐在腰上，像一把陷入深思的茶壶。

“茶壶”只用了十秒钟就决定了，“改。”

张放：“……”

李峋哼笑一声翻开书，郭世杰一头栽倒在桌子上。

之前朱韵一心扑在游戏的玩法和程序优化上，并没有太关注郭世杰这一块，如今让李峋一点，她也发现了宣传图的问题。

可光嘴上决定要改是没用的，朱韵拉着赵腾一起找郭世杰讨论，一个下午也没有聊出所以然来。

赵腾的意见很简单——“画面冲击力不够”。

郭世杰问怎么提高画面冲击力，赵腾说不知道。

郭世杰看起来离猝死不远了，朱韵动了恻隐之心，让他先下班。

张放上了个厕所回来刚好看见朱韵放人，制止道：“朱韵你啥时候有这权力了，还能随随便便让人下班了？”

朱韵拍拍郭世杰的肩膀，郭世杰背着自己破旧的双肩包走了。

张放长叹气，“完了，没有规矩不成方圆，我看这公司是要完了。”

朱韵坐在郭世杰的位置上，在张放的抱怨声中仰头看天花板。

她很累。

比赵腾和郭世杰更累。

其实《无敌武将》的工作量是在她的承受范围内的，她做过很多比这更加烦琐复杂的项目，可都没有现在这种疲惫和忐忑的感觉。

她明白其中的原因——她是在跟方志靖竞争，她的得失心变得异常敏感。

朱韵捂着脸，深深吸气。

手机来了条短信，朱韵掏出来看，发信人语气中带着玩笑——

“敬爱的朱组长，田画家喊你回家吃饭了。”

朱韵来到田画家画室的时候，满屋子都飘着香煎鹅肝的味道。田修竹系着围裙，聚精会神地盯着煎锅。

朱韵走过去，坐在小吧台外，对他说：“你这围裙是两用的？”

田修竹没有分神，眼睛接着盯锅，抽空回答道：“要节省。”

不过他穿什么都干净。

朱韵手掌撑着下巴，其实这件围裙田修竹已经用了很久了，至少有两年，又是画画又是做饭，但现在看着还像新的一样。

鹅肝煎至七成熟，田修竹聚精会神地准备装盘。就在这时，朱韵忽然开口问：“你有洁癖吗？”

田修竹的装盘动作被朱韵突如其来的发言打断，油从小锅铲的边缘滑下来，滴到围裙上，紧接着鹅肝也失去平衡掉了下来，田修竹一慌，反射性地去捞。

赶在油腻腻的鹅肝落地前，田修竹一把将之握在手里。

田修竹看着朱韵，指了指身上的油渍，回答朱韵说："我要是有洁癖，现在就拿锅拍死你了。"

朱韵看着他手里握着的鹅肝，"那个我吃。"

田修竹一脸嫌弃，"你这个粗糙的女人。"他直接把手里这块扔了，又重新做了一份。

田修竹做饭很好，也肯花时间钻研，极少吃垃圾食品。

两人坐在小餐桌上吃完饭，看得出这顿饭田修竹下了很大功夫，每样菜品都精心准备。朱韵看了一下原材料，又扫了一眼田修竹开的那瓶红酒，心说这一桌价值不菲。

"干吗准备这么多？"她问。

田修竹："看你工作太辛苦，犒劳你一下。"

朱韵："简单吃点就行了。"

田修竹笑着说："没事，我的工作告一段落了，现在闲得很。"

朱韵一听他说现在清闲，顿时精神起来。她心里挂着《无敌武将》宣传图的事，想请田修竹帮忙，可又觉得不太好意思开口。犹犹豫豫间，什么山珍海味都咽不下去了，她偷偷看向正在喝汤的田修竹，后者似有心灵感应一般，眼神嗖的一下抬起，将朱韵抓了个正着。

"偷窥我？"

"……"

田修竹打量她，"有事？"

她摇头，漫不经心地问："你空闲时间有什么打算，回法国休假吗？"

田修竹："不回去。"

朱韵稍稍坐直，那一瞬又被田修竹的眼神抓个正着。田修竹放下餐具，靠到椅背上笑，"朱小姐，你自己照照镜子，眼睛都快放光了。"他拿起餐布擦了擦嘴，"说吧，到底有什么事？"

朱韵挠挠鼻梁，平常她经常跟田修竹乱开玩笑，但她知道他是个真正的艺术家，他虽年轻，但已取得了很大的成就。

他一幅画的拍卖价格可能比他们整个项目投的钱都多。

朱韵几经犹豫，最后简短地跟他说了项目目前出现的问题。田修竹听后说道："可以啊，我帮你画。"

朱韵看着他，田修竹说："我还以为什么大事呢，明天把宣传图的要求发给我。"

朱韵："画这种东西不会影响你的创作吧。"

田修竹："画就是画，不分'这种东西'和'那种东西'。"

朱韵："会耽误你时间吗？"

田修竹笑了，感慨道："还真是隔行如隔山，你记不记得去年我找你帮忙，升级市美术馆的浏览系统。"

朱韵："记得。"

那次是田修竹受市美术馆馆长的委托，馆长曾是田修竹的老师，这人情田修竹推托不掉，可他性格腼腆，不喜欢跟太多陌生人打交道，最后就求到了朱韵头上。

美术馆朱韵很熟悉，还有里面那幅名为《嶙峋》的画，朱韵毫不犹豫就答应了下来。

田修竹回忆说："我以为怎么也得写几个月呢，结果你三天就拿给我了。"

朱韵："那个不难。"

田修竹："这个也不难。"

他答应帮忙，朱韵松了口气，随即又想到什么，"那个，还有就是，我们公司资金比较有限……钱的话……"

田修竹惊讶，"没报酬啊？"

朱韵脸上微红，觉得实在丢人，暗暗决定自己掏腰包，"报酬肯定有，你觉得多少合适？"

田修竹思考片刻，将一样东西塞到朱韵怀里。朱韵一看，是刚刚沾了油渍的围裙。田修竹扬着下巴，毫无威严地命令她："报酬就这个吧，要跟之前一样干净。"说完又补充一句，"必须手洗。"

朱韵第二天上班，整个人都轻松了。

赵腾看见，忍不住说："你这电也充得太快了。"

与她形成鲜明对比的是旁边的郭世杰。虽然他昨晚没加班，但收效甚微，依旧在苦海里徜徉。

朱韵走过去，看到他正在重新构图宣传画，握着笔的手一颤一颤的，都不知道自己在画些什么。

朱韵把笔抽走，“你昨晚回去接着画了吧？”

郭世杰弱弱地嗯了一声。

朱韵：“让你休息就休息。”

郭世杰：“那就来不及了……”

朱韵：“没事，我找别人帮忙了。”

郭世杰仰头看她，“谁啊？”

朱韵：“一个朋友。”

郭世杰有点放心不下，“水平怎么样啊，他熟悉我们的项目吗？”

朱韵：“放心，我把要求给他了，等他画了初稿我们一起讨论，有问题再改。”

田修竹的初稿在下班前就发来了。

朱韵在看到图片的瞬间，浑身发了一层汗。

田修竹采用了一种独特的第一人称视角处理这幅画——主人公从尸山血海中爬出，人们透过他的眼睛，看到荒芜辽阔的古战场。

田修竹是个很喜欢钻研人类感官的艺术家，而且他年纪很小，喜欢用新颖的表达手法。这幅画营造的视觉效果跟普通的VR视角不同，他用了一些小技巧，让看画的人有一种自己的眼珠就镶嵌在画中人的眼眶里的错觉。因为图中人的视角向上，朱韵甚至还能看到“自己”锁紧的眉头。虽然看不到主人公的脸，但是她能轻而易举地感受到他的表情。

下班后，所有人都围着这张图看。

“厉害啊。”赵腾抱着手臂，“这图真有意思。”

张放也看得热血沸腾，“太好了！果然还是得精益求精！”他一拍朱韵，“来来来，快把这人招进来！小郭你美术总监的位置坐不稳了。”

郭世杰也看得惊讶万分，转头对朱韵说：“招进来吧——我把美术总监的位置给他。”

董斯扬谈完业务回来，看到此画，拍板：“招进来，做美术总监！”

朱韵：“……”

众人还在讨论，朱韵回头，问站在最后面的李峋：“这张行吗？”

李峋扭头离开，赵腾看见，疑惑道：“怎么了，生气了？”

朱韵看着他的背影，“……不知道。”

宣传画的问题解决了，但推广费用还得几千块钱。朱韵找董斯扬据理力争，董斯扬坐在真皮老板椅里，跷着二郎腿，一边掏着耳朵一边有一句没一句地听着。

等朱韵说得口干舌燥了，他才懒洋洋道了句：“怎么花钱，女人懂个屁。”

朱韵差点就拿桌上的钢笔捅他。

董斯扬说：“你就买买包和化妆品吧，其余的别管。”他夹着公文包扬长而去，朱韵要追他，被张放拉住，直接拽出公司来到楼梯间。

李峋正在抽烟。

张放：“哟，吃干饭的你也在啊。”

李峋看着他抓着朱韵的手，默默无言。

朱韵被董斯扬刺激得脸色阴沉。

张放开始教育她：“董总在女人面前要面子，你得体谅领导。”

“我体谅个屁。”

张放摸摸胸口，叹气道：“你们是不知道情况，我管公司财务，今天就给你们交个底吧——我们公司从创建开始就是一直亏损的，现在是真拿不出钱了。”

朱韵想了想，说：“那把我的工资也算上吧。”

李峋吐了口烟。

张放笑了，“别闹。”

朱韵：“我说真的。”

张放收敛笑容道：“我也说真的。这不是你一腔热血的事，董总不会同意的。”

朱韵：“他为什么不同意？”

张放：“你别以为董总就真是个彻头彻尾不讲理的老板，那样我们早走光了。之前公司出现财务危机的时候，我们也提过你这个意见，当时董总就说了——‘如果需要靠减工资来渡过难关的话，那公司也离死不远了。’”

朱韵狐疑地看着张放，“这话是董斯扬说的？”

张放摊手道：“我稍微润色了下，但大概内容就是这样。”

旁边有人冷笑。

张放转身，“吃干饭的你有意见？”

李峋：“这位董总也不是毫无可取之处。”

“那当然！”张放自豪道，“我们董总厉害着呢！”他转头对朱韵说：“你放心，虽然钱不多，但我都会花在刀刃上。我跟刷数据那边已经很熟了，能拿到打折价，到时候上线了争取刷到游戏排行首页去。”

朱韵眉头依旧皱着。

刷数据……

李峋：“除非你走大批量，而且后续还有其他营销方式跟上，否则刷这个没用。我们又不需要做数据给甲方看。”他说着，叼着烟走到朱韵面前，掏出手机，“认识这个人吗？”

他语气比往常冷不少，朱韵默默看着屏幕，上面是一个面相和蔼的女人。

张放也凑过来，指着屏幕说：“这我认识啊，这赵果维啊，网上著名段子手，专门讲历史故事的，很搞笑的，超级火！”

个人自媒体发展不久，但势头迅猛，藏于民间的能人异士借由开放的网络平台各显神通。

“你们想找她打广告？不可能啦，这种学者都不接广告的，花钱都没用。”张放果断道。

李峋又问一遍，隐隐透着不耐烦：“认不认识？”

朱韵：“这是我们学校历史系的老师。”

张放：“什么？”

朱韵以前见过赵果维，不是碰巧见的，她专门找过赵果维好多次。

因为赵果维经常丢三落四，出门不是忘了带饭卡就是忘了带钥匙，每每打电话要隔壁办公楼里的老公送。她老公潜心研究学术脱不开身，就委托自己的课代表去跑腿……

朱韵张了张嘴，“林老师……”

李峋的提议给目前深陷宣发沼泽地的朱韵开拓了新思路——如果能请到赵果维教授帮忙的话，确实能达到事半功倍的效果。而且赵果维的粉丝都是对历史感兴趣的年轻人，正是《无敌武将》的目标用户。

但朱韵有点不好意思，当年他们太不懂事了，闹出那么大动静，也不知道有没有对林老头儿造成什么不好的影响。而且事发当时朱韵心慌意乱，简直就是逃出国的。之后六年里，除了任迪，她从没联系过其他老师和同学，就这么贸然请求帮忙的话……

朱韵考虑了三天，百般犹豫要不要给林老头儿打电话的时候，李峋对她道：

“最坏就是被拒绝，不过就是回到起点而已，除此之外什么结果都是赚的，有什么可犹豫的。”

朱韵无语，李峋做事情向来只管“事”，不管“情”。他只考虑能不能达到目的，能不能资源利用最大化，其余的一概不理。

李峋：“只要你开口，他一定同意。”

朱韵在他看不见的地方撇了撇嘴。

李峋说着风凉话：“他很喜欢你，亏得你当初当课代表的时候干得那么卖力。”

朱韵看他，“喜欢就会帮忙？”

李峋：“当然。”

天色已晚，公司里只有他们两人，夜漆黑凝重。

李峋忽然不咸不淡地来了句：“就像那画画的喜欢你，所以就帮你做图一样。”

朱韵：“……”

她不想跟他讨论这个话题，拿起手机准备去外面给林老头儿打电话，没想到李峋在后面不依不饶：“长得跟娘儿们似的，你也真是不挑。”

朱韵回头，“你差不多得了。”

赵腾东西忘带了，回公司拿，正好看到最后他们吵架这一幕，闭着嘴往后撤。

没人知道他们是怎么开始吵起来的，就连他们自己也不知道，好像毫无理由地就勾起了这些不适时的话题。

李峋冷笑道：“你检查过他身上零件齐全吗？别到时候……”

“我说差不多得了！”他说得越发难听，朱韵打断道，“你用不着这么侮辱别人。我是喜欢过你，那又怎么样，你上大街上随便找个人问问，谁还记得自己十九岁时爱过的人？”

旁边的赵腾张大嘴巴，忽然听到这么劲爆的消息，他有点把持不住。

“哟，”李峋故作惊讶地说，“原来你大一就爱上我了，可惜那时我对你完全没兴趣。”

朱韵：“你接着装。”

李峋嗤笑道：“我只记得有人拼命往我身边挤，程序课总最后一个走，就为看我的上机作业，还花几千块钱买身行头来跟我表白。”

朱韵紧紧抿唇。

李峋："让我想想还有什么——哦，所有公开课永远坐在我正后方，从上课盯我一直盯到下课，我课上随便写的流程图也捡走，你告诉我那是谁，扫地阿姨？"

他每说一句朱韵心里就跟着颤抖一下，最后胸口扑通扑通跳个不停，面红耳赤。她开始后悔跟他争辩，她怎么可能争得过他，他随便几句话她就溃不成军。

她感到深深的羞愧和耻辱。

她不知道李峋是怎么知道那些事的，那对她而言是很宝贵的记忆，她不懂为什么李峋要用这种语气来说这些事。

他们的遗憾已经多得数不清了，但至少最初让他们热血沸腾的东西还在。非要揭开过去将一切贬得一文不值，她不懂这究竟有什么意义？

但她也不会问李峋，她知道什么都问不出来，他只是需要一个宣泄的出口。

朱韵没再说话，摇着头与赵腾擦肩而过离去了。

屋里剩下两个男人，李峋在朱韵离开后，脸色瞬间阴沉下来，再没有刚刚那么若无其事。

赵腾看着他，默默道："有点过了。"

李峋眼神看过去，气势吓人，但赵腾对李峋刚刚对朱韵的态度非常不满，帮腔道："人家到底是个女孩，哪有你这样的。翻旧账的男人太逊了。"

李峋还维持着阴森的表情，一言不发。

赵腾说："告诉你，要没她，就你这个情况想找工作简直难如登天！而且要不是她能力强，把你的工作量都带出来，你以为你还能这么轻松地天天看书不干活儿？董总直接手撕了你！何况她还给你买那么好的显卡……"一提显卡赵腾就眼馋，"要是哪个妹子肯送我泰坦我就倒挂在她身上。"

李峋阴沉地说："你懂个屁。"

赵腾："我是不懂屁，但我劝你赶紧去道歉，你要是把她气走，公司就玩儿完了。"

李峋冷笑一声，不做回应。

第二天朱韵告假没来上班，赵腾慌了，"完了完了，肯定是生气了。"他责备李峋，"让你废话那么多！"

他死命地让李峋去道歉，李峋就是不动地方。

赵腾："你不去的话我就告诉董总了，你信不信他一刀捅死你？"

李峋："你把她的项目进程发给我。"

赵腾："怎么着，你要接盘？行，等着。"他回去将《无敌武将》的一堆资料发给李峋。

李峋黑着脸看了一会儿，把显示屏关了。

赵腾嘲讽道："你不是要接盘吗？看看工作量和基本结构，上线前来得及读完不？"

李峋脸更黑了。

赵腾推他，"赶紧去道歉！"

一夜过后，李峋冷静下来。他自己也有点奇怪，为什么昨晚会来那么一出。想了想，没理由，单纯就想找她麻烦而已。

李峋对项目有明确的规划，不想打乱节奏。他给付一卓打了个电话，付一卓接通时满嘴抱怨："你怎么在我上课的时候打电话来，显得我特别不专业。"

李峋："那我挂了。"

"别。"付一卓笑吟吟地说道，"说吧，怎么了？"

李峋把事情复述了一遍，付一卓听完无言半晌，最后说："你又开始作妖了。"

李峋："……"

付一卓："我先问你一句，你还喜欢她吗？"

李峋毫不犹豫地说："不。"

付一卓呵呵两声，说："那就当同事呗。"

李峋又不说话了。

付一卓："真是奇怪了，你既然不喜欢人家，还管她跟那画家怎么着。"

李峋还是不说话。

付一卓叹了口气道："这方面我对你真是无话可说，她这么拼死拼活帮你忙还要被你骂，她到底怎么做你才满意？"

"怎么做？"李峋眯着眼睛，冷冷道，"我让她做什么她就得做什么，我说话她就得应声，我招手她就得过来。"

"你养狗呢！"付一卓怒道，"我怎么有你这么扭曲的弟弟，在变态的路上一去不回！"

李峋点了根烟，"别说那些没用的了。"他低声道，"你帮我去问问怎么回事，让她快点回来上班。”

付一卓：“做梦。”

李峋：“……”

付一卓：“你自己去——快三十的人了，拉屎还要别人擦屁股。”他说完挂断电话，李峋捏着手机脸色阴沉。

赵腾唠叨一上午也是让李峋去道歉，中午休息的时候李峋想出去透风，赵腾也一路跟着，在他身边磨磨叨叨，没想到他们在门口跟朱韵碰个正着。

朱韵刚打完一个电话，看见李峋，说：“我跟林老师联系完了，你把周六空出来。”

李峋默不作声地看着她，赵腾也傻了。

“怎么了？”朱韵看着他们俩，“你们要吃饭去？”

在赵腾说话之前，李峋转身上楼了。朱韵冲着他的背影喊道：“周六空出来你听见没有！”

“组长……”赵腾圆溜溜的眼睛看着朱韵，想分辨她现在的情绪状态。

朱韵：“干吗？”

赵腾：“你不生气了？”

朱韵疑惑：“生什么气？”

赵腾：“昨天晚上……”

“哦，”朱韵有点不好意思，“让你见笑了，一点以前的烂账。你帮个忙，别往外说。”

“绝对不会说的。”赵腾保证地说，“我还以为你生气不来了呢。”

朱韵：“没有。我上午请假去联系我大学老师，就是赵果维教授的丈夫，他换联系方式了。”

“那就好。”见朱韵没生气，赵腾稍稍放心，跟着她一道上楼了。

他不敢多问，因为不管朱韵嘴里说什么，那浮肿的眼睛都表明她肯定哭过了。

电梯上行，赵腾感慨万千。

真是天地逆转，错爱一生。

赵腾本来以为这件事是要闹一阵的，没想到就一夜的工夫，两个当事人都像什么都没发生过一样，装傻充愣的本事让赵腾佩服得五体投地。

周五晚上，朱韵来提醒李峋明天去见林老头儿。

李峋答应了。

朱韵看着他，想起给林老头儿打电话时的情形。

那时她刚跟李峋吵完。

十九岁时她可能因为李峋让她给柳思思写作业就怒发冲冠、离开基地，那时他们轻轻松松，毫无负担。现在他们快二十九了，朱韵再不能一生气就一走了之——还是那句话，他们的遗憾已经多得数不清了，他们的精力也已经禁不起这样肆意消耗了。

她给林老头儿打电话，他刚开始没有听出她的声音，朱韵表明身份后，他才想起来：“啊啊……是朱韵啊。真是好久没有联系了，你现在怎么样，书读完了吗，留在国外了？”

她简单介绍了一下自己的现状，林老头儿对于她的求学经历十分满意：“我就说你这孩子肯定有出息！”林老头儿的声音没怎么变，还是像以前上课时那样，即便快六十岁了，还是那么轻松乐观、玩世不恭。

这种熟悉的感觉让她慢慢放松下来，她最后问道：“……林老师，您还记得李峋吗？”

林老头长叹一口气：“当然记得，那个自毁前程的臭小子……”一提李峋，林老头声音明显低落了很多，跟刚刚与她聊天时完全不同了。

朱韵将李峋出狱的事情告诉林老头，林老头的情绪马上高昂起来，吓了她一跳。他反反复复跟朱韵确认，在得知他们就在本地上班后，激动得恨不得马上见面，“周六！这周六！你们就直接来我家吧！”

朱韵完全没有料到这样的局面，放下电话，才想起她彻底忘了提《无敌武将》的事。

她长出一口气，心情复杂万分。她战战兢兢联系老师，字字句句细心斟酌，结果还不如提李峋一句来得有用。比起自己，林老头明显更在乎李峋，简直跟从前一模一样。

朱韵跟李峋约在学校门口，七点见。

朱韵五点钟就睁开眼睛，说什么都睡不着了。她洗了个澡，发觉时间还早，又敷了张面膜，结果还有空余，又在衣柜里消耗了一个多小时。

出门的时候已经有点迟了，她赶到约定地点时李峋已经在了。

秋风瑟瑟，七点的校门仍然寂静，李峋穿着深色的外套，站在草木凋零的秋景中抽烟。他年龄变了，气质变了，不再像从前那么趾高气扬春风得意，但至少身段还在，经由岁月一磋磨，倒显出几分颓废的美感。虽然脾气还是像以前一样浑蛋。

朱韵直接在车里按喇叭，两人隔着车玻璃打了个照面。他熄了烟，上车坐到副驾驶位置。

朱韵问："等多久了？"

李峋："半天。"

"……"朱韵看时间，不过才晚了十几分钟而已。

这是他们吵架之后的第一次单独相处。车上，朱韵余光看到李峋扫了她几眼，大概是在判断她有没有残留情绪。

朱韵神色如常。这是她这些年里习得的新本领——"忘"。

世间什么事都扛不住一个"忘"，她在那段岁月里掌握了这种自欺欺人却又无比高效的技术。只要"忘"了那些钻心的事，不管好的坏的，一视同仁，腾出空间就能继续往下走。

李峋见她没什么事，闭起眼睛养神。

朱韵根据林老头给的地址，拐进学校后面的小区大院，本以为还要找一阵单元楼，结果没想到林老头直接等在小区门口。在林老头出现在视线范围内的一刻，朱韵察觉李峋身体僵了僵。

她对李峋说："你先下车。"

李峋拧着眉头，"为什么？"

朱韵："我去停车啊。"

林老头老远迎上来，朱韵赶紧打开门锁，把李峋连怼带推地弄了出去。林老头精神极了，五米开外就开始使劲指李峋，他还没想好要说什么，走近了直接给了李峋一拳。拳头看着声势浩大，可打在李峋身上一点动静都没有。

"你个浑小子啊！"

李峋低着头，声音有点哑："老师……"

他这"老师"俩字一叫出来，朱韵和林老头的眼睛都红了。朱韵心绪万千，深吸一口气把眼泪忍住，冲林老头笑着说："老师，我先去停车了。"

打了个转向，朱韵将车停在路边的树下，熄火的时候，有两片枯叶落在前车盖上，又被一阵风吹落在地。

朱韵掏出纸巾抹眼睛，又在镜子里补了补妆才下车。

林老头看见朱韵，笑逐颜开："哎哟，都长大了啊。"

朱韵恭恭敬敬打招呼，林老头指着她和李峋说："你们以前就喜欢一块儿干，现在还在一家公司，真有缘分啊！"

朱韵笑着说："可不是嘛，特别巧。"

林老头带着他们去家里，这个小区里面住的大多是大学城的老师。虽然不及外面新小区设施完善，但胜在住户素质高，园区干干净净，垃圾都定点回收，连自行车都没有乱停乱放的。

林老头家住四层，没有电梯，他们一边聊天一边爬楼。刚到三楼门就开了，林老头的老婆赵果维笑意盈盈地迎接，"哎哟，欢迎欢迎。还没吃早饭吧，快进来吧。"

赵果维是本校历史系的教授，面容慈善，"盼星星盼月亮可把你们盼来了。"

朱韵惶恐："这……"

赵果维笑着说："你们林老师从周三打完电话开始就找不着北了，你们再不来我要给他送医院去了。"

"说我什么呢？"林老头不满道，"快把饭热一下，他们肯定没吃饭，这臭小子就没有吃早饭的习惯！"

时间约得太早，主要原因是林老头下午还有学术会要开。不过朱韵事后从赵果维那儿得知，林老头上午本来也是有会要开的，但被他推了，他实在等不及了。

朱韵搅着碗里的白粥，看着拉着李峋不停聊这聊那的林老头。她疑惑，李峋六年时间都用来蹲大牢了，有什么可唠的……

反正林老头跟李峋有说不完的话，李峋有问必答，到最后两人兴致勃勃地聊起监狱餐来。

朱韵在旁边规规矩矩当绿叶，绞尽脑汁想着等会儿该怎么求赵果维办事。

就在朱韵苦苦思索的时候，李峋那边说："对了老师，我最近做了个游戏，历史类的，想请师母帮衬一下。"

林老头一愣："行啊。"说完看向自己老婆。赵果维喝了口粥，说："行啊。"

李峋点点头，又开始跟林老头唠起监狱住宿的问题。

朱韵："……"她一辈子都没觉得自己这么多余过。

碗里的大米粥喝得连渣都不剩了，可林老头和李峋还没有要停下的意思。赵果维碰碰她的胳膊，示意她跟自己来。

朱韵跟赵果维来到书房。朱韵自小在理工环境下长大，对于文人的书房感觉十分陌生。她好奇地打量着墙上的挂画，架上成套成套的书，还有主桌角落摆着的砚台。

房间的气质跟赵果维很像，带着浓厚的书卷味，有种沉甸甸的祥和感。

"不等他们了，"赵果维来到书桌旁，"他们要聊到中午去了，男人的嘴碎得很。"

赵果维坐下，朱韵恭顺地立在一旁，赵果维看见，笑道："你怎么这么老实？跟你那搭档一点不像。"

朱韵："他那人一向胆大包天。"

"胆大一点才好。"赵果维一边说一边铺开本子，上面密密麻麻都是笔记，她翻到最新一页，说道，"现在的人最缺的就是胆量，对于男人来说更是重中之重。"她看向朱韵，小声说，"你看你们林老师，就是典型的小胆。"

这话朱韵不知道该怎么接。

赵果维："六年前那孩子刚进监狱的时候，你们林老师简直要过不下去了。"

朱韵愣住，赵果维面容和蔼，像是在讲一个久远的笑话一样："他当初审判都不敢听，自己躲屋里像小孩一样。后来还每天念叨监狱里环境怎么样，隔三岔五就难过一次，简直过得比监狱里的还惨。我说你要么去劫狱，没这个本事的话就老老实实等人出来。"赵果维说着，啧啧两声，"真是怪了，二十几岁的天才想东山再起很难吗？难就说明他虚有其表、名不副实，这么简单的事情有什么纠结的。"她说完叹了口气，"还是气量小，抱着过去一点点事情没完没了。你可记着，男人千万不能找这样的，一定要找向前看的。"

赵果维一番话说得朱韵目瞪口呆。

女中豪杰。

如果当初自己有赵果维一半看得开，哪还有那么多的痛心疾首、五内俱焚。这么说林老头还能比她强一点，至少他还找老婆哭诉了。而她的那段日子，悲伤是自己悲伤，感动也是自己感动，就像唱了一台漫长寂寞的独角戏一样。

就在朱韵忙着怀古伤今的时候，赵果维又悠然补充道："不过这段情感波动也是必须的，毕竟人不能越着级成长，那是假成长。”

“……”这转折再次让朱韵哑口无言。

文科老师水平就是高，说话滴水不漏，大起大落抛论点，到最后又根本不站边，前后左右，怎么说都是理。

“来吧，”赵果维一合手，“有什么需要我帮忙的，说吧。”

朱韵默默地从包里掏出《无敌武将》的宣发方案。

赵果维戴上眼镜，详细地看了一遍。看完之后重新翻回第一页，又看了一遍。

朱韵见她这么仔细，又有点忐忑。策划案当然是她尽心尽力做的，但因为长时间跟董斯扬、张放等人“厮混”，她怕自己的水平在不知不觉当中受影响了……

“你们的游戏背景是战国时代？”赵果维问道。

“是的。”

“具体一点呢？”

“开篇是在公元前239年。”

“秦王正式亲政？”

“对。”

赵果维是知名历史专家，即便再和蔼可亲，身上文人的气势也还在。朱韵在她不时的提问下神经紧张，生怕说错一句话给她留下不认真的印象。

“为什么选这个时候开篇？”

“呃，”朱韵斟酌道，“我们设计的第一场重要战役是秦王对叛军嫪毐，这场战役后，秦王就彻底拔除了吕不韦这根眼中钉，踏上覆灭六国的征途。我们觉得这是一个比较合适的开始。”

“嗯，还有八卦可以炒。”赵果维笑着说，“嬴政、赵姬、吕不韦、嫪毐，这么一出淫秽乱伦的好戏，确实适合做开场。”

“……”他们的确也把这层因素考虑在内了。

“你们做了很足的功课啊。”赵果维说。

这次朱韵没有谦虚，她坚定道：“是的，我们下定决心一定要做精品，绝对不会敷衍了事。”

赵果维笑了笑，让朱韵打开游戏。在朱韵的引导下，赵果维体验了一遍游戏内容后，开始给出自己的意见。她给的意见很详尽，细化到了每句具体的台词上，经常一针见血，点得朱韵频冒冷汗，拿着笔狂做记录。

时间飞逝，眨眼工夫就到中午了。朱韵紧皱眉头一字不落地记完赵果维的话，一抬头，看见赵果维一脸笑意地看着自己。

她小心地问道："……怎么了？"

赵果维摇头说："没什么，我想起之前你们林老师总跟我夸你，一提起自己的课代表就赞不绝口。"

朱韵脸红，"老师过奖了。"

赵果维又说："虽然远不及提起那个孩子的次数多。"

"……"

赵果维哈哈大笑，"女人难做啊。"

朱韵偷偷瞥向屋外，林老头儿还在拉着李峋谈心。饭桌上的餐具不知什么时候被收走了，重新铺上花式陈旧却干净整洁的桌布。桌子就在阳台边，清晨看不出什么，午时阳光才大股大股地涌进，像是温火，烤干了所有的冰冷萧瑟。

阳光铺在李峋背上，有种奇妙的温馨感，朱韵心想此时他的背一定是温热发烫的。

林老头儿拿李峋当亲生儿子一样对待。

书房门没有关，阳光将屋外的谈话隐隐约约送过来。林老头儿在问李峋公司的事情，他给李峋接连推荐了不少公司，还有学校的研究所，都被李峋拒绝了。

"不用了。"李峋低声说，"我现在这里挺好的。"

林老头儿叹了口气，道："你不容易啊。"

李峋："没啊，我觉得挺容易的。"

"但有一句话你要记着——"林老头忽然话锋一转，神色肃穆严厉，"不管将来遇到什么困难，你一定要走正道！"他指头用力戳着李峋的肩膀，怕他听不清一样一字一顿地说，"你可千万别再糟蹋自己了！"

中午林老头儿要准备开会，赵果维想留他们吃午饭，朱韵婉拒："今天已经很打扰了，而且您也提了很多意见，我得马上回去调整。"

赵果维："那好，不过你也不用太急，这游戏也不是现在就做完了。"

朱韵又是一番千恩万谢才离开。

李峋在林老头儿那儿憋惨了，刚出门就把烟掏出来。

朱韵正回想着刚刚赵果维提的建议，她的意见给朱韵打开了情节发展的许多思路，如果能经常见面就好了。她刚这么想，那边李峋就说："赵果维会做你们项目的顾问，以后有问题就去问。”

朱韵看向他。

你什么时候把这种深度合作都谈明白了？

李峋接着说：“她这几天会赶出游戏推广的软文，到时根据游戏更新速度发出来。你们这个项目就打着‘史上最严谨的历史游戏’旗号宣传就行了。”

朱韵：“……”

她问他：“如果赵教授挂名我们的历史顾问，会不会影响她的学者形象？”

李峋：“不知道。”

朱韵：“你就一点不担心？”

李峋：“既然你这么担心影响她的声誉，还来这儿干什么？”

出了单元门，正午的阳光晃得两人眯起眼睛。李峋无意间扫到朱韵的脸庞，他不了解化妆品，不知道朱韵脸上打了什么粉，皮肤竟在阳光下闪着细微的亮光，晶莹剔透。

朱韵被阳光晃了下眼后很快回神，发现李峋正斜眼瞟她，没好气地说：“干吗？”

李峋浅声道：“脸皮薄得跟纸一样。”

朱韵只当他还在讽刺她刚刚在林老头家的表现，她也懒得反驳了，“是，谁有您老人家心理素质好。”

李峋叼着烟离开。

这短暂的对话让朱韵产生一种奇妙的感觉，仿佛即视现象，十分熟悉。

她在脑中翻查记忆，想起大学时期的某个清晨，她在基地叫醒宿醉的李峋，之后他们在空荡荡的基地里聊天。那时也有阳光、树叶和安静的角落，跟现在一模一样，他们仿佛一对老朋友。

朱韵闷着头，两人走到小区门口，她问李峋：“我送你回去？”

“不用，你自己走吧。”

李峋朝另外一个方向离去。朱韵看着他的背影，意识到她至今都不知道李峋住在哪儿。她每次见他都是在公司，他走得比她晚，到得比她早，工作间隙无论她什么时候抬眼他都在对面，除了偶尔出去吃个饭、抽根烟……

简直跟从前一模一样。

《无敌武将》顺利上线。

在赵果维的推荐下，上线当天的下载量和用户注册数比预期高出很多。虽然没有吉力公司的游戏冲榜那么猛，但对于一个刚刚起步的公司来说已经相当不错了。

而且还有一点值得高兴的，就是《无敌武将》的评价非常好，尤其在历史类的论坛贴吧口碑奇佳。唯一被批评的点就是游戏内容太少，很多玩家都是一天时间就通关了。

朱韵简单看了一下反馈，一颗心总算暂时安定了，拉着赵腾开始进行后续游戏内容的制作。而张放这个挂名的“运营总监”也终于有事干了，每天抱着电脑刷数据、扮客服，玩得不亦乐乎。

在第一次收到游戏充值消息的时候，张放眼泪都流下来了。

“太感人了，真是他妈的太感人了！”张放抱着赵腾痛哭流涕，“这是公司成立以来第一笔收入啊！”

赵腾使劲把张放往下拽，“有点出息行不行？！十块钱连吃麻辣烫都吃不饱！”

“我不管！这是第一笔收入！第一笔收入！”张放抱着赵腾干号，号到最后赵腾也被他逗笑了。

没错，照现在这物价十块钱屁都干不了，但这钱本也不需要干什么，它只需要做一个证明——证明一切都在往好的方向走。

董斯扬稳稳当当地坐在真皮老板椅里，笑着看着公司喧闹繁荣的景象，对朱韵说：“行了，你可以功成身退了，把项目组长让给男人干。”

朱韵心里骂了句滚，董斯扬马上指着她，“你敢骂领导，还想不想干了？”

朱韵没理他，董斯扬回头对李峋说：“她刚才在心里骂我，你听见没？”

李峋正在看书，头也没抬地说：“她还会用眼神骂你，你下次多观察。”

董斯扬冷笑，“有本事就直接骂出来啊。”

朱韵把手里的文件夹一甩，将赵腾从张放的毒手中拯救出来，“走，吃午饭，我请客！”

朱韵拎着赵腾出门，董斯扬哼哼两声：“还闹脾气了，不可理喻。”

同样是午饭时间，跟热闹的飞扬公司不同，距离创业园十里之外的中心商圈，吉力的办公楼里静谧非常。

今早管理层开会，又加大了工作量，大家为了晚上早走一会儿，都默契地将用餐时间往后推了半小时。

在经理办公室里，项目主管王科正跟方志靖汇报情况。

之前互联网大会结束后，方志靖给他安排了一项任务，让他抽空盯梢一家公司。王科本以为是竞争企业，后来发现是一家名不见经传的小公司，成立到现在也没什么作品上线，他也就没有太放在心上。最近有下属跟王科推荐一款据说设计得很不错的历史策略类的游戏，小而精致。王科下载下来一看，才发现是之前方志靖提及的小公司。

王科抬头，方志靖还在试玩这款游戏，注意力异常集中。

半个多小时后，王科肚子都饿得开始咕咕叫了，方志靖才缓缓开口：“你觉得这游戏怎么样？”

王科说：“对于那么一个小公司来说，应该算是相当不错了。”

方志靖：“对于其他公司来说呢？”

王科思索片刻道：“内容还算不错，就是有点偏小众。典型的赚得来口碑赚不到钱的。”

这话方志靖喜欢，不由得笑了出来，“来，单从游戏来说，优缺点都讲一下。”

王科说道：“优点就是内容确实做得用心，尤其是剧情设计得巧妙，让玩家很有代入感。情节方面明显是经过考究的，听说他们还找来了赵果维做顾问。不过这也是把双刃剑，无形当中设立了一道门槛，那些不爱动脑子的快餐玩家是不会买账的。那些动脑子的玩家花钱都很理性，所以说他们这游戏有点吃力不讨好。”

方志靖哼笑：“你看得很准。”

这时，高见鸿从屋外进来，王科见了连忙打招呼：“高总。”

高见鸿点点头，方志靖将手机递给他，又对王科说道：“那你知道要怎么改进了？”

王科一愣，“方总是打算……”

方志靖：“这项目归你负责，叫什么你们自己决定，要同类型同背景的，但游戏难度要下调，多做活动。”

王科忽然接到任务，一时反应不过来。方志靖看他呆愣的样子，安慰道：“不用担心，不需要你投太多精力，照着扒就行。我不要求这项目拿什么业绩，我只要你给我把《无敌武将》的用户群挤掉。”

王科："这没问题，我们的平台优势他们根本没法比。"

王科一边应声，一边内心叫苦不迭。他现在手里已经有两个项目了，再加一个，恐怕往后半年都要加着班度过。

"哦，对了，"方志靖又想起什么，叮嘱王科道，"找人给我上论坛网站刷分，我要一个星期之内把他们平均分刷到6以下。"

王科应下："这个也很简单。他们这游戏本来就是小众圈子，就这么点人还是靠赵果维的宣传才来玩的。"

"赵果维……对对对，你提醒我了。"方志靖又对王科补充道，"给我找人上她主页刷屏去，再买几条新闻，就说……"他捏着自己的鼻子凝神思考，"就说'老教授难守道德底线，广告代言钻钱眼'。主题是这个，内容你们随便发挥。游戏门户网站，还有她的个人博客和大学的校内论坛，全给我发上去。"

王科点头，一一记下。

高见鸿拿着手机试玩游戏，漠然道："赵果维快六十岁了。"

"所以呢？"方志靖冷笑，"这么大岁数不老老实实做学问，非往年轻人圈子里凑，惹一身腥怪谁？不过也真是出人意料啊，想不到文化人骨头这么软，随随便便就为钱折腰了，早知道我们也联系她做宣传了。"

高见鸿："那破公司能拿出什么钱，应该是念及师徒情分。赵果维的丈夫是我们学校的计算机教授。"

方志靖："有这层关系你怎么不早用？"

高见鸿不冷不热地回他："《无敌武将》出来前你也没打算做战国游戏。"

方志靖冷哼一声，对王科说："反正给我找人往死里骂，能骂死最好，这种老学究最注重名声，骂不死也脱她一层皮！"他说完看向高见鸿，略带讽刺地问："高总有意见没？"

高见鸿放下手机，"随你。"

方志靖回头问王科："项目周期要多久？"

王科："只换皮的话很快，把美术资源改一改就行。我们公司做过三国游戏，直接搬过来套上战国背景，两个月吧。"

"给你一个半月，必须做出来。"方志靖道。

王科心里这个苦……

方志靖："这一个半月找营销那边提前铺垫好，把游戏炒热了。"

王科领了新项目，赶快回去召集策划小组开会。

方志靖倒在椅子里，神清气爽。

吉力公司效率惊人，不到一周时间已经将《无敌武将》在各大论坛的评分刷至极低。张放眼看分数往下掉，难得自愿加班，想把分再刷回来，可惜人单力薄，双拳难敌四手，只能眼睁睁地看着评分遭遇滑铁卢。

张放气得上不来气，“谁！到底是谁？！闲得没事非要来陷害我们，我们小公司招谁惹谁了？！”

朱韵看着这明显的恶意刷分，心中了然是谁的“杰作”。她为了防止扰乱军心，没有跟张放他们提及吉力公司的事。

她安抚狂躁的张放：“做好自己的工作就行了，这种事不要管。”

张放捶胸顿足，“我忍不了啊！”

朱韵看向李峋，他这次没有看书，而是在纸上写着什么，聚精会神，根本没有管《无敌武将》的事情。

朱韵被他感染，强迫自己平静下来。

可这强迫很快失效了。

不久后吉力公司抹黑赵果维教授的文章在各个论坛博客上推广开来。对事件一知半解的群众纷纷表示世风日下，教授也为钱卖命，又有人说教授本就不是什么好东西，高风亮节都是装出来的。而赵果维的粉丝也有很多表示对她挂名游戏历史顾问的事非常失望，理性的只是批评几句，情绪高亢的则直接开骂。

朱韵这次没办法无动于衷了，而李峋依旧跟之前一样，看自己的书，做着自己的事，对一切混乱视若无睹。

朱韵找他谈，问他该怎么办，李峋反问道：“你之前怎么安慰张放的？”

做好自己的工作，这种事不用管。

朱韵自然记得自己说过什么，可这次涉及赵果维。她想起那个慈爱和善的老教授，又想起网上那些文章，紧皱眉头道：“这种程度已经算诽谤了。”

李峋：“这种插科打诨的文章遍地都是。”

朱韵无言。

李峋抬眼，看到朱韵左嘴角上起了小小的火泡，他放下手里的笔，说着风凉话：“你天天担心这个担心那个，怎么从来不担心我？”

朱韵看向他，面无表情道：“你金刚不坏之身，还需要别人担心？”

李峋懒洋洋地说道：“你买点东西去拜访一下赵果维吧。”

朱韵：“你不去？”

李峋："我去也行，但我的气质天生看起来缺乏诚意。"

你也知道？！

李峋从怀里掏出一张卡，朱韵皱眉，"你哪儿来的钱？"李峋是绝对不可能跟他哥要钱的，他的那些工资也全部用来乱买设备了。

李峋："这点钱还是有的。"

朱韵："不用了，我去找董斯扬申请。"

李峋把卡放到桌子上，重新埋头看书，淡淡道："拿去吧，挑贵的买，也算我的一点心意。"

朱韵慢吞吞地把卡拿过来，问："密码呢？"

李峋："六个8。"

朱韵："……"

找赵果维道歉的过程比朱韵想的快很多，网上的流言蜚语似乎并没有对这位老教授造成什么影响。

赵果维对她说："你要学学李峋的定力。"

朱韵："赵教授。"

赵果维："你事事惦记，最后结果就是事事不通。"

朱韵："我没想到他们能干出这种事。"

赵果维："我都多大岁数的人了，什么妖魔鬼怪没见过。我早年的战斗力不知比他们强多少倍。"

朱韵："……"

赵果维："我既然帮你们，就已经做好了一切心理准备。你不要怕，好好做事，时间自然会将一切拨乱反正。我家那老头子说得对，你们不容易，尤其是你，一定要坚强才行。"

听过赵果维的话，朱韵嘴上的火泡渐渐消去。

在方志靖的几番攻势下，《无敌武将》受到很大影响，不论是用户注册数还是下载量都大幅度减少，飞扬公司员工的热情跟游戏刚上线时相比弱化了很多。

其中让朱韵感觉最明显的并不是每天咋咋呼呼的张放，而是那个懒洋洋的赵腾。虽然赵腾没有像张放那样每天抱怨，但技术人员的沟通方式别出心裁，朱韵从代码中读到了他的情绪。

朱韵几经思考，决定去找赵腾谈一谈。

某日赵腾去楼梯间里抽烟，朱韵跟了过去。赵腾看见她还笑着问：“怎么你也烦了，打算学抽烟了？”

朱韵说：“我抽烟的时候你还上小学呢。”

赵腾一愣，重新打量朱韵，啧啧两声道：“藏得挺深啊，你该不会还有文身吧。”

“那倒没有。”

“烟戒了？”

“嗯。”

“为什么？”

“想活久一点。”

赵腾嘁了一声，自顾自地抽起来。朱韵靠在他旁边的墙壁上，说：“你最近的代码质量降低了。”

赵腾无奈道：“咱这都出了公司了，能不谈工作了吗？”

“那我等你抽完烟再说。”

“……”

赵腾耍赖无果，终于放下烟，摆出任由宰割的样子。朱韵被他逗笑，说道：“打起精神啊。”

赵腾神色懒散，“打起精神有什么用，现在这形势你自己也看到了。”他瞥向朱韵，“你知道给我们下绊子的公司是哪家吗？”

朱韵问：“哪家？”

“吉力。”

“你怎么知道？”

“我有朋友在吉力上班，他给我透露的。”

“透露什么？”

赵腾深吸气，一字一顿道：“透露他们已经开完策划会了，决定要做同款游戏，再有一个月的时间就能上线。”他靠在窗台上冷哼，“现在都是前期铺垫，不然你以为他们为什么闲得无聊砸钱搞这些？”他说着把烟往地上一摔，“他们什么平台什么资源，随便一个内部推送用户量就能碾压我们，这还做个屁！”

说了一通，赵腾意识到自己情绪有点激动，拿手给自己扇了扇风。朱韵一直没吭声，赵腾感觉场面有点僵，低声说：“我先回去了。”

“赵腾。”在他即将离开的时候，朱韵叫住他。

赵腾觉得她可能是想给自己鼓劲，耐着性子留下。

没想到朱韵开口道："我不跟你讲那些没用的大道理了，我跟你坦白说了。"

一个意外的开场白，赵腾疑惑道："什么坦白说？"

朱韵说："我跟那家公司有私仇。"

"什么？"

朱韵顿了顿，又说："准确来说，应该是我和李峋——我们俩跟那家公司有私仇。"

赵腾一时没反应过来，"哪家公司？"

"吉力。"

"私仇？"

"对。"

赵腾奇怪地看着她。

朱韵语气平静地给他讲述："吉力公司的两个顶头上司，其中一个以前是我和李峋的大学同学，我们曾经一起创业，就是吉力科技，当时李峋是带头人。但创业初期他出事了，你也知道他进去过，他进去的原因就是他打瞎了吉力另外那个老板的一只眼睛。"

赵腾的嘴巴越张越大。

朱韵说："你不是一直好奇为什么我会来这家公司吗，李峋出狱后阴错阳差选了这里起步，而我一向站在他这边，就是这样。"

赵腾依旧呆呆的，朱韵看着他道："我说这些就是想告诉你，我们绝对不会放弃。"

赵腾嘴巴终于闭上了一点。

朱韵："他们是打压也好，抹黑也罢，就算这个项目真的山穷水尽了，我们换下一个，还会这样拼，直到赢为止，不成功就不结束。"

朱韵这番话内容转折起伏，暗流汹涌，但语气始终平静非常。

赵腾瞠目结舌，老半天才找回自己的声音，"你先等会儿……你给我点时间，我现在有点乱。"他捂着嘴，快速消化刚刚那些话，盯着地面喃喃道，"不对啊，吉力现在两个头儿，都是技术出身，一个姓高一个姓方，我没听说谁瞎一只眼睛啊。"

朱韵："是姓方的那个，他为人要面子，也顾及之前的官司，这种事不外说也正常。”

赵腾又问：“那李峋为什么要打他？”

朱韵没有正面回答：“这是李峋的私事，我不好说，你理解成有仇就行了。”

赵腾感叹道：“我听张放说李峋坐了六年牢，都这么长时间了你们还念念不忘，看来仇不小啊。”

朱韵轻笑一声：“是呗。”

这也是朱韵觉得讽刺的地方。

都说时间是治愈一切的良药，可这么多年过去，爱带来的伤痛都已消磨殆尽，恨的余味却依旧悠远绵长。像是越放越沉的老酒，看似平淡无奇，轻闻一下便冲得腔腑热辣。

朱韵也明白，一切说开了，就是心不宽放不下。他们随便问一句为什么——为什么你会这样？为什么我会这样？问完了，没答案，就毫不犹豫跳进苦海挣扎。

“不过，”赵腾之后反过劲，“你说你们之前创业是李峋带头？”

“对。”

“就我们屋那个天天吃干饭的？”

“……”

没错，就是他。但朱韵有点不太想认这个称呼，对赵腾说：“他不是你们想的那样。”

这点赵腾倒也同意：“他确实不对劲，如果只是吃干饭的，底气未免太足了。”他看了看朱韵，又补充道，“而且你还那么听他的，简直唯命是从。”

这句朱韵权当没听见。

“对了，那吉力现在这么死磕我们，也是因为……”

“对，因为我和李峋。”朱韵有些愧疚，“这点我得说声抱歉，我们隐瞒了很多事进来。本来我觉得至少要一年后才能有动静，没想到他们这么快就盯上我们了。这件事已经影响到公司了，我会找时间跟董总说明情况。”

“你们第一天进来我就觉得不对劲，竟然还有这茬儿。”赵腾总结道，“所以我们今后就得这么一直以卵击石了？”

朱韵沉吟片刻，低声道：“如果是这样呢？”

赵腾看她沉重的表情，扑哧一声笑出来：“是就是，还能怎么样。反正都在一个团队了，大不了一起黄摊。反正要是你们不来，我们最多也就再撑一两年了。光脚的不怕穿鞋的，咱们有什么可输的，都快底儿掉了。”

赵腾又掏出一根烟来抽，“知道理由就好，敌暗我明太难受了。”

虽然还有无数的麻烦要解决，但听了赵腾的话，朱韵依旧松了一口气，忍不住在他头上揉了一把。

“哎呀，干吗！”赵腾缩脖子，“拿我当小孩呢？”

“你就是小孩。”她的手搭在赵腾的肩膀上，“还有，可能我现在说这话你不太信，但吉力公司称不上是‘石头’。”

赵腾怀疑的小眼神拧过来，朱韵将他拉近，神神秘秘对他说：“真正的‘石头’在我们这边呢。”

在赵腾还在回味这段话的时候，朱韵松开他，“打起精神来。”她说完转身往外走，赵腾叫她：“哎！”

朱韵回头，赵腾说：“我最后问你一件事。”

“说。”

“你跟那吃干饭的什么时候分手的？”

这问题比项目上的难题尖锐一万倍，朱韵不知道如何作答，支吾半晌，最终躲开了。

# Chapter 05

## 打火机与公主裙

❷

哄好赵腾也算是完成一项任务，就在朱韵准备全身心投入接下来的工作时，一件事让她的心情再次触底。

其实事不是什么大事，就是恶心人而已——她在商场碰到方志靖了。

准确地说是“方志靖一行”，还有一堆工作人员和高见鸿的老婆吴真。看情形是吴真来参加商场典礼，宣传吉力新游戏《七国争霸》，方志靖作为受邀嘉宾出席。

朱韵看到那张巨大的宣传海报，人眼第一视角眺望着硝烟阵阵的古城墙，她扫了一眼就要吐了。

朱韵大步流星想要快点离开，一秒都不想多待，可偏偏被方志靖看见了。

“朱韵！”方志靖叫她。

朱韵听见方志靖的声音条件反射地恶心起来，她转头，方志靖笑着对她说：“真巧啊，你也来了。”

朱韵看着他：“有事吗？”

方志靖：“老同学许久不见，不想聊聊？”

朱韵懒得维持表面虚伪的和平，“咱们俩没什么可说的。”

方志靖：“你知道《七国争霸》的内测号卖出去多少份吗？”

朱韵扭头往外走，方志靖不紧不慢道：“知道我们为宣传投了多少钱吗？”

朱韵停住脚步，回头，“你那叫宣传？”

方志靖耸肩道："不然你觉得什么叫宣传？有效果就叫宣传。"

朱韵看着他，"你们的宣传方案是谁拟定的？"

方志靖笑道："你想问什么？"

朱韵不语。

方志靖接着说："是不是想问高见鸿有没有参与？"他哼笑两声，"他不仅参与了，赵果维的事就是他直接负责的，不然上哪儿挖那么多业界秘辛——他不是最擅长这个吗？"

朱韵后悔问了。

方志靖走到她面前。他们撕破脸皮多年，如今单独面对面，终于连他都懒得装了，"你们那游戏最近怎么样，口碑是不是一落千丈？哦不，好像原本也没爬到千丈高度。"方志靖个头儿并不算高，但仍旧在朱韵面前做出了蔑视的神态，"你知道我们的产品最大的区别在哪儿吗？"

方志靖盯着朱韵，左眼死气沉沉，右眼凶恶毒辣，"你们只有那点单薄的小众情怀，而我们兼顾一切。你们那点微弱的口碑一旦垮了就什么都没了，可我们还能赚到钱。在此基础上，只要我们稍稍在'口碑'上动点心思，"他一拍手，"就是完胜！"

方志靖说完，不知怎么忽然笑了出来，牙龈上细小的血管清晰可见。

"朱韵，"他用一种极其怀旧的语气对她说，"你有没有觉得，这场面好熟悉啊？"

朱韵几乎是落荒而逃。

她回程路上一直在思考一件事，就是她离开的时候有没有在方志靖面前露怯，有没有让他看出她是逃掉的。

这是个很没营养的问题，朱韵自己也知道，但她控制不住，因此她更加心烦意乱。

多少年过去了，她还是控制不了自己。她都不用看见方志靖，一听到他的声音她就浑身从里往外地发冷。

简直像魔障一样。

朱韵越想越觉得自己刚刚应该骂他两句，不应该就这么走了。这认知让朱韵钻进死胡同，满脑子都是刚刚方志靖的话和他得意的神态，还有他污蔑赵果维的文章和商场里挂着的那幅海报。

朱韵下车冲进一家便利店，买了五罐啤酒，回到公司楼梯间坐着喝。喝到第三罐的时候，眼泪毫无征兆地落下来。

她隐约想起当年比赛，现在跟那时的情况简直如出一辙。

方志靖让她厌恶，但她更厌恶毫无作为的自己。

酒精让她的情绪变得焦躁脆弱，仅剩的一点理智告诉她等会儿还要回去上班，她捂住自己的额头，一连做了十几个深呼吸，唯一的效果就是大脑缺氧，心情丝毫没有平复。

就在这时，好巧不巧，李赵张三人组团来楼梯间抽烟。

张放大摇大摆走在最前面，冷不防看到楼梯上坐着个人，吓了一跳。

"哎哟，我的天……"他捂捂自己胸口，认出那是朱韵的背影，"朱组长，干啥呢？"

张放很快注意到酒精味，他吸了吸鼻子，"喝酒了？"

虽说平日里张放就是烂泥扶不上墙的狗腿子一个，但真到节骨眼儿上还算有点良心。他放下烟，关切地来到朱韵身边，看到她湿漉漉的脸，瞬间僵住。他惊悚地转过头，冲后面两个男同胞做口型——哭、了！

赵腾瞄了李峋一眼，李峋沉默地看着那道背影。

平日炸裂苍穹的女强人自己一个人躲在楼梯间里哭，面对此情此景，张放也有点慌了，他不由得放轻声音："是不是工作压力太大了，还是被董总训了？"

他一边说一边往前凑，俨然想要化身妇女之友，可惜屁股还没落下就被赵腾拉了回去。

"走。"赵腾小声说。

"什么？"

赵腾不解释，拉着张放往外走，扣上门，单留下李峋一个。

沉默并没有持续多久，李峋平静地问道："怎么了？"

他的声音里带着一种划破所有迷障、穿越时光的清晰感。朱韵仿佛置身于多年前的那座石板桥边，身前是深夜荡漾的墨湖，身旁是微微摇曳的柳枝，身后是将她从深渊打捞起的男人。

李峋:"为什么哭？"

朱韵清醒了些，抹了抹眼睛，低声说："我刚才去商场的时候看见方志靖了。"

李峋："然后呢？"

朱韵："他们做了个新游戏……"

他淡淡地嗯了一声。

跟李峋说话很简单，你说一句，他就能猜出所有。

朱韵背对着李峋坐在台阶上，低声说话。可能是有些醉了的原因，她的语气并没有太过愤世嫉俗，倒更像是对挚友委屈地抱怨："高见鸿的老婆也在，她在给他们那个游戏做宣传。他们整个游戏都照扒我们的，连宣传图都一模一样。还有赵教授的事……方志靖说赵教授的事就是高见鸿策划的，还说我们的游戏只有口碑没有收益，他随随便便动点手脚就超过我们了，真是……"她说到最后把头埋起来，"我竟然连骂都没骂一句就跑了。"

静了一会儿，李峋说："你怕他。"

朱韵手指一颤，难过地承认："没错，我怕他，我太没用了。"

李峋轻笑道："你对'没用'的定义真神奇。"

朱韵："我恨了他十几年，什么都做不到。当初他欺负晓妍，我只能看着；后来他害你，我还是只能看着……"

她说着说着，忽然一顿，"不对，不是他，是我。"她意识到这一点，头抬起来，"因为我，你才会跟他结仇——要不是我非拉着你去比赛，你根本都不会认识这种人。那样你姐姐也不会出事，你也不会进监狱，那现在就不会……"

"朱韵！"他打断她语无伦次的发言，"你过来。"

朱韵僵硬地坐在那儿。

李峋又说了一遍："过来。"

他声音一沉，她的脚就不自觉地动了。

李峋靠在窗边，朱韵来到他面前。伴随着一下一下的抽泣声，她看起来就像个犯错的孩童。

李峋无声地打量着她，黄昏的色调照在她哭花的脸上，让她异常美丽，也异常脆弱。

他能明白她对方志靖的怕，她怕赢不了，也怕他会因此怨恨她。

其实她不需要有这样的想法。

李峋神色沉静。

按世人标准，在他不长不短的人生里，值得后悔的事太多了。但按他的标准，走到现在，他尚对得起自己。

李峋指着朱韵手里的大袋子，问道：“这是什么？”

朱韵哽咽着回答：“给林老师买的。”

“你要去看他？”

“嗯。”

他静了静，又说：“你找赵腾聊过了？”

“嗯。”

“安抚好了？”

“嗯。”

他笑了笑，“谁说没用，挺有用的。”

李峋往地上弹了弹烟灰，看着飘飘落地的灰烬。

他神态轻松地靠到窗台边，“你可以怕方志靖，没关系。”他一手拿烟，一手撑在窗框下，“谁还没点童年阴影了。”

朱韵不说话。李峋侧过头，睥睨地笑道：“放心，你对他的怕赶不上他对我的怕。”

朱韵反应慢，“什么？”

李峋好心地帮她总结：“就是你怕他，他怕我，很公平。”他难得表现出和蔼和耐心，慢悠悠地对朱韵解释，“看过《动物世界》没，只有猎物才会战战兢兢，盯着所有的风吹草动。你怕他，所以这么多年一直关注他；而他怕我，所以我一出来他就盯着我。你不用担心他照搬我们的东西，他要真是老老实实自己做自己的，没准儿我短期内还拿他没办法，但他非盯着我、急着踩死我，这就给我们机会了。”

朱韵听着，没来由地问了句：“那你怕谁？”

我怕他、他怕你，那你怕谁？

李峋静静地看着她。

因为逆光，朱韵抓不准他的视线，只觉得那暗沉沉的影子有致命的吸引力。半晌，那黑影慢慢俯身，朱韵感觉到耳边一股热气，然后就是低沉的声音：“老子谁也不怕。”那声音带着魔性，爬上她的背，酥酥麻麻。

这一句“谁也不怕”，扫得朱韵灵台清明。

李峋起身，“你把你的项目稳住，不需要跟他正面对抗。他们那个游戏我看了，只有个壳而已，最多能靠活动撑三个月。”

朱韵：“嗯。”

李峋："我去帮你请假，今天回去休息吧。"

他刚要走，朱韵想起了什么，"对了，我得到一点消息，但不确定准不准。"

李峋："什么？"

朱韵："我之前合作过的一家IT公司前不久被他们并了，里面的高管跟我说，方志靖他们好像正在筹划借壳上市。"

李峋直接笑出声来："有意思，站不稳就想跑，他赶着死吗？"

朱韵："如果是真的，他们明年年初可能就会提交材料了。"

李峋神色不变，看着朱韵说："我话放在这儿，我要是让他上市成功，我'李'字摘下'木'，直接给他当儿子。"说完就走了。

朱韵在他走后才笑出来。她一个人站在窗台边，回过头，瞳孔上映的全是美景。

她回家大睡了一场，第二天酒醒了，懵懵懂懂、昏昏沉沉，感觉自己好像做了场大梦。在洗脸刷牙期间，她隐隐回忆起梦里的细节，冲着镜子笑。

她换了一身新衣服，昂首挺胸地去上班。

赵腾处理完了，还剩董斯扬。不管再怎么难以沟通，他都是公司老大，是决策者，她必须把事情跟他交代清楚。

于是之后几天，朱韵一直在找机会想和董斯扬私聊，这简直难如登天。

她在公司干的这些日子里，最深的感触就是她仿佛跟这位董总生活在两个世界。虽然大学时期李峋也噎她，但现在情况完全不同。李峋再怎么噎她也都是在承认她是个有实力的人的基础上，虽嘴不饶人，但多少有点口是心非。而这位董斯扬……

朱韵不知道他是之前被女人伤过，还是打从心底就是男权主义，见不得女人厉害，他某些观念简直像是上个世纪的一样——不，上个世纪还不够，还得再往前推，清朝也打不住，至少得明代才行，那种大家族吃饭女人不能上桌的年代。

朱韵做了充分的心理准备才去找董斯扬"自首"。

董斯扬不爱搭理她，她连叫他几声都没能让他从手里的文件里抬起头来。朱韵抻脖看了看，说："哟，这么简短的财务报表董总也能看这么久啊。"

董斯扬沉声道："我最近是不是对你们太松懈了？"

朱韵见他脸变黑，赶快收敛，说道："董总，我有点事想跟您说一下。"

董斯扬把报表扔桌上，“泡茶去。”

“……”

朱韵把话咽下，先去给他泡茶，泡好端来之后，董斯扬忙着吹气降温，吹了半天好不容易嘬了口，朱韵见缝插针：“董总，我有事跟您说。”

董斯扬看她郑重其事的样子，哼笑一声，不慌不忙道：“说什么，是不是吉力的那点破事？”

朱韵惊讶都写在脸上。

董斯扬放下茶杯，指着她说：“所以说女人就是眼界短，瞻前顾后、婆婆妈妈。”

朱韵完全蒙了。

董斯扬道：“你既然要用我公司做踏板，那就闷头用好了，等榨干了资源就卷包换下一家，说这些前因后果干什么？”

朱韵诧异过后，再次被董斯扬后半句话引入思考。

她一开始的确是这样打算的，让李峋在这儿适应一下节奏，然后就走。那时候她简直觉得自己是个恣意潇洒、来去如风的杀手。可随着项目一点点进行，她不知不觉融入了这个不靠谱的环境，习惯了那些不靠谱的人。于是杀手的刀收起来了，她开始把他们当成搭档。

朱韵有片刻时间离神，董斯扬一直看着她。跟平日里的风风火火、雷厉风行完全不同，此时朱韵的目光十分纯洁清澈，清澈到像李峋嘴里说的那样——“天真犯傻”。

“你什么时候知道这件事的？”朱韵问。

“一开始。”

“李峋找过你？”

“为什么是他找我？”董斯扬有些不满，“这里谁是老板你不知道？”

“……”

董斯扬冷笑，“你真以为我会让一个刚坐完牢、什么资料都拿不出来的人随便进公司，还一连几个月光吃饭不干活儿？”他往前探身，胳膊肘搭在办公桌上，大拇指指着自己，粗粝地说：“老子就是从里面出来的，太清楚里面什么样了。”

朱韵被他凶神恶煞的表情噎得说不出话，董斯扬见状心情大好，靠回真皮老板椅里，“我第一天就查出你们那点猫腻了。想瞒我，做梦呢。”他悠哉地端起杯子，嘬了口茶水，发觉已经凉了，干脆一口闷掉，“加水加水！”

朱韵无语地拿杯子添热水，董斯扬在后面默默看着她的背影。

他的确是在见到他们的第一天就查到了他们过去的那点纠缠，主要是方志靖现在名声不小，而且李峋涉及牢狱，线索很容易就牵起来了。

他在查完的第二天找到李峋，本想套李峋一下，如果说谎就直接赶走，没想到李峋毫不避讳，董斯扬问什么他答什么。可惜故事里只有男人没有女人，只有刀光剑影，缺少爱恨情仇。他只字不提死去的姐姐，也不愿多谈朱韵，唯一一句对她的形容董斯扬都记得很清楚——“她想得多，有时候天真犯傻，但实力很强，有恒心，也很忠诚。”

有恒心。

很忠诚。

朱韵一边倒水一边想，原来他们早就通过气了，亏她还在纠结怎么跟董斯扬说明情况。一种轻微的无力感在朱韵体内蔓延开来，可蔓延没多远，另外一种踏实的感觉便覆盖上来。

真的回光返照了，她竟然觉得他们还是二十岁的时候，她负责担心，他负责解决一切。

朱韵将茶杯端正地放到董斯扬面前，问道：“所以董总早就知道我们跟吉力公司的事了。”

董斯扬慢条斯理道：“废话。”

“那您留下李峋，意思就是……”

董斯扬瞄她一眼，“别没事就揣摩男人心思，你想不来。”

好了，终于回到一跟他说话就想磨牙的正常状态了。

朱韵不再浪费时间，装出恭敬的样子，冲他一鞠躬，“既然这样，我的事也不用说了，不打扰您了，我走了。”

董斯扬摆摆手，“退下吧。”

朱韵半小时之内不想再看见他，离开公司去透气，在一楼刚巧碰见张放他们吃完饭从外面回来。一路上张放冲郭世杰念念叨叨，赵腾脚踩拖鞋，打着哈欠溜达，李峋走在最后面。

张放老远看见朱韵，朝她打招呼：“哟，朱组长！”

李峋抬眼，朱韵跟他视线对个正着。她正有话要跟他说，拉着他的胳膊，

“跟我过来。”

张放制止道：“哎哎！干啥？”他扯住李峋另一只胳膊，“等会儿我还要用他呢，凡事有个先来后到不？”

朱韵回头，“你用他干什么？”

“采购啊。”张放身兼公司后勤主管，定期采购生活用品，“他得去帮忙拎东西。”张放拍拍李峋后背，“这体格不用白不用，哪能天天吃白饭。”

朱韵看向李峋，李峋散漫地站在那儿，任由别人说。

她冲张放笑了笑，道：“张总太抬举他了，他这体格只是看起来凑合，其实外强中干，水得很。”

“哦？这样吗？”张放也看向李峋，后者面无表情地盯着朱韵。

赵腾从后面踹了张放一脚。张放不满地回头，赵腾说：“你把采购清单给他们，让他们去买吧。”

张放变脸极快，霎时愉悦，“哎哟，认识这么久，你终于开始体谅我辛苦了。”

赵腾：“蠢货，快点！”

张放觉得赵腾的提议不错，掏出手机对朱韵道：“我把采购清单发给你，去对面超市买就行，记着小票要留着啊，不然不给报销。”

赵腾看着张放发完消息，拎着张放的脖领离开。他走前不经意地跟朱韵对上一眼，笑得意味深长。

李峋拨开朱韵的手往外走，朱韵紧跟上他，“你跟董斯扬说过我们之前的事？”

李峋走在前面，声音慵懒，“‘我们之前的事’？”

他瞥她一眼，朱韵被那眼神挑得心尖一颤，极力将话题倒回正途，“就是跟高见鸿他们的事。”

李峋似乎被这生硬的转折逗乐了，短促的笑声被街道上车辆的鸣笛声盖住，“说过。”

李峋点了一根烟，两人站在十字路口等红灯。

朱韵说：“你怎么都不跟我提一下？”

李峋：“提不提也没影响。”

朱韵不说话了。

绿灯亮了，他们过马路，一路上安安静静，身后汽车起步时车胎碾轧小石子的声音都格外清晰。

走到马路对面，李峋停下脚步，朱韵跟着一起停下。他拿下嘴里的烟，问她："怎么了？"

朱韵："什么怎么了？"

李峋静静地看着她。

朱韵一开始与他对视，后来就移开了目光，再后来不知为何又看过去。这一来一回间，他还是那副样子，她心里的话却憋不住了："李峋，你问我什么我都跟你说吧？"

李峋眼神蔑视，"那不是你说，是我猜出来的。"

朱韵："你能猜出来是你厉害，我猜不出来，你得告诉我。"

李峋冷哼一声，朱韵说："咱们得沟通。"

这句话说出来之前朱韵并没有什么感觉，只当是一句普通的意见，可话一说出来，她马上感觉到不对劲。

李峋的眼神也在某刻恍惚起来。

他是不是也想起了那段记忆？

十字路口、红绿灯、一对别扭的男女。

还有那对话——我们得沟通。

朱韵胡乱想着，那次是因为什么来着……好像是付一卓。

六年前说什么，六年后还说什么，仿佛他们永远也跳不出这个怪圈。

这算什么永恒不变的话题。

红灯再次亮起，车流缓缓停下。

朱韵低声说："我们不能犯以前的错，你做决定之前要跟我商量，当然我也会跟你商量的。"

李峋一直沉默，让她的声音越来越低，气势全无。他嘴唇抿成一道线，烟也不抽了，就那么看着她。

朱韵自然察觉到了他的视线，那目光让她觉得无所遁形。他久不回答，她踩不到落点，越来越觉得谈话变成煎熬。她本还有一句很想说的话，要求他必须信任她，但现在底气已经不够，出口瞬间祈使句变成了疑问句："你还信我吗？"

他终于撇开眼，不再看她，望着街道旁林立的店铺，不知在想些什么。

绿灯又亮了，这一轮车流当中，他们没再说一句话。干站了很久，李峋终于笑了，他声音很轻，好像被风一吹就散，“这话该是你问我吗？”

朱韵愣住，李峋说完便迈开步伐走向超市。

那句反问无形当中给了朱韵力量，她快步追上他，语气轻松了不少：“喂。”

李峋没理她。

“你走这么快干什么，你又没清单。”

李峋站住脚，冷眼看她。朱韵掏出手机，“让我看看都要买啥。”

他们来到超市，朱韵拎了个筐，李峋空手跟在后面。

朱韵在生活用品区挑选清单上的物品，犹犹豫豫。她在选洗手液，公司那款洗手液碱性很强，洗完手干得厉害，她自家用的那款倒是不错，但价格太贵了。

“磨蹭什么。”李峋等得不耐烦，从后面伸手，直接拿了一个放到筐里。朱韵一看，是贵的那瓶。

李峋拿过朱韵手机，扫了五秒钟还回去，一样不落地从货架上抽出清单上的物品。

朱韵看着渐渐堆满的购物筐，对李峋说：“你这么买，等会儿回去张放会杀了我们。”

李峋冷漠道：“他杀得动谁？”

“……”

结账，两千多，朱韵默默掏卡。

售货员在装东西的时候李峋已经走出去了，朱韵一边把东西往塑料袋里装一边叫他：“你等我一会儿啊！”

她提着大包小包追上李峋，“帮忙拎一下。”

李峋双手插兜，淡淡道：“我外强中干水得很，拎不动。”

朱韵：“……”

回到公司，果不其然，张放拿着朱韵的小票中风般浑身颤抖，“完了，我看是完了，这日子没法过了！”他冲朱韵和李峋使劲吼，“你们是怎么干活儿的？！董总……”张放扑过去找董斯扬告状，还不忘提醒其他人，“东西谁也别动！等会儿全给我打包退回去！”

董斯扬刚上完厕所出来，骂骂咧咧：“妈的这叫手纸？”张放刚好撞上枪口，董斯扬上去就是一记电炮，“你买的纸？你他妈就不嫌刮屁股？！”

张放被董斯扬一拳怼出去老远，又连滚带爬回来，“董总！我们钱不够花了，再不省着点，马上揭不开锅了。”

董斯扬黑眉紧皱，张放拿着小票告状：“董总你看，这么点生活用品他们俩花了两千多！”张放指着小票，“这什么‘喷雾香氛清新剂’，一瓶就要五百多！董总你看啊！”

董斯扬拿过小票审阅，朱韵感觉他怒气值一点点上涨，偷偷转移视线。按她的推理，接下来应该是董斯扬“败家娘儿们”的主题演讲会，可她等了半天董斯扬也没开口。她悄悄看回来，董斯扬没像她想的那样黑脸，他走到李峋面前，将小票放到他的桌上，短促有力地问：“你来还钱？”

李峋拿起小票，面无表情扫了一眼，无所谓道：“行啊。”

朱韵隐约感觉他们这段对话有问题。

还钱？还什么钱？

两天后，朱韵终于明白了他们的意思——《花花公子》项目正式启动了，负责人正是李峋。

说起来朱韵都快忘了他们还有这个项目，从她接手《无敌武将》开始就没再听人提及过，她一度以为这项目已经黄了。现在忽然要开启，朱韵再次忧神附体，忍不住担心起来。她委婉地询问李峋需不需要帮助，或者她可以把赵腾抽调到他的组。

“哟，朱组长现在腰杆硬了？”李峋讽刺道，“都有闲工夫去管别的项目了。”

朱韵眼角抽动。

李峋不拿正眼瞧她，“你管好你自己的就行了。”

话虽这么说，但这是李峋出狱后做的第一个项目，朱韵不知道他能不能适应。她偷偷暗示张放，他作为公司“二把手”，要对项目更负责一点。张放被朱韵忽悠几次顺利上钩，责任感爆棚，一蹦三丈高，说啥都要开策划讨论会，令李峋拿出方案大家一起讨论。

李峋欣然同意。

会议赶在放假之前召开，董斯扬将所有人都圈进“会议室”——就是那间四面无窗的小黑屋。

小黑屋还跟以前一样拥挤，不过却远没有第一次来面试时那么闷热。那时朱韵才恍然意识到，时间飞逝，不知不觉间初雪早已下过，现在已是深冬了。

朱韵感叹日子过得太快。

李峋在外面打印策划案，最后一个进屋。张放一看他拿进来的东西，震惊道："搞什么？你写书呢？！"

朱韵也很惊讶，李峋的策划案非常厚。他一人发了一份，朱韵拿到手，先粗粗翻阅一遍。

她本以为李峋会随便应付，没想到他的策划案做得非常认真详细，从第一页的总纲开始，介绍游戏内容、目标用户以及核心玩法，后面是详尽的游戏规则和美术资源，再然后是基于系统的引擎和工具需求描述，最后是演示PPT和进度细分列表，在最后一页甚至还有一份change list（变更清单），用以记录以上各文档的维护修改历史。

董斯扬和张放看得一头雾水，郭世杰只看美术要求那几页，赵腾皱着眉勉强往下读，只有朱韵看得认真。

这与其说是策划案，不如说是帮助程序员梳理思路的流程图。

她从没见过李峋做策划，以前大学时期他带领他们做项目的时候，从来都是直接掌控大局，计划都在脑子里，哪会有耐心写出策划给别人看？他现在写出来，恐怕也是为了帮自己更好地适应。

"有意见就提。"李峋淡淡道。

朱韵偷瞄他一眼。李峋的策划案跟他本人一样，没有一句废话，逻辑清晰、条理通顺，有时顺得过了头，甚至有种冷冰冰的感觉，像是上帝在发表真理演说，离得近的教徒可以表示膜拜，离得远的压根儿连张嘴的机会都没有。

现在"离得近"的教徒只有朱韵和赵腾，郭世杰算半只脚踏在场内，剩下两位都是圈外人士，拿着策划案像看天书一样。

李峋对董斯扬和张放说："你们俩直接看最后就行了，有图文解释。"

张放还试图反抗一下，"看不起人是不？"

李峋转动脖子自顾自地放松，张放讨了没趣，乖乖翻到最后一页，结果越看越着迷。

"呀，呀呀呀！"张放兴奋道，"有点意思啊！"

朱韵重新细看了一遍。

在第一次的惊讶和敬佩过去之后，朱韵的注意力开始集中在策划案本身的内容上。这一集中倒好，越看越震惊，渐渐脸色涨红、心跳加速，看到最后一页的图片时，直接把策划案往桌上一拍。

那边几个男人聊得热火朝天，被朱韵打断。朱韵瞪着李峋，激动的情绪溢于言表，她指着桌上的策划案："这什么东西？"

李峋斜眼，"题目在第一页。"

朱韵："我当然知道在第一页，我问你内容！"

以董斯扬为首的一众男人都笑了，最后李峋也笑了。他一乐，大伙儿乐得更开怀了，嚣张中透着欢快，欢快中又带着猥琐。在场唯一一个女人在一群雄性的笑容夹击下，面红耳赤。

朱韵忍不住说："你这游戏也太下流了！"

李峋惊讶："有吗？"

朱韵用力翻开策划案，"你看你这内容阐述！还有系统，什么'钻草丛''夜袭'，还有这个'尾随'——这都什么东西！"

李峋的策划案里有很多"神奇"环节，譬如游戏有竞赛部分，比哪位玩家能快一步让目标人物高潮；里面有不同的地图和人设，比如"下班的教师""严厉的上司"或者"旅途中的文艺少女"，游戏手法根据不同人设、场景千变万化，有各种各样的评分环节。

面对朱韵的质问，张放率先开口："朱组长，你这话说得就有问题了。你自己有自己负责的项目，《花花公子》是李组长的，你不要越级提意见。不过这么一看还是董总高明，工作分配得好，各取所长。"

他一番话非但强势站边李峋，还顺便拍了董斯扬的马屁，气得朱韵脸如火烧。她怒道："你这就是黄色游戏，这绝对会被举报的！"

李峋点了一根烟，又往桌子上扔了几张纸。朱韵拿来一看，是几篇新闻，都不长，内容模棱两可，极其官方，大概就是有广电总局的领导对于目前手游、页游内容低级进行批评。

朱韵看向李峋，"所以你是要往枪口上撞？"

"这是在放口风。"李峋说道，"政府应该准备颁布限制条令了。"

朱韵："那你还做？"

李峋轻飘飘看她一眼，"你觉得他们为什么要颁布限制条令？"

朱韵："当然是因为下流。"

李峋："是因为赚钱。"

"……"

李峋睨她一眼，又说："现在手机游戏捞钱捞得太快，有审核是肯定的，不过我们还有时间。"李峋修长的手指点了点桌面上的两张纸，"现在只是放口风，离真正出条令至少还要一年。时间足够了，至于游戏内容，我会把握分寸。"

张放在一边跃跃欲试，搓着大腿，"快做快做！我好想玩！这他妈才叫游戏！"

"不行！"朱韵还是不能接受他们要做这种游戏，她紧紧看着李峋，从牙缝里往外挤话，"你怎么能做这种东西，你有点追求好吗？"当年你虽贪财，但所思所想好歹也算走在技术最前沿，现在竟然沦落到变着法儿策划怎么让女人高潮。

董斯扬在一边沉声道："里面的人物里给我加一个'不听话的女下属'。"他指着朱韵对郭世杰道："给我照着她画。"

郭世杰点头，他就坐在朱韵旁边，朱韵瞪着他，"你敢！"

李峋对众人说："表决吧，觉得策划案没问题的举手。"

唰唰唰唰唰！

五比一。

"你们这群……"朱韵把在座所有人都指了一圈，最后对着李峋，卖力指，使劲指，指了半天还是没想出要用什么词形容。

董斯扬咯咯乐，"以后这个项目的会得常开，怎么让女人高潮我最有发言权了。尤其是那种喜欢抛头露面的，告诉你们，这种女人最空虚，后劲足得很。"

张放马上狗腿道："那是！董总的经验还有什么说的，龙精虎猛持久弥坚，就一个字——强！"

朱韵眯眼看他，"贱骨头，你知道，强不强你试过？"

赵腾哈哈大笑。

张放恼羞成怒，拍桌子道："反正这个策划案全票通过了！你反对也没用！李组长你放心，能这么认真做成人游戏的我还是第一次见到，我力挺你到底！"

李峋："谢谢。"

张放："对了，你会泡妞吗？"

李峋诚恳道："不太会。"

朱韵："……"

张放热情推荐道："那追妹子的事你可以问老腾，他是高手，女朋友不断。上妹子的话，你咨询我们董总就行了。"

话题越来越偏，策划会议很快变成黄色论坛线下聚会。

会开一半朱韵离席，这内容她实在是心有余力不足。男人怎么这么猥琐，一讨论这种话题，连平日最老实的郭世杰都蠢蠢欲动。

她刚离开李峋就跟出来了，朱韵冷眼看他，李峋被她的表情逗得肩膀轻颤。

朱韵："你这出山之作真是让我大开眼界。"

李峋扯着嘴角笑。

她明明在生闷气，但他的笑容在某一个角度依旧使她心颤，那画面带给她的感觉太熟悉了——让人抓狂跳脚，却又无可奈何。

他越来越像从前了，自信果断、胸有成竹，并且欠兮兮。

他慢慢适应了环境和时代，重新将自己的东西掌控起来。

"你这项目我不会帮忙的。"朱韵抱着手臂表明立场，"我只做我的那个。"

"我出来就是告诉你这个的。"

"什么？"

李峋靠在赵腾的办公桌旁，双手插着兜。朱韵的余光不受控制地关注起那近在咫尺的一双长腿。他的腿相较六年前结实了不少，但还不至于像董斯扬那样硬成石头。李峋腿形修长，恣意随性，尤其是穿黑裤子的时候，简直美不胜收。

"……所以你继续就行了。"李峋说。

"啊？"朱韵全方位关注李峋的腿，并没注意他说了什么。

李峋眉头轻皱，似乎对她没有认真听自己讲话感到不满，"我让你接着踏踏实实做你的游戏。"他淡淡道，"公司想立足，除了要能赚钱，还要有能表明态度的东西。你的项目是公司的脸面，你以后就知道了。"他说完又吊起眼梢，俯身在她面前轻声说："就是这脸实在有点薄。"

会议的余劲未消，如今又添新火，朱韵的脸颊被他的气息熏得发红，就像特地帮他验证刚刚的话一样。

朱韵嘴上说不管李峋，但她还是偷摸观察了两天。在看到他行云流水的操作和进度后，朱韵放下心。

她放心后的第一件事就是将赵腾在《无敌武将》的工作量减少大半，让他空余的时间去李峋那里“帮忙”。

李峋明确表示不需要：“帮什么忙，越帮越忙。”

朱韵：“就跟一段。”

李峋不耐烦，“我说了不需要。”

他做项目时的暴躁劲又上来了。朱韵不跟他硬碰硬，她小声商量道：“不是帮忙，你带带他好不好？”

李峋凝眉看她，朱韵说：“赵腾的水平不错，但是是野路子出身，有一些不好的编程习惯。你的体系比我成熟，帮他进阶一下。”

“进阶完回去帮你的忙？”

“也不是啊，以后我们还会做别的项目，你目光放远点。”

“哟，你是在嫌我目光短浅？”

“……”

朱韵警觉他眼神渐有调侃倾向，知道如果再让他继续她肯定又要缴枪。她打断他道：“赵腾很年轻，是可造之才，我们公司人这么少，难不成你要去教张放？”

李峋挑眉，朱韵被他看得浑身发毛，不自知地又碰了碰他的胳膊，“带带他呗。”这一声里竟莫名染上了点赖皮撒娇的意思，把朱韵自己吓了一跳。

李峋哼笑两声，懒洋洋地回身，“叫过来吧。”

李峋这边说妥了，哪知赵腾又傲娇起来。他被李峋嫌弃帮倒忙，心灵受创，说什么都不去。

朱韵懒得跟他讲自己的用意，直接掐住他的脖子威胁，“你去不去？”

“姐……哎哎，有话好说啊姐。”

“去不去？”

“去去去，去还不行吗，刀山火海我也去！”

朱韵满意地松开手。

日子忙碌平淡地过着，所有人都有忙不完的活儿。

随着时间一天天过去，在赵果维的脚本监督下，《无敌武将》的用户量开始稳步回升，每一次更新都能掀起一点动静，虽然不成大气候，但也渐渐形成了稳定的用户群。盈利方面不好不坏，勉强还能看。

而李峋那边，从开完策划会的那天起，项目速度就飞一样地推进着。

某日赵腾拉朱韵去吃午饭，屋外寒气逼人，他们钻进一家面馆。点完餐，朱韵问他项目跟得怎么样，赵腾笑着说："神了。"

"什么神了？"

赵腾对朱韵说："上周我们做派遣和跟随系统，他给我划了个任务，让我来做同伴引导玩家前进的内容。我熬了一个星期做出来，拿过去，你猜怎么着？"

朱韵说："是不是说不行，让你改？"

"不是，是人家已经做完了。"

"……"

"然后他把他的程序给我看，我灵光一闪，觉得没准儿我们可以加一个掩体共享，这样玩家就可以在不离开掩体的情况下从同伴身上移动过去，游戏灵活度会大大增加。但因为之前都没有接触过这种玩法，所以我只是提了一下，回去找了一夜资料。今天来，你猜怎么着？"赵腾一摊手，还是刚刚那句话，"神了，做完了。"

朱韵埋头笑。

赵腾长长叹气。

朱韵："怎么了？"

赵腾摇头道："没啥，就是觉得人生太艰难。"

朱韵笑道："你才多大，不要有这种想法。"

赵腾懒洋洋道："我一直知道这行业有牛人，但都只是概念，没想到现在到跟前来了。这还是坐了六年牢呢，开什么玩笑。我点灯熬油一个星期的工作量人家半天就做出来了，我受不了，活不下去了。"

朱韵说："你的灯才点一星期就受不了了，他点了十几年了。"

赵腾看向朱韵。朱韵冲他扬扬下巴，道："你也点十几年试试，没准儿就跟他一样了。"

赵腾懒散地咧嘴笑，"你可饶了我吧，吃饭吃饭。"

饭吃一半，外面下起大雪。赵腾和朱韵吃完饭往回走，在公司楼下意外碰到一个人。

朱韵看着那立在雪中的身影，惊讶万分，她远远叫道："田修竹？"

田修竹穿着白色的外套，长身玉立。他安安静静地打着伞，尼龙大衣上干干净净，半片雪花也没有。他听见朱韵的声音，转过头，冲她笑了笑。

赵腾在朱韵身边小声起哄：“帅哥哎。”

朱韵说：“你先上楼。”

赵腾撇撇嘴，忽然来了一句：“你不要做对不起公司的事情。”

朱韵：“对不起公司？”

赵腾暗示道：“你让组长心情不好了，影响项目进度，自然就对不起公司了。”

朱韵：“什么乱七八糟的，你才出去几天就倒戈了，还叫人家组长，赶紧上楼。”

赶走了赵腾，朱韵来到田修竹面前，“你怎么来了？”

“你还认得我是谁啊。”

朱韵这才想起，她工作起来浑然忘我，已经半个多月没有见田修竹了。

另一边赵腾飞奔回公司，进了门直接冲到李峋面前，半路将张放撞得转了好几个圈。

“疯了啊你！”张放杀过来准备找赵腾闹，旁边李峋正在专心致志写代码。

赵腾推开张放，对李峋说：“你快下楼。”

李峋聚精会神，眼珠都没偏一下。

赵腾拍桌子，“快下楼去。”

张放问：“出啥事了？”

赵腾见李峋还是没动静，直起身，“行，你就这么稳坐钓鱼台吧，到时候朱姐被人撬墙脚了可别怪我没提醒你。”

张放一脸八卦相，“到底什么事啊？”

赵腾说：“楼下来了个巨帅无比的小白脸，拉着朱韵不知道说啥呢。”

他说完这句话，李峋这边没表示什么，另外一个角落倒是出了大动静，“来了？！”

赵腾和张放齐齐回头，郭世杰站起身，死命盯着赵腾，“是不是楼下来人了？田老师来了？”

赵腾奇怪，“什么田老师——哦对，朱韵好像是叫他‘田修竹’来着。”

一阵噼里啪啦，郭世杰不小心碰掉一堆书。张放诡异地看着他，“你怎么了，见鬼了？还有你今天这是怎么回事，要约会去？”

平时郭世杰的存在感比较低，一直是蔫蔫的穷学生打扮，今天不知怎么了，竟然穿了身西装，要多别扭有多别扭。

张放揶揄道：“你要真约会听哥的话，去换身衣服，这样肯定要歇菜。”

郭世杰拿着包匆忙往外走，路过张放时竟一反常态，气势汹汹道：“快让开！别耽误事！”

张放震惊地看着他从自己面前走过，半晌回神，“造反啊你！”

可惜，郭世杰早就出门了。

楼下，田修竹正在跟朱韵抱怨：“早知道画完海报你就不管我了，我就画得慢一点了。”

朱韵解释道：“最近真的太忙了，我争取这周末去找你，请你吃顿饭，那幅海报我还没答谢你。”

田修竹：“今天没空？”

朱韵有点为难，“今天我真的走不开……”

田修竹凝视她片刻，忽然嘁了一声，他往朱韵身后看了看，道：“你没空我也没空，我也很忙的。”

与此同时，郭世杰从朱韵身后冲过来，“田老师——”

朱韵吓一跳，郭世杰见到田修竹，热泪盈眶，激动得上下牙齿直打架，“田老师！田老师您来了。”

田修竹嗯了一声，和蔼可亲地说：“上楼吧。”

郭世杰：“好！我给您带路！”

朱韵蒙了。

郭世杰一路弯腰躬身，“田老师我帮您拎包。”田修竹也不推托，将手提包递给他，“多谢。”郭世杰高兴得跟受到表扬的小学生一样，满眼冒星星。朱韵目瞪口呆地看着这一幕，差点将郭世杰认成了张放。

她在后面怔怔地开口：“田修竹？”

田修竹转头，郑重其事地对朱韵说：“我要工作了，不要打扰我。”说完就跟着兴高采烈的郭世杰往楼上去了。

朱韵：“……”

郭世杰恭敬地把田修竹迎进公司，“老师请来这边，我们老板今天不在。”

他直接将田修竹引向李峋那儿，“这位是我们项目组长，李峋。”

赵腾和张放一脸痴呆地站在旁边。

李峋敲了一天键盘的双手终于停下。他看向田修竹，淡淡道：“你好。”

田修竹笑着回应：“你好。”

三人一起进了小黑屋。

赵腾到朱韵身边拉她，小声问道：“怎么回事？”

朱韵：“我比你想知道。”

正巧郭世杰出来给田修竹准备热茶。他今日胆量爆棚，竟敢去翻董斯扬的高级茶叶，被张放当场拿下，一路押到赵腾和朱韵面前。

朱韵问他：“你认识田修竹？”

郭世杰激动道：“谁不认识田老师！”

张放一巴掌招呼在郭世杰后脑勺上，“瞧给你厉害的！”

朱韵拨开张放，问郭世杰：“你私下也认识他？”

郭世杰：“不认识。”

“那你们是怎么联系上的？”

郭世杰懵懵懂懂，说道：“李组长给的策划案上，美术要求那页留了个邮箱。”

“他哪儿来的邮箱？”

“不知道。反正是李组长让我联系的，他事先没说是田老师，就说是之前画海报的人，让我如果有问题就去问。”说着说着，郭世杰一脸春心荡漾，“没想到田老师特别亲民，听说我是飞扬的员工，给了我不少指导。”

朱韵问：“是李组长让你去问的？”

“对啊。”

“他还说什么了？”

“没说啥啊……啊对，他让我告诉田老师公司现在任务量很重，如果不快点定好项目美术风格的话，过年大家都要加班。田老师听完特别着急，他人真棒啊。”

朱韵：“那今天开会……”

“哦，是这样的，田老师听说我们工作量这么大，主动提出要帮我们的忙。本来我是不忍心的，但实在敌不过想见偶像的心情。”郭世杰笑开了花，“李组长真好，能给我这个机会。”

朱韵眯起眼睛，他是嫌你邮件交流效率太低。

朱韵无力地挥手，“你去开会吧。”

她一屁股沉进椅子里，捂着额头，想起之前李峋要她将田修竹发她的海报邮件转他一份。那时她单纯地以为他只是想看看海报效果，没想到套路这么深——李峋对项目全身心投入，他无论如何不想放过田修竹这个天价难寻的美术资源，但出于各种各样的原因，他又不想自己联系，于是就推了个傻呵呵的代言人郭世杰出来，几句话下套，让天真的田修竹主动上门。

过年加班……田修竹自然是不忍她过年加班的。

“厉害。”朱韵逻辑顺到最后，感叹着点头。

赵腾：“怎么了？”

朱韵记得田修竹第一次帮她画宣传画的时候，李峋还跟她吵了一架，现在转眼就跟人家开上会了。这是什么胸襟、什么手段、什么决心，成大事者管个屁的儿女情长，她估计把他扔火星上去他都能开出一片试验田来。

张放皱着眉问：“到底怎么了？”

朱韵拿开手，看着赵腾和张放，说：“我跟你们打个赌吧。”

“啥赌？”

朱韵：“有你们李组长在，这家公司如果不能两年内飞黄腾达，我自挖双眼给你们泡酒喝。”

会议开了三个多小时，其间赵腾也被叫进去了。

散会的时候已经是晚上，郭世杰先从小黑屋出来，然后恭敬地将田修竹迎了出来。朱韵放下手里的活儿过去，田修竹冲她笑笑，说：“辛苦了。”

朱韵：“怎么是我辛苦了？”

田修竹说：“那就我辛苦吧。”

朱韵不动声色地往小黑屋里看，李峋和赵腾还在整理东西。她知道李峋是个从来不整理开会记录的人，他在那儿收拾东西，说明他暂时不想出来。

朱韵对田修竹说：“一起走吧，吃个饭。”

田修竹问：“你今晚不是没空吗？”

朱韵胡诌：“……我请假了。”

田修竹笑道：“那好吧，我先去取车，在楼下等你。”他先一步离开，赵腾跟着也从小黑屋出来，他给了朱韵一个眼神，老老实实回自己座位干活儿。

平日赵腾很欢实，现在这么老实，可能也是觉得气氛有点不对劲。朱韵站在小黑屋门口，看着屋里最后那个人。她看着他坐在椅子里的沉默的背影，好像自己也跟着开了三个多小时的会一样，筋疲力尽。

朱韵跟赵腾交代了一点后续工作，便下班了。

她下楼的时候，田修竹已经将车停在公司门口了，朱韵上车，空调吹得暖烘烘的。田修竹给她一听罐装咖啡，朱韵说："你平时不是最讨厌罐装咖啡？"

田修竹说："给你暖手的。"他打转向灯，往主干道并线。朱韵拿着咖啡，犹豫片刻，问田修竹："你们开会说什么了？"

田修竹看着前方，回答道："就谈了一下你们的游戏需要的美术风格，有几个关键人物设定我来帮你们做。"他忽然笑了笑，"不过这游戏不错啊，除了不同场景人物，还有各种时代，如果真能做出来的话，好多人可以抱着它结婚了。"

"……"朱韵这才想起这游戏的内容，谨慎地问道，"你不是也喜欢这种东西吧，你可是艺术家啊？"

田修竹抽空看她一眼，说："我是艺术家，又不是修道士。"

朱韵无语，田修竹笑着反问道："假设有一款游戏让你有机会泡各种各样的男人，还是特别智能逼真的那种，你会不喜欢玩？"

朱韵："不喜欢，没兴趣。"

田修竹道："那是因为你心里早就设好尺度了。"

朱韵握着手里的热咖啡，不说话。

田修竹笑着说："但这世上没有标杆的人占大多数，还有一部分是有标杆但忍不住消遣的，你太老实了。"

朱韵："一个黄色游戏而已，真能扯。"

他们选了一家东南亚概念餐厅吃饭。寒冬时节，餐厅里摆满了人工种植的绿色植物，墙壁上挂着异域风格的饰品，包厢之间垂下紫红色和深蓝色的纱，隐隐散发着香气，营造出幽静私密的氛围。

服务员拿给他们菜单，朱韵交给田修竹。服务生端上两杯柠檬水，她看他点完菜，问道："你有空做吗？"

田修竹说："我已经答应了。"

朱韵说："答应也可以反悔，你又没签合同。"

田修竹脸带笑意，往前探探身，小声说：“朱韵，你要斟酌好。”

“什么？”

“你的话对我的影响很大，搞不好你劝几句，我就真的反悔了。”

“……”

朱韵不得不承认自己有私心，她希望飞扬公司的所有项目都能获得成功，即便是《花花公子》这种她不喜欢的类型。但她也不想就这样稀里糊涂地把田修竹拉进来，她还没修炼到李峋的境界。

“田修竹，其实这件事是……”

“朱韵，”在她说完前，田修竹轻声打断她，冲她挑挑眉，又说了一遍，“你要斟酌好。”

光缓缓地流淌在他的眼眸中，朱韵忽然意识到，其实他什么都明白。从她给他讲完过去的事开始，他就跟她一样了解李峋。

“我说过，我希望你们成功，况且这工作对我来说很简单。”田修竹渐渐收敛起脸上的笑意，轻声说，“你越快成功，我们就能越快离开这里，我不想你耗死在这儿。”

服务员端上两碗香甜的米布。

“多吃一点，你瘦了很多。”田修竹说完，又有点无奈地说，“将来你会更瘦，从见到他的那天起，你一秒钟也没歇过。”

朱韵抬眼看他，田修竹说：“我刚刚跟李峋开会开得很紧张。”

朱韵：“他为难你了？”

田修竹摇头道：“他这个人想得太多了，执念太深。”

朱韵：“他只是想出口气。”

田修竹：“我不评价他的对错，我只是说我自己的看法。我之前也觉得他对目标很执着，但没想到会到这种程度。说实话他身体状况不太好，全靠一股气撑着。”

朱韵勺子落到碗里，“什么？”

田修竹看她太紧张，安抚道：“也没那么严重，就是缺乏休息。”

朱韵点点头，喃喃道：“……他以前休息就很少。”

她心都在李峋身上，田修竹静静看着，过了一会儿轻声问：“你比较喜欢这种生活？”

朱韵看向他，田修竹的神色很宁静，“其实你我相处的时间要比你跟他久很多，只是没这么刺激。我很热爱这样安稳的生活，能平静健康地过完一生是很难得的事。”

朱韵不知该说些什么，田修竹又道：“明年年底我要回法国开画展，我希望那个时候你能跟我一起走。”

“田修竹。”

“你不用这么急着拒绝，谁也不能预测未来。对了，马上要过年了，你哪天回家？”

朱韵算了算，说：“还有一周放假。”

被田修竹这么一提醒，朱韵才意识到，时光飞逝，眨眼间竟然快要过年了。

# Chapter 06

## 打火机与公主裙

## ❷

最后一周，过年的氛围越来越浓，商场里放眼望去红彤彤一片，街道上也张灯结彩。除了李峋以外，大家都没什么心思干活儿了，朱韵也难得放松，甚至偶尔偷闲跟赵腾、张放斗起地主来。

张放好几次想叫李峋一起来玩，李峋理都不理他。张放嘀咕道：“至于这么敬业吗？”

赵腾哼哼：“你以前嫌人家吃干饭，现在人家敬业了你又不满意。”

张放道：“我又没说不满意，劳逸结合嘛。眼看过年要放假了，回家好好休息一下，明年才有力气接着干啊。”

朱韵本来在洗牌，乍一听“回家”二字，偷偷抬眼。李峋窝在椅子里安静地写着代码，丝毫不受外界影响。

一如从前。

董斯扬忙活了一年，最后几天终于不去“谈业务”了，他着手准备发放福利。他对待员工还算大方，每人柴米油盐打包了一大堆做年货，在放假的前两天组织公司年会。

朱韵惊讶于本公司竟然还有年会。她本以为这个所谓的年会就是在路边随便找个饭店吃顿饭就得了，没想到董斯扬别出心裁，大清早开来一辆老面包车，拉着所有人往郊区走。

朱韵问他：“董总这是要带我们去野营吗，这天气野营要死人的啊。”

“就你事多。”张放坐在副驾驶位置上，回头扬扬得意地冲她道，“我们董总的思路岂是你这种女流之辈能猜对的。”

没等朱韵伸腿，赵腾帮她踹了张放一脚。张放奓毛，两个人又厮打在一起。董斯扬也不制止，一边开车一边抽烟，声音粗粝地笑着。

朱韵回头，顺着座位缝往后看。李峋坐在最后一排，他头靠着窗户，闭着眼睛正在养神。她很快注意到面包车的质量不太好，四面漏风，寒风正好吹在李峋的脸上。

朱韵回过头研究这块破玻璃，她使劲往后推，希望能把缝隙合上，但车太老了，窗子咬合松散，她推过去就合上，一松开又开了。

朱韵连试了几次，最后干脆一直拿手抵着。

她问身旁的赵腾：“还有多久到？”

赵腾说：“快了。”

朱韵又问：“到底去哪儿，开这么远了？”

赵腾说：“去了你就知道了，以前董总道儿上朋友开的。”

“……”道儿上朋友。

朱韵强迫自己不去想自家老板到底是什么出身，专心致志推玻璃。

车开了两个多小时，下了高速又拐进土路，磕磕绊绊走了大半天，下午才到目的地。

车停下，朱韵松了松坚硬的肩膀。她回头，看到李峋睡得很沉。她给同在后座的郭世杰使了个眼色，让他叫醒李峋，自己先一步下车了。

荒郊野岭中，一幢楼矗立当中。楼只有三层，但是比较长，有十几列窗子，远远看去黑乎乎的，没什么动静。

楼比较旧，外墙刷成了灰粉色，因为年代久远落下不少墙皮，斑斑驳驳像得了皮肤病。此楼没有任何牌匾名称，门口全是枯树杂草，雪也没有人扫。朱韵心想幸亏他们是下午到，否则太阳落山，她深切怀疑自己还有没有勇气进这个楼。

身后有关车门的声音，李峋最后一个下车。董斯扬锁好车门，对众人说：“走吧。”

朱韵跟在最后面，董斯扬推开颤颤巍巍的大门，前面是一条黑乎乎的通道，内部搭着装修架。

朱韵跟在张放和赵腾后面，与李峋并肩往前走。李峋刚睡醒，脸色奇差无比。朱韵刚刚没有细看，印象里他刚下车时，嘴唇半点血色也没有。她猛然间意识到，这似乎是他们重新见面这么长时间以来，她第一次看到他的睡颜以及睡醒时的样子。

走过黑通道，进入大堂，视线豁然开朗。朱韵惊讶地发现楼中别有洞天——干净的大理石地面、华丽的吊灯、厚实的帘布，还有着装整齐的服务员。唯一问题就是服务员都是女性，而且服装性感暴露，黑红旗袍短到大腿根，多亏空调给得足。

一个大堂经理模样的男人看见董斯扬，连忙过来打招呼："董哥好！"

朱韵总觉得这架势有点不妙，她偷偷拉过张放，悄声说："我们这年会不会开到一半被警察端了吧？"

"瞎合计什么呢？"张放白她一眼，"庸人自扰，过来。"

趁着董斯扬跟大堂经理说话，张放带朱韵来到前面，他掀起厚重的窗帘，露出雾蒙蒙的玻璃窗。

朱韵擦出一小块往外望。外面一片假山怪石，有数座精致的小亭坐落其间，亭边有不经修剪的黑色枯枝。茫茫雪地上分布着十几个碧绿汤池，星罗棋布，水汽蒸腾，远远看去宛若秘境。

朱韵看了半晌，惊讶道："温泉？"

朱韵在本市生活也有几年了，从来不知道市郊竟然有温泉。

董斯扬跟大堂经理交代完，对方拿来几张房卡。董斯扬回头问："你们谁想跟谁住啊？"

朱韵："还要住宿？"

董斯扬："废话。"

朱韵："你一开始没说住宿啊，我什么都没带。"

董斯扬一脸不耐烦，"女人就是麻烦，就一宿，有什么可带的。"随即又笑起来，"哟，是不是没带化妆品有点紧张，没事，不想让我们看素颜，你晚上争取脸别沾水就行。"

"……"

张放从董斯扬手里抽了张房卡，拥抱赵腾，"我就跟你混了！"

赵腾嫌弃地拨开他，董斯扬问郭世杰："你要跟谁住？"

"等等。"朱韵打断他，她后知后觉地指着董斯扬手里剩下的两张卡，"……你就开了三个房间？"

董斯扬："六个人三间房，有问题？"

朱韵崩溃，"我是女人啊——你不觉得应该给我单独开一间吗？"

董斯扬："预算不够。"

朱韵："这不是你以前朋友开的吗？"

董斯扬哼笑："你也说了是'以前'，人情是这么好卖的吗？"他催促朱韵，"别磨蹭了，让你先选，别说我不照顾女员工，我们仨你跟谁住？"

朱韵："……"

赵腾偷瞄了李峋一眼，忽然把郭世杰拉到自己这边，说："你就别掺和了。女人都是洪水猛兽，你不会想自己清白被玷污吧。"

朱韵："谁玷污谁？"

赵腾不管那个，揽着郭世杰说："反正你就在那俩里面挑吧。"

郭世杰小声说："他们俩不会被玷污吗？"

朱韵："到底谁玷污谁？！"

赵腾笑着说："他们俩已经污得不能再污了。"

董斯扬勾起嘴角，对朱韵说："你不用想太多，你完全不是我的菜。"

朱韵瞬间回击："你也不是我的菜。"

"那正好。"董斯扬一张房卡飞到李峋怀里，李峋从刚开始就一副没睡醒的样子，脸色奇黑，一语不发。他拿出房卡看了一眼，便往电梯去了。

董斯扬对其他人说："回屋休息，然后去二楼吃饭，包房'鸣香'。"

朱韵还觉得事情没有处理明白，就被赵腾一把推进眼看要关上的电梯里。董斯扬像拎小鸡一样把郭世杰拎过来，"你跟我住。"

张放挤过来问："董总喜欢什么类型的菜？"

董斯扬饿狼一样懒懒地舔舐牙齿，"至少得比她骚个十倍起吧。"

朱韵觉得自己莫名其妙被带进了沟里。

叮咚一声，电梯停在四楼。

这里不像寻常酒店，房间都是木门，雕刻着各种花鸟龙凤纹案，散发着深沉浓郁的香气。棚顶奇高，每四五米悬挂一个红灯笼，色调发暗，将环境映得更为幽秘。

朱韵跟在李峋身后，心里怦怦直跳。她思忖着要不要回大堂自己单独开一间房，但最初的时机已过，现在再走，总觉得有点别扭。

……那一起住别扭吗？

还没等她想出答案，李峋已经开了房门。

这店外面看着其貌不扬，估计钱都投在内部装修上了。房间虽然不是套间，但面积足够开阔，两张单人床，后面是一幅巨大的工笔荷花图，旁边是两扇镂空木屏。

李峋进屋直接去了洗手间。屋里很暗，朱韵去拉窗帘，惊讶地发现对外窗户是封死的，只有最上面的一排小横窗可以看到外面，其他都是挡住的。

朱韵回门口开灯，一打开倒好，屋里的灯光也跟外面一样，荷花图顶上一排暗沉沉的红灯笼。

朱韵心里狂汗，这屋一点也不像干好事的地方。

李峋洗了把脸出来，从地上捞起自己的包。一个黑色的双肩包，朱韵从棱角判断出里面装的一定是笔记本电脑。

果然，李峋下一秒就掏出了电脑。电脑一拿出来，包立马就瘪了。他把电脑放到桌子上，没有开机，先掏出烟来抽。

朱韵也不知道该说点啥，为避免尴尬，也进了洗手间。磨磨蹭蹭整理半天出来，正好看见李峋扔在地上的包，顺手捡了起来。

就在她将包拿起的一瞬间，从包里掉出一个东西。准确地说应该是一“片”东西。它扣在地上，待朱韵翻过看清那是什么的时候，整个人像被雷劈中了一般。

那是她熟悉得不能再熟悉的照片，一只金毛状元在台上演讲，拽得没天没地。

朱韵早就忘了这茬儿，忘得一干二净。她在数年前将照片封印在钱夹的最深处，就算钱夹被人顺走了，她也没有想起来。

照片有明显的污渍和折痕，应该是他怕存不住，所以直接塑封起来了。

他拿到照片为什么不告诉她？不……应该问他为什么塑封这张照片？或者他为什么会随身带着它？

要问的问题太多，反而无从开口。

早知道就躲在洗手间不出来了……朱韵心想，还有什么比现在更尴尬的。

朱韵回头，看见李峋靠着桌边抽烟。

他跟她不同，他永远都不会感到尴尬。

某一刻她忽然感觉，他们之间像是在进行一场极其幼稚的游戏，无聊透顶，他们却玩得无比认真。

朱韵明知故问："照片怎么会在你那儿？"

李峋低声道："我的东西在我这儿，有问题吗？"

朱韵："怎么就是你的东西了？"

李峋："不然是你的？"

就是我的。

朱韵看着他的眼神，接不上话。

李峋这根烟抽得很快，他掐灭在烟灰缸里，说："走吧，吃饭了。"

董斯扬将点菜大权下放给张放，朱韵跟李峋到包房的时候张放刚好在最后几道菜上犹豫，抬头问他们："你们俩有想吃的菜吗？"

李峋摇头。朱韵说："点甜食了吗？我要吃甜的。"

张放嫌弃地说："你也不怕胖。"

朱韵："你问我要吃什么的。"她凑过去看菜单，"奶油蜂窝煤，我要这个。"

张放："多大人了还爱吃奶油。"

李峋落座，董斯扬斜眼看他一眼，他并没在意。

菜肴很快上来，董斯扬进行了一番可有可无的开场词，大家狂吃起来。董斯扬叫了不少酒，朱韵说自己酒量差，董斯扬揶揄道："你女人混公司不会喝酒，那跟哑巴当歌手有什么区别？"

朱韵使劲把他递来的酒往回推，咬牙道："咱俩对'公司'的理解不一样。"

可惜她那点力气杯水车薪，哪够跟董斯扬较劲的，很快就被董斯扬灌了几杯。

赵腾在旁边看着，啧啧摇头，对身旁的李峋说道："以前我们董总在酒桌上就好逗张放，现在有新宠了。你不去解救一下？"

李峋沉默不语，其实董斯扬给朱韵倒的是淡啤，杯数多，度数小，喝了一瓶唯一带来的影响就是让朱韵骂人更有劲了。哦，还有脸色，酒精熏出了红晕，让她眼波流转，不自觉地显出几分女人的媚态来。

董斯扬手下有谱，而且属于越喝越稳当的那种人，他给朱韵倒酒，又给自己倒了一杯，说："来，你喝这个我喝这个，你一杯我一杯，怎么样？"

朱韵白他一眼。

“哎哟，敢翻白眼了，给你厉害的。”董斯扬两指夹烟，指着自己的杯子，故意激她道，“我这酒度数是你的将近三十倍，这都不敢喝？”

朱韵端起杯子一饮而尽。

董斯扬带头鼓掌，员工们跟着一起稀里哗啦。

小公司有小公司的好处，热闹、自由；当然它也有自己的难处，比如发展和规划。利弊两端此消彼长，当难处被削弱，那热闹和自由就被无限放大了。

酒过三巡，董斯扬兴致高昂，看着一屋子员工，神色感慨。张放凑过来给他敬酒，董斯扬一饮而尽后，说道：“第三年了。”

张放也感慨道：“是啊。”

朱韵问：“这是你第一次创业？”

董斯扬嗤笑。张放说：“别逗了，我们董总当年叱咤风云的时候，你还没毕业呢！”

董斯扬：“狗屁的叱咤风云。”他自己给自己倒了杯酒，又是一口闷，转头冲朱韵说：“我这人出身不好，就是半个要饭的，被一家机械厂的老师傅带大。我师父曾经制造出中国第一台轮式拖拉机，那才真的叫叱咤风云。但时代变化得太快了，工厂一家接一家地倒，以前那套拼蛮力、好勇斗狠做生意的方式已经行不通了。”

朱韵：“你怎么选了互联网行业？”

“也没怎么选，说来也不怕你们笑话。”董斯扬看着朱韵，轻笑道，“我前年出狱，以前厂子里那些兄弟都转行了，我不知道该干什么。那段时间我在外面瞎转，有次天热，我在路上汗流浃背，结果刚好路过一家IT公司的门口。公司一楼的自动门打开，冷风隔着十米远吹了过来，那给我爽的！我当时就在想，同样都在一条街上，怎么环境的差距会这么大！”

董斯扬冷笑道：“我想在门口吹会儿风，结果被保安赶走了。你问我为什么要搞互联网创业，我告诉你老子就他妈想吹空调！”

董斯扬聊了一会儿就换人逗了，开始折磨张放和赵腾。

朱韵凑到李峋身边，满身酒气。她说：“你怎么不喝酒？”她有点醉了，掌握不清距离，以为就是正常对话，其实离得很近很近，一双眼睛因为喝酒变得异常亮，像秋水洗过的刀光。

李峋凝视她片刻，拨开她往外走。朱韵反应慢了一步，回神的时候，人已经不在了。

包房是套间，屏风隔着各种娱乐设施，张放喝多了，抱着麦克风狂唱起来。朱韵倒在沙发里迷迷糊糊睡了一觉，醒来的时候董斯扬四人已经打起了麻将。

朱韵挠了挠头发，问他们："李峋呢？"

赵腾说："本来是回屋加班，被我和张放赶去泡温泉了。"他回头看朱韵，"你也去吧。"

朱韵："这么晚了……"

赵腾笑着说："晚上好啊，晚上人少啊。"

董斯扬叼着烟，一边码牌一边说："到门口叫服务员，说你要泡温泉，他们会带你过去，泳衣你直接在那儿挑就行了。"

朱韵脑子转得慢，傻傻地到门口叫服务员，"我要泡温泉。"

"女士这边请。"

服务员带她穿街过巷，来到换衣间，"请问您有泳衣吗？"

朱韵摇头，服务员带她去选泳衣，"您可以自行挑选，都是新款，泳衣的钱会结在您的房卡中。"

泳衣各式各样，朱韵看迷了眼。她本来就有点晕，加上泳衣花花绿绿，根本无从下手。服务员给她推荐道："您喜欢三点式吗？您的身材好，穿起来一定很性感。"

朱韵点头，人家说什么是什么。

服务员拿了那套三点式的给朱韵，她低头看了半天，低声说："……我不要这件。"

服务员疑惑地看着她，朱韵指着一件挂着的泳衣，"那件，给我那件有裙子的。"

从更衣室出来，服务员递给朱韵一条长毛巾。

温泉区分两部分，室内和室外，朱韵在室内区看了一圈，没有李峋的身影。她往室外走，越走越冷，外面天已经黑透了。

朱韵小心地推开玻璃门，一股寒风吹得皮肤一紧，她把毛巾搂得更严实了。但毛巾只包得住上半身，她一双雪白的长腿裸露在外，微微战栗。

她低头看路，地上铺着鹅卵石，沾了雪，有些打滑。这里没有路灯，只有每座温泉汤池里有灯光，照得水汽也变成了幽深的浅绿色。碧波摇晃，不时露出未经修剪的黑色枝丫，水珠落池的声音柔和清冽。

朱韵顺着鹅卵石小路往前走，接连几个池子都没有人。她越走越冷，牙齿打战，两旁的温泉显得格外有吸引力。就在她快要坚持不住想往里钻的时候，终于看到李峋的影子。

他十分安静地出现在她的视线里，抱着手臂，闭着眼，靠坐在温泉池里，挂着水珠的肩膀露在外面，身体上流淌着池底晃动的光。

水汽让她看不清他的脸，她猜想他或许是睡着了。其实没有，他总是不经意地移动身体，好像找不到能彻底放松的姿势。

朱韵走过去，李峋很快察觉，睁开眼，朱韵蹲在旁边。

李峋侧着头看她。

这个角度，这个神情，不可避免地又让她想起了从前。

她第一次主动找他的夜晚，他坐在学校的操场上，她战战兢兢地叫他，他抬眼看她。那时跟现在几乎一模一样，只是笔记本电脑的灯变成了温泉池的灯，而他们也都不再青春年少。

这是故人的专利吗？随便一句话、随便一个眼神，都能找出无限意义。

她记得太深了。

他们无言对视，朱韵小声问：“不舒服吗？”

李峋从她来后就不再动了，摇头说：“没。”

朱韵蹲在那儿不说话，过了一会儿，李峋问：“你蹲那儿不冷？”

朱韵反应过来：“……冷。”

李峋扬扬下巴，“下来啊。”

朱韵屁股坐在池边，被凉得一缩。她将小腿落到温泉中，跟外面的气温做对比，池水顿时显得滚烫，她又将腿抽出来了，“怎么这么烫？”

李峋修长的手指从水中抬起，指向一个方向。朱韵看过去，是池边一个小小电子牌，上面显示水温，四十一度。

“不算热。”李峋说，“慢慢下。”

朱韵重新将腿放入水中。奇怪的是，听完他的话，她真的觉得水没有刚刚那么热了。

酒精是不是有麻痹的作用，或者可以催眠？

朱韵将毛巾留在岸上，随着她慢慢入水，她的泳装纺纱裙摆慢慢漂起来，伴着水流轻轻漂动。

“还冷吗？”李峋问。他的声源在距离她二十公分的位置，未损品质。

朱韵摇头，“不。”

暖和了，不冷了，世界和平了。

“你喝了酒，尽量少泡温泉。”他又说。

朱韵的目光落在自己漂起的裙摆上，她脑子还有点木，也没听清李峋都说了什么，只隐约听到“酒”字。

“你怎么不喝酒……”她问。

李峋没说话。

朱韵转头看他，又问：“你怎么不喝酒？”

李峋忽然笑了。他也侧过头，与朱韵四目相对，池下的手钩起她的裙边轻轻一沉，裙摆下翻，像水中吹散的烟，烟下便是光洁饱满的大腿。

他声音平淡，半开玩笑地说：“我要是喝酒，你还走得了吗？”

他们的距离很近很近，周围太热了，朱韵觉得脸颊滚烫，不知道是温泉的原因，还是其他。

朱韵听清了他刚刚的话，心里忽然涌出一股冲动，转头看着他的眼睛，认真地说：“走不了就不走了。”

他调侃的神色渐渐淡下，“你喝酒是为了壮胆？”

朱韵脸上更烫，李峋靠回池边，“有些话不能酒后说，你酒品真是跟以前一样差。”

朱韵哑口无言，她潜意识里觉得自己被他埋怨批评了，理由她全认。她忽然感觉到他们正处在一种极端矛盾的情绪里，就像这环境，身体在温热的泉水里浸泡着，脸颊和头部却吹着寒风。

李峋久久没有听到朱韵的动静，转眼，看到她眼睛红了。

他皱眉，“哭什么？”

“没哭。”

“我瞎吗？”

本来朱韵是没掉眼泪的，可李峋语气不好，两句话硬生生把她眼泪逼出来了。李峋见她这样，语气更差：“让你别哭！”

“你喊什么？”朱韵被他刺激得也抬高了音量。

李峋身体往另一侧偏，眯起眼睛，“咱俩现在谁喊呢？”

朱韵脑子一冲干脆上手，推他肩膀。李峋毫不示弱，一把握住她的手腕。他大手一用力，朱韵肩膀顿时一缩，“疼！”

李峋瞬间松手。

朱韵低着头，捂着自己的手腕，久久不语。

李峋凝眉，他记得自己刚刚没有用太大的力气。朱韵半天不抬头，他伸手想拉过她手腕看看，就在这时，朱韵忽然浅浅地说了句：“咱俩是不是没戏了？”

李峋手停住。

朱韵的声音越来越轻，像温泉蒸出的水汽，只能集中全部注意力，才能听到一丝一毫，“你所有心思都在公司上，以前田修竹帮公司画幅画你都生气，现在为了项目你主动找上门用他。你还记得以前我们说过的话吗？你从来不提，我也不敢提……那段是不是就被我俩默认无视了？”

沉默蔓延开来。

不知过了多久，李峋没什么情绪地说：“你现在不是提了？”

朱韵：“我喝酒了。”

李峋短促地笑起来，笑到最后有点无奈，“果然是酒壮屄人胆。”

朱韵又恢复了静音模式，乌黑的发丝垂在池水里随波摇曳。

李峋胳膊沿着池边搭着，余光里的女人浑身湿润，每一寸皮肤都是诱惑。

他的视线渐渐如同夜一样沉。

那裙摆的每一道弯褶都内敛地表达了她的诉求，她对他全无防备，只要他想，就可以为所欲为。

但现在还不是时候，他在心里对自己说，所有恩恩怨怨都悬而未决，他不能在这个阶段打乱节奏。而且他也无法判断她的决定是深思熟虑还是一时冲动，他不能在这样的状态下去抱一个醉酒的女人，尤其那还是朱韵。

李峋淡淡道：“你不用有什么心理负担，我以前就告诉过你，太实诚是要吃亏的。”

朱韵看向他，李峋冷笑道：“这种东西对我来说没有约束力，你要放不下就当是我背叛了好了，年纪轻轻的誓言有什么可当真的。”他渐渐靠近她，玩笑似的说：“就算真下地狱也无所谓，我经验丰富，毕竟从小到大已经观光过很多次了。”

他近在咫尺，在分析他的话之前，朱韵先察觉到他眼角浅浅的纹路，还有鬓角边被风吹干的发丝里，竟然有几根白色的。

池水反光？

不待她细看，李峋已经起身。他拾起岸边的毛巾，“你喝酒别泡太长时间温泉，淹死没人管。”说完就走了。

朱韵看着那双长腿消失在夜色中。

她把自己埋进温泉里好一会儿，猛地钻出，浑身冒着热气，她使劲拍了拍自己的脸。

温泉水从身上一滴一滴落下，寒风缩紧了她的肌肤。她久久看着水中光影晃动，低声自语：“……东拉西扯，没一句真话。”

等她收拾妥当回屋的时候，李峋已经开始写代码了。

朱韵默不作声地看着他的背影，又看了看表，已经一点多了。

他拼成这样，让这几天一直放松疯玩的朱韵脸上有点挂不住。放下儿女情长不说，同是公司的项目组长，他给她的压力有点大。

“你要不要歇一歇？”她问。

李峋：“睡你的觉。”

朱韵钻进被窝，她把一排红灯笼关了，问李峋：“要不要给你留个灯？”

“留。”

朱韵有点想让他早点儿睡，找理由说：“可留灯我睡不着觉。”

李峋：“睡不着把脸蒙上。”

朱韵：“……”

鬼管你。

朱韵埋头睡觉。可惜说起来容易睡起来难，她翻来覆去半天，越来越精神，偷偷从被窝里露出一双眼睛，贼兮兮地瞄着李峋。

他后背宽阔，因为屋里开着空调，他只穿了一件单衣，背后的肩胛骨因为手臂的动作轻轻起伏。

男人的骨骼跟女人截然不同。

朱韵翻身，看到李峋床上的包，那是她临走前捡起来的。包的口还开着，里面的塑封照片露出一角。

朱韵鬼使神差地伸出手，想要把照片拿回来。

“老实点。”

朱韵一惊，以为李峋后背长眼睛了，结果一转眼，跟他在桌旁的镜子里对个正着。

朱韵淡定地躺回去。

明明是她的东西，怎么反倒她像贼一样？

李峋的视线也回到屏幕上。

又过了一会儿，朱韵依旧毫无睡意。她盯着天花板，问道：“你过年去哪儿？”

李峋：“睡你的觉。”

朱韵：“付一卓过年回家吗？”

李峋敷衍道：“可能吧。”

朱韵：“他要是回家，你去哪儿过年？”

李峋专心致志写代码，连敷衍都懒得给。

他不回答，朱韵翻过身，“算了。”

这回换成她没动静了，李峋敲键盘的手慢慢停下，过了好久，低声说：“他应该不回家。”

朱韵又翻回来，“你去他那儿？”

“嗯。”

“好吧，你帮我祝他新年快乐。”

“可以。”

“那我睡了。”

“嗯。”

“你——”

李峋狠狠扣电脑，拧过头。

朱韵：“睡了睡了。”

李峋死盯着她，朱韵拿脚指头也想得到现在他的脸色。她用被子紧紧蒙住头，再不敢动了。

第二天清晨，宿醉的朱韵头痛眼花，记忆混乱。李峋已经不在了，旁边的床被子已经叠好，枕头放在上面。朱韵稍稍惊讶，因为在她的记忆里，李峋从来不会收拾床铺。

坐牢养成的好习惯？

李峋不知所终，朱韵给赵腾打电话。赵腾迷迷糊糊间接通，没说几句就挂断了。他透露出昨晚麻将打了通宵，他们凌晨五点才睡觉，要全员清醒至少也得中午。

朱韵洗漱完毕去餐厅吃早餐，路上给李峋发短信，“你在哪儿呢？”

过几分钟李峋回复：“出去买烟了。”

朱韵：“你吃早饭了没？”

李峋：“没。”

朱韵走到自助餐区，她想李峋应该也没兴趣来这边吃早餐，便问服务员说：“我带几块面包走行吗？”

服务员态度和善，“当然可以。”

朱韵自己也不在这儿吃了，拿了几块面包，还有香肠和果酱，装起来带走。

她问李峋的位置，他正在昨天的室外温泉区。

朱韵过去的时候看到他坐在一块石头上，对着远处山峦抽烟。

朱韵将装面包的袋子吊在他眼前，“香肠和果酱的，你吃哪个？”

李峋看着面前的袋子，半天开口：“我要咸菜的。”

她拿袋子糊他脸，李峋扯着嘴角懒散地笑，拿过夹香肠的面包。

朱韵坐在旁边吃起来。

他们面前就有一座温泉池，是以温度不至于太冷。早晨的空气清新，朱韵眺望烟雾缭绕的远方，想起苏轼《行香子》里的几句话——

但远山长，云山乱，晓山青。

“董斯扬选的这个地方还挺有情调的。”朱韵嚼着面包说。

李峋嗯了一声。

朱韵说：“明天就是除夕了。”

他又嗯了一声。

朱韵：“新年快乐。”

李峋：“你也是。”

朱韵想了想，又说：“明年加油。”

他似乎笑了，“你也是。”

下午两点，董斯扬最后一个醒了。赵腾过来下通知，收拾东西准备返程。

回去的路上大家有说有笑，赵腾凑到李峋身边，小声问怎么样，被李峋一掌推了回去。

他们回到公司的时候已经偏傍晚了，朱韵着急赶车，直接走了。临走时张放跑过来拉住她，紧紧握着她的手，说了句莫名其妙的话："你明年一定要来上班啊。"

朱韵甚是奇怪，"我不来上班还能去哪儿？"

后来赵腾告诉她，张放一直担心朱韵会跳槽离开飞扬，年会打麻将的时候一直在说这件事。朱韵打趣道："你们就不担心李峋走吗，他实力比我强啊？"

赵腾摇头说："李峋很厉害，但他那人太独了，有距离感。大家更喜欢你，更担心你走。"

朱韵听完心情复杂，不知该喜该忧。

今年过年，朱韵家里格外热闹，母亲心情好得离奇，大包大揽，操办了整个家族的聚会。

聚会上几个叔叔婶婶旁敲侧击地打听朱韵的个人情况，母亲语气埋怨地道："别问她，她懂什么，拖拖拉拉。"

叔叔说："现在也该考虑了。"

母亲："是啊，都多大的人了。"

人家又问朱韵现在在哪儿高就，母亲说："她自己单干呢。事情得一样一样解决，都是大事，要慎重。"

朱韵在旁吃饭，闷不吭声。

母亲的习惯是家里事不往台面上摆，等所有的聚会都结束后，她找到朱韵，问她："你怎么没把田画家叫来？"

朱韵心说，你办这么多聚会难道是专门为了等田修竹上门吗……

母亲问："你们现在怎么样了？"

朱韵支支吾吾："没怎么样。"

"没怎么样是怎么样？"

朱韵好像忽然对手里的杯子产生了无限的兴趣，全神贯注地盯着看。

母亲沉声："你明年也二十八了，不小了，难道想拖到三十岁吗？"

朱韵抬眼，故作震惊道："天，我都二十八了？"

母亲一拍桌子，朱韵头又垂下去了。

整场谈话朱韵都在顾左右而言他，不支持也不反对，给的答案永远模棱两可。

现阶段她别无他法，只能这样与母亲虚与委蛇。只要母亲的注意力还放在她的婚姻大事上，就不会过多关注她的工作。因为在母亲看来，婚姻肯定要比工作更重要一些。

母亲至今不知道她在飞扬公司上班，更不知道李峋也在那儿。这是颗隐形的炸弹，朱韵知道早晚要爆，但能拖多久是多久。她需要维持这个基本现状，最起码要瞒住起步阶段。

人的精力有限，现在光应对公司的项目就已经让她精疲力竭，她根本不可能再去跟父母对抗。

朱韵怀抱阿Q精神过大年，想好好轻松几天再回去奋战，结果大年初四公司传来一个消息——《无敌武将》的后台被人黑了。

消息是张放告诉朱韵的，他在电话里哭天抹泪："我们这个项目怎么这么多灾多难啊！"

朱韵凝眉道："你先别慌，把事情说清楚。"

张放不懂具体的技术细节，朱韵问不出所以然来。她又联系李峋，李峋也没有多说，只是让她好好过年便挂断了，之后不管朱韵再怎么打电话他都不接了。

董斯扬的电话常年不通，朱韵没办法，一个电话直接打给付一卓，却意外得到他今年被亲爹拉到美帝过年的消息。

朱韵疑惑道："你不在国内？"

"对啊。"

朱韵甚至暂时忘了《无敌武将》的事，问他："那李峋今年跟谁过年？"

付一卓奇怪道："任迪啊。怎么了，我年前要他跟我一起来美国，他没同意，我问他去哪儿，他说去任迪那里。"

朱韵："任迪新年有六场演出，全国各地跑，他往哪儿去？"

付一卓哑然，"弟妹……"

"行了，"朱韵知道付一卓想说什么，直接道，"我大概能猜出他去哪儿了，你过你的年吧。"

朱韵放下电话直接打包行李，母亲见了问："你要干吗啊？"

朱韵："我提前回去几天。"

"提前回去？为什么？"

朱韵含糊地说："有点事。"

她不详细解释，母亲那边端着茶杯思忖片刻，认定朱韵提前回去是想趁着假期找田修竹待几天，默认同意了："你等着，我买了点东西给田画家，你帮我带过去。"

母亲将事先准备好的礼物拿给朱韵，朱韵惊讶："你什么时候买的？"

母亲批评道："一点礼数都没有！等着你准备黄花菜都凉了。"

朱韵拎着大包小包默默离去。

朱韵着急往回赶，可惜当天的车票都已经没了，她干脆自己驾车走高速。冬夜车况不好，朱韵开了五个多小时才到，已经是午夜了。

过年的创业园区空空荡荡，朱韵开车开得肩膀僵硬，她下车，仰头看，整栋楼里只有十二层的一家公司亮着灯。

朱韵原地站了一会儿，口中呼出阵阵白气。

她望着那扇窗，拿出电话打给李峋。

不出意料，还是没人接。

朱韵轻喊了一声。

她把车停好，拎着东西准备上楼。这时她发现了一个严重的问题，创业园的大门锁上了。鉴于IT公司常年加班的习惯，平时工作日里创业园都是不锁门的，但现在是假期，九点半就门禁了。

朱韵绕了几圈，没有发现能钻的地方，最后回到正门。创业园的大门不是现在普遍的电子伸缩门，而是传统的那种大铁门，大概三米高。

经过五小时的车程，朱韵产生了一种自己是"铁娘子"的幻觉，她在门口站了一会儿，将拎着的大包小包隔空甩过去，搓搓手，开始往上爬。

朱韵费尽九牛二虎之力爬到铁门最上面，然后发现幻想是美好的，现实是残酷的。往上爬的时候看不出什么，要往下走时，高度的恐怖就展现出来了。而且对面并没有可以借力的地方，只有中间看似有个把手。朱韵蠕虫一样顺着门的顶端往中间拱，等到了地方发现把手离自己太远了，她连试了几次根本碰不到。

她开始了复杂的心理活动——如果把李峋的腿安在她身上就好了。

然后马上又否定了——不行，有腿毛。

在几番诡异的心理活动下，朱韵悲催地意识到，自己现在进退两难了。

她没办法，两腿夹住门，再次掏出手机给李峋打电话。

还是没人接。

她发短信。

没人回。

发邮件。

还是没人回。

朱韵无计可施，脸面也不要了，仰脖冲楼上大吼：“李峋——”

声音回荡。

“李峋！在不在！李峋——”

她叫了半分钟，没人理。朱韵彻底放弃，准备打电话报警。

她拨出“11”还差一个“0”的时候，创业楼里终于有动静了。楼道亮起微弱的光，然后一个人影从楼里出来。

久旱逢甘霖，朱韵见到亲人般狂喜，“李峋！”

李峋从楼里出来，衣着单薄，他双手插兜来到铁门下，仰望着她。

两人对视了片刻，李峋平静地开口：“行为艺术？”

他还有工夫搞冷幽默。

“不是！快救救我！”朱韵也知道自己的造型实在称不上雅观，但她不在乎了，她已经挂了快半小时了，“快救我！我要冻僵了！”

李峋双手从裤兜里抽出来，高高举起，“跳吧。”

“啊？”

“跳下来。”

朱韵看着这个落差，“能行吗？”

“行。”

朱韵：“你这要是接不住会死人的。”

李峋嘲讽道：“死也是砸死，不是摔死。”

朱韵虽然身体僵硬，但头脑还清晰，愤怒回应道：“我没那么沉！”

李峋：“下不下，不下我走了。”

朱韵：“下下下！”

李峋勾手指，朱韵一咬牙一闭眼直接往下跳，被他稳稳接住。朱韵甩甩僵了的胳膊，礼貌道：“谢谢。”

李峋收回手，垂眸看她。

朱韵迎上他的目光，“干吗？”

李峋淡淡道：“你大半夜把自己挂门上，问我干吗？”

“……”朱韵抿抿嘴唇，“我来看情况。”

李峋不作声，朱韵心里藏着两个问题，抉择了一下，还是问了偏保守的那个：“项目的事解决了吗？”

李峋默默看了她一会儿，弯腰拎起她扔地上的袋子，回身往楼里走，“上来再说吧。”

朱韵跟在李峋身后。

其实她还有另外一个问题，但当她进了公司，看到沙发上铺着的铺盖的时候，又觉得没必要问了。

只有李峋的电脑开着。朱韵过去看，屏幕上分布着许多窗口，她读过去，是netstat命令。

朱韵攻读计算机系这么多年，走的一直是根正苗红的康庄大道，对于黑客技术，她虽不是一窍不通，但也仅限于皮毛。她知道netstat是在内核中访问网络及相关信息的程序，能提供TCP和UDP监听、进程内存管理的相关报告。

朱韵回头，问正在接水的李峋：“你想追踪攻击者？”

李峋没有回答，他端着水杯回来，路过张放的办公桌时，从桌子的抽屉里掏出一盒可可粉。张放跟朱韵口味很像，特别喜欢吃甜的，可他又觉得男人爱吃甜十分娘炮，便把各种甜点零食都藏在桌子最深处。

李峋撕开一包可可粉，倒进热水杯里，端到朱韵面前。

朱韵说：“你怎么都不搅拌一下？”

李峋面无表情地看着她，朱韵端庄地接过杯子。

温热的可可下肚，驱散了体内寒气，朱韵顿时感到一种浓浓的幸福感。

她捧着杯子坐到李峋身边，跟他一起看着屏幕，“这样能追踪到吗？”

“不能。”他从桌上的烟盒里抽了一根烟，边点边说，“这只能显示当前链接，对方不攻击就发现不了。”

朱韵搜索脑中浅薄的黑客知识，建议说：“做一个日程安排呢，让系统每隔一段时间就自动发指令，万一对方恰好撞上了……”

李峋叼着烟，靠在椅子里，缓缓摇头，“他不是那种新手。”

“他？”朱韵敏感地抓住关键词，“是你认识的人？”

“嗯。”李峋瞥她一眼，不紧不慢道，“你也认识。”

“……”

朱韵看着他的眼神，瞬间想起一个人来，“是不是之前跟你在一起的那个瘦瘦小小的男人？”

“对。”

朱韵放下杯子，问道：“之前我都忘问你了，他到底是干什么的，那次见完之后就再没出现了。”

李峋冲着电脑微微扬下巴，“这不是出现了。”

朱韵无言。李峋把烟取下，弹弹灰，说：“在牢里认识的，至于干什么的……”他指了指屏幕，“就干这个的。”

“黑客？”

“嗯。”

“因为这个进去的？”

“算是吧，他入侵了一家上市的网络公司，套了不少钱，被判了七年。”

朱韵低声道：“我就说看他不老实。”

李峋眼神冷漠，“那你看我老实吗？”

朱韵盯着他，刚开始李峋还跟她对视，后来可能因为朱韵视线太过寸步不让，他慢慢偏开了目光。

朱韵：“你怎么总替他说话？”

李峋不说话。朱韵道：“我是就事论事，不是影射你，你对他的看法我能理解，但你们本来就不一样。”

“都蹲一间房，有什么不一样，”李峋睨了朱韵一眼，“况且他实力很强，比你高得很。”

朱韵心道自己怎么说也是快三十的人了，要还能中这种浅显的激将法就搞笑了。

“那行啊。”朱韵面不改色地说，“实力强最好了，你拉他入伙吧，到时候你们俩加上董斯扬，我们公司直接更名‘改造者联盟’。”

李峋干脆偏过头不看她。

朱韵问：“他给数据库造成的损失大吗？”

他不说话。

朱韵又说：“如果抓不到就先放一下，先把后台漏洞补上。”

他还是不说话，甚至看都不看她，叼着烟，整个人一个大写的闹脾气。

朱韵：“……”

气氛有点不对劲，朱韵一时不知该说些什么。

其实她隐约也能猜到一点他这种态度的原因，那人虽然行为不端正，但在那段漫长的牢狱生活中，他可能是李峋唯一的朋友。而且同是蹲监狱的技术型人才，她对他的抵触很容易让李峋觉得不舒服。

可朱韵就是小心眼儿，她就是不想承认李峋跟监狱里那些真正作奸犯科的人一样。对于计算机行业，从一开始被母亲强制塞进这个领域，到后来她真正爱上它，李峋在其中起到了至关重要的作用。是他激起了她对编程的兴趣，也是他让她坚信科技应该用来造福社会，所以她格外看不起那些用技术作恶的人，也看不起那些在鸡鸣狗盗之后还扬扬得意的人。

"侯宁进去是有原因的。"在朱韵凝神思考的时候，李峋对她说，"他性格孤僻，小时候被欺负得厉害，后来有人看到他电脑技术好，主动跟他做朋友。结果人家说什么是什么，被人骗去盗号，蹲了半年看守所。出去后他那朋友又找他，他又信人家了。"

"然后又被抓了？"朱韵几乎要呵呵出来了，"技术真是不错啊。"

李峋听出她的嘲讽，说道："他一共被抓了两次，第一次是他那朋友太贪，留下一堆马脚；第二次是他那朋友吃两边，让侯宁窃取了公司重要资料，卖了一大笔钱，后来他朋友听说那家公司的老板准备悬赏抓黑客，就自告奋勇去捉贼，把侯宁卖了，又卷了一笔跑国外去了。"

朱韵听完，小声说："你不能这么为他辩解，他已经进去过一次，出来还不知悔改。"

李峋："他运气不好。"

朱韵忍不住跟他争辩："这不是'运气'不好，他知道自己在做什么。"

李峋看向她，平静道："我说他运气不好，是指他身边没有一个能拉他一把的人。"

朱韵一愣，她感觉到此时李峋的目光里有很多想要表达的东西，但她来不及细看，他很快移开了视线。

朱韵脸颊稍热，两人干坐了一会儿，她找话题说："那个……他为什么要黑我们的数据？"

李峋："之前他想让我跟他一起去国外，我没答应。"

朱韵先在心里感叹一句幸好，又问道："所以他现在在国外？"

李峋摇头，"应该还在国内。"

“你怎么知道，不是没查到他的IP吗？”

“他给我发短信了。”

“……”

李峋说：“他是被方志靖雇用的。”

朱韵脸色一沉，“什么？”

李峋说：“不过应该不是直线联系。吉力的游戏年后马上要上线，现在在做最后的宣传。方志靖把项目交给手下一个叫王科的人负责，这是他的宣发团队想出的主意，大概是想把我们的游戏彻底做烂，再把用户都拉走。”

朱韵先是愤慨了一阵，又问李峋道：“你怎么知道得这么清楚？”

“侯宁自己说的。”

“他为什么要告诉你？”

李峋哼笑，又抽出一根烟放到嘴里，含糊地说：“他知道我跟这家公司有仇，一直盯着，在知道他们准备使坏的时候第一时间毛遂自荐了。本来王科他们只是想找人写外挂，但侯宁说他可以直接入侵数据库。”

朱韵气得牙痒痒，“……这个王八蛋，之前还扒我的钱包。”她一拍桌，“报警吧！”

李峋懒散道：“没那么容易，他这次很谨慎。而且你报警很容易刺激到他的情绪，侯宁是个特别敏感的人，你小心他一毛了直接把你的用户数据全篡改了。”

朱韵咬牙切齿。

李峋看她气成这样，笑着说：“就说让你在家好好过年，跑来干什么，惹一肚子气。”

朱韵不自觉地耷拉着脑袋，说：“他给你发消息是为了什么，炫耀？”

“大概吧。”

“我们给他点钱能处理吗？”

“他不是为了钱，再说了，就你那破游戏，能有什么钱。”

朱韵：“行，他还挺有风骨。”

李峋：“他只是不甘心我不管他了。”

朱韵：“他多大的人，小孩吗？”

李峋：“性格确实像小孩。”

朱韵恶狠狠地哼了一声：“你能抓住他吗？”

“基本不可能。”

朱韵毫不吝啬地给出一个鄙视的眼神，李峋见了，嘴角弯得更深。他侧过身，面对朱韵，逗她道：“怎么，你觉得我应该能抓住他？”

“……也不是。”朱韵小声说。

其实答案是“是”。

在李峋刚刚出狱的时候，朱韵思考问题尚且考虑现实因素，但随着时间一点点过去，她的想法越来越飘忽，二十岁时的念头重新萌芽了，她总觉得李峋就是变形金刚，无敌的，什么都能做。

她捧着喝光了的水杯，默默反省。

李峋只看她的表情就知道她的想法，他不做任何评价，就扯着嘴角，慢条斯理地抽烟。

朱韵说：“那现在我们怎么办？”

李峋：“我试着联系他一下。”

朱韵：“他要是不配合呢？”

李峋没回答。

朱韵又问：“你有他的联系方式吗？”

李峋：“没，他手机号不用了，之前给我发短信的号码也是改过的。”

朱韵又问：“那他黑后台拿到的数据多吗？”

李峋轻笑道：“我们的系统在他面前就是一坨豆腐，什么时候入侵、破坏到什么程度，全看他的心情。”

朱韵沉默了。

李峋看她一眼，说：“不高兴了？”

“没。”

“术业有专攻，他专门搞这些，做起来当然轻松。”

朱韵：“你不用安慰我，快点想怎么处理这件事。”

李峋果真陷入思考，他又去拿烟盒，朱韵忽然说：“别抽了。”

李峋烟已经放到嘴里还没点，他看向她，朱韵说：“你烟不离手啊。”

李峋：“没啊。”

朱韵冲灰烬满满的烟盒说：“从刚才进来你就没停过。反正你也想不出处理办法，就别浪费烟了。”

“哦，”李峋冷笑，“所以我现在连抽根烟都是浪费了？”

朱韵不说话，光看着他。大概五秒后，李峋暗骂一声把烟扔了。

他们又随随便便聊了一会儿，很快就后半夜三点了。朱韵渐感困倦，声音越来越轻。李峋注意到，对她说："早点儿回去吧。"

朱韵眼皮不停打架，刚要起身，李峋又说："算了，你在这儿睡吧。"

朱韵回头看他，李峋说："你这样不能开车。"他起身走向沙发，把之前乱糟糟的铺盖重新整理了一下，"在这儿凑合一下，明早再回去。"

朱韵跟过去，在沙发前站了一会儿，说："我睡这儿，你睡哪儿？"

李峋："你不用管我。"

朱韵躺倒在沙发里，李峋随手将一条薄薄的被子盖在她身上。朱韵闻到一股熟悉的味道。这被子应该是他用过很久的，上面的气味跟他的一模一样，算不上香，但很独特，像烟熏过的松节，赤裸裸的男性味道。

朱韵不自觉地把被子拉到上面，埋住半张脸。这个举动让她想起那些小猫小狗，它们用气味来记忆和分辨，简直太会享受生活了。

"你睡吗？"朱韵躺在沙发上问李峋。

李峋又开始敲键盘，说道："你先睡，我等一会儿。"

于是朱韵便在这股熟悉气味的包裹下沉沉睡去。

清晨，窗外的晨光叫醒了她。

朱韵生物钟很准，不管几点睡觉，六点半肯定会醒。她被外面白茫茫的一片晃得眯起眼，看了片刻，意识到外面下雪了。

朱韵盯着外面白雪皑皑的景色，觉得世界安静得宛如道场。她转头，看见暴虐乖戾却又登峰造极的大师傅正靠在椅子里睡觉。

朱韵掀开被子，小心翼翼地去洗手间，先照镜子整理头发，又简单洗漱了一下，从洗手间出来的时候，发现天花板的灯还亮着。

朱韵轻手轻脚去门口关了灯，回到李峋身旁坐着。

李峋还在睡，他要考虑的事情太多，梦里也不踏实，眉头偏紧。

以前朱韵听说，如果看一个字时间太久，会渐渐觉得不认识这个字，那么举一反三，看一个人太久会怎样？

她会觉得自己不认识他吗？

应该不可能。

不管这段路最终的结果如何，他于她而言都太过清晰了。

窗外雪花飘飘，落得不温不火。

大年初五的清晨，所有人都在梦乡之中，朱韵不知昨晚李峋到底几点睡的，她不想吵醒他，打算出门待一会儿。刚打算起身，李峋动了动，眼睛慢慢睁开。

他也被外面的白晃了一下，眼睛眯着。

朱韵见他醒了，拿起杯子接了半杯热水给他。李峋看着冒着热气的杯子，维持着刚刚的姿势一动不动。

朱韵问："不舒服？"

李峋缓缓摇头，眼睛又闭上了。

她上一次见他睡醒是在董斯扬破旧的面包车上，那次他也这样，脸色黑沉，嘴唇泛青。

十几分钟后，他重新睁开眼，这次状态比刚刚好了一些。他拿过水杯，声音嘶哑道："……你起这么早。"

朱韵："我习惯了，早睡早起身体好。"

"你没早睡。"

"那早起的鸟有虫吃。"

李峋笑了笑，但刚清醒不太有力气，笑得有些敷衍。

朱韵说："真的有虫吃，我现在要出去买早餐，你想吃什么虫？"

李峋皱了皱眉。朱韵见他刚醒脑袋转得慢，建议道："要不还吃咸菜面包虫？还挺顺口的。"

李峋扶着膝盖起身，"年还没过完，外面怎么可能有卖早餐的。"

朱韵才想起，现在连初六都没过呢。

李峋打着哈欠往洗手间走，说道："门口箱子里有方便面，你饿了就自己泡。"

朱韵去门口翻，果然有箱方便面，二十四盒一箱，现在就剩八盒了。

朱韵回头冲洗手间喊："你平时都吃方便面吗？"

李峋正在洗脸，没听到。

朱韵把箱子扣上，忽然灵光一闪，想起昨晚从家里带来的一大堆东西，不知道有没有粮食储备。

几个袋子一拆，里面几乎全是营养品，名贵的如燕窝、花胶、虫草，便宜的如大枣、阿胶、固元膏，还有各种各样的钙片、鱼油、维生素ABCDE……应有尽有。

朱韵看着这一大兜的补品，哑口无言。

曾经很长一段时间里，朱韵觉得自己跟家人完全生活在两个世界。她觉得她永远不可能跟母亲进行深入沟通，也无法与母亲在一些实质性的问题上达成一致。而时至今日，虽然她很多想法还是与母亲南辕北辙，但她至少学会了尽量求同存异，那些不能沟通的部分，她会试着忍耐和迂回。

洗手间的门开了，朱韵回头，看见李峋从洗手间出来，脸和头发都是湿的。

朱韵转头看他，后者回到桌边抽烟醒神，她从袋子里挑了几样管饱的食物分给他。

李峋吃东西巨快无比，撕开包装袋，两口吞了枣糕，然后便坐在电脑前，噼里啪啦不知在打些什么。

工作狂。

这个词曾经被田修竹用在她身上，但现在朱韵觉得自己根本不配。

什么样的人有资格被称为工作狂？一天二十个小时在工作，剩下四个小时在准备工作，不做成这样，连提名的机会都没有。

朱韵看李峋正在做《花花公子》，问道："你不找侯宁了吗？"

李峋："不找了，找也找不到。"

朱韵："那你也不能放任不管啊。"

李峋手下不停，说道："为什么一定要管，又不是我的项目。"

朱韵被他顶得无话可说。

这是精神起来了，都能气人了。

李峋都没有看她，直接发言道："别一清早就瞪我。"

朱韵冷哼，把他面前另外两包枣糕抢了回来。李峋无声地笑，评价道："小心眼儿。"

朱韵义愤填膺："谁小心眼儿，你才小心眼儿。我的项目我负责，你不管我管，我就不信我抓不着他！"

"祝你成功。"

"你给个大概方向。"

李峋手指停下，咯咯笑起来。朱韵恼羞成怒，质问道："你笑什么，这里就你认识他，本来他也是你招惹来的。"

李峋看着她按在桌面上的纤纤手掌，笑意未消，感叹道："你真变了不少啊。"

朱韵："没变。"

李峋抬眼，"你以前敢这么跟我说话？"

他眼神平静揶揄，朱韵心口一抽，说："我这是有感而发。"

李峋叼着烟，不咸不淡地看着她说："对谁都不错，就知道跟我厉害。"

这话朱韵有点听不下去了——你赖可以，但得尊重客观事实吧。

她把枣糕扔到李峋面前，恶狠狠地喷了句"天地良心"，扭头就走了。

朱韵在心里默默骂了李峋一个上午，后来想到他大过年还在加班，觉得他放弃侯宁的原因可能是怕《花花公子》的日程受到影响。

心情平复后，朱韵开始自己弥补损失，找漏洞，试图追踪侯宁，但什么方法都无济于事。而且这期间还发生了一件最最可恨的事——侯宁竟然挑衅她。

大年初六的清晨，朱韵打开电脑，看到屏幕上被留了一个词——"IDIOT！"下方还有中文译版——"蠢货！"

久违的神经痛再次光顾朱韵的大脑，她指着屏幕问李峋："他为什么还帮我翻译，是觉得我不会英语？"

李峋抱着手臂笑，"谁知道。"

朱韵怒发冲冠。就在她焦头烂额、无计可施的时候，董斯扬来了。

大年初七的时候，飞扬员工陆陆续续回来上班，董斯扬是初八来的。过了个年，他看起来更壮了，推门而入，脸带杀气，一身风尘。

朱韵本想过去汇报情况，结果董斯扬进来后直接无视朱韵，跟李峋打了个照面，一同进了会议室。过了半个多小时，董斯扬从会议室里出来，一句废话都没有，磨刀霍霍地离开了。

朱韵一头雾水，找公司里的八卦小能手询问情况："张放同志。"

"嗯？"

"问你点事。"

"休想。"

"……"

张放森森笑道："你趁我不在偷喝我可可粉，以为我不知道？"

朱韵："再给你买。"

张放："我是这么容易被收买的人吗？"

朱韵看了他三秒，说："我要把你运营报告作假的事告诉董斯扬了。"

张放瞬间就从椅子上弹起来，紧紧捂住她的嘴，愤慨道："我什么时候作假了？就改了几个数字而已！"

朱韵拨开他的手，"董斯扬和李峋研究什么呢？"

张放不耐烦地道："猜也该猜到啊，现在什么最棘手啊？"

朱韵凝眉。

张放："就过年我跟你说的事呗。"

朱韵："黑客？"

张放说："对，李组长找董总去处理了。"

朱韵转头，看见李峋跟往常一样窝在椅子里写代码。

他之前不是说他不管这事了？

又骗人……

朱韵冲着那黑色背影在心里骂了三声"畜生"，回身问张放："董斯扬怎么抓，他又不懂电脑。"

张放坐下，跷起二郎腿，一脸无奈地看着她，"我说朱组长，咱们脑筋能不能不要这么死板？"

朱韵："什么意思？"

张放大大咧咧道："董总他老人家朋友多了去了，只要有名字和照片，这座城里没他找不到的人。"他见朱韵仍蹙眉，好心提点道："早在图灵出生之前，有些行业就已经很成熟了。"

"……"

朱韵无语过后，又心生疑惑，先不管董斯扬之前究竟是干什么的，既然他有能力找到侯宁，为何李峋没有第一时间直接将事情交给董斯扬做？

张放下一句话给了朱韵答案。

他幽幽地说："找是能找到，就是不知道抓住之后会怎么处理了，我们董总生起气来可是很可怕的。"

张放的话给朱韵留下很深的印象，或者说是在她心里留下了隐患。

朱韵找李峋旁敲侧击地打听董斯扬会怎么找侯宁、找到之后会怎么做，李峋语气敷衍，懒得回答。

《花花公子》项目推进很快，一方面李峋每天输出成吨的代码，而美术方面也在田修竹的帮助下水准大大提升。原本拖沓的郭世杰有了偶像动力，像打了鸡血一样，每天除了画就是画，进展飞快。

如果是以往，李峋一心扑在项目上时，朱韵是不会打扰他的，但这次她破了例，隔三岔五就去找他一次，软磨硬泡地想要探听消息。

李峋工作时脾气异常狂躁，一次两次还勉强敷衍，后面次数多了直接发火，拍案怒叱，就差直接掀桌。

可朱韵还是没放弃，不管他怎么回避，她就是不停地问。到最后李峋脾气也被磨没了，拳头都砸在棉花上，他有什么办法，或者说他能拿她怎么样？

“你去问董斯扬行不行？”李峋忍无可忍道。

“我联系不上他。”朱韵说。

董斯扬为了抓侯宁，一连几天没有出现在公司，这让朱韵更担心了。

“赶紧回自己位置去，自己没活儿干是不是？”

“我们先把这件事解决了。”

李峋烦躁地推开键盘，掏了一根烟。

朱韵第两万次问他：“董总要怎么找侯宁？找到之后会怎么做？”

李峋第两万零一次回答她：“不知道！”

朱韵：“你能联系上董斯扬吗？”

“联系不上。”

“你都没试一下。”

李峋拍桌子，“你有完没完？！”

他语气越发凶狠，朱韵也不怕，“我让你联系他问清楚。”

“你天天就惦记这些没用的！”

“谁说是没用的？”

两人吵架的声音越来越大，屋里剩下的三个人齐刷刷地看着他们。

李峋坐在椅子里，朱韵站着，且穿着高跟鞋，这让她的气势多少赢了一点。可马上李峋也站起来了，朱韵的鞋跟就不太够用了。

“我最后一次警告你。”李峋声音压低，盯着朱韵说，“我正在收尾阶段，你要说可以，给我等三天。”

朱韵毫不避闪地回视他，“这件事不弄清楚，你什么尾也别想收。”

李峋听完这话，默然咬牙闭眼，怒气值一点点积攒。眼看要火山喷发的时候，朱韵又说了一句：“上次就是这样。”

熔浆喷射时间延后了一秒。

李峋看着面前女人的眼睛，不知是不是刚刚吵架的原因，她的眼眸激动得有点发红，她在极力地传达着什么，想让他理解她还没说出口的那些话。

上次就是这样。

你暴躁大家就让你暴躁，你发狂大家就容你发狂，你不说别人就什么都不问……结果阴错阳差，白白赔进去六年。

明明可以有另外的解决方法。

李峋移开视线。

朱韵："项目什么时候做都可以，这个不成我们还可以做下一个，但人出差错就晚了。还记得林老师跟你说的话吗？"

你一定要走正道。

李峋将手头的策划案狠狠甩在桌上，拿着烟往公司外面走。朱韵跟上去，李峋边走边说："董斯扬临走前说他有分寸。"

朱韵："他的分寸跟正常人的分寸一样吗？"

李峋："……"

朱韵皱眉看着他，"你一开始不把事情交给董斯扬，是不是怕他做事太狠了？"

李峋脸色凝重，靠在窗边说："我就是想让他狠一点。"

"什么？"

"侯宁该挨点教训了。"

朱韵怔然，李峋抽着烟道："我要用他，但他现在仗着有点技术太过肆无忌惮，董斯扬管他正好。"

"可万一董斯扬手下没谱……"

"应该不会。"

"什么叫'应该'？"朱韵想了又想，"不行，你得跟着他。不怕一万只怕万一，等出事就晚了。你联系董斯扬。"

李峋："你也要跟着？"

朱韵看着他，"不然你会开车？"

李峋给董斯扬打电话，几句话的工夫就确定了位置，挂断后朱韵问他："为什么你给董斯扬打电话就能打通，我打就没人接？"

李峋："他把你的号拉黑了你不知道？"

朱韵："……"

李峋又说："董斯扬已经找到侯宁了。"

朱韵惊讶道："还真让他找着了，他怎么找到的？"

李峋翻了一眼，说："他自然有他的方法，这世界又不是围绕计算机转的。"

朱韵咂嘴，"当初你随便抽了一张名片，没想到凑到这么一公司的奇葩。董斯扬已经找了几天几夜了吧，也够拼了。"

李峋："你不知道他为什么拼？"

朱韵看着他，李峋笑道："他把所有赌注都押在你跟我身上了。他比我们紧张，我们失败几次都可以从头再来，但他没有那个本钱了。成王败寇，赢了就咸鱼翻生，输了就被吉力踩死。"

朱韵听他这语气，似乎把自己跟他捆绑在一起了。不过说起吉力，朱韵尚有些惭愧，对李峋说："其实要不是我们，飞扬也不会被方志靖盯上。"

"这叫什么话？"李峋冷冷地看着她，"人缩起脖子就不用死了？"

朱韵又被批评，不由自主地低下头。

李峋："你看，听话的时候多可爱。"他把烟一脚踩灭，勾着她的下巴，强迫她看着自己，双眼寒凉如水，"这世上只有两条路，一条等死的路，一条找死的路。董斯扬不是等死的人，你跟我也不是。"

# Chapter 07

打火机与公主裙

❷

夜半时分，市二环高架桥上灯火通明，晚高峰时期早已过去，车流行进流畅。

一辆车飞速越过一盏路灯，留下一道白色的光影。

朱韵抬头看向路标，确定之后继续向前开，她瞥了一眼坐在副驾驶位的李某人。在他问到董斯扬位置后，他们很快出发，一个负责开车，一个负责休息。

“你要不要去考个驾照？”朱韵说。

李峋：“没时间。”

朱韵：“你可以当作休假。”

李峋没说话。

朱韵又说：“不过你的身体协调能力那么差，保不齐要学很久。”

李峋的眼睛终于睁开了，不含情绪地看她一眼。朱韵说：“难道不是吗，排球打成那个样子？”

李峋还看她，朱韵也看他一眼，老生常谈道：“我就事论事。”

他笑，窗外的树影在他脸颊上一闪而过，朱韵闭嘴了。

接下来的一段路格外安静，不一会儿便开到董斯扬给出的地址。这里临近城郊，是一片新开发区，朱韵路过过几次，但都没有停留。

根据GPS定位指示，朱韵来到一座公寓式住宅楼前。此楼隐匿于街道最深处，人烟稀少，悄无声息。

朱韵刚拐进来的时候以为自己找错了地方，可她马上就看到楼下停着的两辆面包车，车体偏旧，玻璃都被黑色贴纸糊死。这车跟之前董斯扬带他们去开年会时的车气质太像了。

月黑风高，再看见这两辆车，朱韵忍不住紧张，“李峋，不会出事吧？”她小声问。

李峋醒过来，他打开车门，“我去看看，你在这儿别动。”

朱韵看着李峋下车，与此同时，对面的面包车里也下来一个人。朱韵已经将车灯关了，只能借着路边浅浅的光线仔细打量，是个流里流气的小年轻。

李峋过去跟那小年轻说了几句话，小年轻抬手指向一处，李峋看过去，车里的朱韵也扒在玻璃上使劲抬头看。

公寓楼十几层高，是很普通的老式公房，没有电梯，外面是一列阳台。

李峋很快从面包车那儿回来，敲了敲朱韵的玻璃窗。

朱韵打开窗户，“怎么样了，他们在楼里？”

“嗯。”李峋低声道，“我上去，你在这儿等着。”

朱韵点头。

李峋一离开，朱韵更紧张了。他刚进楼，前面面包车旁的小年轻就吹了声口哨。朱韵心惊，以为是对她吹的，抬头却见他冲着刚刚指向的公寓楼方向。不止他，很快两辆面包车里下来六七个人，都看热闹似的仰头看着公寓楼。

朱韵降下车窗望过去。

刚开始朱韵以为，那小年轻给李峋指公寓楼只是想告诉他董斯扬和侯宁都在里面，可现在看来应该没有这么简单，否则他们在看什么热闹？

这样想着，朱韵眯起眼睛，细细观察。

她顺着外面那列阳台一层一层往上看，都没有发现端倪。直到她的视线移至楼顶，顿时出了一身冷汗。

那里影影绰绰四五个人，站在没遮没拦的楼顶上。其中一个人站得很靠前，朱韵看了几秒钟，意识到那儿不止一个人。

楼顶。

董斯扬西装革履敞开怀来。这里风大，吹得衣角肆意摆动，显得他站得更稳。他嘴里叼着烟，眼睛被烟熏得稍稍眯起，嘴角是一抹寒笑。

他手里拉着瘦弱不堪的侯宁。

董斯扬钢筋铁骨，掐着侯宁领口的手臂几乎支撑了侯宁全部体重，依旧纹丝未动。侯宁距离身后的深渊只有半步的距离，他不敢回头看，也不敢挣扎，怕董斯扬不小心松手。

尤其这时，他还嘴硬。

“我认识你，”侯宁神经兮兮地说，“你是飞扬公司的老板，以前是个混子，因为恶意伤人先后入狱三次。”

董斯扬扯着嘴角，他的脸色让侯宁看得满头大汗，他叫道：“你不敢推我下去！你快放手！你是不是还想回监狱去！”

董斯扬看着他，嘴角弧度更弯了，从容不迫地说：“你说老子‘不敢’什么？”

整个过程大概只有三秒钟。

第一秒最可怕，因为董斯扬放手了。

那一刻朱韵感受到跟侯宁同等的恐惧。她脑中闪过一个念头——一切都结束了，他们犯了跟以前一样的错，而这次更加不可饶恕。

人惊惧到一定程度，会摒弃一切杂念，那瞬间朱韵的世界只剩下侯宁仰头坠落的身影。她想这过程大概会持续六秒，等六秒过去，所有的东西就都崩塌了。

然而这六秒钟并没有发生。

在董斯扬松手位置的正下方的阳台上，等着两名彪形大汉。一开始所有人的注意力都在董斯扬身上，没人注意那里，等董斯扬放开侯宁的瞬间，两名大汉一起伸出手，将坠楼的侯宁牢牢扯住，随手甩了几下，又捞回了阳台里。

朱韵心神俱震地看着这一幕，直到面包车旁的小年轻们用口哨将她唤醒。

他们大概也有等级划分，能上楼的人大概要比下面等着的级别高一点，这些小流氓看着“前辈们”的精彩表演，报以热烈的掌声。

朱韵之后回过神来，头埋到方向盘里，浑身止不住地战栗。她紧紧捏着手，想要控制住自己的身体，但是无济于事。她试了几次仍没有成效后，索性也不管了，就这么哆哆嗦嗦地打开车门出去。

不远处的小年轻们热闹的讨论停止了，他们看向朱韵。朱韵没有理睬他们，直接上楼。平时她很讨厌爬楼梯，但这次她爬得飞快，几乎一口气上了十二层楼，到顶之后，心口怦怦地跳。

这公寓楼的构造跟创业园很像，一层有七八个房间，楼道里一个人都没有。朱韵看到其中一个房间的门是打开的，外面三三两两站着几个男人，抱着手臂正在闲聊。

朱韵走过去，门口的男人停止聊天，朱韵往里面走，一个男人拦住她。

男人没有多说话，就抱着手臂站在她面前，无声地驱赶。

朱韵说："我要找董斯扬。"声音还有点抖。

男人回头跟其他人对视，笑道："找董哥的女人，都找这儿来了。"

其他男人也笑起来，男人回头对朱韵说："旁边等着吧，董哥处理事情呢，他不喜欢被女人打扰。"

朱韵想绕过他进屋，男人一侧身又拦住了她，朱韵直接冲屋子里喊道："董斯扬——"

男人吓一跳，"喊什么你！"架着朱韵就要往外走。

房间里的阳台边，董斯扬正跟李峋说着什么。听见门口的号叫声，董斯扬眉头一紧，道："你怎么把她也叫来了？"

李峋："本来就是她要来的。"

门口的人还在喊："你再不出来明天我就辞职！"

董斯扬听得一脸扭曲，暗骂了一声，冲门口道："让她进来！"

朱韵径直冲到屋里，瞪着董斯扬，"侯宁人呢？"

董斯扬一摆手，"屋里。"

朱韵扭头离去，董斯扬看着她的背影，又连骂了几声。

李峋说："她可能会发火。"

董斯扬："老子会怕女人发火？"

李峋不说话，董斯扬静了一会儿又说："她不会真辞职吧？"

李峋："不知道。"

董斯扬浓眉紧蹙，又狠狠地骂了一声。

房子的次卧面积不大，配套家具也较少，一张单人床、一张书桌，还有几个储物柜，窗台上放着两盆植物，已经枯萎了。这栋房子没有居住的痕迹，大概是准备出租的，朱韵不知道董斯扬是从哪儿搞来了钥匙。

单人床上躺着瑟瑟发抖的侯宁。

朱韵开门的声音吓到了他，他缩得更紧了。朱韵走到床边，问他："你没事吧？"

侯宁把整个人都埋了起来。朱韵能理解他的害怕，她作为旁观者光看着就腿脚打战，别说真的被推下楼的侯宁了。

“他们这件事做得确实有点过分了。”朱韵低声道，“就算你真的把我们的游戏毁了，也不过就是个项目而已。”

她站在床边，低头看着侯宁，“李峋给我讲了你的事。”

侯宁肩膀微微一颤。

朱韵：“你没有想到会闹这么大吧，你是不是觉得入侵这么小的公司，就算被抓了也不会有什么事？公司再小也是别人的心血，你别太小瞧人了。”

她说完往外走，走到门口的时候莫名问了一句：“李峋这人吸引力很强吧？”

侯宁似乎又是一颤。

朱韵：“你磨蹭这么久，别说出国，连市区都没出，是想让他回头来找你？”

静了一会儿，朱韵听到身后轻微啜泣的声音。她回头，侯宁孤独消瘦的背影落入眼眸。他太瘦了，体型基本就是中学生的模样，这样瑟缩在一起，看着格外可怜。

朱韵低声道：“这点我倒是能理解你，但他不可能回去。你要真放不下就自己过来吧。”

屋外的客厅里，董斯扬跟李峋依旧靠在窗台边抽烟。李峋跟董斯扬示意，董斯扬回头，看见朱韵走过来。

董斯扬不等她开口，先声夺人：“绝对不会出意外！这东西我们已经玩过无数次了，安全性妥妥的。”

朱韵冲着他胸口就是一拳。董斯扬反应神速，瞬间拉住她的手腕，稍稍一拧，将她反制住。他嘿嘿笑：“老子能让女人拿住？”

旁边李峋拿下嘴里的烟，淡淡道：“喂。”

董斯扬懒洋洋地松开手。

朱韵揉着自己的手腕，狠狠瞪着他。

董斯扬：“就吓唬他一下而已。”

朱韵：“有你这么吓的？”

董斯扬抽了口烟，不耐道：“都说了肯定没事，我警告你，不要胳膊肘往外拐。”

朱韵看到窗台上放着的烟盒，忽然有种想把抽烟技能再次捡起来的冲动。

“他不会报警吧？”朱韵问。

董斯扬哼笑一声。

朱韵：“你笑什么，他要真报警，可以直接告你杀人未遂了。你看你下面聚的那伙人，我们整个公司都要跟着一起遭殃！”

董斯扬笑得更嚣张了，他对朱韵说：“老子混这么多年，别的本事没有，谁会不会报警一看一个准儿。”

他指着朱韵说：“像你这种，遇事肯定报警。”他又指向屋里，“那个打死也不会报。”说完他又想起什么，手肘一收，大拇指回指旁边抽烟的李峋，“这个也不会报。”

朱韵：“……”

董斯扬懒散道：“至于这只瘦猴儿怎么处理，”他看向李峋，“你有什么意见？”

李峋：“问她吧。”

董斯扬回头看朱韵，“朱政委有什么意见？”

朱韵：“别问我，你们俩主意这么正，还需要我提意见啊？”

董斯扬点点头，“那就沉海吧。”

朱韵：“胡说什么！”

董斯扬：“所以才问政委意见呀。”

朱韵看向沉默的李峋，“你想怎么办？”

李峋刚刚没有回答董斯扬，这次却回答朱韵了：“我想留下他，我们有用得着他的地方。”

朱韵：“这么闹一次，他还能同意留下吗？”

李峋：“能。”

朱韵点点头，“你既然说能，那就留吧。”

李峋：“你接受？”

朱韵：“不然怎么办，放着不管？万一他再抽风呢，他要是离开这座城市了你们还抓得着吗？还不如放在身边看着。”她顿了顿，又道：“而且你也说他实力强，我们公司现在缺人缺成这样，能添助力最好了。”

董斯扬听后拍手道：“哎，这话我爱听。你是飞扬员工，就要从飞扬的利益出发才行，这人我留了。”

朱韵看着李峋道：“我先走了，你晚上坐他车回去。”

朱韵下楼腿还直发抖，楼下的小弟们还等着，朱韵真不知道他们现在是在创业还是闹革命。

朱韵走出公寓楼，外面冷风习习，吹得她脸上皮肤紧缩，她才意识到刚刚身上出了好多汗。

李峋在窗边看着下面的轿车开走，董斯扬说：“女人就是胆小。”

李峋：“嗯。”

董斯扬：“这么点事嘴唇都吓白了，还死撑呢。”

李峋笑了笑。

董斯扬慢慢回顾刚刚的滋味，说道：“她胆小一点可比平时张牙舞爪可爱多了。”

李峋没有说话，静静地看着尾灯消失在夜色里。

今天的事对朱韵的刺激太大，她开车在街上行驶半天都不知道自己在往哪里去。只要一回想董斯扬松手的那一刻，她就禁不住打战。

朱韵漫无目的地在城中乱转，最后停在路边，给任迪打了个电话。

她本没抱有希望任迪会接，没想到还真的打通了。

任迪：“喂？”

朱韵：“你在北京？”

任迪：“对，怎么了，跟那个畜生闹翻了？”

朱韵抿唇，“没，今天出了点意外，我有点害怕，找你聊聊。”

任迪打了个哈欠，说：“他又闹出什么事了？”

朱韵没有将事情详细告诉任迪，抽丝剥茧说了核心：“他们胆子太大了，什么都敢做。”

任迪笑道：“正常啊，你胆子也很大啊。”

朱韵：“我哪胆子大了。”

任迪：“当初李峋刚出来，你所有情况都不知道，就什么都不要了铁了心去帮他。”

朱韵：“那不一样吧。”

“有什么不一样？”任迪好像喝了酒，言语有微醺的豪迈，颂扬道，“男人为了事业不顾一切，女人为了爱情无法无天，老天就是这么公平。”

“……”她好像真的喝醉了。

朱韵看着车窗外车来车往，低声道：“我很害怕，他出来之后我更怕……”任迪那边好像没有听太清楚，朱韵自言自语道：“很多时候都感觉自己染上了‘惊弓之鸟’的毛病，我怕他出意外，比怕他失败更严重。”

归家的车辆川流不息，朱韵将车窗摇下，想透透风，却闻到一股汽车尾气的味道，又将窗户摇上了。

这时，任迪对她说：“放心，没事。”

朱韵还以为刚刚的话任迪都没听见，任迪那边点了根烟，低声道：“不用担心，有你在，他还上不了房。”

她说这话时朱韵视线刚巧上扬，看到天边一轮明月，皎洁无瑕，完全没有被人间尾气所污染。

《七国争霸》和《花花公子》几乎同一时间上线。

吉力公司展现了他们强大的宣传能力，《七国争霸》几乎在第一时间占据了所有榜单的首位。他们的游戏内容与《无敌武将》如出一辙，但系统远不如《无敌武将》设计精巧。大概他们自己也知道问题所在，并不奢望这款游戏能走得太远，一波流，能赚多少就赚多少。

“他们游戏的联动性太强。”张放生气了几个星期后，终于可以以平稳心态来研究敌方，“他们公司的游戏币都是通用的，用户下载一款游戏，只要将角色练到相应级数，就反馈一定量的游戏币，也可以在其他游戏里使用。这招太无解了，就算不喜欢这款游戏的人，为了其他的游戏也会去玩的。”

一堆人挤在拥挤的会议室里，张放正在分析敌营策略。经过这么长时间的调教，他的报告也写得像模像样了。

“不过这是他们一贯的路数，也没办法。我们这次开会主要目的还是《花花公子》……”张放提及自己公司的项目，悲伤地说，“李组长我对不起你，公司实在拿不出宣传的钱了。”

朱韵：“一分钱都拿不出来了？”

张放沉痛道：“实话实说，上周我们把公司备用的显示器和主机都卖了，就为凑工资。”

朱韵无语地看向董斯扬，已经揭不开锅到这个程度了？

董斯扬在椅子里闭目养神，身边赵腾懒洋洋地窝在椅子里长长地叹口气，“这年头儿，地主家也没有余粮啊。”

“切。”一声不屑的冷嗤在狭小的会议室里显得格外刺耳。

大家一起回头，看到坐在角落里毫不起眼的侯宁。朱韵不知道李峋是怎么跟他谈的，反正自那件事发生一周后，侯宁就来飞扬上班了。

张放对新人的态度一向不佳，指着侯宁说：“你他妈还好意思笑，要不是前段时间你折腾那么一出，我们现在至于这么手忙脚乱吗？”

侯宁被人指着骂，脸色发白，顶嘴道：“跟我有什么关系，我是入侵系统了，可最后也没破坏数据。”

张放怒道：“你还敢破坏数据？！”

侯宁脸更白了，嘴唇颤抖地说：“有什么大不了的，不就是钱吗？你们要多少，说个数。”

他话一出口，众人又扭头看朱韵。朱韵对他这些言论已经快免疫了，她懒得开口，抬手指着会议室后面的墙。

墙上有一条横幅，是侯宁进入公司第一天朱韵挂上去的。

鉴于这个公司将近一半的人蹲过五年以上的牢狱，还有侯宁有史以来的生活习惯以及董斯扬那惊天地泣鬼神的处理问题方式，朱韵不得不随时叮咛。

她摘取了“谷歌十诫”当中的第六条挂在墙上——

“You can make money without doing evil.”

——不做坏事也能赚钱。

从此，“朱政委”的称呼在公司传开了。

侯宁闷着头不说话，张放也泄气地坐回椅子里，只有李峋毫不在意地点了一根烟。

“我的项目不用你们操心。”他说。

张放：“没宣传，再好的游戏也白搭。”

李峋：“说了不用你操心。”

张放：“你该不会还去找赵果维吧，她宣传这个可没戏啊，一个六十岁的老太太要……”

“有完没完？”李峋看他一眼，张放瞬间闭嘴了。

李峋起身离开会议室。

张放脑袋磕在桌子上，“这可怎么办，我跟他没法沟通了，我都不敢跟他说话了……”

“没事。”朱韵安慰他说，“他说不用你操心，你听他的就是了，出了问题让他来担。”

朱韵这话半开玩笑。她并不紧张，李峋从不说大话，他说有办法，就是有办法。

李峋确实找到了宣传方式，三天后，朱韵在公司见到了任迪。

那天朱韵跟往常一样到得很早，一进屋，看到李峋照常坐在椅子里，面前的办公桌旁靠着一道消瘦凌厉的身影。

任迪穿着白衬衫，一手揣在裤兜里，一手拿着烟。她皮肤白得惊人，显得柳眉细黑，头发随意扎着，落下许多碎发，持烟的手又细又长，烟雾跟房间一样静。

她看李峋的眼神跟大一开学时一模一样，相互鄙夷较劲，又有点惺惺相惜。

他们三人处在同一空间，让朱韵有种时光倒流的感觉。她感觉到时间的变化，他们都不再年少了，岁月在每个人身上都留下了不可磨灭的痕迹，尤其是在经历了这么多之后，他们身上青春的印记越来越少。

但好在还有相聚的时刻。

李峋看向门口，任迪察觉到，转过头。她冲朱韵举起烟，微微一笑，白衬衫逆着光，帅得无与伦比。

朱韵走过去，任迪张开手顺势抱住她。任迪手不老实，在朱韵身上抓了几把，隔着她的肩膀看向李峋，神色挑衅。

李峋扯着嘴角，冷冷地呵了一声。

朱韵起身，“你不是在北京吗，什么时候回来的？”

任迪：“昨晚被叫回来的。”

朱韵看向李峋，知道他是找任迪来做宣传。

这时门口传来声音，张放和赵腾到了。两人正在热烈讨论今天中午吃什么的问题。张放进屋看到多出来一个人，气质淬炼独特，先是愣了片刻，然后忽然认出这是谁，捂着嘴倒吸一口凉气。

“我没看错吧……”张放跟赵腾咬耳朵，“是轻红主唱吧？”

赵腾也有点傻眼了，“应该是，总不能我俩一起出现幻觉。”

任迪问李峋："要求就是你刚刚说的那些？"

"对。"李峋道，"你最好能说动金城，不用明着打广告，他玩游戏的时候你照张相发出去就行。配字也不要提游戏，就说他在休息放松，到时自然会有人去挖细节。"

任迪冷哼："你倒是会设计。"她把烟按在李峋面前，拉着朱韵说："走，跟我聊一会儿。"

她拉着朱韵往门口走，任迪走路自带气场，一股风似的让张放和赵腾隔着五六米就让开了道。

等两个女人走了，张放冲到李峋面前，"你认识明星啊！你怎么不早说？！"

明明谈完了合作，但李峋看起来心情一般，沉着一张脸，张放玩笑都不敢开了。

任迪对创业楼的构造不熟悉，朱韵领她来到楼梯间。

刚出正月，气温还没有明显回升，任迪穿得极薄，朱韵问她："不冷吗？"

任迪："没事。"

朱韵："楼下那辆红色跑车是你的吗？"

"嗯。"

"真帅。"

任迪笑，朱韵问她："李峋怎么找到你的？"

任迪："就那么找呗。"

朱韵："你不是还有活动吗？"

任迪嗤笑道："他会管我活动？直接叫我推了过来的。"

朱韵："……"

任迪看着她，"这脸皮你要学一学啊。"

任迪给了跟赵果维一样的建议，朱韵不得不开始思考人生。任迪顺着窗户往外看，打量整个创业园，说："你们这公司靠谱吗？"

朱韵："靠谱啊。"

任迪一脸怀疑，朱韵说："已经慢慢步上正轨了。"

任迪："什么正轨，我听说开工资都费劲。"

朱韵不想让她知道他们这么窘迫，支支吾吾道："没啊，谁告诉你的？"

“李畜。”

“……他连这也跟你说？”

“这浑蛋为了压成本别说哭穷，什么干不出来？”

朱韵尴尬地笑。任迪看着她，“你们缺钱怎么不跟我说？就算不跟我说也可以去找付一卓啊。”

朱韵：“李峋没找，应该是觉得我们熬得过去。”

任迪：“多点资金不好？”

朱韵：“放心，他有谱的。”

任迪静静看着她，随即下颌轻点，含着烟道：“也对，钱来得太容易也没什么意思了，我就是例子。”她说这话时声音很轻，眼中带着淡淡的疏离，“以前挣不来钱，每个演出机会都很珍惜；现在也没人在乎写什么歌了，随便唱一唱，拍拍照、露露脸，钱就多得数不完。”

朱韵默默无言。

“我很羡慕你们。”任迪看着朱韵，说道，“这么多年都没有变过。”

“哪儿没变啊，变太多了。”

“至少还有方向，还脚踏实地。”

这话听得朱韵自嘲地笑起来：“你不用羡慕我，我没你说的那么牛。”她靠在任迪身边，“是因为李峋在。”

她似乎点了题，两人一同静下来。

许久后，任迪缓缓道：“他刚出来的时候，我看他那混账样子，满心想着让他吃瘪，能多惨是多惨。但现在想想，还是让他成功吧。以前他嚣张跋扈的时候，我们过得都不错，他落魄了，好像我们也跟着走偏了。”任迪转过头看着朱韵，“我也没想到看他窝囊会这么不爽，你好好帮他。”

朱韵：“我在帮。”

任迪揽着朱韵的肩膀，又抽了两根烟，说：“下午有事，先走了。”

虽然任迪嘴里把李峋骂得狗血淋头，但真的帮起忙来诚意十足。她动作很快，第二天金城窝在沙发里玩游戏的照片就被发出去了。任迪特地把照片背景选在没有暴露过的工作室里，引起了极大关注。

明星效应比预想的更为可怕，金城的粉丝开始疯狂地分析这张照片，从他衣服的牌子，还有工作室沙发的款式，当然也有他手机里玩的那款游戏。

大家都在搜游戏到底是什么，不多时，几篇宣传软文放出，里面放了几张图片和一点基础玩法，那几天《花花公子》的关键词在网上的搜索量成几何指数上涨。大家都想凑热闹下载一下看看，但却发现游戏并没有开放源头。

李峋只放出了几千个注册号，因为游戏质量实在太高，不管是系统还是美术，都远远超过了普通的成人游戏，玩过的人每天疯狂宣传，渐渐地，能拿到这福利游戏的注册号成了一件值得疯狂炫耀的事。

一个星期后，网上《花花公子》的注册号已经炒到了两千块钱一个，李峋又放出五千个号，几乎一小时之内就被注册光了。

在金城照片发出去的当天，《花花公子》的后台开始流动，半个月后，游戏的月流水轻松破了三百万。

张放每天像中风了一样瘫在椅子里看后台数据，赵腾和郭世杰也被震慑住了。

只有李峋，什么情绪都看不出，甚至烟抽得比以前更多了。朱韵经常看他凝视着黑黑的屏幕，半天不动地方，眉头紧锁，思考着事情。

她知道他在想什么，不久前吉力准备借壳上市的那家玩具公司已经对外发布了资产重组预案，距离证监会最后的审核大概还有半年时间。李峋抓紧这段时间竭尽全力将《花花公子》推上巅峰，并且大肆宣扬其盈利能力，应该是想给方志靖做个套。

朱韵给李峋端了杯水，李峋从思考中醒来，道：“谢谢。”

朱韵低声说：“我查了近几年国内游戏侵权的案例，如果只是简单的类型模仿，很难胜诉。”

李峋：“我会把源代码给他们。”

“什么？”朱韵难掩惊讶。

这项目是李峋完全独立开发的，花费了很长时间，也是飞扬目前最大的收入来源。可她马上又忆起，之前她在读这项目的代码时，发现了很多奇怪的地方。李峋以前写代码非常注重可读性，这次却经常使用复杂结构。

代码越独特，陷阱就越多。她后知后觉地明白，早在那个时候，李峋就已经开始准备了。

身后张放和赵腾轻轻松松地聊着天，跟这边的氛围完全不同。

朱韵说：“你要用什么方法让他们拿到源代码，方志靖会直接复制使用吗？”

李峋听了这话，总算露出一点笑容，“这个你不用担心，虽然他们本身水平也凑合，但邪门歪道走惯了，已经养成急功近利的习惯，只挑那些已经成功的项目扒皮。他们公司能撑起来，是现在游戏市场太乱。国内用户群规模大，大家刚见到这些东西，容忍度自然高。”

朱韵捧着水杯，静静思考。

李峋又说：“但虚的终究是虚的，人也不可能永远蠢。等用户成长起来，这些没有自主研发能力的公司就走到头儿了。”

朱韵：“可这几个月的时间，用户也成长不起来啊。”

李峋：“不需要，把声势造起来，能拖住他们就行。”他说着，拿起水杯饮了一口，又道：“他一定会用我的代码。我说句玩笑话，方志靖可能比我自己都更相信我的实力。”

随后又一件事情发生，勉强给目前紧张的工作生活带来点惊喜——《无敌武将》拿到了本年度的“网络行业发展政府奖”。

朱韵刚接到通知的时候还以为是骗子，反复确认了几次才知道是真的。

全公司没一个人听过这个奖项，张放上网去搜，奖项是前年才设立的，政府鼓励网络技术创新，游戏类奖项每年有三个名额。张放查了一下往年的获奖名额，发现获奖的都是单机游戏，《无敌武将》是唯一一款手游。

张放捂着自己的胸口，“我怎么感觉这么不可思议。”

朱韵也觉得很神奇，李峋告诉她，应该是赵果维推荐的。

于是朱韵又带着大包小包去赵果维家表示感谢，这回她总算能买点像样的礼物了，因为飞扬公司正式摆脱了常年赤字的窘境，正式开始盈利。

说起盈利，朱韵心绪颇为复杂。她兢兢业业制作的游戏赚不到什么钱不说，用户还极其挑剔，给错一句台词能写几千字的邮件来骂。而李峋的游戏不仅日进斗金，用户还把开发者当祖宗一样供着，李峋磨磨蹭蹭更新一个人物，用户们简直烧香拜佛普天同庆。

而这样一个赚钱的项目，李峋竟然要把源代码开放出去。

这件事目前只有她和李峋以及董斯扬和侯宁知道，朱韵没敢告诉张放他们，怕他们受不了刺激。

很快有广告商和投资者找上门来，李峋全部推掉了。也是从那个时候起，公司的员工在跟李峋打交道的时候，会不知不觉加入恭敬的成分。他们大概也知道了，这个脾气奇差的男人恐怕是整个创业园区里的头号种子选手。

日子越来越顺，张放经常靠在椅子里，轻松感叹："照这样下去，我们可以抱着这两款游戏高枕无忧到天荒地老了。"

朱韵每次听到，都忍不住拍他脑袋。

政府奖的颁奖活动在华江酒店举行，邀请函发下来，朱韵毫不意外地看到了吉力公司的出席名单。

朱韵问李峋："去吗？"

她本以为李峋不会对这种活动感兴趣，没想到李峋很轻易就答应了。

活动规定每家受邀公司最多可以去十人，这时飞扬公司人少的优点就体现出来了，一共才七个，全员参加。

因为颁奖活动前一天刚好是《无敌武将》更新的日子，朱韵一直忙到后半夜才回家，她睡得也不踏实，第二天早早醒来赶去公司看更新情况。

一切正常。

朱韵松下一口气，这才想起今天的活动来。

活动是晚上七点，尚有一段时间。朱韵对着洗手间的镜子看自己，她穿得太随便了，衬衫长裤，妆也没怎么化。朱韵犹豫要不要趁还有时间回去换一套，但白天的工作又放不下。

她又去看李峋，发现他穿得更破，他沉在椅子里已经快一个星期了，那件灰T恤就没见他换过，加上抽烟抽得凶，走过他身边简直就跟经过生化武器库一样。

朱韵思来想去，还是算了。

男的自己这么恶心，凭什么让女人梳妆打扮。

于是当晚，董斯扬开着那辆破面包车，拉着一车破衣烂衫的员工前往华江酒店。

车一停，朱韵就有点后悔。

酒店正门口，一群记者正在冲着吴真疯狂拍照。比起朱韵上一次在商场见她，吴真的打扮更加华丽了，一身落地长裙，妆容浓艳，花枝招展，挽着高见鸿细声细语地回答着记者的提问。

朱韵挠挠鼻梁，也不是说非要攀比，但她好歹也是飞扬公司唯一一个女员工，场面是不是应该撑一下？

她正考虑现在去买条裙子还来不来得及，忽然肩膀被人从后面一推。李峋个儿高，在面包车里站起来腰要弯得很深，他不耐烦地对朱韵说：“快点下去！”

朱韵：“……”破罐子破摔，谁怕谁。

他们上楼梯的时候碰到了方志靖。

朱韵已经做好了唇枪舌剑的准备，没想到方志靖只是居高临下地看了他们一眼，然后就接着跟记者聊天了。

朱韵回头看李峋，他离开电脑整个人都萎靡起来，打着哈欠往里走，眼神都没有赏给方志靖一个。方志靖侧脸上的咬肌鼓起了，朱韵看得清清楚楚。

或许事情真的就如李峋所说，方志靖怕他怕得要死。

“啊……”张放生平第一次踏入五星级酒店，刘姥姥进大观园，看得眼花缭乱。旁边赵腾掐他，“你能不能别这么丢人！”

郭世杰也小声说：“上次互联网大会也是在这里，你要是来了就不会这么惊讶了。”

张放斜眼道：“你是怪我给你工作安排多了？”

郭世杰：“没没，不是。”

上次互联网大会是在国际会议中心举行的，这次的颁奖则在酒店三层大厅。这里原本应该是做婚礼庆典活动的，装点梦幻，更加金碧辉煌，三排长桌，摆满了精致的食物。

飞扬员工下班都没吃晚饭，朱韵肚子饿得咕咕叫。反正都已经这样了，朱韵也不管什么面子，拿着餐盘从头吃到尾。

场面上的讲话由张放负责，充分发挥其舌灿莲花、口若悬河的优点，先是感谢了政府，又表达了公司创业的辛酸与坚定，还不忘暗示游戏曾遭受不公平竞争，一番话下来声泪俱下、感天动地。

朱韵这边狂吃一通，她心里惦记着李峋，拿着盘子给他也装了一堆。李峋没有关注颁奖和领导讲话，他和侯宁站在外面的大阳台上抽烟。

朱韵精挑细选了几样食物端过去，但半路杀出程咬金，一个意外的人插队朝李峋走去。

吴真身穿水蓝色的长裙，背着精致的链条小包，姿态婀娜，款款而来。她端着酒杯，站到李峋和侯宁面前。

朱韵又有点后悔。

还是应该穿漂亮点……

吴真对李峋说："又见面了。"

他们第一次见面是在互联网大会上，那时方志靖介绍李峋为"丧家之犬"。

吴真声音绵绵地说："我听说你们有款游戏叫《花花公子》，厉害得不得了啊，一个月流水快破千万了。"

李峋叼着烟，背靠阳台，没有回话。夜里风大，吹得李峋发丝和衣领乱颤，衣服紧紧贴着身体，勾勒出细致洒脱的轮廓。

他眯着眼睛笑。

吴真下巴一扬，说道："人别得意太早，有点成绩就不知道自己姓什么了，你看看你的样子，换上龙袍也不像太子。"

李峋笑得更厉害了，吴真被他笑得脸色通红。

李峋终于把烟从嘴里拿下，挑眉，淡淡道："彼此彼此，吴小姐穿上裙子也不像公主。"

吴真被他说得脸更红了。

李峋个子高，吴真穿着高跟鞋也差了半个头，他自上而下的调侃让她觉得身上发烫。

李峋不经意地转头，看了侯宁一眼。侯宁离去，与吴真擦肩而过。

吴真心里一动，漠然道："你把人支走什么意思，有什么话想说？"

李峋还是淡笑着。

只有朱韵站在后面看得真真切切，侯宁在经过吴真身边的时候，将她小挎包外侧插着的手机拿走了。

朱韵放下盘子跟过去。

侯宁离开三楼，去酒店后侧的安全通道，朱韵叫住他："站住。"

侯宁回头，朱韵几步追上他，侯宁赶在她开口前说："你别跟我凶，不是我要拿的，李峋让我拿的。"

朱韵眉头一皱，侯宁就本能地往回缩。

侯宁对朱韵的态度一直很复杂。一方面他讨厌她，从他第一次见她起，朱韵的强势就让他很不舒服，后来他去飞扬公司上班，她也一直没有放松警惕，几乎天天盯梢。而另一方面他也有点感谢她，毕竟整个公司里他最怕的人是董斯扬，不管朱韵对他再怎么严厉，在董斯扬找他训话的时候，她都会挡在前面保他。

侯宁从双肩包里拿出电脑，又掏出一堆零零散散的数据线。

朱韵说："你要干什么？"

侯宁："现在时间不多，等会儿再告诉你。"

朱韵看他熟练地将手机连接到一个外部小机器盒上，又将机器盒与电脑连在一起。电脑飞速运作，朱韵虽不太懂这方面的知识，也知道他在破解吴真的手机密码。

朱韵："你到底要干什么？"

吴真的手机屏幕很快被打开了，侯宁十指翻飞，将一款软件种到吴真的手机里。他扣上电脑，摘下手机，对朱韵说："你在这儿等一下。"

朱韵还没来得及说话，侯宁就带着手机回去了。朱韵来到大厅，看到他拿着餐盘捡了几样点心，装模作样地端给李峋。路过吴真的时候，不动声色地将手机放了回去。

李峋对他表示自己不想吃东西，侯宁又闷着头离开了。

朱韵等着他，："你们搞什么鬼？"

侯宁冲她勾勾手指，"过来。"

他们回到安全通道，侯宁坐在水泥台阶上，将一副耳机插在电脑上，递给朱韵一只。

朱韵戴上耳机，瞬间听到吴真和李峋的对话。

吴真说："其实我之前也没觉得你怎样，要跟方志靖比的话，我还是觉得你好一点。"

李峋说："是吗。"

吴真叹了口气说："可惜我家老高非跟他凑一起，怎么拉都拉不开。"

李峋笑笑。

吴真又说："不过我一个女人，也不太懂你们生意场的事。现在这儿也没别人，要不我跟你说句真心话吧？"

李峋："说吧。"

吴真往前走了几步，声音甜腻诱人："我第一次见你的时候就想说了，你蛮帅的。"

朱韵一下子扯掉耳机，她不仅扯了自己的，还把侯宁的一起扯下来。

侯宁皱着眉说："你不听就不听，拉我的干吗？"

朱韵神经一跳一跳，侯宁揶揄道："怎么着，吃醋了？让你不拿李峋当回事。你等着瞧吧，越往后走他身边的女人就越多，到时候有你后悔的。"

朱韵半天不说话，侯宁觉得气氛有点不对，又说："你干什么，你现在不能过去，不然计划就打乱了。"

朱韵转头看他，声音低沉："什么计划？"

侯宁挠了挠后脑勺，说："也不干啥，你应该知道啊，李峋要把源代码给他们，又不能直接送到他们手里，总要设计一下嘛。"

侯宁将耳机又递给朱韵，朱韵不想接。

"吴真已经走了。"侯宁说，"你听听，听完就不吃醋了。说真的，正事。"

朱韵接过耳机，里面是高跟鞋走路的声音，不过很快吴真来到一个安静的地方，点了根烟，说道："他什么都不说。"

另外一道声音说："直接问当然不会说。"

朱韵对方志靖的声音太敏感了，一听就后背发麻。她看向侯宁，侯宁竖起食指在嘴边。

很快吴真又换了个语气说："不过他对我倒是挺感兴趣的，给我留了他的联系方式。"

方志靖低声笑，"谁对你不感兴趣？"

随后一阵湿濡纠缠的声音。

吴真软绵绵道："不过我最多跟他暧昧一下，你别想我真跟他干什么，他对我态度太差了，暴发户而已，一个项目挣到钱就狂得没边了。身上又臭，又是烟又是汗，差点儿没熏死我，白瞎那身材和脸了。"

方志靖抵着吴真的嘴唇，说："暧昧就行了，太深容易被抓把柄。你记着，跟他多聊，尽可能套他东西。这你最拿手了，不用我教了吧。"

吴真推他，"说什么呢，我套谁的东西了，都是你情我愿的好吧。"

"对对，你说什么都对。"方志靖在吴真耳边小声说，"他身边那几个你能避就避，都不是什么善茬儿，尤其是他们那个老板。"

吴真懒懒地笑，"知道啦，我去牺牲色相，你是不是应该表示点什么？"

方志靖："当然，珠宝首饰随你挑。"

吴真喊了一声："谁稀罕那些东西。"

方志靖："那你要什么？"

吴真："股份喽。"

方志靖没说话，吴真说："你们正筹备上市呢，别以为我不知道。老高现在那个样子，也没心思跟你争了，干着牛一样的活儿，拿得比鸡还少，最后竹篮打水一场空。我跟他可不一样，你别以为这么简单就能打发我。”

方志靖嘿嘿笑，“放心，少不了你的。比起高见鸿，我觉得我们搭档起来才更默契。”

他们又聊了一点上市的细节，他们公司现在虽然资金充裕，但缺乏骨干项目。大多游戏外强中干，上线后三到六个月数据就明显下滑，这样不容易过证监会的审核。

“如果我们也能有一个类似《花花公子》的项目的话，情况就不一样了。”方志靖说。

吴真：“那就做啊，你跟老高也是程序员出身，比起那个暴发户差什么？”

方志靖又静了一会儿，似乎不知道该怎么回答吴真的这个问题。

吴真：“老高现在天天把自己憋在屋里写程序，说要开发一个比《花花公子》更好的游戏，饭也不吃觉都不睡，也不看看自己什么情况，真是不要命了。”

方志靖：“总之他们那个系统比较独特，需要一定的开发时间，我们现在来不及了。”

“废物。”吴真毫不吝啬地鄙夷道，“关键时刻屁用都没有，还得靠女人。”

方志靖耐着性子哄她说：“当然了，妇女撑起半边天呢。”

吴真不乐意了，“谁是妇女啊？我到妇女的岁数……嗯！”吴真话说一半，又被方志靖把嘴堵上了。

朱韵摘下耳机，看着落着灰尘的楼梯角，半天怔怔的，没有缓过神。

“李峋是故意的。”侯宁说，“他知道方志靖对《花花公子》肯定有想法，李峋的系统全是独立开发，要拆开模仿很费时。方志靖他们准备借壳的那家‘聚鑫玩具’已经发布了资产重组预案，现在还在审核阶段。方志靖肯定要抓紧这段时间提升公司盈利数据。”

朱韵静了静，问道：“你监控吴真手机会不会被发现？”

“绝对不会。”总算提到自己的长处，侯宁自信地挺直腰板说，“我给她安装的软件是我自己编写的，可以远程卸载，完全无痕。”

“你保证。”

“当然。”

朱韵低声说：“这不是小事。”

侯宁：“哎哟，放心好了，肯定不会出差错的。”他说完，又压低声音，“你别跟李峋说啊。”

朱韵：“说什么？”

侯宁：“本来李峋不让我告诉你的，这事就我俩和董斯扬知道。”

朱韵：“为什么不告诉我？”

侯宁看她一会儿，他很瘦，皮包骨头，显得眼睛特别大，他精头精脑地说：“你是真不知道还是装不知道？啧啧，我真替李峋屈得慌，明明都不在一起了，做事还顾及你的情绪，你还不当回事，搞得他都不潇洒了。”

朱韵不说话，侯宁讽刺道：“而且朱政委不是还在屋里挂条幅了，以为就我一个人能看见？对我来说黑系统搞监听太平常了，可你不这么认为，李峋不想让你知道他做坏事。”

朱韵：“这不算坏事，是方志靖自己心术不正撞上来的。”

“哎哟！”侯宁翻白眼，“你这准则怎么一碰到李峋就歪得不行了！果然就像董斯扬说的，女人的话不能信。”

朱韵冷笑道：“你又想上楼顶吹风了？”

侯宁不自觉地打了个哆嗦。

朱韵道：“吴真跟李峋见面时的录音你要发我一份。”

侯宁看着她，缓缓地说：“行倒是行，不过你要录音干什么，害怕啊？”

朱韵：“我怕什么？”

侯宁瞪着眼睛道：“那骚狐狸漂亮得很，李峋憋了六年了，干柴烈火，谁也保不齐会不会发生什么。”他一边说一边偷瞄朱韵，朱韵说：“李峋看女人的眼光很高。”

侯宁撇嘴嘀咕：“王婆卖瓜。”

朱韵看他两秒，忽然靠近。

侯宁吓一跳，不由自主地往后躲，最后背靠墙壁，退无可退。

他忽然发现朱韵的睫毛好长，不是深黑，而是偏棕灰色，细细尖尖。她的脸颊看起来很软，皮肤细腻，毛孔几不可见。他闻到她身上淡淡的香气，明明跟飞扬其他员工穿得差不多，都是普通T恤衫，也没怎么打扮，可她的味道比他们好闻一万倍，也比刚刚吴真身上浓郁的气味强很多。

朱韵说："李峋只喜欢两种女人，一种'傻女人'，一种'更傻的女人'，吴真哪个也占不上。"

侯宁不适应跟人这样的距离，他推开朱韵，脸红成苹果，"那他肯定不喜欢你了！"

朱韵笑了笑，让侯宁快点整理物品。

侯宁收拾好后抬头，看见朱韵靠在楼梯上不知在想什么，脸上仍有顾虑。他以为她还在担心事情能不能顺利进展，说道："不用愁，绝对不会被发现。"

朱韵看着他，"我不是担心这个。"

侯宁："那你担心什么？"

朱韵没回答，他们一起往外走，快进大厅的时候，她忽然说："吴真是高见鸿的妻子。"

侯宁："所以呢？"

朱韵："他们刚刚结婚一年多。"

侯宁看着大厅前方，吉力公司的人正跟政府领导相谈甚欢。吴真揽着高见鸿的胳膊，许是被人开了玩笑，她脸色微红，看了一眼高见鸿，幸福满满。

"婊子无情，戏子无义。"侯宁漠然道，"她全占了还有好儿？怪就怪你们老同学眼光太差。"

朱韵远远看着高见鸿，跟方志靖和吴真不同，他脸上笑容不太多。那神色朱韵很熟悉，当初他们三人赶项目时都是这样的。只是现在他周围那么多人，只有他一人的脸上带着这样的神态，在众多笑脸的陪衬下，他的脸色显得格外苍白。

私下的角逐按部就班地进行着。

李峋不时出去跟吴真见面，但他看起来不太上心，很多时候都是工作告一段落后，电脑一扣，点根烟，起身就走，应付差事一样。

而他跟吴真的谈话也没什么营养，李峋张嘴闭嘴都是黄段子，吴真觉得这人虽长得不错，但精虫上脑毫无内涵，她耐着性子陪他聊，推推就就不肯让他碰。

过了一阵，李峋让朱韵把《无敌武将》的更新资料和内部数据发给他，朱韵知道时机大概差不多了。

某一日，李峋大半夜回公司，脸色看起来奇差无比。

他回来后，一句话没说，倒在公司的沙发里便睡着了。

公司只有朱韵和侯宁留到了这个时候，侯宁跟李峋一样没处回，从来上班时的那天起，就跟李峋一起在公司打铺睡。

“搞定，上钩了，她把U盘偷走了。”侯宁说，“今天的录音要发给你吗？”

“不用了。”

“真不要？”侯宁意味深长地说，“今天可有很劲爆的内容。”

“什么内容？”

侯宁扯着嘴角笑，“你自己听喽，只能说天道循环，因果报应。”

在他传文件的过程中，朱韵起身关灯，她想让李峋睡得更踏实一点，没想到被侯宁叫住：“你现在关灯他会醒，他不习惯黑着。”侯宁还在摆弄电脑，头也不抬地说。

朱韵问：“为什么？”

“为什么？”侯宁敲键盘的手停下，抬眼道，“因为监狱里的灯是永远亮着的。”

侯宁看着她，“你不知道监狱是二十四小时开灯吗？”

朱韵愣着摇头，侯宁嘁了一声，“真没常识。你可以把大灯关了，给他留个小灯就行。”

朱韵听从他的话，将小灯打开，大灯关掉。

她回过头，看着躺在沙发里的李峋。小灯的光暗，昏黄的灯光好像让深夜的公司变得温馨了一点……

抑或这只是她的错觉。

侯宁将录音发给朱韵，在她听的过程中，他一直在旁边站着，好像在等着看她听完后的表情。

其实所谓的劲爆内容只有一句话，似乎是吴真不小心说漏嘴的。

当时她跟李峋都喝了不少酒，已经微醺，她跟李峋抱怨生活辛苦，说要为自己将来做打算，她无意中透露了一句——“谁知道老高那病还能撑多久？”

她说得很小声，必须很仔细才能听清楚。朱韵不能确认自己听得对不对，扭头看侯宁，侯宁咧着嘴笑。

朱韵摘下耳机，“高见鸿得病了？”

侯宁：“是呗。”

朱韵：“什么病？”

侯宁摊手，“我也是今天才知道的，吉力公司压根儿没人放这个消息，看来是有意瞒着。”

朱韵词语尽空，脑中浮现出最近见高见鸿时他消瘦的脸颊和苍白的肤色，还有他不知不觉按压太阳穴的样子。

侯宁回到自己的座位操作电脑，兴致勃勃道：“不过既然有风声了，那就好办了，给我三天，我就能查出来。”

朱韵回头看李峋，今天他回来的时候看起来情绪很差，跟这个消息有关吗？

而李峋不止今天情绪差，往后的几天里，李峋的脸色一天比一天难看。他睡觉的时间越来越少，经常一个人坐在椅子里抽烟，一抽就是半天。

侯宁技术过硬，根本不需要三天，第二天就从吴真的手机里挖出了高见鸿的病症。

颅内肿瘤。

李峋知道之后，问了一句：“良性恶性？”

侯宁：“不知道。”吴真手机里有一张高见鸿的检查报告，侯宁看不懂，拿给李峋，李峋沉默地看完，脸上一丝表情都没有。

朱韵也过去看，在密密麻麻各项化验数据里，找到确诊一栏。

“脑膜瘤……”她小声念出来，侯宁马上搜索，“哎哟，良性的啊。”他语气里是深深的失望。

侯宁说：“他还没做手术呢，大概是想拖到公司上市。”他嘿嘿笑着，“可惜咯，准备竹篮打水一场空吧。”他说完，讥讽地看着默不作声的朱韵，“你不会是心软了吧？我告诉你，我还打算晚上去买蛋糕庆祝呢。这叫什么，因果报应！”

朱韵一句话没有说，她回头看李峋。

他沉在椅子里，只留给她一个背影。

她不敢问，关于这件事的一切，她都不敢问。她不知道李峋会怎么处理这件事，是停下，还是添火加薪。

飞扬的其他人都只当这件事是个小小的插曲，但朱韵和李峋跟飞扬公司的其他人不同，高见鸿对他们而言不只是对手，他们之间还有些其他的东西。

朱韵连续几天心情低落，某日她上班途中遇到董斯扬。董斯扬开着他那辆破面包车正准备出去谈业务，看到朱韵，摇下车窗打招呼：“朱政委！”

朱韵看向他，“董总。”

董斯扬打趣道：“你这眼圈怎么这么黑？”

朱韵昨晚做了梦，睡得奇差，没力气跟董斯扬插科打诨，“我先上楼了。”

“等等。”

朱韵站住脚步，董斯扬胳膊垫在车窗框上，说：“你是不是打算劝李峋收手？”

朱韵没说话。

董斯扬：“别干多余的事。一句老话送给你，‘慈不带兵，义不养财’。”

朱韵：“我没打算劝他。这件事不管什么结果，都是李峋自己决定。”

董斯扬叼着烟道：“那就好，他心狠着呢。”

李峋的确没有停下。

在吴真拿走U盘后，他着手一系列法律流程。

U盘里放有《无敌武将》和《花花公子》的所有数据和源代码，李峋知道方志靖不可能不用。

他把这些东西“拿”给吴真，等同于将飞扬公司的后门整个打开给人参观。一旦方志靖将《花花公子》复制下来，以吉力公司的平台水平，飞扬将毫无还手之力，他们会失去目前唯一一个收入来源。

但李峋不在乎。

那段日子李峋比以往话更少，公司的氛围不知怎么也变得凝重起来，连张放都不敢乱开玩笑。大家似乎有个浅浅的认知，那就是公司很可能要面临一轮惊天巨变。

李峋让朱韵为他准备所有关于游戏公司侵权官司的材料。其实从方志靖拿到源代码到他们改完美术资源和基础功能，至少要一个月的时间，他们完全可以找一个律师来负责，但李峋坚持亲力亲为。

他那段时间过于可怕，朱韵不敢打断他，他要什么材料她都拼命地给他弄，每天的生活就像一根拧紧的发条。

她跟他一样，没日没夜地准备资料，强迫自己除了工作不去想任何事情。她全部精力都投放在李峋布置的任务里，却没有注意到他的状况越来越糟。终于，在高见鸿的病还没出什么问题的时候，李峋先一步累晕了。

那天公司只有朱韵和张放，他们都没有在第一时间察觉。

李峋像往常一样窝在椅子里。他就坐在朱韵斜对面，她刚开始以为他闭着眼睛是在思考什么；过了一段时间，她想他或许是睡着了。白天睡觉对李峋而言是很难得的事，她想让他睡得更好一点，去拿小毯子给他盖上。

她尽可能地小心翼翼，不想吵醒他，可不小心碰到他桌面上的笔。笔掉到地上摔出声响，朱韵紧张地看着他，心说他肯定要醒来骂人。可李峋还是毫无动静。

朱韵终于感觉不对劲，李峋白天几乎不睡觉，就算睡也是浅眠，一点风吹草动就会醒。

她碰了碰他，“李峋……”

他没动静。

她晃晃他的肩膀，“李峋？”

他这次倒是动了，身体的平衡被打破，头一偏，身体滑下椅子，重重落在地上。

朱韵吓得魂都没了。

张放也吓坏了，傻傻地站在原地不知道该怎么办。朱韵先一步回神，冲张放说：“快叫救护车！”

朱韵将李峋翻过来，让他平躺在地上。

张放打完电话，过来说：“别……别怕。”

朱韵看着李峋，一句话都说不出。她太慌了，想找人帮忙，她给董斯扬打电话，董斯扬没接。她急得眼眶发红，手忙脚乱又给田修竹打电话。田修竹听完她语无伦次的叙述，说：“你冷静点，等着我，我马上到。”

救护车和田修竹几乎前后脚赶到，田修竹帮着医护人员将李峋抬上担架。

在某个瞬间，朱韵又看到李峋发丝里掺杂的白色。

其实在去年年会的时候，她就已经看到他的白发，而田修竹也很早就提醒过她，李峋的身体状况不太好，但她都没有在意。

他们都没有在意。

朱韵也很久没有好好睡觉了，当年在美国，田修竹为她调整的生活习惯已经完全被扭转。可直到李峋晕倒的这一刻，她才意识到这点。

田修竹来叫她，朱韵条件反射，第一句就是“对不起”。

田修竹扶着她的肩膀，低声道：“别怕，不是大事，应该只是太累了。”

朱韵完全听不进去。

李峋在救护车上稍稍恢复了一点意识，他动了动，朱韵马上蹲到他身边。他似乎觉得很疼，眉头紧紧皱着，脸上全是汗。朱韵靠近他，小声问："是不是不舒服？"

他用了一段时间来分辨声音的来处，意识到是朱韵，缓缓摇头。

朱韵拉住他身侧的手，发现自己的手在轻微颤抖。很快李峋的手掌翻了过来，动作很慢，但思路清晰地反握住她。他的手心有很多汗，但关节尚有力度，无形中化解了她的紧张。

送到医院的时候李峋的意识又有点模糊，但他拉着她的手一直没有松开。直到CT室门口，医护人员要把他推进去检查，他的手还没松。朱韵在他耳边说："李峋，松手。"

不管她怎么说，李峋都不松，他眼睛已经闭上了，呼吸也比平时快很多。

"快松手，你得进去检查。"她又说。

李峋还拉着她，但手指已经没有刚刚有力气了。其实朱韵很轻易就能挣开他，可她不忍。她心里知道应该快点送他去检查，也知道这只是做个CT，不是生离死别，可她就是舍不得挣开。

他拉着她，他在依靠她，他想安慰她。

"松开吧。"田修竹说。

她没有动。

田修竹无言地看着那个满脸是汗、快要昏迷的男人。

最终医护人员拨开了他们，小护士说："家属在外面等。"

# Chapter 08

## 打火机与公主裙

❷

朱韵在等待检查的时候，又给付一卓打了电话，说话时声音抖得厉害。

付一卓几乎是飞着赶到医院。

朱韵见了他也是不停地道歉，她几乎要在一天之内把一辈子的歉都道完了。付一卓抱住她，稳重地说道：“不是你的错，他不会有事的。”

付一卓宽厚的手掌按在朱韵的背上，给了她莫大的鼓励。

今天阳光明媚，晴空万里，是难得的好天气。

在李峋检查期间，朱韵一直在反思着。

为什么在这种安宁祥和的日子，会发生这样的事？

护士拿着检查结果过来，问：“谁是家属？”

朱韵抢在付一卓之前说：“我是。”

护士招招手，“进来。”

屋里有办公桌、护理床、电脑、绿色植物，还有一缸小金鱼……普普通通的医生办公室，现在在朱韵眼里却神圣万分。她恭敬地坐在凳子上，等着医生开口。

医生五十多岁，穿着白大褂，眼睛微眯看着手里的检查结果，半晌悠悠地问：“他是做什么工作的？”

朱韵连忙回答：“IT……”说完怕医生不好理解，解释道，“就是计算机行业。”

医生点点头，了然道："怪不得。"

朱韵看他语气不急不缓，猜测情况可能不严重。果然，下一秒医生就说："你安心啊，没什么大问题。"

朱韵这口气总算咽下去，整个人像虚脱一样靠在椅子里。

"紧张啊？"医生看着她，"你们都这样，全是事后紧张，之前折腾的时候想什么了？"

朱韵："是我太大意了。"

医生说："他现在是颈椎骨关节炎，俗称颈椎病，症状已经很明显了。冲他这肌肉僵硬程度来看，应该算是沉疴旧疾了。要我说你们这个行业真是不要命，年年都得猝死几个。"

屋外的走廊里，付一卓看着医生办公室的门，蓦然开口道："你放弃吧。"

田修竹站在旁边，也看着那扇关紧的门。

付一卓说："她自己都不知道有多爱我弟弟，她在李峋身边跟在别人身边是不一样的。"

田修竹弯了弯嘴角。

屋里。

医生推推眼镜，对朱韵说："这患者肯定经常感觉头昏脑涨，他长时间高负荷工作，大脑根本得不到放松，他睡眠质量肯定也差，没有这么干活儿的。"

朱韵："他经常后背疼。"

医生："废话！你天天保持一个坐姿你后背也疼！"

朱韵被他凶得一抖，说："那他今天晕倒的主要原因是……"

医生一边给她比画一边讲："肌肉疼只是表象，脊椎才是根本。他后背僵硬，血液到肩膀送不上去，但大脑又高速运转，长时间需要高氧、高血气，这么一冲突，不晕才怪。"

朱韵："那该怎么办？"

在医生几番攻势下，朱韵买了一大堆的药和营养品，还办了张医院的理疗卡。

从医生办公室出来，朱韵一眼看到站在走廊里的田修竹。

时间刚好中午。

李峋的情况确定后，朱韵的情绪也稳定了。在阳光照耀下，她整个人像是刚刚从水里捞出来一样，后背都被汗水浸透了。

她看着他，低声说："你说得对。"

田修竹笑道："哪句？"

朱韵："哪句都对。"

——他身体状况不太好，全靠一口气撑着。

——没人有用不完的精力。

——能平静健康过完一生是最难得的。

人总是在大喜大悲之后，才能大彻大悟。朱韵虽还没到悟的境界，却也看开了很多。

田修竹忽然问她："你还记得我们第一次见面的时候吗？"

朱韵点头。

田修竹又说："那时你对整个展览的画都视若无睹，单单看着我的名字那么久，我觉得我们很有缘。"

朱韵此时再回想当年，就像一段梦一样。

田修竹："你知道你最打动我的是什么时候吗？"

朱韵摇头。

田修竹："是找我帮忙给美术馆升级系统的时候。"见朱韵不太懂，田修竹补充道："你在那幅叫《嶙峋》的画前哭。"

她发怔。田修竹笑着说："你是不是以为没有人看见？"

那天他们本来约好晚上七点在美术馆见面，讨论系统设计细节，但田修竹临时有事，去得晚了。等他到的时候，就看见朱韵在那幅画前流眼泪。

她穿了一身偏男款的衬衫，深色牛仔裤。因为天热，她解开了两颗扣子，黑色的长发随意扎着，落下几缕搭在白衣上，显出几分夏日的黏稠。

她双手插在兜里，安静地看着那幅画，安静地流眼泪，完完全全沉浸在自己的世界里。

田修竹对美术馆的画了如指掌，他对朱韵讲的故事也了如指掌。

"那太美了。"田修竹温柔道，"我那时最动心，也最难过。朱韵，我决定放弃了。"他看着她，微笑着说，"我说放弃，你有没有觉得轻松一点？"

朱韵低下头，她手里还拿着开药的账单。田修竹抱住她，本想再感叹几句，却被怀抱里的手感惊到了，"你又瘦了。"

朱韵自己没注意，她不知道自己现在的体重。

田修竹说："为爱拼命很美好，但倒在工作岗位上就不浪漫了，你要注意身体。"

她点了点头。

田修竹忽然觉得有点不舍。世上痴情的女人有很多，可将感情、理想、事业、命运一系列东西捏在一起还扛得住的女人，实在少之又少。或者她其实根本扛不住，她只是拼尽全力在尝试。李峋扮演输送能量的一环，他在，她就有无限的勇气；他不在，她便不堪一击。

朱韵一直是个矛盾的人，既脆弱又骄傲，防备心极重。她习惯于躲闪、逃避、听命于人，直到李峋出现。他从一个奇怪的角度全方位百分百地契合了她的需求，她才能安心张开羽翼，借他送来的东风，一飞冲天。

付一卓说得对，有他没他，她完全是两个人。

田修竹在朱韵脸颊上轻轻吻了一下，"我走了。"

朱韵将田修竹送到医院门口，看着他的身影消失在路的尽头。

她想，这样的事才适合今天的天气。有惊无险的求医，和安静美丽的告别。

朱韵回到病房，付一卓坐在床边陪着李峋，见朱韵进来，对她说："护士给他打针了，说大概十小时后能醒。"

"嗯。"

张放也陪在李峋身边，朱韵对他说："你先回去吧，公司不能没人，这里我留下就行。"

张放收拾了一下准备离开，朱韵提醒他说："董总他们那儿你去说一下，告诉他们没什么大事，就是睡觉太少累晕了。"

张放离开，剩下朱韵和付一卓，朱韵拉来一把椅子坐在付一卓旁边，两人直勾勾地看着床上的李峋。

过了一会儿，付一卓说："你看这像不像遗体告别？"

朱韵啧了一声："你这当哥的能说点吉利话吗？"

付一卓："我小时候就说我弟是块跳舞的料，他非不听，偏要去当脑力劳动者，看看现在弄的，三十不到就有白头发了。还有你，"付一卓又看向朱韵，"都瘦成什么样了？你的看点就是凝脂般白皙柔软的身体，微胖为美，要是瘦成竹签那就俗气了。"

朱韵转头看他，“你说谁胖呢？”

付一卓：“你看我弟都躺在这儿了，你还跟我计较这些。”

朱韵不语。

付一卓叹了口气道：“真不知道你们到底拼什么拼成这样，命都不要了。对你们来说钱应该没那么难赚啊。”

医生原本告诉他们李峋大概会在十小时后清醒，没想到才七个小时他就睁眼睛了。

付一卓去外面买吃的，朱韵经历一天大起大落，心力交瘁，趴在床边浅眠。

等她睁开眼的时候，李峋已经背靠床头，不知在想些什么。

朱韵睡得脸有点麻，她揉了揉，坐直身体。

屋里太静了，灯是惨白的颜色，房间里有医院独有的消毒水的味道。朱韵刚醒，脑子转得有点慢，她缓了一会儿，将手边的检查报告拿过来。就在这时，李峋低声说了一句：“我警告过他。”

朱韵的手顿了一秒，接着将报告递给他。

李峋接过报告，又说：“所以我不会停的，我不会放过他。你不要劝我，我不想跟你争。”

朱韵：“行。”

李峋看着她，朱韵说：“停不停你自己来做决定，但你必须换一个工作方式。”

李峋皱眉，朱韵说：“医生说你颈椎病已经比较严重了，你不能再这么没日没夜地工作，我给你办了一张理疗卡，你要定期来做牵引。”

李峋：“不做。”

朱韵：“行。”

李峋又愣了愣，朱韵说：“不做理疗也可以，我去公司旁边的健身房给你办卡，你一周至少要去三次。两个选择，你自己选。”

李峋重新看向朱韵，觉得她好像在这短短七八个小时里换了个人一样。

朱韵：“选啊。”

李峋凝视她一会儿，无所谓道：“那健身房吧。”

朱韵在心里骂，理疗卡的钱又白花了。

可惜想把李峋的生活习惯掰过来是极其艰难的，李峋对工作以外的事都不上心，信口开河，今天答应的事明天就反悔。

他黑起脸来特别吓人，一般人根本不敢忤逆他，只有朱韵无视他的狂躁症，每周一三五按时带他去健身房跑步锻炼，李峋不去她就直接关他的电脑。

这举动十分危险，很容易激怒他，全公司除了朱韵，谁也不敢碰李峋的电脑。

李峋发火最厉害的时候险些将显示器砸了，但还是没用，依旧被朱韵拉去健身房。后来朱韵还特地向董斯扬申请买了几个新显示器备用，董斯扬竟然也破天荒地同意了。

起初他们吵架的时候，张放他们还很紧张，后来慢慢都习惯了，李峋再怎么吼大家也无动于衷。反正他们知道，等李峋喊累了，还是要去健身房的。

朱韵一边着手改变李峋的生活习惯，一边还要接着做法律准备。李峋听话时还好，他要一倔，朱韵的工作节奏就会大受影响。

董斯扬曾跟朱韵提议："你不如给他介绍个女朋友管他。"

对此提议，李峋和朱韵都装作没听到。

在朱韵的胁迫下，李峋还算锻炼得不错，人一运动起来，整个精气神都不一样了，李峋工作效率更高，骂人也更有劲了。

在本公司项目的法律流程准备得差不多的时候，吉力公司的新游戏《完美女友》开始进行宣传造势。

"够快的。"朱韵站在李峋身边，看着他的电脑屏幕，上面正在播放《完美女友》的宣传视频，吉力最舍得花钱的地方就是宣传，整个项目的投入有六成都落在宣发上。朱韵看着那玩法介绍，冷笑着说："还真让你说着了，一模一样，就换了层皮而已。我们什么时候起诉？"

李峋："不着急，等他游戏上线，大赚一笔再说，让你做的准备都做完了？"

朱韵："早做完了。"

李峋侧头看她，朱韵："干吗？"

李峋勾着嘴角冲她邪笑了一下，风凉地道："没事。他这游戏上线时间选得不错，证监会审核的时候正好是营收高峰期。这段时间你去联系一下其他公司，所有跟方志靖的项目有版权纠纷的公司都跑一趟。他们愿意代理诉讼最好，我们可以承担所有费用；不愿意的话也无所谓，尽可能多地收集证据材料。"

他一句话，朱韵又开始天南海北地跑业务。跟吉力公司有版权纠纷的实在太多了，遍布全国各地，朱韵每次出差前都会找赵腾，叮嘱他帮忙监视李峋锻炼身体。

朱韵不在的时候李峋确实容易偷懒，赵腾不敢打断李峋工作，只能偷偷告诉朱韵，然后等着朱韵千里之外的连环夺命call。

《完美女友》三月底上线，不到一个月的时间营收额就爆了表。结果五一劳动节当天，吉力公司收到了法院的起诉书。

这不是吉力公司第一次收到类似物品，吉力公司收到的律师函都快能订成一本书了，所以他们的法务并没有太当回事。

方志靖坐在办公室里，旁边隔着两个位置是高见鸿。高见鸿神色委顿、皮肤苍白，他手压着太阳穴，似乎在强力地忍着疼痛。

他们面前都放着起诉书的副本，高见鸿说："上面写的是真的？"

方志靖笑着说："算是吧。"

高见鸿放下手，看向方志靖，"你直接用了他的源代码？"

方志靖："没错。"

高见鸿的头瞬间震痛，他闭眼强忍，咬牙道："你为什么不跟我说一声？！"

方志靖："你天天把自己关在办公室里写程序，让你开会你也不来啊。"

高见鸿盯着方志靖，"我们之前最多是扒风格套用核心玩法，你再怎么样也不能直接搬用源代码，几乎原封不动，简直太丑了！"

方志靖不屑一顾道："网上开源的游戏代码多了去了。"

高见鸿怒不可遏："多了去？你以为是《贪吃蛇》《连连看》？！李峋这套东西完全自主编写，上哪儿多了去？照搬源代码，还是现在这种敏感的时候，你胆子也太大了！"

方志靖冷笑着听完，高见鸿看他那样子，头更疼了，额头渗出几滴汗来。

"照搬源代码丑，套核心玩法就不丑了？"方志靖讥讽地反问，高见鸿咬牙看着他。

方志靖冷冷道："高见鸿，你知道你这人最大的问题在哪儿吗？就是干什么都半吊子，好也半吊子，坏也半吊子。去年宣传《七国争霸》，抹黑赵果维的稿件你敢发，说她丈夫收学生礼金的稿子你就私自扣下了，别以为我不知道。"

高见鸿暗压疼痛，说："那是因为这件事本来就是子虚乌有的，而赵果维确实因为授课问题跟其他教授有过不合。"

方志靖再一次冷笑，"哦，那她真不合到我们说的那种程度？"

高见鸿又说不出话，方志靖对于他的哑口无言很是鄙夷："这社会好人也容得下，坏人也容得下，就是容不下你这种半吊子。两边都看不上你，成事不足败事有余！"

高见鸿被气得脸色惨白。

方志靖理了理领口，镇定自若地说："我既然用他的源代码，就考虑过他起诉的问题。我不怕他告，国内现在积压的游戏版权官司打十年都打不完。谁叫我国环境好，用户只看产品，不管别的。我照搬源代码确实有点风险，不过也无所谓，侵权官司成本高、赔偿低，举证还难，小公司根本耗不过我们。你看着吧，不出一个月他们就会撤诉。"他表情坚定，斩钉截铁。

高见鸿听到最后气极反笑，他用食指压着自己的太阳穴，缓缓摇头，"你照照镜子，自己说的话自己都不信。"他扶着桌沿慢慢站起，"我跟李峋共事三年，从没见他放弃过什么。不过我也不会现在就泼你冷水，我很期待看到你'耗死'他的那一天。"

方志靖坐在椅子里阴毒地说道："那你可要好好保重身体了。"

高见鸿最后说："我提醒你一下，他的资金链绝不是飞扬公司那么简单，他有个哥，还有轻红乐队那个主唱，财力都不弱，关键时候都会帮他。"

方志靖："任迪也是你的大学同学，怎么你所有同学都帮他不帮你？"

高见鸿摇摇头，经过一番谈话，他越发眩晕，眼前发黑，扶着墙往外走。

这时门口忽然闯进来一个人，高见鸿险些被撞倒。吴真行色匆匆，一脸焦急。

"老高？"她着急地说，"我听说飞扬公司起诉我们了，真的吗？"

高见鸿被她撞那一下头更晕了，他压低声音对吴真说："跟我回家。"

吴真："都这样了还回什么家，你们开会了吗？事情严不严重，有没有想到处理办法？"

高见鸿忽然大吼："我让你回家！"

吴真被他这嗓子吓得心口怦怦跳，她印象里高见鸿一直是个温声细语的人，还带着点理工科男人的谨慎木讷，从没这样跟她说过话。

她本就着急，被一吼之下火气噌噌往上蹿，刚要吵，方志靖在旁说："你们先回家吧。”他给吴真使了个眼色，吴真压下火，“那走吧，你先在楼下等我。”

高见鸿先一步出门，吴真回头瞪方志靖，方志靖说：“你最近别跟他吵。”

吴真：“你还心疼起他了？”

方志靖：“李峋那边提起诉讼，不知道他是打算弄到什么程度。万一他瞄准的是证监会审核的这段时间，那就有点麻烦了，我们得做两手准备。”

吴真问：“怎么两手准备？”

方志靖往门口看了看，仿佛虚弱的高见鸿还站在那里。方志靖眯起眼睛说：“如果他们真的不撤诉，你老公的病或许能派上用场。”

吴真皱眉，“什么意思？”

方志靖冷笑道：“再怎么说他跟李峋也是老同学，一起创过业，关系非比寻常。李峋对我恨之入骨，对高见鸿却不一定，咱们得留一手。”他看向吴真，“所以你最近别跟他吵，真气死了就坏了。”

又过了一星期，方志靖担心的事情果真发生了。

他从法务那里得知，飞扬的态度跟之前那些状告他们的公司比起来算不上强硬，但他们就是无论如何都不接受庭外和解。李峋和朱韵并没有直接露面，跟吉力接触的是他们委托的一家律师事务所。

法务告知方志靖，飞扬委托的事务所在国内名气不小。

“他们打这官司肯定要赔死了，就算最后真胜诉了，拿到的赔偿金也不够付律师费的。”

方志靖看着法务提交的材料，眉头紧锁，宽大的办公桌上放着烟灰缸，里面插满了烟头。

法务说：“方总您放心，找这么贵的律师，他们坚持不了多久的。不过说真的，他们倒是挺认真，还搞了一堆公司联名，挖了一堆证据，应该都是为了最后的和解要价。方总，我们一定要沉住气，他们根本……”

“闭嘴！”他打扰了方志靖的思考，遭到凶恶训斥。

方志靖越想越觉得这件事落进了李峋的套里。吴真确实够骚、够漂亮，但李峋不是泛泛之辈，哪能这么轻易被偷了源代码。怪他失察，之前“破解”了李峋的加密U盘，他还春风得意，暗暗嘲笑李峋选择的加密方法老土得掉渣，现在想想，全是陷阱。

方志靖憎恨李峋，恨不得将其挫骨扬灰，但他也怕李峋。自从李峋出狱，他就隔三岔五做噩梦，要么梦到第一次竞赛时遭受羞辱的那刻，要么梦到第二次竞赛时眼睛被打瞎的瞬间。不管哪个，他醒来后都如同惊弓之鸟，几天缓不过来。

仿佛老天嫌热闹不够一样，没过多久，证监会要求“聚鑫玩具”补充材料，怀疑本次重组的标的公司未来盈利能力存在重大不确定性。

方志靖也染上头痛的毛病了，他马上联系吴真，让她去找李峋，“我不管你用什么方法，一定要让他们撤诉，我们上市绝不能受影响。让他们开价，和解赔钱我们也认了，先缓下这口气再说！”

吴真也有点紧张了，“不会有大问题吧，我跟他接触下来，没觉得他有太大本事啊。”

“你能看出个屁来！”方志靖怒道，“你记着，找到他和那个叫朱韵的，把高见鸿的病往死里说！”

吴真：“就同学一场而已，那点人情值几个钱。要不……”她一咬牙，“要不我直接陪他几次得了，估计比老高的病好用。”

方志靖心里大骂她脑子是稀泥和的，他一字字一句句叮嘱道：“你别给我节外生枝，就拿高见鸿的病说，有的没的全往他身上揽。我看高见鸿最近几天状态不好，一脸死相，你最好说服李峋能来见他一次，肯定效果更好。”

吴真还是有点担心，“光这个能行吗？”

“这个不行别的就更不行！”方志靖站在窗边，看着楼下川流不息的行人车辆，“他那个姐姐基本就是在他跟前咽气的，他对身边人死一定有阴影。别看他平时行事决绝，其实感性得很，我这次偏押他会手下留情！”

比李峋更早见到吴真的是朱韵。

那日朱韵上班，在公司楼下见到了蓝色的宝马车，朱韵曾在吉力大楼门口见到过这辆车。

她上楼，吴真果然等在飞扬门口。吴真今天是精心打扮过的，波浪发、大长裙，红红的嘴唇艳丽非常。她抱着手臂站在飞扬公司门口，右侧的头发撩至耳后，像是在拍杂志海报。

朱韵走过去，吴真也看到了她，倨傲地说：“李峋呢？”

之前李峋工作忙的时候几乎每天都住在公司，自从被朱韵强迫健身之后，他的生活作息改善不少，晚上也开始回家睡觉了。

“他还没来，你有事吗？”朱韵问。

吴真上下打量朱韵，“你跟他什么关系？”

朱韵：“吴小姐不如直说来意。”

吴真不动声色地翻了朱韵一眼，“我又不是找你。”

朱韵对她也没什么好印象，两人相看两相厌。朱韵开门进屋，吴真也跟了进来，一屁股坐到沙发上。

朱韵接了杯温水，打开电脑，她看了一眼时间，刚刚七点，李峋应该再有半个小时就会到了。

“你们为什么不撤诉？”吴真坐在沙发上问。

朱韵没有回头，反问她：“为什么要撤诉？”

吴真：“你们太蠢了，这注定是个赔本买卖，就算最终胜诉了，拿到的钱也不够付律师费的。”

朱韵：“你还得加上一点隐性得利，譬如你们上市失败带来的损失。”

吴真站起来，“你们果然是瞄着我们上市去的！损人不利己，太阴险了！”

朱韵：“这词我们可无福消受。”

吴真：“做生意讲究双赢，就算吉力上市失败，钱也不会滚到你们这儿来，你们疯狗一样咬着人，有意思吗？”

朱韵敲着键盘不说话。

吴真讨了个没趣，又道：“老高好歹也是你们老同学，你们就一点过往情分也不念，宁可自损八百也要拉着别人垫背，你们怎么这么绝情？”她看着朱韵的背影，哼笑着说，“那么冷血的人怎么只关了六年，关六十年才好。”

朱韵回头，“你再说一遍？”

吴真不甘示弱地拔高声音：“我说他这种人关六十年才好！关一辈子才好！”

朱韵大步走过来，“你给我出去！”

吴真甩开包，瞪着朱韵尖声喊道：“你敢碰我一下试试？！”

朱韵扯着她的胳膊往外拽，吴真没想到她真敢拉自己，上去就是一巴掌，扇在朱韵后脑勺上。朱韵大怒，也不往外赶人了，回身就去掐吴真的脖子，“你在哪儿撒野呢！”

吴真气得眼中血丝密布，一边大骂一边铆足力气抵抗朱韵。

楼道里，李峋和侯宁外加赵腾凑了一趟电梯上来，一开门就听到走廊里的斯打叫骂声。

赵腾蹙眉，“哎呀，这不是朱组长的声音吗？”

他们拐了个弯来到走廊里，看到飞扬公司门口站了好几个人正在看热闹。赵腾先走过去把人驱散了，“你们是飞扬的人吗？都堆在这儿，上你们的班去！”

屋里，朱韵跟吴真打得不可开交，两个女人像疯了一样想置对方于死地。赵腾看得瞠目结舌，马上想要去拉架，胳膊被拉住，他回头问李峋：“不去帮忙？”

李峋流氓兮兮道：“你对你组长有点信心好吧。”

朱韵跟吴真体格相仿，两人都不是干巴瘦的女人，而且吴真的气质比朱韵还更冲一点。不过朱韵从小养得好，力气都藏在白嫩的肌肤下，身体素质奇佳，在起初的混乱过去后，她慢慢占据优势，最终把吴真摁在了地上。

李峋嘴角不自觉地一弯，手松开，让赵腾过去拉架了。

吴真输了一阵，眼睛通红，她看到李峋来了，冲他大喊：“你个卑鄙小人！处处算计别人！”

侯宁反手关上门，李峋走到自己桌边，吴真从地上起来，胸口因为刚刚的剧烈运动大幅度起伏着。

李峋靠在桌旁抽烟，侯宁和赵腾都回到自己座位开始工作，朱韵去洗手间整理了一下，她脖子上被吴真挠了一条红印。

李峋：“方志靖让你来的？”

吴真：“你别管谁让我来的，你开个价吧。”

李峋笑了，“什么价？”

吴真：“这样耗下去，咱们谁也捞不着好。”

李峋轻松地吐出一口烟。吴真看着他，在经过刚刚跟朱韵的缠斗之后，她头发乱了，衣服也脏了，妆也花掉了。本来想着或许能勾他一下，但现在看来行不通，只能用方志靖说的方法了。

吴真捡起自己的包，从里面掏出一沓东西，扔到李峋面前。李峋也不捡，面无表情地看着。

朱韵刚从洗手间出来，听见吴真说：“这是高见鸿的病历，还有他的CT片子。”

朱韵停住脚步。

吴真：“不是方志靖让我来的，我自己来的。我本来不想说这些，但真的没办法了。高见鸿马上要动手术了，现在这样他怎么放得下心，你给我们留条活路行不行？”

李峋沉沉地抽烟，一语不发。

吴真往前半步，“你就当做个善事，老高怎么说也跟你们是同学，我听说你们之前还组队一起比赛过。”

李峋冷笑，“你听谁说的？”

吴真：“不用听谁说，你们三个当年的合影照片他一直留着。”

李峋神色更冷了，“赵腾。”

赵腾从座位上起身，李峋说：“把她送出去。”

赵腾：“好。”他过来送客，吴真到了门口还冲李峋喊：“你跟我们和解吧！周五来公司我们细谈，你见一见高见鸿！你给他一次机会行不行？！”

门再次关上，屋里静悄悄的。

朱韵捡起吴真留下的病历，李峋低声道：“扔了。”

朱韵看他一眼，将病历扔到垃圾桶里。

李峋冷笑着问朱韵：“我看着像好人吗？”

朱韵摇头。

李峋：“那方志靖哪儿来的信心觉得我会配合他？”

朱韵：“你觉得是方志靖让她来的？”

李峋：“当然。高见鸿心气不低，他想跟我正面决胜负，绝对不可能因为生病就向我低头。”

朱韵看着他的脸色，说：“那周五我们也不用去了吧，我这就发个邮件回绝他们。”

“别。”李峋冷漠道，“当然要去，为什么不去？他们既然给我扣上‘卑鄙冷血’的帽子，那我不小人得志一次，也对不起这个名头。”

他说完狠狠掐了烟，转身离开。因为脸过于阴沉，赵腾都没敢抬头看他。

朱韵有点分辨不出李峋的真实想法，她隐隐觉得李峋并不像他自己表现出来的那么愤怒，可她也知道他这口气还没咽下。

朱韵给吉力的法务打电话，告诉他们李峋周五会过去。法务将事情通知方志靖，方志靖听完一松领带，满心的胜券在握。

吴真问方志靖：“或许他只是来嘲笑我们呢？”

方志靖呵呵笑，“李峋不会干这种浪费时间的事，他要真是下定决心拖到最后，压根儿就不会给你说话的机会。他来就说明已经动摇了。”他嘱咐吴真，“周五的时候你跟我谁也别出现，就让高见鸿跟他见面。”

吴真有些担心，“老高那人倔得很，他一门心思要跟李峋较高低，我怕他拉不下来脸。”

方志靖：“这个你不用管，我去跟他说。”

方志靖说服高见鸿的过程非常快，前前后后不过三分钟。

“你要做手术真有个三长两短，吴真怎么办？”这是方志靖开篇第一句话，“人家原来好歹也是个小明星，跟了你，你至少得保证人家衣食无忧吧。公司如果顺利上市，她下半辈子就不用愁了。至于李峋，留得青山在，不愁没柴烧，等咱们缓过这阵再找机会办他也来得及，你千万不能赌气。”

高见鸿什么话都没有说，静静地坐在椅子里，看着窗外。方志靖等了一会儿，只当他默认了。

周四的晚上，李峋临走前对朱韵说：“明早来接我。”

朱韵看向他，“要我陪你一起去？”

他嗯了一声。

当晚朱韵睡得不踏实，她做了个梦。梦见大一刚开学时，她睡午觉迟到了，手忙脚乱地跑去教学楼。从教室后门溜进去，坐在一个不听课只闷头敲程序的男生身边。老师叫他回答问题他也没听见，在她想提醒他的时候，他身旁另一个男生先开了口。

那时午后的阳光很美，很安静，也很温暖。

周五上午，朱韵驱车去李峋的住宿地接他。他跟侯宁住在一起，搬离了一开始的小居民楼，换成了离公司较近的一处公寓。朱韵买了早餐放在车上，李峋看似胃口不佳，没有吃。

李峋喜欢起早办事，他们约在早上八点，吉力的员工都还没来齐。朱韵想起距离上次来这栋大楼已经过去很久了。门口的前台也换人了，见到他们，问道：“请问你们有预约吗？”

李峋冷着脸站在一旁，朱韵上前道：“我们来见高见鸿，约好八点。”

前台打电话确认了一下，对朱韵说：“二位请上楼，高总在六楼会议室。”

朱韵走到会议室门口的时候问了李峋一句："要我在门口等你吗？"

李峋冷笑，"为什么在门口等？你不想进来看看他的表情？"他大步流星进了会议室，朱韵默默跟在后面。

屋里只有高见鸿一个人，他坐在椅子里，看起来精神还可以，不像得了大病，只是脸色有些苍白。

李峋坐在高见鸿对面，点了根烟，好整以暇地等着对方先开口。

高见鸿递过来几份文件，"你们同意和解吗？"他一开口，声音明显能听出强撑的虚弱感，"同意的话我们商量个赔偿金额。你们也不用拖，现在是吉力的弱势时期，你们还能加点筹码。等审核期过了，不管什么结果，我们都不可能跟你们和解。真耗起来，鱼死网破，你们半点便宜也占不着，不如趁着现在赚一笔。"

李峋不紧不慢地抽烟，对他话中的内容置若罔闻，扬扬下巴，"服吗？"

高见鸿薄唇紧抿。

李峋身体前探，又问了一遍："我问你服不服？"

高见鸿咬牙不语。

李峋道："还记得我们上一次在这屋里见面是什么样吗？这一年多盯我盯得开心吗？下绊子下得舒服吗？你拿我当风向标没问题，但你爬山的人不能忘了山有多高。从我们认识的那天起，你就一次也没有赢过我。"

他紧紧盯着高见鸿，越说声音越大，"不管是校内考试还是校外项目，是系统软件还是小小的游戏，你都没赢过我。以前不可能赢，以后也不可能赢！"

朱韵坐在一旁，手放在桌下，指尖因为李峋的话轻轻抖动。她很少见到李峋情绪这么激动的时候，好像每一句话都不容置疑。

李峋："我给过你机会让你选择，你偏要跟我作对。想要和解，可以，你告诉我你后悔没有？"

他每说一句，高见鸿的脸色就更白一分，他紧紧盯着李峋，头部剧痛。

李峋到最后几乎是吼出来的——

"我问你后悔没有！"

他的声音穿透了整层楼，旁边两个大办公室的所有员工都放下手里的工作，还在走廊的人也不敢走了。周围静悄悄的，落一根针都听得见。

高见鸿被他一句话吼得打了个晃，他将手里的文件甩到一边，再不管那些责任和义务，狠狠地按住桌子，声嘶力竭地喊回去——

"没！"

两个男人隔着一张办公桌，面对面对峙，谁也不肯认错，谁也不肯低头。

朱韵垂眸，心跳得极快。

"好！你现在说不后悔我勉强还看得起你！"李峋指着他，最后说，"我记得你之前说过，我单枪匹马爬不了山，你现在把这话记住了——老子从来都不需要爬山，我在哪儿，哪儿就是山顶！"

屋里久久安静，朱韵抬头，惊见高见鸿流出鼻血。她起身，"高见鸿你……"

高见鸿也知道自己的情况，他拿手胡乱一抹，可血怎么也止不住。朱韵看向李峋，李峋还是那副阴狠的表情，见高见鸿流血，他神色似乎更为疯狂了。

高见鸿血擦不干净，干脆也不碰了，手撑在桌边，很快西服和桌面满满都是血迹。他咬牙凝视李峋，说什么也不肯移开目光。

先离开的是李峋，他仿佛受够了这一切，摔门而去。高见鸿在他离开后再也支撑不住，仰头倒在地上。

朱韵拨了急救电话，叫来吉力的员工照顾高见鸿。等她出去寻找李峋的时候，他已经不见踪影了。

朱韵站在路口，周围的路人都向她投来惊恐的目光，一个男孩上前问她："你没事吧，需要帮忙吗？"

朱韵低头，才看到自己手上身上全都是血。男孩想要帮她叫救护车，朱韵摇摇头，轻声说了句："不用了，谢谢。"

朱韵开车回家，换了一身衣服，再回到飞扬已是中午。飞扬的一众员工正准备吃饭，朱韵扫视一圈发现李峋不在，向侯宁打听，侯宁说他一直没回来。

"不是跟你在一起吗？"侯宁皱着眉头问。

朱韵脑子乱，一时没答。

侯宁又道："你把人给弄丢了？"

旁边的张放把他拎回来，"哪儿都有你！朱政委吃没吃饭呢？让老腾给你带份？"

赵腾正在订外卖，询问朱韵想吃什么，朱韵疲惫道："你们吃吧，我不饿。"她去董斯扬那儿请假，"我有点累，今天下午不来了。"

董斯扬坐在真皮大转椅里看着她，"稀奇啊，你竟然请假。"

朱韵："就一下午。"

董斯扬搔搔下巴，道："你们去吉力了？谈出什么结果了？脸色怎么这么难看。"

朱韵摇头，"没什么结果，等李峋跟你说吧。"

朱韵回到家，躺倒在自己的小床上，午后的阳光从窗外照进来，有些晃眼。明明是自己的床，朱韵却觉得很陌生，究其原因，大概是她从不在珍贵的工作时间躺在床上。

她闭上眼睛，想让自己静下来。阳光足够温暖，朱韵渐渐睡着了。等她一个大觉醒来的时候，天已全黑。她站在窗边向外看，天空跟从前一样，一颗星星也没有。

人在醒来的那一瞬间身体最轻，因为大脑一片空白，但很快所有的事情又重新铺满大脑皮层，身体又沉下去了。

朱韵打了个哈欠，临时起意想去看场电影调节心情。她洗了个澡，正擦头发的时候，门被叩响了。

朱韵一愣，回想着自己最近有没有在网上订购什么东西。

"谁啊？"

门外没人应，朱韵向猫眼看了一眼，一道黑色的身影站在外面，低着头。

朱韵瞬间认出来人，打开门，"李峋？"

门打开的一刻，朱韵闻到浓浓的酒味，"……你喝酒了？"

她看不清李峋的神色，但他看起来俨然已经醉了。

"他为什么不后悔？"他低声开口。

朱韵没听清，"什么？"

李峋抬眼看她，"我问你他为什么不后悔。"

他的目光有点吓到她了，血丝密布，双眼赤红。

李峋："他就那么恨我，死也要赢我？"

朱韵说不出话。

李峋看着沉默的朱韵，忽然咧嘴笑了，这样的目光配上这样的笑容，着实癫狂，"他太蠢了，他怎么可能赢得了我！他自己知道，他全都知道……他比你更清楚我的实力，我随便弄一弄，他就吃不消。"因为醉酒，李峋有些语无伦次，他说着说着忽然一顿，看着朱韵，"如果我逼死他，你会怎么看我？"

朱韵："高见鸿得病不是你的错。"

李峋："不是吗？"

朱韵又说不出话了。

不知为何，她总觉得自己很能理解高见鸿，或许他跟她一样，也过过一段死循环的日子。他们三人都曾被同一件事逼到走投无路，李峋被一道铁栏隔绝于世，外面的两人，一个选择逃避，一个选择一条路走到黑。

李峋："你想说什么？"

朱韵摇头。

没想到这个小小的动作却让李峋发火了，他狠狠地说道："把你想说的说出来！别像以前一样什么都让我猜，我现在不想猜！是不是你也站在他那边，觉得我做错了？！"

朱韵没料到他会忽然激动起来，隔壁的门开了，朱韵的邻居是同校研究生，跟朱韵很熟。他戒备地看着李峋，问朱韵："怎么了？"

朱韵摆摆手，把李峋拉进屋，对研究生道："没事，是认识的人。"

朱韵关好门，回头去冰箱里拿了罐醒酒药，倒了两片，拿着水杯过来，"先把这个吃了，你怎么喝这么多？"

李峋盯着那两片药又陷入思考。朱韵操纵机器人一样把药放到他手里，又托着他的胳膊肘把药放到他嘴里，然后把水杯放到他嘴边，"喝。"

李峋醒过来一点，冷冷看了朱韵一眼，一饮而尽。

朱韵接过他喝光的杯子，李峋一屁股坐到床上，低头点了根烟。

窗外夜色浓厚，朱韵站在床边看着他。

"以前我做完一件事，不管成功失败，都会很兴奋，调动积极性去做下一件事。"李峋半根烟抽完，声音低哑地说，"但这次我什么都干不动，你告诉我，我是不是在浪费时间？"

朱韵："我不知道。"

李峋："你觉得还应该继续吗？"

朱韵："这件事你自己决定，旁人没有发言权。"

李峋看着她，"我现在是在问你的意见。"

朱韵静了静，说道："小事我可以帮你决定，但这不是小事。在判断事情走向上你比我厉害得多，我不给你添乱。我唯一一条建议，是希望你在冷静之后再做决定。"

李峋无声地看着她，半晌问道：“如果放他们一次，方志靖怎么算？”

他的天平倾斜了。

朱韵说：“一码归一码。以前你带我们做事，都是盯着那条最宽最准的路，现在却只盯着方志靖。他根本不配你这样做，所以你才会觉得自己浪费时间。”

李峋又点了根烟，低沉地问：“你不想弄倒他？”

朱韵抱着手臂，“你出来前我觉得弄倒他最重要，但你出来后，我觉得你的发展和未来更重要。”

她曾看到李峋在下班后读Oculus（魔环）的VR（虚拟现实技术）报告，也看到过他研究新的搜索算法，但都只是泛泛而过，他没有那么多的时间。

朱韵厌恶方志靖，厌恶得要死，可她更怕李峋陷在一块泥地里。如果他们现在不收手，而高见鸿也真的在此期间不幸离世的话，那将来李峋对待感情恐怕会更偏执。况且以他的实力来说，只做几款小游戏太屈才了。

朱韵说：“江湖不大，圈子很小，我们早晚还有再交手的时候。”

接下来就是李峋漫长的思索时间，他坐了足足二十分钟，最后眉头一紧，小声道：“你给我吃了什么？”

朱韵：“啊？”

李峋眉头越来越紧，手按着胃。朱韵惊讶道：“怎么了？我给你吃的奶蓟精华片，专门醒酒舒肝的，还是进口的啊。”

李峋钻进洗手间狂吐，朱韵重新将药拿出来检查，一点问题没有。她回到洗手间门口，对里面猫着腰吐的人说：“你是喝得太多了。”

李峋吐完在洗手池洗脸漱口，掀起自己的衬衫擦了脸，回身出来，一头栽在床上，脸埋在松软的被子里，精疲力竭。

安静了很久很久，他低低的声音终于从被子里面传来，“跟他们和解吧。”

朱韵看着床上修长的躯体，李峋疲惫地说：“你去跟他们谈，我不去。”

朱韵：“好。”

李峋：“我们接下来要开拓公司规模，你给我狠狠敲他们一笔。”

朱韵：“没问题。”

他接着闷在那儿，看起来还是对这个决定有点不甘心。朱韵去洗手间整理卫生，出来的时候李峋还维持着那个姿势，但呼吸的频率明显慢了很多。

朱韵走过去小心地看，发现他睡着了。朱韵的床头有个小台灯，她将灯调暗，坐在一旁看书。过了一会儿，李峋睡得越来越沉，朱韵尝试将灯彻底关掉，李峋并没有醒。

看电影的安排完全泡汤，朱韵蹭了边躺在床上，感叹着幸亏床够大。李峋一个人四仰八叉地占了四分之三，只剩一条缝。

她没有拉窗帘，天边没星星，可月光很亮，李峋做完了决定，让所有人的心都放下了。朱韵觉得今晚能睡个好觉。

可惜事与愿违，朱韵又做了个梦，梦里泰山压顶，风雨欲来，让人透不过气。她在梦里使劲奔逃，不住地喘息，越喘越压抑，最后她睁开眼……一道黑影压在她身上，挡住所有的月光，气息急促，带着烈酒的余味。

她穿着一条白色的蚕丝睡裙，他的大手蠢蠢欲动。

李峋很沉，夜将男人的力量放大到几近无限，朱韵在思考之前身体先一步滚烫起来。

“……你酒醒了？”朱韵声音颤抖。他扣着她的手腕，用脸摩擦她的脖颈，头发刮在她的脸上，那触感坚实，比她自己的头发硬了太多。

他完全沉浸在深夜带来的舒适里，迫切地触摸她每一寸身体，她下意识地缩紧，却被他把持，动弹不得。

他喝了很多，又没有洗澡，身上味道很重、很沉。朱韵不敢用力呼吸，不敢让他的气味在她肺腑之内安营扎寨。她用仅剩的一点力气扶着他的肩膀，问他：“你酒醒了吗？”

他逆着月光，声音嘶哑，“现在问，晚了……”

他的手托着她的下颌向上，因为醉意，他手下很重，嘴唇贴在她的喉咙上，“我说过，我喝酒你就走不了了。”他听不得朱韵说话，自顾自地嘀咕，“你不是第一天认识我，老子不是柳下惠，你让我进屋之前想什么了。”

进屋前是谈工作，为什么谈到身上来了？

李峋太久没有摸到这种柔软的触感，他像个醉鬼一样沉沉冷笑。

恩怨告一段落。

清清账本，公司给了，人也饶了，折腾一年多，他好像什么都没拿到手。

他到底算赢算输？

他想不出答案，便用力嗅她锁骨的地方，那味道香得他浑身的血都朝下涌。于是他也不再清账了，咬着她，喃喃道：“算了，把你弄回来，我也不算赔……”

他的酒气喷涌到朱韵的脸上，她后背发热，好像跟着一起醉了。

醺意放大了五感，她掌下坚实弹性的触感抵过了一切思考。横跨了黑暗沉寂的数年，他的身体带着一股禁欲的性感，让人忍不住抛开一切顾虑。

无所谓理性，也不管后路，春宵一刻。

她记得当初是他说，有些话不能酒后说，有些事不能酒后做，轮到他就不适用了。别人不能耍酒疯，轮到他就可以。

朱韵抬手在他背上狠狠抽了一下，她的动作让李峋暂时停下。

黑暗中，只余两人的喘息声。

不知过了多久，他忽然问了句："你想我了吗？"问完不等朱韵说话，马上又道："算了，不重要。"他手向下，先捏了捏她的腿，再捏了捏她的膝盖，然后整个人压在朱韵身上。他的嘴贴在她的脸边，因为情绪激烈，他每次呼吸幅度都很大，胸腔、腹部，一下下挤压着朱韵的空间，让她喘气越来越困难。

"都已经这样了，你总归不烦我。"

他最后这句推论让朱韵在黑暗中如同火烧。

冲、动、是、魔、鬼。

这是朱韵五点钟睁开眼睛时第一句涌入脑海的话。

她轻轻转头，看到某人盖着被子趴在一旁，只露出肩膀和小半张侧脸，被子因为他的呼吸均匀地一起一伏。

床单上一片狼藉，屋里空气也不好，弥漫着一股宿醉男女的味道。朱韵脸上滚烫，小心翼翼地掀开被子下地，偷偷拿了浴巾进洗手间，把门关紧。

这个时候他要是醒了，她真的不知道要说什么。

他们昨晚算啥……

藕断丝连？

李峋不是这么缠绵的人。

重归于好？

过程未免太不正规。

难道只是都市男女在寂寞深夜约了一炮？

朱韵头痛欲裂。

热水从淋浴器里倾泻而出，洒在她的身上。她清洗着自己的身体，却又觉得不管怎样都不可能洗掉他的味道。

地上水珠淅淅沥沥，头顶的热气挥发蒸腾。

她想起刚刚临进洗手间时看到的他的睡颜，他衣冠不整趴在床上的样子能柔软所有人的心。

李峋对她而言是个特殊的存在，抑或每个人的生命里都曾有过这样一个人，他跟所有人都不同，世间没有任何理论可以阐明他，也没有任何道德能够束缚他。在她的世界里，他站在金字塔的顶端，是一切的参考。

水流滑下她的身体，她想起柏拉图曾提出的假设："原来的人都是两性人，自从上帝把人一劈为二，所有的这一半都在世界上漫游着寻找那一半。爱情，就是我们渴求着失去了的那一半自己。"

他拥有她缺少的一切——信心、勇气、力量、自由。

他不像她那样容易迷失沉沦，他永远有坚定的方向，永远不会怀疑自己。

朱韵迷恋跟他在一起的感觉，那让她觉得自己也能鼓起勇气面对一切艰难。

洗着洗着，被热气一熏，朱韵的眼眶蓦然发酸。

在李峋出狱之后，一直到昨夜之前，朱韵都尽量克制着自己不要去想那些谈情说爱的事，她将帮助他的事业放到第一位。就像高见鸿最开始说的，他们现在不是大学生了，所有的拼杀都是真刀真枪。而拼得久了，朱韵有时会觉得跟他真的只是同事了，觉得自己已经成熟到就算哪天李峋真的跟其他女人在一起了她也不会眨一下眼睛。

她太看得起自己。

女人永远都不会知道自己能脆弱到什么程度，除非碰到唯一的那个男人。

朱韵关掉淋浴，拿着浴巾，纤细的手指捂住自己的脸。

她不想昨夜只是个插曲，她不想那只是李峋醉后找人发泄，她希望那是他在清醒状态下做的决定，也希望他是以珍惜的态度来对待她。

她希望他们还可以有后续。

朱韵使劲擦了擦脸，换好衣服。

推开浴室门，李峋正靠在书桌旁抽烟。

朱韵定住，她不知李峋什么时候醒的，他手里的烟已经抽了一半了。清晨的光从他身后照进来，温柔地抚摩着他的背。他刚醒，还有点迷糊，本是盯着床边的台灯发呆，听到动静，转过头来。

他声音沙哑地说："我喝完酒，第二天脑子反应慢。"

朱韵站在五米之外看着他。

"我从来不跟女人表白，以前我喜欢上谁，总会想办法让她自己找上门来。”他的语调跟这清晨很像，平静，又稍稍带着点倦怠。

“但我现在没那么多精力了。”他放下烟，看着她，“咱们也认识很久了，我就单刀直入问了——朱韵，以前爱怎样就怎样吧，你要不要重新跟我一次？”

朱韵在听到他这句话的时候，有种走到人生彼岸的感觉。

他总是不按常理出牌，你永远猜不出他下一秒要干什么，只有等他真正干出来的那刻你才会意识到，他选择的时机是多么准确，多么完美，多么不能拒绝。

“如果……”在李峋刚要再说点什么的时候，朱韵忽然以迅雷不及掩耳之势爆吼一声——

“要！”

李峋：“……”

这一嗓子来得太突然，李峋手里小半截烟灰直接被她喊折了。

朱韵攥着浴巾的手力道惊人，她根本控制不住自己的情绪。什么委婉、成熟、矜持，此时全是狗屁，机不可失才最重要，她不能给他后悔的机会。

“要！我要！”简简单单的词说得朱韵心潮澎湃，她极力克制自己，“我要跟你在一起——李峋，咱们和好吧！”

李峋一顿之下，神色又轻松起来。他晃回桌旁，把最后一小段烟放到嘴里，幽幽道：“原来表白是这种感觉……”

她目不转睛地看着他，听他欠兮兮地说：“真他妈简单。”

朱韵看他得意的神态，心里怦怦直跳，还搞不清这到底是现实还是梦境。她鼓起勇气过去抱住他。她穿着平底拖鞋，耳朵刚刚贴在他锁骨的位置。她能听到他强有力的心跳，比自己稳重得多。

李峋轻笑，喉咙微微震动。他没有回抱她，心安理得地享受她奉献的温柔。

“想我想得快疯了吧。”他说。

朱韵嗯了一声。

李峋不可一世地笑。

他的烟不知何时已经熄灭，腾出一只手，托着朱韵的下颌让她抬头。

“你是不是觉得自己安安分分的同事形象塑造得不错？”距离太近，他的掌控力更强了。朱韵刚刚洗完澡，脸蛋白里透红，小巧柔软。李峋淡淡道：“可惜你一看我就露馅。你不找我复合，是不是怕我拒绝之后就连同事都没的做了。”

光从后面照过来，在他的轮廓上镶了一层淡淡的金边，她看得清他脸颊上每根细小的绒毛，他也看得清她眼中每缕虔诚的爱意。他靠得越来越近，最后的声音隐匿于唇齿相贴处，“其实你不用怕，只要你开口，我也就答应了。”

他们准备在晨曦之中忘情亲吻，说是“准备”是因为最后一刻停下了。朱韵推开他，说：“你先去洗个澡吧。”

视觉确实诱人，但味觉实在难忍。

李峋懒洋洋地翻了一眼，从她手里拿过浴巾，进了洗手间。

门关上，朱韵听到淋浴的声音，她一头倒在床上，裹着被子翻来覆去滚了好几圈，幼稚得像个中学生。

手机响了，是邮件提醒。朱韵拿过来一看，是吴真以个人名义发来的，上面有几张医院的检查表。

李峋冲澡速度很快，他没有换洗的衣服，直接将浴巾围在腰上出来。

说实话他的身体比邮件有看头得多，但这种时候朱韵觉得还是应该展现一下自己的敬业心，“吴真发来的，高见鸿的手术时间定下来了，她这是催我们呢。”

李峋用浴巾围腰，拿了条朱韵的手巾擦头发，“催就催吧，反正已经决定和解，再跟他们计较这些事也没什么意思了，能快就快吧。”

朱韵：“那我等会儿就去跟他们谈。”

李峋嗯了一声，“董斯扬要搞装修，然后要招一批新人。”他拿下毛巾，随手拨了拨发梢，“等董斯扬这阵折腾完，我打算拉一轮投资，你有什么想法？”

朱韵惊讶，“你终于要拉投资了？”

李峋瞥她一眼，勾了勾手指，朱韵凑过去坐到他身边。李峋按住她的脑门儿，胳膊稍一用力，朱韵像个不倒翁一样躺倒在床上又弹了回来。

朱韵捂着脑门儿，“以我们的团队，想找融资很简单，就看你想找什么样的。”

“哟，”李峋调笑道，“从去年年底开始就是互联网创业公司的融资寒冬了，朱大小姐这么信心满满。”

朱韵：“我信心再满也比不过你。”

李峋又冲她勾手指，朱韵这回不上当了。

“之前《花花公子》上线的时候就有很多投资方来找我们，不过都是往游戏方向发展，都被你回绝了。”朱韵说。

李峋：“宁缺毋滥。我们要做的行业需要投资方有很强的实力，不仅是财力，还有其他资源。最好是根深蒂固的大集团，能够渗透到各个领域。”

朱韵："你心里是不是已经有想法了？"

李峋看她一眼，"开互联网大会的那个地方你觉得怎么样？"

朱韵顿了顿，"华江集团？"

华江集团建立于上世纪八十年代中期，经过几十年的发展，逐渐形成了由商业、文化、金融等领域共同组成的庞大帝国。在去年评选出的"中国民营企业500强"里，华江集团位列第五。其创始人、今年64岁的企业家姚乃贤曾经四次被评为中国年度经济人物。

朱韵："华江集团最近有投过什么互联网公司吗？"

"没，但是应该快了，这是大潮流。如果他们没兴趣，为什么要揽下互联网大会和政府的颁奖典礼。"他捏了捏她的手，"你怎么这点嗅觉都没有？"

朱韵被他捏得浑身舒爽。

李峋淡淡道："我们选这条路没有那么容易，小公司赔不起，投资人一定要有眼光、信任和耐心。"

他一边说一边拉着朱韵坐到他的腿上，他们的手拉在一起。他静静地看了她一会儿，低声说："我们也需要这些。"

官司的后续是朱韵处理的，她只向李峋汇报了最简单的结果，吉力赔偿和解金一千二百万。

李峋似乎对这个数字不太满意，朱韵说："对于游戏行业来说，这已经算是天价了，国内很少有手游侵权案件能赔付到千万以上。"

李峋鼻子不是鼻子、眼睛不是眼睛地哼了一声。

处理和解速度很快，朱韵想快点解决这件事，也好让飞扬公司可以彻底鼓足劲往下发展。而吉力为了证监会的审核更是着急，方志靖难得大气，连合同都没签好就已经拨款，打钱到飞扬的账户上。他不敢直接露面，让法务催着朱韵快点撤诉。

在两边共同的火急火燎下，只用了四天，事情就基本办得差不多了。

签完和解协议书的当天正好是周六，朱韵从吉力大楼里出来的时候天色正好，蓝天白云，绿草青青。她在门口做了几个深呼吸，委托的律师团队负责人来到她身边，跟朱韵握了握手。

朱韵："张律师，辛苦你了。"

张律师三十六七，国字脸，面粗身细，声音浑厚，"朱经理别这么说，受人之托，忠人之事，事情能圆满解决是最好的。我听说飞扬公司要拓展规模，公司要做大，法律团队一定不能少。”

朱韵：“如果有需要，我会联系你。”

张律师笑着对朱韵说：“我们服务过很多创业公司，但没有一个能比得上飞扬。如果朱经理将来要找法务代理或者咨询顾问的话，我很乐意效劳。”

张律师离开后，朱韵又在路口站了一会儿。她临走前最后回头看了一眼吉力大楼，看到楼顶最上方悬挂着的“L&P”的巨牌，感慨万千。

这座大楼里的所有人，都不知道“L&P”的真正含义，他们永远不会知道这个牌子里蕴含了多少热情和理想以及多少情意绵绵的岁月。

手机响起，李峋打来电话，朱韵告诉他和解书已经签完了。

“你现在在公司吗？”朱韵问道。

李峋：“不在。董斯扬正在弄装修，现在公司乌烟瘴气，根本进不了人。”

朱韵：“要不出去吃顿饭吧，庆祝一下。”

李峋冷笑道：“庆祝什么，庆祝公司被人抢走了？”

朱韵：“……”

李峋低沉阴狠地说道：“从小到大只有我抢人的份儿，没有人抢我的份儿，这账我记下了。”

李峋大部分时间都是风驰电掣雷霆万钧，只有极少情况下会像个小孩，对于没达到自己目的的事耿耿于怀。

朱韵劝慰他说：“这段时间公司装修，你也休息一下。你现在在哪儿，我等下回家，你要不直接在我家等我？”

李峋懒洋洋道：“行啊。”

自从他们那一炮打响之后，朱韵行动迅速，将住宅钥匙新配了一把给李峋。

朱韵放下电话开车往家走，赶上堵车，她满脑子想着等会儿带李峋上哪儿吃饭。李峋对于吃喝完全不在意，她从没听他特意提过喜欢吃什么。

就在她盘算着家附近哪里有不错的饭店时，手机又响了，朱韵下意识以为是李峋来催，看也没看直接接通，“堵车了，你再等我一会儿。”

“等谁？”

朱韵听到电话里的声音，手掌瞬间紧了起来。

母亲声音平静地问：“你让谁再等你一会儿？”

朱韵一惊之下都忘了看路况，前面好不容易松了几米，后面的车狂按喇叭催促，朱韵慌忙把缝隙堵上。

她太了解自己的母亲了，一听那语调就知道肯定出事了。

母亲："我看网上说田画家回法国开画展了，你怎么都没跟我说？"

朱韵用手掌搓了搓方向盘，低声道："妈，我有点事要跟你说，等我下次回家……"

"不用下次了。"母亲打断她，"不劳驾你回去了，我就在你租的房门口呢。"

朱韵："什么？"

母亲淡淡道："你慢慢开车，不着急，咱们确实应该好好聊聊了。"

她说完挂断电话，看向面前的人。

门开着，李峋站在门口，他原本是在屋里一边看书一边等朱韵。

朱韵母亲放下手机，对他说："李先生，我跟我女儿谈话，你也要听着？"

李峋没说话，回身拿了那本没看完的书准备离开。朱韵母亲叫住他："钥匙呢？把钥匙留下。"

李峋回头，将兜里的钥匙拿给她。朱韵母亲接过钥匙装在包里，又说："李先生，这是我们第一次见面，我给你留足面子。我希望你能适可而止，朱韵是绝对不可能跟你在一起的。"

李峋道："你可以提你的条件。"

朱韵母亲面容严厉，"我的条件就是你再也不要出现在我们的生活里。朱韵从小听话，自从你出现后她就像中了邪一样，我们全家都被折磨得不成样子。好不容易消停几年，想不到你又出现了。李先生，你真成了我家的劫数了！"

朱韵母亲跟朱韵身形相仿，保养得当，能看出年轻时候是个美人。她从事教育工作多年，有股浑然天成的刻板气质，说一不二，"我不管你有什么打算，我也不想跟你吵，你自己跟她分开。我们家只有这么一个孩子，不可能交给你。"

李峋站在几米开外的地方，听完了她的话，静了好一会儿，最后说："你是她妈妈，你的话不管我愿不愿意都得听完。"他看着朱韵母亲，缓缓地说："我说了你可以提条件，我会尽力满足，这是我唯一能答应的。"

朱韵母亲见李峋油盐不进，神色一冷，"提条件也可以。我们家对女婿要求也不高，家庭美满、门当户对就行。我不求你大富大贵，但朱韵从小很乖，基本没有犯过错，要求对方出身清白也是理所当然吧。”

李峋静静地看着她，朱韵母亲又道：“等李先生什么时候抹去自己档案上的污点了，再把父母请来，到时我们两家坐一起好好谈谈这个问题，你觉得怎么样？”

李峋听完，笑着摇了摇头，转身离去。

# Chapter 09

## 打火机与公主裙

❷

半个小时后，朱韵赶回家。她到家时门还敞开着，朱韵小心地进去，看到母亲端坐在书桌旁，手边是她带来的一堆慰问品。

朱韵：“怎么没关门呢……”

母亲看过来，“还需要关门？你这屋不是谁都能进吗？”

朱韵被噎得一哽，她给母亲接了杯热水，母亲一口未动：“他什么时候出来的？”

朱韵：“挺久了。”

母亲：“他一出来就来找你了？”

朱韵：“……”他要一出来就找她还好了呢。

“不是。”朱韵说，“是我去找他的。”

母亲拍案而起，“朱韵！”

今日天气不错，风和日丽。

朱韵预想过很多次这件事暴露后的情形，等真的到了这个节骨眼儿，她发现自己的状态比预料的好很多，甚至都没怎么紧张。她得感谢老天将时间安排得这么巧妙，不久前她跟李峋重归于好，这件事带给她的力量远远超乎她的想象。

她对母亲说：“妈，我们心平气和地谈一下吧。”

朱韵跟母亲讲了李峋出狱后的事情，包括他们一起在公司创业，还有未来的发展方向。母亲刚开始时怒火中烧、瞋目切齿，随着朱韵将漫长的故事讲完，她已经气得维持不住脸上的神情了，闭着眼睛，一手撑着头，不住地摇晃，“朱韵，你太让我失望了。”母亲声音抖动，显然被刺激得很厉害，“你为了这么个人，连爸妈都骗，我还真的一直被你蒙在鼓里。你听清楚，家里不同意！放几年前我们就不同意，更别说他坐了这么长时间的牢了！”一提李峋坐牢的事，母亲又是一阵急火，“坐牢，天哪……我们家什么时候跟这种人来往过？朱韵你真的胆大包天了，什么人都敢接触！”

朱韵：“如果一开始不认识，那这种情况的人我是肯定不会理的。”

母亲：“你认识他又怎样，能掩盖他坐牢的事实？”

朱韵：“我认识他，所以我知道他不是那样的人。妈，他坐牢是事出有因的，方志靖是什么样的人你也清楚。”

母亲厉声道：“方志靖品质再坏也有限度！你别以为我不知道当年发生过什么，如果不是他先在比赛里坏了规矩，他们能结下仇吗？他自己行事偏颇祸及亲人，想往谁身上怪？”

朱韵静默几秒，说道：“当年我们都有错，所有人都付出代价了，李峋确实性格很极端，但他现在已经在改了。”

母亲：“江山易改本性难移，他改也改不掉多少！”

“没错。”朱韵认同地点了点头，她看着母亲，认真地说，“他怎么改也改不掉骨子里的那股劲，所以不管时隔多久，我总是那么轻易爱上他。”

母亲被朱韵发言的语气神态震惊了，她难以置信地看着自己的女儿。

阳光透过窗户，轻轻地落在朱韵的发梢、肩膀，温柔地鼓励着她。

朱韵有时会觉得这世界就像是个战场，每个人都在其中挣扎，有人战死了，有人放弃了，有人还在战斗着。

战斗需要强大的实力和勇气，她没有那么大的本事，她只能做一个追随者。

“妈，你还记得吗，当初我最难受的那段日子里，你跟我说过，我之所以觉得他好，是因为我见的人太少。现在这么多年过去，多优秀的男人我也见过了，可再没有哪个人能像他那样吸引我，一个都没有……”

那天朱韵跟母亲谈了很久很久，母亲临走前对她说：“朱韵，只要我还活着，这件事你就别想。”

她勒令朱韵马上辞职，跟李峋分开。她把手机放到朱韵手里，让她打给李峋。朱韵说：“我现在打电话只能问他想吃什么。”

母亲严厉地盯着她，“你不听我的话？”

朱韵静了静，低声说：“妈，我已经不是学生了。”

母亲愤然离去。

母亲离开后朱韵灌了几大杯的水，她一下午说了太多话，口干舌燥还没有结果。朱韵猜测母亲接下来可能会给她物色新公司和相亲对象。母亲一直自持身份，干不出一哭二闹三上吊的事，而自己也快三十岁了，有足够的生活资历和财政自由，母亲再也不能用将她锁在房间的方法来限制她。

这么一想，朱韵又觉得压力没有那么大了。

窗外夜幕降临，朱韵想念李峋，开车直奔他的住处。侯宁开了门，他也因为公司装修没有上班。

侯宁穿着旧旧的T恤衫，看着朱韵说：“我们没叫外卖。”

朱韵：“……”

她拨开侯宁往屋里进，侯宁在后面嚷：“有人非法侵入住宅！李峋快跑！”

房子面积不小，百十来平方米，开阔的简装房，地上堆着几个懒人沙发，李峋正窝在里面看书。

朱韵走过去，弯腰盯着那本书，“这书好像是我的啊。”

李峋头也不抬地说：“你有什么证据证明是你的？”

朱韵想了一会儿，说：“没有。”

他抬手捏了捏她的下巴。

侯宁在后面说：“咱们能别这么旁若无人吗？”

李峋隔着朱韵看向侯宁，侯宁接收到他的目光，皱了皱眉，想说什么，嗫嚅几下，还是收拾双肩包出门了。

门一关，屋里重归平静。朱韵坐到另一个懒人沙发里，问李峋说：“公司装修得怎么样了？”

李峋目光落回书上，说：“还得一段日子，正好旁边两家公司黄了，董斯扬把房子一并租来了，一起装修。”

朱韵：“那家快递黄了吗？”

李峋瞄了她一眼，“你想搞黄它？”

朱韵：“他们每天在门口堆太多东西了，每次消防检查我们都跟着一起被罚款，整层楼的人都希望他们搬走。”

李峋挑了挑眉，手里又翻过一页书，“再有半年吧，这层就都归我们了。”

朱韵悄悄努嘴，她最喜欢看他漫不经心做决定，比他说情话时更诱惑，举手投足间的自信全化成了风月。

屋里又重归安静，只剩一页一页的翻书声。过了好一会儿，朱韵轻轻开口："我妈跟你说什么了？"

李峋："没说什么。"

朱韵静静地看着他。李峋又看完一页书，抬头笑道："你妈可比你厉害多了，怎么把女儿教得这么𡲢？"

朱韵不满意，"谁𡲢了？"

李峋耸耸肩。朱韵说："我妈一直当老师，当了几十年，思想很顽固。如果她话说得过分了，我替她跟你道歉。"

李峋再次从书里抬眼，神色有点轻佻。他冲她勾勾手指。朱韵费力地从懒人沙发里撑起，刚靠近，就被李峋一把拉住手腕，她失去平衡叠在他身上。李峋捏着她的脖子，朱韵感觉到一股温热阳刚的气息靠近自己。他的声音若有若无，搔得她的耳朵奇痒无比，"公主殿下，是不是又把我当豆腐做的了？"

她明知道他在逗她，还是沦陷了，浑身上下都不由自主地配合。他捏着她，揉着她，百般把控着她，深蓝色的懒人沙发随着他们的动作变换各种各样的造型，最后像泥沼，把他们整个裹在里面，完全吞噬了。

帆布里的填充粒子在耳边沙沙作响，朱韵被李峋压在身下。他把书扔到一边，埋头亲吻。

没有陷入工作的李峋味道很好，她猜他白天应该洗了澡，身上竟有种年轻时的清香，但胡子没刮干净，磨得她的脸疼得要命。

而现在，疼也是好的。

失而复得的感受，让他的一切都成了好的。

她开始觉得他什么味道她都喜欢，就像在品尝不同度数的美酒，有时酒饮微醺，欲醉还醒；有时昏天黑地，烂醉如泥。哪种她都接受，只要是这个牌子。

"你总闻什么？"他察觉到她的小动作，离开一点，两人鼻子贴在一起，"以前你就喜欢闻我，属狗的？"

朱韵拿膝盖顶他以示不满，刚好蹭到他蓄势待发的位置。

李峋一手按住她，一手解腰带。

短短几秒钟的工夫，周围荷尔蒙指数飙升。朱韵感叹年长的好处，抛开了所有小资小调，办起事来只求高效。他们脱得精光，肤色一个雪白，一个暗沉。折腾了一阵，他们都发了一身汗，搂在一起腻腻歪歪。

没过一会儿，他们已经分不出哪一滴汗水属于谁了，李峋长出一口气，准备干活儿。

说是“准备”，是因为他们又被打断了。

朱韵手机响起，她本没打算管，想着等它自动消停。可它一直响、不停响，响到最后手机没消停，李峋倒是消停了。他懒洋洋地翻了个身，躺在沙发里，随手摆了摆，示意她先接电话。

朱韵越过他的身体，从地上捡起包，没想到竟然是高见鸿的手机号。

朱韵狐疑地接通，里面传来女人的声音，“请问是朱韵吗？”

朱韵嗯了一声：“是我。你是哪位？”

女人说：“您好，我是二院肿瘤科护士，请问您认识患者高见鸿吗？”

朱韵直起身，沙发里的李峋瞥过来一眼，“认识。怎么了？”

“是这样的，今晚他要做手术，现在已经做完准备了，但患者说什么也不肯进手术室，他说想要见您一面。”

屋里很静，电话里的声音十分清晰地传出来。朱韵看向李峋，李峋神色不明。

护士说：“……您看，您要是方便的话……”

朱韵没作声，等着李峋示意。李峋起身，赤着身体去桌旁拿烟，点完火，把打火机扔到桌上。朱韵对着电话小声说：“好，我马上就到。”

挂断电话，屋里一时又静下来。朱韵低声说：“他为什么这个时候想见我？”

李峋：“不知道。”

朱韵看着他宽阔的背，“你要去吗？”

李峋回头，“他是叫你去，你问我干什么？”

朱韵拿着手机，看着李峋黑沉的眼睛，说道：“你别告诉我你看不出来。他这个电话是想打给你的，他想见的是你，只是不敢说。”

李峋又转回头，留给她一个后脑勺。

朱韵开始穿衣服，她穿得很慢，给李峋留出充足的时间来思考。等她最后一件衣服穿上，李峋这根烟也抽完了，他掐灭在桌上，“你去吧，我在这儿等你。”

朱韵披着夜色驱车前往医院。

李峋不去的结果并没有太出乎她的预料，虽然他饶过吉力这一次，但更多的是为了解放自己。李峋性格格外执拗，他内心有一杆属于自己的标尺，高见鸿已经被他归在尺度之下。他曾给过高见鸿机会，可高见鸿践踏了他的心意。

李峋不是一个宽容的人。

医院里充斥着消毒水的味道，朱韵来到肿瘤科，找到那位联系她的护士。小护士年纪不大，领着朱韵往病房走，一边走一边抱怨："说什么就是不肯做手术呀，疼得都快晕过去了。"

小护士正说着，走廊里忽然传来争吵的声音。小护士眉头一皱，加快步伐。

病房门口，一个老人正跟一个年轻女人厮打。朱韵远远看过去，那波浪的卷发、长长的裙子，不是吴真又是谁。

老人六十来岁，跟吴真比起来体格消瘦，她在气头上，扯着吴真的衣服，眼红耳赤，"有你这么做人的吗？丈夫还躺在病床上，你就满嘴都是钱！"

吴真拼命推她，"你别碰我！什么满嘴是钱，你能不能听明白别人怎么说话！我问他公司股权处理的事，这都是为了家里好，你还怪我？！"

那位老人应该是高见鸿的母亲，她嘴没有吴真利索，只能手下更用力地攥着。

小护士冲过去拉开她们，"你们家属注意点！这里是医院！"她严肃地说，"还有其他患者在住院，如果你们不能保持安静，就请离开。"

吴真第一个看到朱韵，她气喘吁吁地拨开高见鸿母亲的手，高跟鞋咚咚地往外走了。高见鸿的母亲捶胸顿足，病房里走出高见鸿的父亲，过来安抚她。

高见鸿的母亲伤心欲绝，"我当初就说不能找这种女人当媳妇，就是引祸进家！现在好了，扫把星，从她嫁进来见鸿哪过过一天舒心日子，每天拼命赚钱给她花，结果她就这么回报我们，就这么回报！见鸿还得了病！全都怪她！都怪她！"

高见鸿的父亲情绪没有那么激动，他扶着自己的老伴儿，说道："现在就别说这些了，你也小声点，让孩子听到压力更大了。"

他抬眼，看着朱韵，说道："你是朱韵吧？你也长大了，跟照片里都不像了。"

朱韵："您认识我？"

高见鸿的父亲说："认识，你们以前大学的时候比赛照的照片，他一直都留着。那阵他总提你和那个姓李的孩子，后来就不说了。”他的语气沉痛又衰弱，“你进去看看他吧。孩子，叔不知道你们发生过什么，但叔求你，都到了这个地步，你一定让他宽宽心。”

朱韵看着这对年老体衰的夫妻，点了点头，低声道：“我知道，放心吧。”

朱韵进了病房，高见鸿的父亲在后面帮她关上了门。

门一合上，所有的纷乱嘈杂都不见了。单人病房的配置很好，墙面是浅浅的粉色，窗台上也摆着植物，整洁温馨。

高见鸿躺在病床上，朱韵第一眼见到他，感觉有些陌生。为了做手术，他的头发已经全部剃掉了，鼻子里插着管子，脸颊消瘦。

他很虚弱，但意识还清醒。他看着朱韵进屋。

“他不肯见我。”他插着鼻管，说话很轻、很慢。

朱韵走到他身边，说：“你不要多想，安心做手术。”她站得近，高见鸿看她的视角有些费力。朱韵拿过旁边的凳子，坐了下来。他的视线也随之落了下来。

“吴真跟我妈吵起来了？”他低声问。

朱韵：“就说了几句，没什么大事。”

高见鸿：“我妈总觉得，是吴真给我带来了厄运……人遇到不顺的事，总要找个怪罪的对象。”

朱韵还是那句话：“你安心做手术，其他的事都等痊愈后再想。”

高见鸿看着天花板发呆，过了好一会儿，他缓缓地问：“你们为什么要撤诉？”

朱韵：“这是公司所有人共同的决定。我们得考虑以后，如果消耗太大，得不偿失。”

高见鸿听着，轻轻摇头，“不，你不用安慰我，没有什么共同决定，自始至终只有他能做决定。”

朱韵静默。

高见鸿喃喃地重复着：“从来就只有他能做决定……”

高见鸿眉头皱起，看起来有些不舒服。朱韵连忙起身，“我去叫医生。”

高见鸿出声费劲，从被子里伸出手，拉住朱韵。

他紧紧看着她，脸色发青，“他还不如狠到底，这样我死也死得有缘由。现在这样算什么？”

因为头发被剃光，高见鸿头颅上的血管更为清晰可见，他强忍着疼，头上渗出汗珠来，“你告诉我现在这样算什么？他是原谅我了？”

朱韵扶着高见鸿的胳膊，“你冷静一点。”

高见鸿摇头道：“他不应该原谅我，我是真的想将他踩进泥土里，让他永世不得翻身！”

窗外刮起了风，夜的黑铺天盖地。

高见鸿攥着朱韵的手腕，力道奇大，朱韵不敢推他，也不敢太过刺激他，就那么静静地看着他。

久而久之，高见鸿的手慢慢松开了，他脱了力，躺了下来。

他说：“但一开始我就知道要失败。我知道我赢不了他，他也知道，你也知道……”

听到这儿，朱韵终于问了句：“那为什么明知道赢不了还要跟他比？”

高见鸿没有回答，他好像在回忆。许久后，他说了一句：“是我告诉张晓蓓的。”

朱韵没听懂，“什么？”

高见鸿喃喃道：“那天晚上我喝醉了，我太生气了……我甚至都不知道他有个姐姐。他什么都没有说过，我们对他而言根本无关紧要。我太生气，我下了那么大的决心，放弃所有机会去跟他干，他就那么轻易放弃了。我知道张晓蓓恨李峋，我也知道她认识很多媒体，我就打电话给她。我把李峋所有的事都告诉了她，我还说他故意勾引领导的女儿。”

朱韵立在一旁，乍闻陈年旧事，神色恍惚。

高见鸿自顾自地说：“等我酒醒的时候，新闻已经发出去了。我不知道他判那么重的刑跟舆论有没有关系，那时我很害怕。”

他一直碎碎念着，声音很轻，也不管朱韵听不听得到。

“……这件事我谁都不敢说，我一直想忘了，但总忘不掉。我总是梦到我们三个一起去蓝冠公司的那天，其实那天我也紧张得想吐，但你比我先吐了。只有他不怕，还有心情站在一旁笑话你。可我醒来时，你们都不见了。”

他说着说着，目光移向朱韵。

“我总想到以前的事，几乎无时无刻不在想，越想头越疼，越疼就越恨他！我们本来不会是这样，是他的错，是他先放弃我们的。他问我后不后悔，我还要问他后不后悔，你去给我问问他后不后悔！”

高见鸿越说越激动，大声吼叫，满头虚汗，身体大幅度地颤抖。朱韵托着他，声音抖动地说：“高见鸿，我们都有错，但我们都不是十恶不赦的人，你没必要非逼着自己扮演这样的角色。”

高见鸿已经听不清朱韵的话，他用最后一丝力气把她拉到自己唇边，颤颤巍巍气若游丝地说：“……如果他有那么一点点后悔的话，你就帮我跟他说声对不起。”

屋外狂风大作。

高见鸿脱了力，晕倒在床上，朱韵冲屋外大喊医生。

拖了三个多小时，高见鸿终于被推进了手术室。手术灯亮起的那一刻，朱韵两腿打战，扶着墙壁蹲了下去。

高见鸿的父母靠在一起相互鼓励。

手术要进行好几个小时，朱韵跟高见鸿的父母告别。她驾车从高架桥回李峋的住所，桥上灯火通明，左右两侧星星点点，万家灯火。

朱韵将车窗打开一些，风一瞬间吹进来，吹乱鬓角的发，吹散霓虹的影。

为何年轻时的情感这么容易烙在心里？爱情、友情，还有那些天真幼稚的梦和誓言。看似忘了，其实全在心里，长大了碰到更成熟、更完整的，却总没有那些零零碎碎记得深。

这一件事，虽称不上完全改变了他们的命运，但影响力也不容忽视，多年过后翻开来看，苦辣酸甜仍然清清楚楚。

李峋会后悔吗？

朱韵可以替他回答——

不会。

至少他嘴里永远不会承认。

李峋前半辈子太孤单了，孤单得差不多只剩下自己。他倔成一块石头，错都很少认，又怎么可能说后悔、否定曾经走过的路？

但他会用另外的方法表达自己的情感。

她始终相信他的心是软的，而且会越来越软，像长大的孩童，或者熟透了的桃子，越来越香甜，越来越温柔。

回到公寓，屋里黑着，李峋坐在凳子上看着窗外。他手里夹着一根烟，跟她走时并没有什么变化，只是穿上了长裤，上身还赤裸着。

朱韵走到他身边，离着三四步远的时候，他侧过眼，张开右臂，朱韵走到里面，他又合上，刚好抱住她的腰。

桌上的烟灰缸已经堆满了烟头。

朱韵在他头顶轻轻亲了一下，说："高见鸿已经开始做手术了。"

李峋："你没等到结束？"

朱韵："没有，要等好几个小时，我要睡觉。"

他冲她懒洋洋地笑了笑，朱韵看出他有点疲惫，说："你去洗漱一下吧，早点休息。"

李峋把烟掐灭，缓缓站起，走进洗手间鼓捣了一会儿。他出来后轮到朱韵。李峋这公寓应该是首次出租，装修很简单。他刚出狱的时候还有收拾东西的习惯，一两年过去全都完了，一切回归原样，该怎么乱就怎么乱。

朱韵看到洗手台上放着的牙膏，捏得乱七八糟，是最浪费的用法，她拿起来扭了扭，折叠起来。

李峋已经在床上了，开着床头灯，手里是从朱韵家拿来的那本书，已经快看完了。

他看得专注，朱韵出来他都没有察觉到。

朱韵觉得这是他的一个优点——他一个人久了，永远知道自己该干什么，不会寂寞无聊，空虚以度。

她悄悄躺在他身边，看着他的侧脸，天马行空地想着。

现在看着帅，安安静静像幅画，那以后呢，老了怎么办？朱韵稍稍勾勒了一下，一个七八十岁的孤傲老头子，满头花白，张嘴就没好话，不过因为他年轻时取得了较高成就，所以周围的人都敢怒不敢言。大家不理他，他也不理大家，每天自己抽本书，在没人的地方看……

好像有点可怕。欧美电影里的变态老头儿、杀人狂都是这样的。

"想什么呢？"李峋不知何时发现了她。

朱韵老老实实躺在一旁，摇头。

李峋已经习惯她这样了，也不追问，淡淡道："你就憋着吧，小心将来胸下垂。"

朱韵伸手掐他，李峋抓住她的手，将书放到一边，准备去关灯。

就在他拧过身子的一瞬间，朱韵忽然问了句："李峋，你想要个孩子吗？"

灯在那一刻熄灭，房间一片漆黑，一片安静。

这沉默让朱韵有点紧张。

过了一会儿，她感觉到李峋转过身，她的眼睛已经渐渐适应了黑暗，看到他正看着自己。

他问："你想拿孩子应对你妈？"

朱韵："跟那没关系。"

李峋："那为什么想要孩子？"

朱韵："我想让孩子跟你做个伴。"让一个不曾体会任何世间疾苦的、崭新纯净的新生命，跟你做个伴。

他没说话，久久地看着她。

朱韵说："你比我还大半年，明年就三十了，年纪也差不多了。不过这都看你，我们刚在一起，你的事业也没有稳定。哦对了，咱们也还没结婚，连准生证都没有……"朱韵越说越觉得自己的发言实在是冲动，倒在枕头里，"还是算了吧。"

李峋："为什么算了？"

朱韵："……"

李峋："我要，生吧。"

朱韵："……"

他又说了一遍："生吧。"

朱韵终于找回自己的声音，她支起身子，犹豫地说："那就……就这么决定了？"

李峋："嗯。"

屋里黑，她看不清他的表情，只能清清嗓子，故作沉稳道："好，那就这样吧。"

那晚他们没有做，李峋从后面抱着她睡觉，抱得朱韵发了一身的汗，他也没有松手。

清晨的时候，朱韵接到电话，是高见鸿的父亲打来的。

老人家在手机里哭得像个孩子，"手术结束了，成功了。谢谢你了孩子，叔叔谢谢你了……"

朱韵刚从睡梦中醒来，浑浑噩噩，只感觉自己听到了一个不错的消息，连连称好。

她挂断电话，眼睛涩得睁不开，转过头，李峋也醒了。

他维持着抱她的姿势，还没醒透，半眯着眼睛看着她。天边蒙蒙亮，一片寂静，偶尔有鸟鸣。

朱韵小声说："高见鸿的手术成功了。"

李峋没说话，神情慵懒，好像还没从睡意中回过神。朱韵面朝着他，伸手将他抱住。这稍稍有点费力，李峋的身材看起来匀称修长，但其实块头还挺大的。朱韵的脸颊蹭到他的胸口，闭着眼睛说："我之前就查过资料，这个手术成功率很高。"

她感觉他胸腔微微一颤，他好像是笑了。

这一动让他整个人都鲜活起来。朱韵仰头，就近闻了闻他的下巴，然后又亲了亲。这一亲让李峋也活泛起来，他的手开始不老实，往朱韵身下摸，朱韵换了个角度把他搂得更紧。

他们睡了一夜，精力充沛，缠缠绵绵地打算搞点事情。

就在这时，门被叩响。

侯宁哐哐砸门，在外面大喊："李峋快起床！我已经让了一宿了！这是我们合租的房子！我有使用权！你不能这么不地道！"

李峋的脸顿时黑下来，朱韵拨开他，"起床吧。"

她去给侯宁开门，侯宁神色萎靡狼狈，朱韵皱眉道："你昨晚去哪儿了？"

侯宁愤愤道："网吧！"

朱韵："你怎么都不知道找个酒店住一下？"

侯宁瞪她，"你管我？"他背着包挤进屋，左看看右看看，在自己的电子设备前检查来检查去，谨慎地问："你没动我东西吧？"

朱韵冷笑，"稀罕。"

李峋换好衣服，朱韵问他："饿不饿？"

侯宁在一旁说："我饿！"

朱韵看他一眼，拎起包，"走吧，出去吃饭，然后去公司看看。"

他们在楼下早餐摊简单吃了点，李峋的食量比以前有所提升，两个馒头几碟咸菜外加一个茶叶蛋和一杯豆浆。朱韵喝了碗八宝粥，侯宁吃油条。吃完之后，朱韵开车载着这两个没有驾照的男人去公司。

正好是上班高峰期，电梯堵得如同便秘，朱韵三人爬楼梯上去。从九层开始，楼道里就堆满了装修废料。朱韵边走边问：“这不会都是我们公司的吧？”

侯宁冷嗤：“是，董斯扬搞了大工程。”

到了公司楼口，走廊里传来叮叮咣咣的装修声。朱韵走过去，董斯扬的真皮大靠椅被拉到了走廊里。他手边放着壶菊花茶，正跷着二郎腿当监工，神形颇像古代的老财主。

朱韵小心着脚下，往旁边看，董斯扬合并了旁边两家公司的地盘，全部打通重建，现在已经有了雏形。

让朱韵万分惊讶的是，董斯扬这个大老粗搞装修竟然弄得像模像样，整体风格十分现代感、科技化，全屋以白色为基础，搭配灰黑，背光采用高级的水银色，充满了流线感，看起来整洁又流畅，纤尘不染。

这肯定不是董斯扬自己设计的，朱韵悄悄问李峋：“花了多少钱啊？”

李峋：“不用管多少钱，你感觉怎么样？”

朱韵：“挺高级。”

张放嘴上戴着大口罩，正在公司里指挥装修，赵腾和郭世杰不知去向。

“我给他们放假了。”董斯扬对朱韵和李峋说，“你们也有假，等公司装修完再上班。”

朱韵夸他：“你这装修搞得不错啊。”

董斯扬斜眼过来，训斥道：“没大没小，怎么跟老板说话呢。”

朱韵：“……”

董斯扬从怀里掏出一个U盘，“看你这么敬业，给你安排点活儿吧，来，拿着。”

朱韵接过：“这是什么？”

董斯扬：“简历。这是其中一部分，还有一部分在张放电脑里。你先看着，挑挑有没有能用的。”跟朱韵交代完，董斯扬起身对李峋说：“来，上次你让我打听的事我打听完了，华江有投资IT公司的苗头，估计后半年吧，不过他们现在具体还没确定……”

董斯扬跟李峋商讨拉投资的事，朱韵受不了公司乌烟瘴气，带着U盘去了对面商场的咖啡厅。

U盘里有几百份简历，朱韵仔仔细细筛了一遍，别说，还真的有不少高质量的简历。这放到以前朱韵刚来飞扬的时候，简直是天方夜谭。

一投入工作，大半天过去了。在朱韵埋头挑选简历的时候，母亲打来了电话。

朱韵看着手机上的来电号码，扣上电脑，“喂？妈。”

“你在干什么？”

“上班啊。”

“你上什么班，我让你辞职你当耳旁风是不是？”

朱韵挠挠脸，决定不跟她正面对抗。

“你马上回家，我有事跟你说。”

“电话里不能说吗？”

“我让你回家！”母亲严厉道，“你要不怕我找到你们公司去你就拖着！到时候看看谁丢脸！”

朱韵：“……”

其实她倒不是很怕母亲找来，母亲只会在私下发火，绝对不会在公共场合做出出格的事。不过她确实需要回去一次，她得跟家里把话说清，不能对问题视若不见。

“好，我明天就回去。”朱韵承诺道。

放下电话，朱韵深呼吸，靠到沙发里。她顺着玻璃窗望向万里长空，天色渐晚，太阳西下，云朵慵懒地躺在天际。

她不清楚李峋跟董斯扬谈到什么程度，没有打电话打扰他，只发了条短信。

董斯扬正跟李峋开会，公司里没处坐，董斯扬强行征占了快递公司的大厅，董斯扬正在跟李峋说华江集团最近透露出的投资意向。

“据说已经有不少公司找到华江了，涉及各个行业，什么娱乐、服务、互联网金融，要什么有什么。”董斯扬看着李峋，“你那家老对头也有份儿。吉力过证监会的审核是迟早的事，估计明年就要挂牌上市了。他们的起点比我们高，是想直接拉华江入股。”

李峋懒洋洋地哦了一声。

董斯扬：“所以我就搞不懂你们为什么要撤诉。朱韵想撤诉我能看出来，你我是真没看出来。”

李峋自嘲一笑，“其实我也没看出来。”

董斯扬又要说什么，李峋的手机振了一下。他掏出来看，是朱韵发来的短信——“我先走了，可以面试的简历我已经发到公司邮箱里了。明天我要回家一趟，会尽快回来。”

李峋回复了一个“好”字。

董斯扬接着跟他谈投资的事，越谈越觉得李峋有点心不在焉。

“怎么了？”董斯扬问。

李峋摇摇头，他脑中总是闪过刚刚朱韵短信里的“回家”二字，这让他想起当年他们分开的那天。那天她也是要回家，也是像现在这样轻轻松松，说很快就回。

李峋扯了扯领口，董斯扬问：“到底怎么了？”

“没什么，今天先到这儿吧，明早再说。”李峋皱着眉头起身，低声咒骂，“该死的后遗症……”

朱韵在家收拾东西，她没打算久待，只带了两件随身衣物。

门被敲响。

朱韵瞬间知道是李峋来了，他敲门的方式跟所有人都不同，音量普通，却极为不客气，咚咚的声音像是人在说话一样，催着你快点去开门。

朱韵把门打开，李峋堂而皇之地进来巡视。

朱韵问：“你怎么来了，董斯扬那边结束了吗？”

李峋：“结束了。”他向周围看了看，一眼扫到朱韵正在打包的行李袋上，“你要回去多久？”

朱韵：“还不清楚。”

他哼笑一声。

朱韵：“我争取早点儿回来。”

李峋看她一眼，“早点儿是几点？”

朱韵：“……”

她几番揣摩，终于从他的神态中看出意思。她凑到他身边，胳膊肘小小地碰了他一下，“舍不得让我走？”

她调侃的功夫不到位，李峋神色未变，她自己倒是红起了脸。李峋看她躲闪的目光，总算是满意了。他拉着她的胳膊，转身把她压到桌案上。

朱韵神经反射性一抽，李峋已经着手脱她的裤子。

朱韵惊道："干什么？"

李峋："生孩子。"

他用最简洁的三个字成功点着她的火，她开始嫌他扣子解得太慢，拍开他的手自己上。她小声念叨："这回不会有人来了吧？不会再有电话了吧？"

李峋："你把耳朵塞上就行了，有电话也别听，谁来也别管。"

他趁她脱衣服的工夫扫了眼桌面上的东西，"这是什么？"

朱韵将衣服甩到一旁，说："是我在美国上学时研究的电子病历，停过一段时间，想整理好了再给你，看看有没有帮助。"

那晚李峋睡在了朱韵家。

这一段开门炮后，他们两个都累得说不出话，朱韵还好一点，李峋是真的汗流浃背、气喘吁吁，半天没缓过来。

IT理工男的通病。

朱韵捡起地上的衣服，李峋躺在床上，胳膊压着额头，闭眼休息。

"后背没事吧？"朱韵关心地问。

李峋散漫地瞥了她一眼，脸色不善。

朱韵好心解释："我是怕你太累了，你这几天一直在忙，都没锻炼。"

李峋稳重地说："我×你就是锻炼。"

简直没法唠。

朱韵："出去走走吗？"

李峋："不去。"

说完翻过身，换了个更舒服的姿势趴着。

朱韵眯着眼睛看他，这人也是煮熟的鸭子，就剩嘴硬了。

她收拾完东西，回到床边，用手压了一下李峋三角肌的位置，硬得像石头。

他缩了缩肩膀，朱韵："痒？"

他不说话。

男人饱食餍足之后只剩下懒。

朱韵又按一下，他又缩了缩肩膀。朱韵一巴掌拍过去，"痒还是疼，说句话！"

李峋头埋在她软绵绵的被子里，说："疼。"

朱韵心里又酸又气，恨不得抽死他。她捏着他的后脖颈，咬牙道："让你锻炼身体，让你锻炼身体！我五千块钱给你办的健身卡你才去了几次？"

李峋被她晃了两下，一抬手，看都没看直接掐住朱韵的脖子，把她拉到床上。

他俯身，她仰壳，他占据无限优势。

李峋低声道："你再跟我嘚瑟？"

朱韵喉咙被他抓着，一动不动，他的大手顺势又揉了揉。她又闻到了他身上的味道，被汗一激，那股沉甸甸的体香越发明显。

他懒散地看着她，"你有工夫念叨这些不如来点实际的。"

朱韵死鱼一样从他魔掌里挣脱片刻，艰难地说："什么实际的？"

李大爷："譬如给我按摩按摩。"

朱韵考虑片刻，慢悠悠地从床上爬起来，开始给他搞"实际的"。李峋的背很硬，尤其是肩膀的地方，朱韵只要稍稍用一点力，他的肌肉就疼得紧绷起来，她只能一点一点循序渐进地来。

她按了一会儿，李峋说："好了，歇着吧。"

朱韵："没事，你趴着就行了。"

李峋被她按得困乏起来，"你不累？"

朱韵："不啊。"谁像你似的，年纪不大老化成这样。

李峋的声音越来越低，颇为不满，"为什么你不累……对了，你躺着所以才不累，下次你在上面……"他说着说着就睡着了。

朱韵关了灯，悄悄躺在他身边。

他们睡了一个很美很长的觉。

朱韵忘了拉窗帘，醒来的时候，五点的晨光铺在李峋的后背上，那一瞬间，朱韵忽然产生了一种即使生命在此结束也不错的念头。

她坐起来，背靠着床头，抱着膝盖，像个小孩。

她一转头就能看到他的脸。

朱韵一生也没有熟记过谁的睡颜，包括所有朋友、亲人。唯有李峋，唯有他那张略带疲倦的熟睡的脸，在她生命里留下了不可磨灭的印记。

他的许多存在，都好像老天刻意安排。让这样一个人出现在她的生命里，弥补她错过的种种遗憾，和她缺失的种种部分。

他被注视着，缓缓睁开眼，第一眼没有看到人，眼神自动向上。

朱韵正等着他，她对他说："李峋，咱们结婚吧。"

他刚醒，眼睛发涩，还不能全部睁开。

朱韵又说："我一定会让你幸福的。"

他闭上眼，脸重新埋到被子里，过了好长一段时间，她才听到一声颤颤的"好"。

下午，朱韵开车回家。

家中气氛再一次如同冰窖，母亲拉架子等她回来教育，从朱韵进屋的那一秒起，一刻不停。

母亲明令禁止朱韵再去飞扬上班，她给朱韵拿到一大沓的公司资料。

朱韵默不作声地看着。

母亲问她："你跟田画家联系过没有？"

朱韵："他都回法国了还联系什么。"

母亲思忖道："我看他对你很认真，都来过家里拜访了。你跟他也认识那么久了，再去试一试，也给两边一个机会。"

朱韵笑道："你当人家是什么啊，你说要就要，说不要就不要。那可是知名画家，追求者有的是，我总不能死乞白赖去求人家回头，你也知道你女儿脸皮薄啊。"

母亲蹙眉道："那你怎么就能死乞白赖求那个浑蛋回头呢？"

朱韵平静地补充："他是例外，全世界我只能跟他不要脸。"

母亲："朱韵！"

母亲摔了手里的茶杯，朱韵窝在沙发里，一边听母亲愤慨叫骂，一边在心里念经。

这时，坐在客厅的朱光益开口了，他神色严肃地说："朱韵，对那个画家你实在拉不下脸也就算了，我甚至可以容你再玩几年，晚点找男朋友。但这个李峋是绝对不可能的。"

朱韵："为什么？"

"你还问我为什么？"朱光益严厉道，"你根本不了解这些坐牢的人，他本来就不是什么好人，又在里面待了六年，变多坏都有可能！爸妈现在拦着你是怕你一脚踏进火坑里，以后后悔就晚了！"

朱韵没说话。

父母连番轰炸了一个多小时，朱韵听得眼睛直冒金星。母亲看她也听不进去了，掏出手机，点了几下交给朱韵。

“你不想去找田画家也行，这是你王阿姨给你介绍的，我看就约在明天，你去见一下。”

朱韵一愣，接过手机，里面是张照片，一个周周正正的男人穿着白大褂对着镜头微笑。

母亲在旁介绍：“这是中科院物理研究所的研究员，姓吴，跟你一样大。你看看长相，是不是还不错？”

朱韵看着照片，评价道：“挺白。”

母亲：“那当然。他爸爸我也认识，一直到他曾祖父那辈儿都是搞科研的。我可不会像你一样，在大街上随便就挑个人出来。”

朱韵很想顶撞一句——谁说李峋是在大街上随便就能挑出来的，你去挑个试试。

可为了避免更大的冲突，她还是闭嘴了。

她看着手里这位吴研究员的照片，观其眉眼，忽然觉得有些熟悉，细细一想，好像跟田修竹有几分相像。

母亲是真的喜欢田修竹那种类型。

“那就明天见面了。”母亲帮她做下决定。

朱韵：“我不想去。”

母亲：“你必须去！”

朱韵想了想，开始讨价还价，“去一次也行，但你得答应我不干涉我的工作。”

母亲：“不行！”

朱韵一副死猪不怕开水烫的架势，说：“那我就不去了。”

母亲气得直迷糊，“你怎么能这么不听话！”她捂着自己的胸口，“哎哟，我这血压……朱韵你想逼死我是不是，你好不容易听话了几年，怎么那个浑蛋一出来你又这样了？！”

朱韵见她真的怒火中烧，起身倒了杯热水，被母亲又是一摔。

场面陷入僵局，朱光益让朱韵先上楼去，他沉声说：“你好好想想吧，你也不小了，得学会对自己负责了！”

朱韵躺在床上看天花板。

一眨眼的工夫他们已经吵了两个多小时，外面天都黑了，吵架时没感觉出用了多大力气，等安静下来，朱韵才感觉到自己的耳膜嗡嗡地震。

好在她已经这么大了，母亲没有再用没收手机这种小家子气的方法对待她。朱韵关好门，给李峋打电话。

他很快就接了。

朱韵问他干吗呢，李峋说正在整理她的电子病历。

朱韵："你动作好快啊。"

李峋懒洋洋道："你再多磨蹭几天我就把你没做完的网页系统弄完了。"

什么叫"再"，她刚回来第一天，她早上才求的婚好吧。

一想到求婚，她的脸不由自主地烧起来。

"朱韵。"他低声叫她，朱韵轻悄悄地说："怎么了？"

李峋敲着键盘，淡淡道："你不用跟家里闹太僵。"

朱韵："我知道。"

李峋："你爸妈不同意也正常，往后慢慢看吧。"

朱韵不想他在这些问题上过多消耗心神，转移话题道："我的电子病历弄得怎么样？"

李峋哼笑两声："凑合吧。"

朱韵撇嘴。

李峋："这是你哪年做的，只在网页上弄，都没有给移植移动设备做铺垫。"

朱韵："刚出去的时候弄的……"

李峋又表扬了两句："整体还可以，医生、药房、实验室、保险支付……该有的都有了，以你刚出去时的水平来看，已经发挥得相当不错了。"

朱韵："我怎么感觉你在损我呢。"

他轻轻笑了。

朱韵躺在床上跟李峋聊天，她的房间好多年都没有变过，安静的夜和锁紧的房门让她想起多年前的那一晚。

她穿着裙子等待除夕的鞭炮声，光着脚溜出去，在天寒地冻中奔去见她的心上人。

跟那时相比，她现在的心情平静多了，他们两人都平静多了。甚至在谈论到未来规划的时候，也不像从前那么血脉贲张。

一切平稳而按部就班地进行着，无论是事业，还是爱情。就如同默默流淌的夜河，缓慢而汹涌，大势所趋，无力可阻。

朱韵最终也没有去见那位物理研究员。

她在家待了三天，吵了三天，母亲任何方式都用过了，再厉害的狠话也放过了，一口咬定，绝不同意朱韵跟李峋在一起。

“你不用跟我讲他有什么理想目标，一个野孩子，没爸没妈，又蹲了六年监狱，他就是有通天的本事也没用，他跟我们家根本不是一个世界的人！”

朱韵劝无可劝，说无可说。她发现她越是为李峋开口，母亲对李峋的怨恨就越多。母亲似乎认为自己的女儿变得不听自己的话，完完全全都是这个“野孩子”的责任。

第三天晚上，李峋打来电话，告诉朱韵他已经将她没有弄完的电子病历系统做完了。

他只跟她聊了关于接下来系统移植的问题，并没有谈其他。但朱韵能听出来他没说出口的话，他想让她快点回去。

朱韵这几天吵得头晕目眩，不想离开的时候再来一轮，她用了以前的老招数，准备趁着父母睡下悄悄离去。

当晚朱韵收拾好行李，先把包放到楼下，蹑手蹑脚折返回二楼佛堂。佛堂右边是个储物墙，朱韵小心地拉开，第一层里躺着一个红色的小本。朱韵将户口本塞进自己的口袋，一转头，看到身旁红木佛龛里的佛像安然地看着她。

那是外婆早年的时候从外地请来的，打从朱韵记事起就一直供奉在家中。

佛堂里散发着浓浓的檀香味，看着佛细长的眼，朱韵忽然感到一丝悲凉。

她对佛说：“我可能要干一件很不孝顺的事了。”

佛安安静静地看着她。

朱韵：“我不知道我做的是对是错，但我一定得做，我不能再言而无信了。”

佛还是安安静静地看着她。

朱韵喃喃道：“请你保佑我爸妈身体健康，也保佑李峋身体健康，如果真的有报应的话，就全给我吧。”

她说完，转身离开。

她连夜赶回住所，第二天早晨接到母亲电话。她心中有愧，默默承受着母亲的愤怒，所有的批评她都照单全收，而要求她全部无视了。

“朱韵你又着魔了你，你要还当我是你妈，你就给我快点回来！”

朱韵第一次听到母亲这么声嘶力竭地命令她，她一夜未眠，手掌几乎无力握住手机。

母亲还没有察觉她偷拿了家里的户口本，朱韵低声说：“妈，等咱们都冷静下来再谈吧。”

母亲：“冷静什么？都这样了你还让我冷静什么，你怎么能这么不懂事？我白教育你了！”母亲声音太过凄厉，朱韵觉得耳膜都快要被捅穿了，只能将手机稍稍拿开一点。

她们谁也不能说服谁。

单方面的指责批评让朱韵越来越难以忍受，她先一步挂断电话，进去浴室洗澡。水流倾泻而下，朱韵深深呼吸。

等她出去的时候，手机已经没有动静了。她过去看了一眼，母亲一共打来三个电话。朱韵关了手机。

她简单收拾了一下去公司，董斯扬的工程进展顺利，工人们正在热火朝天地安装电路。董斯扬不在现场，监工的人换成了张放。他远远看见朱韵，兴奋地打招呼：“朱组长！”

朱韵走近，张放的表情变了，“呀，你脸色怎么这么难看，黑眼圈重成熊猫了。董总不是说你回家休假了吗？”

朱韵问：“他们人呢？”

张放：“在快递公司开会呢。”

朱韵：“快递公司？”

张放自豪地说：“对啊，我们董总征用了。一开始在大厅，后来把他们经理办公室给占了！”

朱韵：“……”

张放关心道：“你没事吧，是不是要感冒啊，怎么嗓子也哑了？”

朱韵摆摆手。

她去快递公司找李峋。快递公司的大厅里有几个员工正在整理东西，朱韵走到里面，经理办公室的门开着一道小缝隙。朱韵顺着边往里看了看，这个角度只能看到董斯扬跷着的二郎腿。

朱韵做了几个深呼吸，然后敲了敲门。

董斯扬："谁啊？"他还真拿这儿当自己家了。

朱韵推开门，一眼看过去，办公室跟大厅比起来没强多少，杂七杂八堆了一堆。李峋坐在旁边的长条沙发里，怀里有个笔记本电脑，旁边是烟灰缸，里面插满了烟头。他见到朱韵时愣了几秒，然后眉头就皱起来了。

董斯扬："你这是上战场了？"

朱韵："差不多。"

董斯扬哼笑，看了李峋一眼，"会也开得差不多了，你们有事就先走吧。"

李峋收起电脑，对董斯扬说："就按之前定的时间表来。"他说着，顿了顿，"这段时间我可能自己的事多一点，你多劳累一下了。"

董斯扬："好说。"

李峋拉着朱韵的手离开。

电梯里没有其他人，李峋低声道："我不是让你别跟家里闹太僵吗？"

朱韵："没有，过一阵就好了。"

李峋看她一眼，没有再说什么。

他拉着她离开创业园，朱韵问他去哪儿，李峋停住脚步，似乎也没有想好。

朱韵："你跟董斯扬谈完了吗？"

李峋："差不多了。"

朱韵："那我们回你那儿？"

李峋没说话。

朱韵又问："还是回我那儿？"

其实朱韵并不太想回自己的住处，母亲知道那个地址，她怕母亲找过来。如果这个时候母亲再碰见李峋，肯定是一场血战，母亲绝对不会再给李峋留一点脸面。

"你开车，我们去另外一个地方。"李峋说。

他们坐到车上，朱韵问他具体地址，李峋报了一处地名，朱韵一愣，"你要去找任迪？"李峋报的小区是任迪住的地方。

李峋摇头，“你先开过去吧。”

朱韵行驶了半个多钟头，来到任迪居住的小区。这里安保还跟以前一样严格，保安拦住他们，朱韵正要给任迪打电话，李峋从怀里掏出一张卡。保安检查了一下，放行了。

朱韵奇怪道：“什么东西啊？”

李峋：“临时业主证。”

朱韵：“你跟任迪借的？”

“不是。”在喷泉路口，李峋指挥朱韵往另外一个方向开，说，“我买的。”

朱韵一脚刹车踩紧，“什么？”

喷泉就在旁边喷着，淅淅沥沥的，小区白天没什么人，绿化又很好，茂密的树丛将所有的杂音都吸走了。

李峋看着她，“我买了栋房子，你看看喜不喜欢。”

朱韵震惊地看着他，指着车窗外，“你在这里买的？”

李峋嫌弃地看着她，仿佛觉得她智商不太够用一样，“我不在这儿买让你开这儿来干什么？”

朱韵头皮发麻，这差不多是全市最好的小区了，在寸土寸金的中央地区硬生生划出一大片花园地带。

朱韵：“多少钱？”

李峋：“你管多少钱干什么？”

朱韵不问出来不罢休，“到底多少钱？你花钱我不太放心。”

李峋撇撇嘴，枕着靠背看向一旁，随口道：“两千三。”

朱韵险些昏厥过去，她的九阴白骨爪抓着他的座椅靠背，磨牙道：“你贷款了，还是借钱了？”

李峋面无表情地说：“借高利贷了。”

朱韵傻了。

车窗外绿草茵茵，李峋看着她这表情，忽然笑起来，抬手在她脖子上揉了揉。

“跟任迪借的。”李峋声音磁性，“其实也不算借，他们那个乐队估计也快散了，她提前在我这儿投资的。”

朱韵总算回过神，“散了？为什么快散了？”

李峋淡笑，“这种流行乐队能火个五六年已经不错了。任迪算有点真本事，其他人都是卖脸。尤其那个小妞，前不久还被爆吸毒了，负面消息太多，也没几天了。”

朱韵问：“任迪跟他靠谱吗？”

李峋反问：“那你跟我靠谱吗？”

朱韵挑挑眉。

她将车开到李峋指定的地点，李峋掏钥匙开门。别墅里空空荡荡，还没装修。朱韵好奇地看来看去，心里感叹。

这是他们的房子了。

或者说，这是她跟李峋的家了。

她几乎能想象到等这里全部装修完、收拾妥当后，会是怎样的一番光景。

不过她还是觉得太贵了。

“我们刚刚起步，用不着买这么好的房子，差不多的就行，等以后条件好了再换好的。”她一边看一边说。

李峋站在空地上抽烟，“等以后换更好的。”

朱韵回头，“你是要住多好的房子？”

李峋：“随你想。”

朱韵调笑道：“这才刚开始，就说起大话了。”

李峋并没有笑，他静静地看着她，朱韵在他的注视下，笑容渐渐收敛。

“你也可以说。”他声音偏低，字字句句稳如磐石，“让我听听你有什么大话，再离谱的我也会帮你实现。”

朱韵怔然。

他看着她，低声说：“朱韵，我对家庭一直没有什么概念，对我来说婚姻就是一场漫长的恋爱。我很早以前就说过，谈恋爱最重要的是开心。我不希望你牺牲很多东西才跟我在一起，我希望你能开心。”

“那你呢？”朱韵只关心最后一句，顷刻反问他，“你跟我在一起开心吗？”

李峋脸上总算不那么严肃了，弹弹烟，笑着说：“还不赖。”

朱韵心想，这就够了。

次月初，飞扬公司的装修基本完成，招聘的新员工也都上岗了。

朱韵跟李峋领证是在月中。

李状元孤家寡人，也没什么人可通知，就通知了付一卓。付一卓感天动地，特地停课三天，去找大仙算良辰吉日。最后算出了下个月二十号，似乎稍稍有点拖，但朱韵那时本来也正忙着给新员工培训，想着下个月就下个月吧。

不过很快，母亲就发现家中的户口本不见了，她一个电话过来，吓得朱韵拉着李峋开车直奔民政局。李峋的户口在上大学的时候就迁到了本市，也方便了他们“作案”。

整个领证过程毫无浪漫可言，就是一个字——“急”。朱韵关了所有通信设备，暂时切断跟外界的联系，生怕领证领到一半被母亲给拦腰斩了。

当天领证的新人不少，排在朱韵前面的一对新人非常年轻，准丈夫用DV细细地记录民政局的每一块地砖，准妻子在一旁拿手机疯狂自拍。

朱韵等了半天不见他们结束，小声说：“那个，要不我们换一下号，你们先拍着？”

准妻子粘的假睫毛长成两把扇子，忽闪忽闪地看着朱韵。

“急什么啊，这种日子就是要慢慢体会。”说着搂过一旁拍地砖的准丈夫，“是吧，笨笨？”

准丈夫一脸甜腻，“当然啦。”

朱韵：“……”

李峋靠在一旁笑。朱韵看他一眼，他说：“不用紧张，你妈找过来怎么也得七八个小时。她找不到你肯定会去公司，去了的话，董斯扬会帮忙拦住。”

前面的准妻子见李峋说话了，凑过来跟朱韵小声说：“你老公好帅啊。”

朱韵赞同：“确实。”

准妻子：“不过你们俩怎么穿成这样？”

因为是临时决定来领证的，两人根本没有做准备。朱韵为了给员工培训，穿着通勤装，李峋就很随意了，灰衬衫、黑裤子，褶褶巴巴。

准妻子跟朱韵一起看李峋，看了一会儿嘀咕道：“穿成这样也很帅……”

对，朱韵自豪地想着，穿什么都很帅。

李峋跟她对视，暧昧一笑。朱韵又想，他不穿的时候更帅。

磨蹭了一个上午，朱韵和李峋终于赶在民政局午休之前领完了证。他们在又土又丑的红墙前面照相，摄影师一直让他们笑，朱韵笑到最后嘴都僵硬了。摄影师直起腰，皱眉道："这位男同志，我说笑是让你微笑，不是冷笑，你对我有什么意见？"

朱韵连忙圆场，"没意见没意见，他就是不适应。"她戳戳李峋，李峋勉强摆出一个笑脸，摄影师咔嚓一下。

照片洗出来一脸傻样，李峋看也不看，直接扔给朱韵。

从民政局出来的时候，两人一起走向停车场，一路上很安静。刚才一直急，现在终于缓下来了，朱韵猜想李峋大概跟她一样，还在回味。

上了车，朱韵一边系安全带一边说："咱们这算闪婚吗？"

李峋冷冷道："闪个屁，十年了。"

金秋九月，正是开学的季节。

朱韵发动车子。

十年了。

快到公司的时候，朱韵把手机打开，刚一开机，里面噼里啪啦进来一堆东西。董斯扬传来前线消息，果然母亲找到了飞扬门口。

朱韵不想让母亲见到李峋，尤其是在公司里，她不想以任何形式让他难堪。

她对他说："我带我妈妈去别的地方，等我们走了你再回公司。"她见李峋欲言又止，轻声安慰，"放心吧，不会有事的。"

朱韵给母亲打电话，将她接到对面商场的茶馆里。

母亲赶了一天路，见面二话不说，拉着她就往外走，"我现在真的管不了你了，你跟我回家，这件事不解决，你别想出来了！"

朱韵知道母亲已经气极，不然不会在公共场合拉拉扯扯。她的力气比母亲大，但不敢太过用力，她看看周围，说："妈，人都看着呢。"

这句话让母亲稍稍收敛，母亲要面子，朱韵知道。

"户口本呢？"

朱韵将户口本递出去，母亲一把抢过。

朱韵："妈，除了这件事，什么我都可以答应你。"

母亲死死捏着户口本，"你胆子真的大上天了朱韵，你告诉我，你拿户口本干什么了？"

朱韵："结婚了。"

母亲整整半分钟没有说出话，最后扬手扇了朱韵一耳光。

这是从小到大，母亲第一次打她。

“朱韵，我们家丢不起这个人。你不跟他散了，你就别要这个家了。”

接下来的几天朱韵接到了很多亲戚的电话，都在劝她快点回去。朱韵疲于应对，一遍遍地重复着相同的话：“以后就好了，等这阵过去就好了，等我妈冷静下来我再去跟她谈。”

新房子没有装修完，朱韵以前租的房子也转走了，她暂时住在酒店。李峋从侯宁那儿搬出来，跟她一起住酒店。

虽然一直张罗着“生孩子”，但那段时间他们并没有夜夜春宵。他们的生活节奏变得很慢，就像李峋自己说的，婚姻对他而言，就是一场漫长的恋爱。他们养成相拥而眠的习惯，爱人的体温将夜拉得柔情万丈。

吉力公司在九月底正式挂牌上市。

那时朱韵跟李峋刚吃过晚饭，走路回酒店，他们在十字路口的广告牌上看到了这则新闻。新闻里方志靖领着吉力的员工大肆庆祝，画面里吴真也在，却始终不见高见鸿的身影。

朱韵：“高见鸿好像是去国外养病了。”

李峋笑笑，不甚在意地揽过她的肩膀，悠悠地过马路。

# Chapter 10

## 打火机与公主裙

❷

十月份的时候，朱韵检查出怀孕。

这着实有点出乎他们的预料。

反正已经领证了，两人都稳定下来，朱韵本来打算孩子的事情明后年再说，今年要全力准备华江投资招标的事。李峋似乎也是这个意思，所以领证后的日子里，他们都做了防护措施。

朱韵拿着检查报告，在医院门口傻傻地回想，孩子差不多三个月大，按照时间推算的话，这肯定是领证之前他们刚刚和好那阵怀上的。那段李峋不经思考、找个地方就能脱裤子的狂欢节纪念品。

当晚，这个不太靠谱的新婚丈夫在公司开完一天会之后，回到新婚妻子身边又开了一次会。会议过程十分简洁，总共没有十分钟——两秒钟用来决定要孩子，两分钟用来商量搬家入住的事，剩下的时间都用来计划未来一年的工作安排。

开完会，两人简单洗漱，李峋从朱韵身后抱住她。两人都有点兴奋，半天没有睡着。李峋手掌摸着朱韵的肚子，掌心温热，无意识地轻轻抚摩。

"怀孩子是什么感觉？"他在朱韵头顶问。

朱韵："实话实说没感觉，一点变化都没有。"她扭过头看他，"是不是医生检查错了？"

李峋低头看她，"我觉得可能性不大。"

朱韵又自己琢磨了一会儿，说：“可我真觉得完全没变化啊。”之后好像为了要证明一样，她从李峋胳膊里爬出来，平躺好，“你看我还能仰卧起坐。”

说完手抱着脑袋，一口气起起落落了七八下，回头，“是吧！”

李峋面无表情地看着她，冷笑道：“谁说没变化，都傻成什么样了。”

朱韵：“……”

李峋一抬手，她又躺回他身边。过了好一会儿，她低声问：“你觉得是男孩还是女孩？”

李峋：“男孩。”

朱韵故意刺激他说：“有报道称，每天对着电脑的男人会被辐射影响，大部分要生女孩。”

李峋在她肚子上掐了掐。

安静了一阵，朱韵觉得身后的气息渐渐缓慢绵长了，可她还一点困意都没有，问道：“你想要男孩？”

李峋迷迷糊糊地嗯了一声。

朱韵：“不喜欢女孩吗？”

李峋眼皮控制不住地往下坠，“男的好养。”

“……”

李峋眼睛已经闭上了，声音若有若无地说：“女孩太娇弱，我养不好。我们第一个养男的，有经验了再生女的。”

朱韵笑了，“说得好像你能控制一样。”

他似乎又淡淡地笑了笑，慢慢睡着了。

朱韵借着月光静静地看着他。

他的妈妈三十岁时离开了他，他的姐姐更是二十几岁就不幸离世，这些事都给他留下了很深的阴影。对他而言，女人的确太娇弱了。

朱韵的手温柔地环过他的脖颈，搂住他。或许是怀上骨肉的缘故，在这夜深人静的时刻，她展现出从未有过的母性的温柔。

李峋睡了一个沉沉的好觉。

怀孕的事他们没有张扬，全公司只告诉了董斯扬一人。董斯扬惊讶地评价：“行啊你们，挺有效率啊。”

公司有董斯扬坐镇，李峋的压力少了很多。朱韵觉得这样也不错，以前李峋做事总是大包大揽，最后精力不够，各方面都受限。现在把CTO（首席技术官）的职位单独拉出来，让他全心全意钻研技术，也为后面公司系统发展打好基础。

朱韵每天照常上班，一直到怀孕五个多月的时候，公司里才有人看出点苗头来。

张放某日盯着远处干活儿的朱韵，问赵腾说："你看我们朱政委最近是不是有点胖了？"

赵腾也看过去，"没吧，胳膊腿还那样啊，嗞……就是肚子好像有点大了。"

两人对视一眼，互相猜出对方心思。

事后他们找朱韵进行证实，得知真相后震惊万分。

因为之前朱韵母亲来过公司，他们都知道李峋跟朱韵的事情，但他们还不知道两人已经领证。现在忽然三级跳，胎儿都快六个月了，岂能不惊讶。

他们开始禁止朱韵做任何工作，朱韵反复说不要紧，公司里还是把她当成保护动物。董斯扬这个时候发话了，回家安胎吧。

有了董斯扬的圣旨，朱韵在年前正式休假。

而与此同时，飞扬公司重新开张以来的第一轮融资也开始了。

这个年过得很辛苦。

公司里所有人都在为融资做准备，尤其是打头的董斯扬和李峋，更是忙得脚不沾地。

朱韵在他忙碌的时候联系了家里，母亲态度依旧冷淡。朱韵暂时没有告诉她自己怀孕的事，她不知道这个小生命对于还在气头上的母亲来说，到底是惊喜多一点，还是恼怒多一点。

这个年过得很辛苦，但朱韵告诉自己，一切都会慢慢变好。

他们在十二月的时候搬进别墅，李峋请了个保姆照顾朱韵。除夕夜这天保姆放假回家了，只剩下李峋和朱韵还有她肚子里那个不知男女的小家伙一起。

对他们而言，除夕也没什么太特别的，毕竟前一天李峋还在公司加班。两人吃过晚饭，窝在沙发里看电视。李峋两腿叠在茶几上，嘴里嚼着口香糖。自从朱韵怀孕之后，他就很少在她面前抽烟了。

可惜他烟瘾大，光嚼口香糖根本不够劲，没过一会儿就吐了口香糖去外面抽烟。他穿着薄薄的衣服，在天寒地冻中呼出白色的雾。抽完了烟回来，一屁股坐到朱韵身边，带出一股寒气。

他一边懒洋洋地遥控着电视节目，一边将朱韵的手拉过来放到自己肚子上。

春节联欢晚会还没开始，侯宁打来电话，李峋跟他聊了差不多十分钟，挂断后又给董斯扬打电话。

朱韵将电视调成静音，等李峋把电话打完，问他："怎么了？"

李峋："华江的投资负责人初七可能要到这边来。"

朱韵蹙眉，"初七？怎么这么急？"

李峋道："吉力那边邀请的。"

朱韵："他们那边邀请过去，会不会对我们有影响？"

李峋冷冷地笑，"保不齐。方志靖对我们这么挂念，自己的事情解决完，有机会当然会帮我们打包点礼物。"

朱韵："那怎么办？"

李峋拍拍她的肚子，像在检查西瓜熟没熟一样，说："你不要多想，专心养他，这些事我会处理。"

朱韵："还没生出来呢，养什么啊。"

离预产期还有差不多三个月，朱韵的肚子已经很大了。之前付一卓来凑热闹，想叫家里的私人医生过来检查一下孩子是男是女，被朱韵拒绝了："不要查，查完就没惊喜了。"

事后她跟付一卓说："你弟弟就说是男孩，我不检查，等到时候看，我非要生个女儿赢他。"

付一卓看起来并不想理这两个神经病。

李峋将吉力的事暂且放下，问朱韵道："你给家里打过电话了？"

朱韵："打过了。"

李峋："告诉他们孩子的事了？"

朱韵："……还没。"

李峋静了一会儿，朱韵抚摩着他的脸颊，他低声说："你尽量别跟家里闹矛盾，你也不需要担心我，我皮糙肉厚，他们不能拿我怎样。"

朱韵傲娇起来，"谁担心你了。"

李峋将她拉到自己这边，"你这张嘴什么时候能想什么说什么？"他用舌头十分下流地勾了勾她的唇线，“我儿子如果养成你这种口是心非的毛病怎么办？”他勾起了几丝银线，被朱韵推开，“太恶心了，离远点。”

这半推半就的力道让李峋更来劲了，直接抱住她埋头啃脖子。朱韵推了几下发现推不掉，干脆随他了。

她听到他含糊的声音：“找机会跟你爸妈好好聊聊。我得感谢他们，把你养得白白胖胖，没吃什么真正的苦。”

朱韵抱着他的背，给他一个更好更舒服的姿势。

窗外风雪交加。

李峋说得没错，跟很多人比起来，朱韵好像真的没有吃过太多的苦，衣食无忧，按部就班。她身体也很健康，怀孕期间的不良反应很少，从没食欲不振，也极少头晕呕吐。

在她活过的温温吞吞的三十年里，他是唯一的例外。

她此生至极的纯真浪漫，与至极的痛苦不堪，全是他赋予的。

她的感情生活如此简单，又如此坚固。

朱韵抱着李峋，亲了亲他的脑袋，动作轻柔。相较起来李峋吻得就卖力多了，声息沉重，气喘吁吁。

朱韵抬起头来考虑正事，“……你想想怎么处理吉力的事。我们跟华江的人见面时间比吉力晚，方志靖如果从中作梗怎么办？”说实话她现在不太容易集中精力，主要是他的气息太重了，他的肌肤蹭到她的脸颊，明明刚刚还冒寒气，现在却像一团火。

他专心致志地咬她的脖子，仿佛什么都没有这个重要。

“你不用管，他碍不了事。”李峋在风花雪月中抽空呢喃，“……我们选择的路是正确的。就像你选择我，也是正确的。”他的手掌轻轻捂在她的肚子上，“正确的事是受到庇佑的。”他的手掌平稳，就像一个守护神。而奇迹般地，朱韵肚子里的小家伙忽然伸腿蹬了一脚，好像听懂了父亲的话一样。

他挑眉，拽拽地笑，“你看。”

她沉醉在那道笑容里。

李峋与她额头相抵，眼睛轻闭，低声道：“你不用怕，什么都不用怕……石子绊不倒大象，也堵不住洪流。”

他的话是那么准确，四天后，飞扬收到了华江VC（风险投资）的邀请，表示出想要投资的意愿，甚至还没到初七。

董斯扬带着张放、赵腾登门，一方面讨论事情，一方面来聚会。一进屋，张放的眼睛又不知道往哪儿放了。

“天啊天啊天啊！豪宅啊！”他踮着脚走来走去，趁着李峋跟董斯扬说话，偷偷对赵腾说：“李组长可真敢花钱，我们才算刚步上正轨，他一年花的钱比我一辈子赚的都多了。”

赵腾眯着眼睛看他，“你也就这点出息。”

董斯扬老神在在地坐在客厅喝茶，点评保姆泡的茶比朱韵泡的好多了。

朱韵在旁看书，没有搭腔。董斯扬又笑着说：“你干脆辞职吧，回家相夫教子。”

朱韵淡淡道：“辞职？我还想着过年要加薪呢。”

董斯扬浓眉一拧，顿时坐直，“加薪？！”

李峋从卧室把电脑拿过来，放到茶几上，朱韵也不逗董斯扬了，低头看书。

董斯扬跟李峋讨论了一会儿项目的问题，然后直截了当地问道：“我跟华江的人约在明天见面，行不行？”

李峋：“可以。”

董斯扬：“拿得下来吗？”

李峋：“当然。”

朱韵在旁听着，唇角不由自主地上扬。她为了不被人看见，用书悄悄挡住，转过脸看外面。

落地窗外，雪满天涯。

她耳朵里很静。

明明张放和赵腾在厨房吵吵闹闹，董斯扬和李峋也在身旁不停地商讨着事情，可她就是觉得很静，静得好像能听到窗外每片雪花的声音。

落到屋顶的，落到树上的，还有落到地面的……她觉得自己能区分出这其中细微的差别，就好像她能从李峋每一个眼神、每一个神态、每一句话中，体会他全部的真意。

李峋为了取资料，要跟董斯扬回公司一趟，朱韵送他们到门口。李峋先出去了，董斯扬在门口穿鞋，朱韵说：“下雪天慢点开。”

董斯扬抬头，笑着说：“你比刚来时强多了。”

朱韵：“什么？”

董斯扬随手摆摆，“说了你也不懂。”他手一挥，朱韵敏锐地看到手腕上缠着的纱布，连忙问：“手怎么了？”

董斯扬抬胳膊看了看，道：“没事，前两天不小心碰了一下。”

张放在后面喊：“什么没事？！董总大年三十加班谈业务！冰天雪地开车撞护栏了！手腕都骨折了还不下前线！简直是时代楷模！”

董斯扬面无表情地往后看了一眼，张放马上销声匿迹。

朱韵忍不住道：“你注意点，小命比什么都重要，做不来就先放放。”

“放放？”董斯扬轻哼一声，鼻腔里喷出一股白气，“我已经放了太久了。而且……”他看着朱韵，粗犷的脸上信心斐然，“下次别跟我提‘做不来’，老子一听这仨字就不爽。我可警告你，你不要觉得你有儿子就可以对我厉害了，我还是你老板！要有上下级观念！”

朱韵：“你怎么也说是儿子？”

董斯扬拍拍衣服，最后瞪她一眼，斩钉截铁，“就是儿子！”说完扭头走了。

朱韵靠在门边，看着两个男人一前一后踏进风雪中。

那句老话怎么说来着？

不是猛龙不过江。

朱韵闭上眼，听到远处的风声，总觉得那是老天在说话，告诉那些前半生遭受种种磨难却始终没有放弃自己的人，你们受过的苦，如今孕育成龙了。

她睁眼，对着风雪冷笑一声，自语道：“我就要生个女儿，气死你们这群王八蛋。”

朱韵生产那天，李峋不在。

时间赶得太不凑巧。

孩子比预产期早出来三天，李峋正在北京参加华江投资的新闻发布会。华江给飞扬的第一轮投资金额就达到四亿，打响了今年互联网融资最响的一炮。

新闻发布会在北京华江总部举行，其总裁姚乃贤亲自主持。李峋本来想在家陪朱韵，被她赶走了，“这种场合你必须在，这不是闹着玩的，你谱儿是有多大？”

“那我看不到我儿子出生了。”

“发布会离预产期还有点时间，你没准儿可以赶回来。”

李峋靠在床头懒洋洋地道："怎么可能那么准，我儿子等不及了，要提前出来。"

朱韵喊了一声。

李峋静了一会儿，轻声道："算了，总要有点遗憾。"

朱韵奇怪他为何能这么笃定。

那天朱韵正在客厅看电视，新闻发布会是直播，李峋西装革履地出镜，帅得朱韵目眩神迷，整个人痴呆犯傻。

跟他一对比，就连活动现场请来助阵的明星都黯然失色。

就在她看得起劲的时候，忽然身下一阵剧痛，好像伤口裂开了一样，裤子很快湿了。朱韵扶着肚子，后背开始冒汗，她声音发虚，鼓足气大喊："付一卓！"

付一卓正在后屋地毯上掐指练瑜伽呢，听到朱韵叫喊，连滚带爬地起来，一看朱韵身下一摊水，赶紧打电话叫车。

等车期间，朱韵还不忘多看两眼电视上的帅哥。

记者采访到姚乃贤，询问他对这一轮投资的看法。

姚乃贤说："华江这一轮投资了不少企业，涵盖了互联网公司的各个类型。首先肯定是电商，还有做电商离不开的搜索引擎。接下来就是社交移动互联网以及一些生活板块类，大多是餐饮娱乐和房产交易。当然，还有金融、物流和文化领域，都有所涉及。"

记者又问："不过这一轮投资的重头还是飞扬科技有限公司，一家新兴的互联网医疗公司。"

姚乃贤说："没错。中国的互联网赚了这么多钱，可仔细分析内部结构会发现，其中前沿科技的含量非常低。我不希望十年、二十年后的中国互联网企业还是这样，只能照搬别人的东西，靠着娱乐、服务和卖便宜货发家。"

记者："科研类的互联网企业也有很多，为何您偏偏选中这一家？"

姚乃贤说："首先一定是因为实力。他们有非常强的实力，公司的技术负责人对于数据的收集和分析有着非常周全严密的方法。而且这家公司很有韧性，这也是我看中他们的理由。我相信他们一定能够成功。这行业里有人负责提供便捷、供人娱乐，也要有人负责改变时代。"

朱韵被送到医院，护士长在门口等着。付一卓早在几个月前就托人联系好了，三下五除二把朱韵推进了待产室。

之前一直都没有什么感觉，全堆在生产前的这段时间了。朱韵被推进待产室的时候已经疼得不行。她记得自己只在人生第一次来月经的时候有过这种感觉，不过现在比那时更疼数倍。

护士长在她身边说："来，深呼吸，长吸短吐，呼气的时候把肚皮下压。"朱韵照做了几次，护士长戴着手套内检，惊呼："宝贝，你这条件也太好了！全开了啊！"

然后朱韵就在各种簇拥之下被推进了产房。护士长还安抚她："别紧张啊，也别哭，越哭越不好生，要省力气！"

朱韵被绑上各种监测仪器，她感觉肚子像要炸了一样。助产士做好一切准备后，对她说："不要紧张，阵痛的时候就用力！"她话还没说完，朱韵腹部又疼起来，她第一次用力没成功，好像拉屎拉了一半憋回去了一样。

就这样反复几次都没成，朱韵有点不耐烦了。隔了一阵又是阵痛，朱韵抓着床架，咬紧牙，恶狠狠地吼道："出来！"

朱韵忽然出声，把周围人都吓了一跳。她再次用力，这回身下猛地一股热气袭来，她感觉乱七八糟出去了一堆东西，然后一切都平静了。

医生感叹："哎哟，这力气也太大了。"

朱韵脱力，浑身是汗，躺倒在床上。

小家伙被医生拎着拍屁股，朱韵恍恍惚惚间听到哇的一声哭。

医生给她打针，缝合伤口，朱韵看不到自己身下的具体情况，只感觉头重脚轻飘飘然。

她轻声问："是男是女？"

护士笑着说："男孩呀！好结实呢！"她抱着孩子给朱韵看，小朋友浑身通红，肉皮嫩得好像一碰就破。

真丑啊……

朱韵皱眉看他，喃喃道："你怎么可能是我和李峋的孩子呢？"

小朋友听完她的话哭声更大了，乱蹬着腿，护士险些没抱住，"哎哟！这孩子真厉害！"

朱韵默默地看着他，说："我想要女儿，你出来干什么，跟你爸一样专门气我的？"

小朋友哇哇大叫。

朱韵伸手，她刚刚生产完，手还有点抖，她戳了戳小朋友的肚皮。一碰到他，她整个人都软下来了。

护士抱着孩子去检查了，医生正在缝合。朱韵已经不知疼痛和疲惫是什么感觉，她仰着头，看着窗外。

这是一个草长莺飞、万物复苏的季节。

她远远地望着天空，轻不可闻地说："好啊，你又赢了。"

护士没听清，以为她想要什么，过来询问，朱韵说："请帮我把手机拿来行吗？"

家中。

空荡荡的客厅，临走忘记关的电视还在播放着，新闻发布会已经结束了。

所有人都簇拥着姚乃贤，记者们抓紧一切机会收集报道材料。

忽然有个人大声问姚乃贤："前几个月有人爆出，飞扬负责人曾经因为伤人入狱六年！而且听说他出身极差，请问这对您投资飞扬毫无影响吗？"他话音一出，大家不等姚乃贤回答，已经开始寻找那位飞扬负责人的身影，可他们并没有找到。

被推到风口浪尖的男人在发布会刚刚结束的时候就已经走了，他还有很多要做的事，没有兴趣与记者周旋。

出了酒店，夜色已浓。

他点了一根烟，垂首逆行在首都繁华的街头，身姿孤傲冰冷，任何人都无法靠近。

他似乎在思考什么，沉默着走了许久，忽然衣兜振动。

他拿出手机一看，周身的冷顷刻就散去了。

**——正文完——**

# 补充篇

打火机与公主裙

❷

## 《堂前燕》

李思崎曾在媒体前戏称他爸为“堂前燕”，意思是不管博多大名、招多少财，都进不得厅堂，只能在堂前候着。

那时他刚从戏剧学院毕业，刚刚出道准备参演电影。作为全国最大的互联网医疗企业老板的大公子，加上其大大咧咧、经常语出惊人的特点，李思崎从很小的时候起就饱受媒体瞩目。

在电影宣传会上有人向他提问：“你选择走演艺这条路，你的父亲李峋先生有什么看法吗？”

李思崎笑嘻嘻道：“他看法可多了，我就一听一过。”

那人又说：“李峋先生作为当代最厉害的数据专家之一，为中国互联网医疗发展做出了突出贡献，他从没对你提出过继承家业的要求吗？”

“提过又怎么样。”李思崎小脸一扬，指着自己说，“你说他厉害，我还厉害呢！要不是凭我这三寸不烂之舌，他这辈子别想踏进丈母娘家的门！”

记者虎躯一震，心说这个李思崎简直就是活生生的新闻制造器，随便套一套，都是一堆猛料。

事后李思崎因为这段口无遮拦的采访被朱韵大骂一通，但他从小到大都被骂烂了，完全不在乎。

李峋是在李思崎上初中的时候，才第一次踏进朱韵家的大门。

从他们结婚的那天算起，已经十几年过去了。

朱韵的母亲已经七十岁。

在那之前，他们曾在一些场合偶遇过，但朱韵母亲从来没有跟李峋说过一次话。甚至在他们刚刚结婚的那段时间里，父母都没有跟朱韵联系过。

直到他们知道了李思崎的存在。

李思崎出生三个多月后，朱韵给家里打电话通知父母，母亲还等着他们离婚呢，没想到孩子都有了，又是把朱韵一顿臭骂，还扬言要断绝关系。

后来朱韵的表弟小峰来这边出差，顺便来看望她。小峰比朱韵小一岁，有一个相处多年的女朋友，马上要结婚了。

他一边逗着襁褓中的李思崎小朋友玩，一边说："我大外甥真可爱。"

三个月大的李思崎同学已经摆脱了皱皮土豆的形象，眼睛也睁开了，小脸也鼓起来了，躺在婴儿床里经常摆动胳膊和腿，但是头还不大会动。朱韵一直坚持母乳喂养，他体格结实，哭起来声音嘹亮。

"孩子嘴长得像你。"小峰趴在婴儿床上跟李思崎大眼瞪小眼，"眼睛鼻子像他爸爸。"

朱韵坐在婴儿床旁边的沙发里，手里拿着本书看，"别像我，男孩长得像我不好看，浓眉大眼没意思。"

小峰回头看她，"我家人都浓眉大眼，怎么就没意思了，非得随姐夫内双啊？那太严肃了，他一看我，我都不敢说话。"

朱韵眼睛没抬，又翻过一页，"那叫魄力。"

小峰趁她不注意，跟李思崎做鬼脸，挤了朱韵一眼。小峰拿玩具逗李思崎玩，随口道："我婚礼的时候，你和姐夫带着我外甥都去呗。"

朱韵终于从书里抬起眼睛。

小峰："你爸妈应该也会来，到时候也让他们见见孩子。再让亲戚朋友帮忙疏通一下，没准儿你妈就松口了。"

朱韵说："可能性不大。"她太了解自己的母亲了，她们有相似的性格，对于认定的事有股可怕的执拗。李峋几乎是母亲这辈子唯一一个失败点，她不可能这么轻易松口。

小峰道："那也要来，这是他们外孙，总不能一直不见面。"

晚上李峋下班回家，风尘仆仆地钻进洗手间洗脸，朱韵穿着睡衣靠在门边，将小峰的邀请告诉他，“你想去吗？公司那边太忙的话就我带着他去。”

李峋快速地洗了一把脸，回过头。朱韵将手巾递给他，李峋抹了抹，说：“去吧，哪天？”

朱韵将日期告诉他，顿了顿又说：“到时如果我妈……”她还没说完，李峋将手巾扔到后面的洗手台上。他站得很近，低头嗅了嗅她的脖颈，自然而然地将话接过：“没事，不用担心。”他说着将手伸进朱韵的睡衣里。朱韵生完孩子还在哺乳期，月子里养得白白嫩嫩，皮肤一捏，随时能渗出汁来一样。

朱韵背靠着墙壁，李峋吻着吻着有点不受控了，他呼吸沉重地问：“过八个星期了没？”

朱韵被他压得快要喘不过气，“什么？”

“过了八个星期了吧？”

医生建议顺产过后最好八个星期再同房，李峋自问自答：“肯定过了，我他妈感觉都过了一年了。”他给她打了个横抱往屋里。朱韵下巴在他脖子上垫着，幽幽道：“哪有一年……”

小峰的婚礼朱韵一家三口都去了，李峋给这位远亲小舅子包了一个巨型红包。

朱韵在酒店里面碰到了母亲，母亲正在欣赏乐队拉小提琴，身旁的三婶先发现了她，冲她笑笑，示意母亲。

母亲回头，看到朱韵一家，神态不变。三婶在旁笑着劝，母亲扭头走了。三婶过来逗了会儿李思崎，对朱韵说：“你爸也在里面，你带孩子过去看看吧。你妈就是嘴上倔，其实很关心你们呢。之前小峰回来的时候，她暗地里问了好多孩子的事。”三婶又看向朱韵身旁的李峋，犹豫着说：“李先生就先等一等吧。”

朱韵独自带着李思崎去母亲那儿，一桌的亲戚朋友都被这小娃娃吸引了，围起来看。朱韵跟母亲打招呼，母亲淡淡地应了。朱韵看到她目光总向李思崎那儿瞄，就把他递给母亲抱。

事后回想，似乎真的全是李思崎的功劳。三个月大的小孩被人像动物一样围观着，完全不惧生，别人一戳他就笑，旁若无人地嘎嘎笑。

他一笑，母亲和父亲还有周围所有人都跟着笑了。朱韵回头，李峋站在很远的地方看着他们，也笑着。

婚礼整个过程，母亲都抱着李思崎不撒手，连小峰和新娘交换戒指的时候她都没抬头。

那场婚礼后，朱韵再给家里打电话，母亲都会询问李思崎的情况。过年前，朱光益打来电话，让朱韵带着孩子回家。

“只有你们两个回。”他强调说。

李峋对此并没有意见，他说：“回吧，你们一年到头也不回去几次，你父母想你也正常。”

朱韵心里不好受，但她不敢表现出来。对李峋而言，“家庭”是张又薄又脆的窗纸，透着无限的遗憾和哀伤。

朱韵对他保证说：“你除夕不要工作，跟我们一起走，在旁边的酒店等我。我带他去吃个团圆饭，等我爸妈睡了就出来。”

李峋看看四仰八叉躺着的李思崎，沉吟道：“他那么能睡，折腾醒了怎么办？”

朱韵直起身子。

李峋没有拒绝她的提议，说明他动心了，他不想自己过年。

情有可原。

有妻有子，凭什么要自己过年呢？

朱韵盯着李思崎，二话不说道：“醒了就重新睡，有什么了不起。”

她当年为了见他，数九寒天里穿着单裙在街上夜奔。如今换成她儿子，只是少睡会儿觉怎么了？

这也成了后来朱韵总被李思崎念叨的理由之一，“跟我爸比起来，我就是咱家一、根、葱！”

李思崎跟媒体大吐苦水：“不是有个传承多年的经典问题吗，你去问我妈，我和我爸同时掉水里她救谁——绝对是我爸！”

他每次一提童年就长吁短叹，“唉，我给我家出过多少力，最后还是不得不屈服于我爸的淫威之下！我曾想拉着我妈的小手，劝她跟我一起起义反抗暴政……”

记者连忙问：“然后呢？”

“然后？！”李思崎瞪着眼睛，“还有然后？！”

记者：“……”

李思崎抿了一口水，平定情绪。

记者又问："你说你给家里出了很多力，主要是指哪方面呢？"

"别提！"李思崎放下水，"一提这事我就来气！我小升初的时候，我妈抓我学习，我实在是不爱学啊！我就问我妈——'你信不信我有办法让我爸跟我们一起回家过年。'我妈说不信，我就跟她打赌，如果我赢了以后就别逼我学习。"

记者："你母亲答应了？"

李思崎眼神一拧，"当然答应了啊，我不是说了嘛，涉及我爸的事她没有不上心的。"

记者："那之后你做什么了？"

李思崎狂拍大腿，"当然是死皮赖脸地去跟我外婆闲扯啊！我外婆是我家大魔王，她真是以实际行动证实了她有多看不上我爸！不管我爸拿什么奖、赚多少钱，该看不上就是看不上！就是这么有气魄！"他指着自己，对记者说，"我外婆是前年去世的，我当时正好二十岁。你知不知道，在这整整二十年的时间里，外婆叫我名字的时候从来不叫姓氏，一次都没有。"

记者愣住。

李思崎哼哼两声："可惜我费那么大的力气让我爸跟我们一起过年，回头我妈还是逼我学习，你说这经商的人怎么能这么不讲信用呢。"

记者回过神，说："你的父母严格来说不算商人，应该是科研人员，他们对……"

"行了行了，打住。"李思崎摆手道，"我不想千里之外还得听他们的精品访谈。"

他靠回椅子里，看向外面。记者忽然感觉他不经意的这个侧脸，跟李峋之前有张照片特别像。

李峋与朱韵一共有三个孩子，两个儿子和一个女儿。另外两个孩子都成功地遗传了父母的高智商，尤其是小女儿，刚刚十六就已经读完了大学，前去国外深造。只有李思崎，一个戏剧学院考了两年，第一年还卡在文化课成绩上。

可这三个孩子中，李思崎长得最像他爸爸。

那眉眼、身姿、神态，与年轻时的李峋如出一辙。所以大家在看他的时候，很多时候都会联想到他父亲，好像时光错乱了一样。

记者最后问："那在你上初中之前，你们过年的时候，你爸爸都在酒店里等着吗？"

李思崎淡淡道："不，他在车里等着。"

这样近一点，也快一点。反正车里开着空调，外面下多大雪都不会冷。

李思崎手垫在脑后，轻松道："每次我和我妈都以最快的速度出来，可还是被他抱怨等得无聊。可让他走吧，他又不肯。"他晃晃椅子，轻笑着自语，"简直就像一只认准人家的堂前燕。"

## 《走马灯》

飞扬收购吉力，是在李峋三十七岁这年。

不过收购计划最开始的主导者，并不是李峋，也不是朱韵，而是飞扬当时的CEO（首席执行官）黄志飞。

说起这个黄志飞，当年华江注资之前，董斯扬还在给飞扬搞装修的时候，曾塞给朱韵一个装着简历的U盘，里面就有黄志飞。他是飞扬重新步入正轨后第一批被招聘进来的人，面试他的是张放。

张放给黄志飞的面试时间非常短，并且几乎在第一时间就决定录用他，理由非常简单，这个人身上散发着跟朱韵、李峋一样的气息。

黄志飞刚进来时也是程序员，后来慢慢往商务和行政方面转。黄志飞做事谨慎而富有远见，只是性格有些内敛，与董斯扬刚好互补。在两人的配合下，朱韵和李峋可以完全放心地投入研发。而飞扬发展稳定，公司重新起步五年后，顺利上市。

李思崎六岁那年，李峋和朱韵在外地忙着跟政府谈中小城市的医疗数据联动推广，每天脚不沾地，甚至连李思崎小朋友开学这天都没有出席，还是付一卓带着苦兮兮的李思崎去了学校。

在与政府相关部门初步达成协议之后，朱韵跟李峋踏上回程之路，朱韵本来想着回来先去商场给李思崎小朋友买点礼物做赔礼，却被董斯扬和黄志飞叫去开会。

董斯扬特地告诉朱韵，这个会先不要通知李峋。

朱韵甚是奇怪。

他们没有在公司开会，董斯扬将人组织到一家茶馆，假山小石，氛围清幽。朱韵看到除了董斯扬和黄志飞以外侯宁也在，这让她不由得严肃起来。

侯宁一直负责公司信息安全部门，因为医疗数据不同于其他，飞扬需要对用户信息做好严密的保护工作，朱韵以为是这方面出了问题。

"出什么事了？"她开门见山地问。

董斯扬好整以暇地坐在红木椅里，喝着茶说："不是我们出事。"他示意黄志飞，黄志飞直截了当地对朱韵说："是这样，侯宁发现吉力公司有人在私卖信息。"

朱韵已经好久没有听到"吉力"的名字了。他们与吉力走上了不一样的路，在华江注资飞扬之后，方志靖也不敢再轻举妄动，专心致志地接着搞游戏。在偶尔的几次消息中，朱韵得知吉力的经营状况并不太好。虽然顺利上市，但他们被华江以"缺乏自主创新力"为由拒绝投资。

吉力之前最赚钱的项目，那款《完美女友》也因为政府限令很快被禁了。吉力面临过两次大型改革，最后勉强卖了大部分股票换来新的投资方。

"他们私卖什么信息？"朱韵问。

侯宁："他们所有的游戏对于手机来说都是深度植入。"

朱韵点点头。

这对目前的国内厂商来说是很普遍的事。所有公司都想尽可能多地获得用户信息，为了保证装机率，无所不用其极。

朱韵看着在笔记本上鼓鼓捣捣的侯宁，说："你怎么知道他们私卖信息？"

侯宁："我自然有我的方法。"

朱韵挑眉，"你还惦记这公司呢？"

侯宁瞪她一眼，"你不惦记，当然我们惦记了！"

旁边坐着的黄志飞推推眼镜，说："他们私售信息是坐实的事，不过现在渗透装机的游戏太多了，只是这样也没什么大不了。但最近发生了一件事，是一个机会。"他看着朱韵，细长的眼睛里精光毕露，"如果你对这家公司还有什么想法的话，我们可以一举将它端掉。"

朱韵："什么事？"

黄志飞将一张报纸放到茶桌上，朱韵拿起，是篇入室抢劫强奸的新闻，就发生在本市。新闻内容太过惨烈，朱韵看得眉头频皱。

她问："这跟吉力卖信息有关？"

黄志飞："有没有关，我们说了算。"

朱韵看他一眼。

黄志飞不像董斯扬总嬉皮笑脸，他不常笑，气场总是很强。

"我跟负责这个案子的人认识，我托他去看了受害者的手机，里面有吉力公司的游戏。现在犯罪嫌疑人已经被抓了，他交代说他的信息是从网上买的。"

朱韵："卖家是谁？"

黄志飞："现在追不到卖家。"他说完，身体靠前，又道，"所有人都可以是卖家。"

朱韵明白了他的意思。

黄志飞又说："朱总，我们最近正准备收购一家开发保护用户隐私的浏览器公司。现在的人都很拿自己当回事，人们对于隐私保护的需求越来越高，但都不知从何入手。大家对互联网公司过度摘取用户隐私的事已经忍无可忍了，现在只是缺乏一个爆点。"

朱韵端着茶，凝神思考。

黄志飞："时候差不多了，我们拿吉力开刀，咬准这件惨案就是他们出卖用户信息导致的，然后再推出我们自己的无痕浏览器。就算不是百分百有效，也能表明公司态度。我们做医疗行业，需要用户的信任。"

朱韵思索了大概十分钟的时间，最后放下茶盏，"好，弄吧，谨慎一点。"

方志靖最近也没找过飞扬麻烦，现在的飞扬实力非比寻常，他躲都还来不及。

黄志飞带着人准备了三天时间，然后一股气爆发，吉力游戏公司私自售卖用户信息导致罪犯登堂入室的新闻铺天盖地而来。

吉力被打了个措手不及。

方志靖无数次出面对媒体解释，他们已经将那位擅自贩卖信息的员工交给警察处理了，并对大众道歉，表明以后公司绝对会严格管理。

朱韵看着方志靖在电视媒体前的姿态，倒也相信了卖信息并不是他授意的。消息最多也就卖几万块钱，对于方志靖来说连塞牙缝都不够。

可民众不这样认为。

在黄志飞刻意渲染下，所有人都觉得这就是发生在自己身边的事，大家惶惶不安之后，又迸发了极大的愤怒，骂罪犯、骂公司，也骂监督不力的政府部门。

民怨四起，政府慌忙着手打压这个出头鸟。

墙倒众人推，一时间，吉力以前的那些侵权官司，甚至十几年前方志靖跟李峋的恩怨纠缠全都被挖了出来。

这回瞒也瞒不住了。

李峋第一次看到这个消息的时候是在家里，那天他难得休息，李思崎小朋友一蹦三丈高地要看动画片，李峋跟朱韵就坐在沙发里陪他。

方志靖出现在动画片之后的新闻里。

李峋一边看着，朱韵一边在旁给他讲了黄志飞他们的计划。

“他们之前没让我告诉你，怕影响你现在的工作。”朱韵说。

李峋目前的项目研发正是关键的时候，容不得一丝一毫的马虎。

李峋看着新闻滚动，一直没有表态，等下一集动画片开始的时候，才低声笑道：“你们可真能折腾……”

方志靖知道这是飞扬的手段，他没办法，只能再让高见鸿去求李峋。

可惜高见鸿这次没有再配合他。

事实上，高见鸿这些年没太管吉力的事，他在鬼门关转过一圈后，一切都看淡了很多。他跟吴真前年离了婚，到现在也没有再娶，在公司挂着名，到处游玩。

方志靖被逼得走投无路，最后亲自找上朱韵家。

他形神不堪，在门口给李峋跪下，“我认输，我认输了行不行，你放我一马行不行！”

李峋一语不发，他过了三十五岁，连日常的嘲讽脸都懒得摆了，整个人冷得像块冰。除了相熟的几个人，几乎没人敢主动找他说话。

方志靖见他这样高高在上地看着自己，神色又毒辣起来，“兔子急了还咬人呢，你不怕把我逼急了咱们来个鱼死网破？”

他这话说得让脸部神经已经多年懒惰的李峋破功了，李峋讥讽地看着他。

方志靖浑身颤抖，捏着拳，点头说：“好，好啊……咱们俩这么多年了，也是该有个了结了！”

方志靖走了。

很快，飞扬公司着手收购吉力，而就在流程快要结束的时候，李思崎小朋友放学途中被人绑架了。

那段时间李峋几乎要疯了。

朱韵知道，他应该是联想到了他的姐姐。

朱韵也怕，但她忍着。

李思崎失踪三天，李峋一直无法入眠。最后朱韵让医生强行给他打了针，他这才勉强睡了一觉。

第四天，董斯扬带人找到了方志靖，就在市郊的一家废弃工厂。

那时方志靖似乎有点神志不清了，他手里没有武器，董斯扬带着那伙老流氓轻而易举地就将他制伏了。

李思崎小朋友没什么大碍。董斯扬怕这事对他产生什么影响，过去安慰他，没想到小朋友眼睛发光地看着他，兴奋道："董叔你太帅了！"

董斯扬无语地将这活宝拎到车里，回身来到方志靖身边，看了半晌，对他说了句心里话："你这辈子，只能在阴沟里翻腾，干不出一件有胆量的事。"

李峋赶去之后，第一件事是抽出董斯扬下属的刀。他动作太快，所有人都没注意，等他们意识到的时候已经离得太远了。

李峋照着方志靖就砍了过去，董斯扬大吼一声："等等！"可已经来不及了。就在刀锋离方志靖脖子只差几厘米的时候，后面冲过来的朱韵将李峋一下子扑倒。

她抱着他，几天的工夫，他消瘦得只剩一身骨头。她的手也在抖，但嘴里一直说："没事了，没事了李峋。"

方志靖因为绑架，被判处十一年有期徒刑。朱韵不敢让母亲知道李思崎被绑架的消息，托董斯扬和黄志飞花重金将信息封锁了。

而后，吉力公司被飞扬全资收购。

因为这场风波，董斯扬决定给管理层放假一周，带他们去山上拜庙。

这位李思崎小朋友心特大，恢复得比他爸好多了，看出父母不想让外婆知道他被抓走，就拿这个威胁朱韵，要休假、要自由，不要上学。

朱韵全都依他。

董斯扬找的山还没被过度开发，环境幽静。山上没有酒店，只有寺庙，董斯扬包了整座庙，管理层上下十几个人一起住在里面。

白天看和尚伺候茶园，晚上听满山的涛声。

李峋经过这一次，头上白发又生。大家都想让他好好休息放宽心，谁都不提沉重的事，尽量开开心心。

李思崎也跟着来了，朱韵每天带他漫山遍野地玩。她偶遇后山算命和尚，闲来无事，就算了一次。

和尚问她算什么，朱韵不算自己、不算儿子，单单算李峋。

和尚问了李峋的名字和八字，像模像样地思考了一会儿，说："此人命格奇特。"

朱韵："什么意思？"

和尚："此人命带七杀格，从古法说，这是极凶之象。这样的人往往一生漂泊，大起大落，但也有一举成名的资质。他贵人星在命宫，说明他是自救型，自己就是自己今生最大的贵人。这样的人活得累，他很有可能有大成就，但也很有可能活不长。”

朱韵站起身，冷冷地看着他。

和尚咳嗽两声，“您看，我得跟您说实在的不是。”

朱韵心里骂了句江湖骗子，扭头就走，走了几步又折回来，“有办法让他更好吗？”

寺庙里，几伙人正在打扑克，董斯扬和李峋坐在椅子里抽烟，正堂门开着，对着外面的山道。

李峋低声说：“吉力的事，辛苦你们了。”

董斯扬：“辛苦什么？”

李峋淡淡道：“难为你们还记着这点陈年旧事。”

董斯扬看向他，李峋平静地看着远处。

说是要收购浏览器公司，要打广告，可熟悉过往的人都知道，这整件事里透露出的满满都是复仇味道。

董斯扬看了一会儿转回头，“没啥。”

场面一时安静下来，过了一会儿董斯扬说：“好在那小家伙没什么事，不然真的得不偿失了。”

李峋没有说话。

董斯扬：“这次真有点悬，你那刀要真砍下去，可就麻烦了。”

李峋还是没有说话，山道的尽头缓缓走来两道人影。

朱韵带着漫山遍野疯玩一下午的李思崎同学回来了。

天边红云温柔艳丽，就像她每每凝视他时那张妩媚的脸。

如今真的尘埃落定了。

恩恩怨怨走到头。

朱韵路过寺庙门口，询问小沙弥后山算命和尚的事，小沙弥瞪眼道：“他怎么又来了啊！那是个骗子呀！”

朱韵：“……”

好，很好，非常好。

两千块钱的作法钱已经送出去了。

她长叹一口气，李思崎问她：“怎么啦？”

朱韵摇摇头，摸着李思崎圆圆的脑袋，轻声说：“没事，妈妈安心了。”

董斯扬也看见朱韵带着孩子回来了，他笑着说：“这次还多亏了她，关键时刻跑得够快的，简直就是猛虎扑食。”

李峋嗯了一声。

董斯扬笑着感叹道：“哎哟，看着你们一家，老子也他妈有点想结婚了，结婚好不好？”

李峋：“好。”

董斯扬：“不是说婚姻是爱情的坟墓吗？”

李峋没说话。董斯扬看着他，又故意逗他说：“朱韵好不好？”

李峋叼着烟靠在椅子里，神色跟往常一样平静漠然。他又是很久没有说话，一直看着门口拼命拉着李思崎不让他往石头上爬的朱韵。

不知过了多久，在董斯扬以为不会有回应的时候，李峋低声道：“如果人临死前真有走马灯这个环节，她大概会是我这辈子见的最后一人。”

声音浅浅，淡若荒山古寺之轻烟。

## 《我与你们说》

蒋怡今天有些紧张，紧张之中又有些难掩的兴奋。

她早上六点就起床了，为的就是今天的采访。她早早就来到李思崎的别墅门口，等待着采访时间的到来。

采访李思崎本人的机会非常少，尤其是在他五十岁息影之后，他与夫人周游世界，很少出现在公众的视线里。

但大家对他的关注丝毫未减，对他的生活抱有一百二十分的好奇。

这种关注，在他还是个乳臭未干的孩子时就已经开始了。

日上三竿，李大爷终于懒洋洋地起床了。他的妻子韩穗告诉他与记者约定的时间快到了，李思崎打着哈欠，穿着睡衣去了书房。

蒋怡进去的时候，看到一个清俊的老人坐在靠窗的沙发里喝咖啡。李思崎性格懒散，不染头发，发丝黑黑白白交叉，反而有几分不羁的潇洒。他听见声音，抬眼看来，蒋怡脸上顿时一热。她心想，不愧是出身豪门的影帝，身上自带着一股气质，非比寻常，不是那些年轻演员可比的。

蒋怡先跟李思崎行礼，“李先生您好，我是《电影周刊》的记者蒋怡。”

李思崎冲她笑了笑，这一下蒋怡更眩晕了。

李思崎放下咖啡杯，低声道：“我刚睡醒时有点迷糊，说话慢，你有什么要问的就直接问吧。”

蒋怡连忙坐下，将自己的笔记本拿出来。

如同李思崎自己所说，他刚睡醒反应慢，很多问题蒋怡问了之后，他都是等了老半天才慢慢回答。

蒋怡刚开始时担心他现在功成名就，对采访等事会以谨慎、官方的态度对待，没想到开场只几分钟，李思崎就打消了她的顾虑。

蒋怡问他：“您在五十岁便息影，很多导演都力请您出山，您也不动心，是不是打定主意要把精力留给家庭了？”

李思崎道：“不是。”

蒋怡：“那是因为？”

李思崎：“懒。”

蒋怡：“……”

李思崎打了个哈欠，道：“刚开始是因为懒，后来请我的人多了，很多大牌导演，我就更不能出去了。你想，这么大张旗鼓地来请人，大家期待肯定高，到时如果演得难看，多丢人啊。”

蒋怡无语凝噎。

各种奇葩的回答让现场的气氛轻松起来，蒋怡看气氛不错，问道：“那……能问您一点私人方面的问题吗？”

李思崎：“随便。”

蒋怡小心地发问：“今天是您母亲三周年的忌日，您选择今天接受采访，也是对她的一种缅怀吗？”

提及母亲朱韵，李思崎的目光变得幽远。他淡淡地说：“我的确很想念她。”

蒋怡又说：“而今天很巧，也是您父母结婚六十周年纪念日。”

李思崎笑了，“你们记得真清楚，我都没记这么清。”

蒋怡：“他们恩爱多年，一直都是业界的表率。”

这词把李思崎逗乐了，“什么业界表率。”他眼望着窗外，思绪深远地说，“任何感情走到最后，都会变成习惯。真要一直维持爱情的状态太难了，尤其是在双方脾气都很倔的情况下，要付出很大的努力才行。”他叹了口气，“其实我爸晚年脾气那么冷，多半是我妈惯的。他在家里被宠上天，得到的已经足够多，在外面受不受欢迎，他就不在乎了。”

蒋怡一直觉得李思崎是个奇人，很多公众人物铭记谨言慎行的原则，只有李思崎，自小到大，一直是想说什么就说什么，从未改变。他惹来过很多麻烦，他的母亲朱韵也多次在媒体面前道歉，但李思崎仍然我行我素。

蒋怡一直觉得，他这样的性格会受家里人的叱责，没想到，不管是他从政的弟弟李昱成，还是继承家业的妹妹李玥凌，都不约而同地表明，李思崎是家里最受宠的孩子。

李玥凌说过理由——“因为他最像父亲。”

蒋怡将这话重复给李思崎听，李思崎哈哈大笑，“我爸是脾气烂点，但你们也不能这么骂他啊。”

蒋怡：“您觉得您父亲的脾气很不好？”

李思崎：“简直浑身散发着狂妄的臭味。”

蒋怡：“……”

就像李思崎的口无遮拦已经成了一种符号，李峋的脾气在当年也是风云一时，关于这方面的种种事迹简直数不胜数。

“你是没被他骂过，真的会有一辈子阴影的。”李思崎笑着说，“怎么说呢，我爸那人情商有点低。或者也不是低，是他懒得应付那些人情，他的耐心都用在工作和少数几个人身上了。”

蒋怡：“好像一直到他去世，都没有太多朋友。”

李思崎说：“对，很少很少。”

蒋怡：“那您觉得，在您人生当中，父母哪一方对您的影响更大呢？”

李思崎毫不犹豫地答道：“我妈。”

蒋怡：“为什么？”

李思崎长吸一口气，说道：“其实小时候我跟我爸的关系不太好。我不听话，特别叛逆，有事没事就喜欢跟他作妖，影响他工作。而且我课业成绩太差，这点让他很不满意。”

蒋怡：“小时候您怕您父亲吗？”

“怕啊！”李思崎瞪大眼睛，“怕得要死，尤其是他拿着成绩单不说话看着我的时候，我真是恨不得自裁谢罪了。”

蒋怡被逗得咯咯笑，“那您母亲呢，这种时候她是什么态度？”

李思崎一摊手，“看戏。我家是我爸当家做主，只要他不上手打我，我妈就不管。不过其实说起来，我妈比我爸更看重我的成绩。她思想比较规矩，我爸更多的就是鄙视我玩。”

蒋怡又问了些问题，然后话题不知不觉就聊到那个可以说是影响李思崎演艺之路的影片上。

蒋怡：“《长明灯》这部影片可以说是您演艺生涯的一个转折点，这部影片其实也就是您父亲李峋先生的传记电影，您最初出演这部影片的契机是什么呢？”

李思崎想了想，说：“是我妈让我演的。”

蒋怡：“完全是您母亲的意思吗？”

李思崎回顾往事，说道：“其实那段时间我过得并不好，理由媒体也都知道。”

李思崎三十六岁的时候，李峋去世了。未及古稀之年，不算长寿，但好在走时平平静静，没有太过痛苦。认识他的都知道，他太累了，三十年如一日地投身工作，只在最后的几年，身体无法承受的时候，才退下一线，与妻子去国外生活，度过了一段安逸的时光。

李峋去世前，只单独见了一个人，就是李思崎。这片段是在那部电影里表现的。

蒋怡问：“电影的内容与现实一模一样吗？”

李思崎笑道：“怎么可能一模一样，电影是我演出来的，现实里我是真的失去了父亲。我不能替代他，这世上没有任何人能够替代他。”

他说这话时的温柔神情让蒋怡眼中一热。

她轻声问：“那他临终说的话，与现实一样吗？”

李思崎微微一笑。

李峋过世的时候并没有太过悲戚，直到最后一刻也依然棱角分明。他留给李思崎的话不多，但每句说得都清清楚楚，毫无犹豫，一如他的人生。

他对李思崎说：“我的钱大多留给你，愿意做什么就做什么。想吃就吃，想玩就玩。人生很短暂，不用太在意那些无关紧要的人。但男人还是要有男人的样子，记得照顾好弟弟妹妹，你妈的话……”只有说到朱韵的时候，他稍停了两秒，又道：“我在的时候她要听我的，我不在的时候她一切都是对的，记住了吗？”

李思崎泪眼婆娑地说记住了。

李峋又说：“我若走了，她一定是最伤心的，你告诉她，要活到八十岁再来见我。”

李思崎更加难过了，他哽咽地说：“要叫我妈过来吗？”

李峋：“不用，她胆小，受不了这个。”

李思崎：“你不想见见她？”

这时李峋的声音已经很小很小了，他喃喃道：“没关系，等下会见到的。”

蒋怡并不知道当年的真实场景，但她清晰地记得那电影中的每一缕光线、每一粒尘沙。她是在十几岁的时候才看到这部影片，看完便成了这一家人的铁杆粉丝。李思崎将这部电影演得太好了，而正是因为好，所以也格外地让人魂牵梦绕。

蒋怡问：“您父亲说‘等下会见到’，意思是百年之后的团聚吗？”

李思崎说：“这个我也不清楚。”

蒋怡：“因为这是影片的最后一句台词，所以大家都格外在意。那时李峋先生的精力已经不太好了，会不会只是在意识模糊下随便说的？”

李思崎：“或许吧。”

蒋怡静了静，又问：“虽然您父母的爱情故事在电影中只揭开一角，但也让很多人牵挂。李峋先生最后说让您母亲活到八十岁再去见他，算是一种温柔的告别吗？”

李思崎哼笑：“不算。”

蒋怡：“为什么？”

李思崎想了想，说道：“我爸跟我妈的感情很深，他最了解她，他知道自己的温柔对她来说是把双刃剑。如果在最后时刻，他真的表现出强烈的不舍，我妈就很难跳出这个旋涡了。在我爸的事情上，她很容易钻死胡同。”李思崎笑容渐渐收敛，低声道：“他太了解她了……”

蒋怡不自觉地抽了抽鼻子，心中发酸。她调整心情，对李思崎说：“但其实在那个时候，这部电影还没有开始筹划。”

李思崎：“对，都是后来我妈弄的。”

在李峋去世后的一段时间里，李思崎一直处在混混沌沌的状态。他是全家最晚走出来的人。很多时候他都不敢相信那个自小在他眼中犹如神明的父亲真的离开了他，往后很长时间李思崎都找不到方向。那时他出道已经十几年，一直凭借脸蛋来演一些偶像剧，人气是毋庸置疑的，但现如今，听完父亲最后的话，他总觉得自己尚有些事情还没完成。

他排解茫然的方式便是疯玩。后来出了事，一次酒驾被抓，让他再次被推到舆论的风口浪尖，他完全迷失了。

“那时我真觉得自己是个废物。”李思崎淡淡道，“我不知道为什么我爸最后要见的人是我，我怀疑他是不是叫错人了，我家随便哪个人都比我更好，我把那个宝贵的机会给浪费掉了。”

蒋怡：“就是那个时候您的母亲开始筹备《长明灯》这部电影的吗？”

李思崎：“对。我没什么出息，我妈这辈子对我也没有大要求，只有出演这部电影，她要求我必须听她的。”

蒋怡：“这部电影是她亲自监制的，大多数的故事细节也都是她提供的，她是希望这部电影可以给当时迷茫的你传达些什么吗？”

李思崎轻轻嗯了一声。

朱韵当年的话犹在耳边，“你是我的孩子，我能从你爸那儿得到力量，你一定也可以。”

朱韵全心全力为李思崎筹划了这部电影。

她对他说：“我从不与你讲大道理，因为我知道说也没用。我家人都死心眼儿，只认世上经历过的才叫道理，其他都是空谈。我让你演这部电影，只是想让你知道你父亲是个什么样的人，让你在未来经历那许许多多事情的时候，没有那么容易放弃。”

而这部电影真的改变了李思崎。

李思崎凭借这部电影拿了无数奖项，接下来他连连出演高质量的电影，虽然他表面看着还是那么大大咧咧、无拘无束，但内在如同脱胎换骨，变了一个人。

蒋怡：“但凡事有利有弊，这部电影因为很多细节太过真实，甚至涉及您父亲很多负面的事，比如他对仇人赶尽杀绝，或者为拓展公司采用的那些手段，这无形当中给他的名誉带来了影响。您母亲是如何在这当中取舍的呢？”

李思崎笑了，“名誉是什么，我爸不知道。我妈是为了我才弄这部电影的，其他人是什么，她也不知道。”他身体稍稍前倾，看着蒋怡。明明已是五十几岁的人了，可李思崎的眼眸比年轻人更加清澈美丽，看得蒋怡沉醉不已。

李思崎和善地道：“小姑娘，这世上人太多了，但真正重要的只有几个，很多事只能为他们做，很多话也只能与他们说。”

采访进行得很顺利，不知不觉已经到了时间。保姆敲门提醒，蒋怡连忙收拾东西。

“今天太谢谢您了。”蒋怡鞠躬道。

李思崎：“不客气，正好我要出门，送你吧。”

蒋怡：“不用了不用了，我自己走就行了。”

“从这儿走下山至少得半小时，我带你一段，你等我一会儿。”李思崎说着起身，回屋换衣服。没一会儿他出来，换了一身剪裁得体的休闲西装。李思崎个子高，身材保持得好，虽然年纪大了，可看着还是帅气极了。

蒋怡坐在李思崎的豪车里，一路红着脸。

在半山别墅下的路口，蒋怡下车，再次道谢。

李思崎笑笑，离开了。

蒋怡站在原地，恍然片刻。

她总觉得李思崎最后的那个笑容说不出的熟悉。凉风一吹，她忽然想起曾经在网上搜到过的一段视频，是当年李峋与朱韵在国外举行婚礼。他与朱韵工作太忙，直到小女儿五岁的时候，才补办了这个婚礼。在很短的片段里，花团锦簇，儿女围绕，李峋和朱韵一直都在笑。

李峋不怎么出现在公众面前，即便出现也总是公事公办、冷若冰霜，那是蒋怡看到的为数不多的李峋开怀的样子。

李思崎真的与他的父亲很像，尤其是演过那部电影之后，便如同活成了李峋的另一面，自由自在的那一面。

李思崎的妻子韩穗正是当年《长明灯》里出演“朱韵”一角的女演员。他们因这部电影结缘，就像是李峋与朱韵重新恋爱了一次。蒋怡不禁想到，之后李思崎在全盛之年息影，带着妻子周游世界，是不是想接着扮演父辈的角色，代替将一生奉献给工作的父母去过另外一种人生呢。

想着想着，蒋怡忽觉面凉，她抬手擦了擦脸上的泪珠，低头走了。

李思崎驱车来到墓园，祭拜母亲，他对她讲了今天采访的事。

“开车来的一路上我还继续回忆了一阵。”他对朱韵感叹道，“妈，我小时候可真浑啊，犯的错太多了。”但他看了看旁边安葬的父亲，马上又嘿嘿笑道，“不过肯定没有我爸的错多就是了。”

他缓缓蹲下，看着母亲的照片，唠唠叨叨说了很多。那张照片是朱韵三十岁时的，年轻美丽。李思崎的目光渐渐柔和下来，“妈，我马上也快六十岁了，虽然没有弟弟妹妹那么有出息，但也算小有成就，没太丢你和我爸的人。”

红日西沉，李思崎的声音里带着无限的爱与思念，他笑着道：“老爸老妈，我跟你们说，这辈子的酸甜苦辣，该我受的我一样也没躲，而现在我依然很快乐，这是你们最想看到的吧。”他眼中噙起薄薄的一层泪，但依旧没有掩住唇边的笑，“我相信你们最终也是这样的吧。”

娇媚的红云下，照片里的父母温柔地看着他，一个英俊孤傲，一个貌美无瑕。

当晚李思崎做了一个梦，梦里是电影里的片段，也是母亲给他唠叨过无数次的画面——

校园夏日的午后，燥热难耐。

李思崎走在受太阳炙烤的柏油路上，来到体育馆门口，等待发军训服的队伍已经排了老长。

李思崎的目光落在队伍里那个帮室友打伞的女生身上。

等了好半天，队伍已经躁动不堪，这时体育馆里面终于出来个满头大汗的负责人点名。

“先是计算机系！应用技术一班！一号李峋！”

没人应。

负责人声嘶力竭：“李峋！李峋在不在？！有没有这个人？李……”

“到。”

就在这时，也不知道从哪儿冒出来一道应答。声音清澈，底蕴十足，只是因长时间日晒而变得松散发软。

那女生微微一愣。

李思崎看到这儿忽然有点急了，他快步来到女孩身边，弯腰催促她：“美女，快回头，快点快点。”

可能是他的期盼太过热切，女孩下一秒果真回头了，然后就被入目的一头金光闪闪吓得倒吸一口凉气。

李思崎如愿以偿地看到了原版的滑稽表情，开心得仰头大笑。

那个年代环境还很好，没有雾霾，天空碧蓝无垠。被晒得汗流浃背的新生们凑在一起叽叽喳喳，衬着头顶白云朵朵，朝气蓬勃，如玉亦如歌。

**——全文完——**

# 番外

## 打火机与公主裙

## ❷

朱韵面无表情地看着自己的大儿子。

她对年仅十四岁的李思崎较好地遗传了父亲容貌的事感到无比欣慰，只是偶尔觉得他的表情太过丰富，担心他将来脸上皱纹会长得很快。

“阿姨！你别拦我！”李思崎想拨开旁边拉着他的保姆，保姆痛哭流涕，“孩子你可别犯傻啊！”

十一岁的李昱成站在旁边，一脸冷笑，“阿姨，你松手，让他跳吧。”

朱韵斜眼，瞟了二儿子一眼。

李思崎猛然回头，“你说什么？”

李昱成耸耸肩，“你死了我还能多分财产。”

“王八蛋！你还是不是人？！”李思崎瞬间甩开保姆朝自己弟弟冲过去。李昱成躲避不及，被他掐住脖子。

李思崎：“我就是死也要拉着你一起！”

李昱成身材没有李思崎高大，被压制得不能动弹，试图用言语进行攻击，“你也就这点能耐了，三科加一起考了97分，说出去真是让人笑掉大牙！”

“闭嘴！我们学校出题难！”

“那怎么一堆人满分呢？！”

“我……”

“你们俩有完没完？！”又一道尖厉的声音加入战局。

朱韵抬眼，二楼卧室门被粗暴地推开，七岁的李玥凌虎虎生风地来到楼梯口，冲下面吼道："能不能安静点！不知道别人在看书吗？想死啊？！"

李思崎被吓得手一抖，李昱成趁机一个翻身逃脱。

李思崎跟妹妹解释："小凌不是，我没有……"

李昱成整理了一下乱掉的发型，重新摆出冷笑脸，"老实了？你怎么不敢跟她喊呢？啊——对了，喊完作业就没人帮你写了吧。"

"李昱成你个混账东西！你给我过来！今天我就跟你清账了！"

"滚远点，别过来！"

"你们俩没完了是不是？！"

房子里乱成一片，保姆战战兢兢过来询问朱韵意见："太太，怎么办啊？"朱韵看了眼表，"没事，让他们玩吧。张姨，你去帮我泡壶茶。"

多年下来，朱韵练就了当年主席在菜市场看书的本事，喝着热茶，翻阅公司的项目流程表。

叮咚一声门铃响，屋里的打闹声瞬间消失。

李昱成一脸胜利的笑容，李思崎嘴里念叨着"完了完了"撒丫子往楼上跑。李昱成大叫："阿姨快抓住他！"

朱韵起身开门，李峋带着一股冷风进来。

朱韵："没什么事吧，忽然叫你去开会？"

李峋："没事。董斯扬受了点伤，维珀的那个项目暂时不能跟了，我去沟通了一下。"

朱韵皱眉，"受伤？怎么了？"

李峋："说是腰闪了。"

朱韵："……骗人呢吧。"

李峋脱完鞋起身，"连你都听出是骗人的了，那肯定是骗人了。"

朱韵："到底怎么了？"

李峋："不知道，他不想说，我也懒得问，反正没什么大事。"

"爸——"李昱成在客厅等不及了，跑到玄关处，"你回来了！"

"嗯。"

"给你这个！"

李昱成献宝一样递上自己的成绩单，李峋拿到手扫了一眼，"不错。"

李昱成笑眯眯地说："爸，现在全市中小学都差不多要放假了。"

“嗯。”

“就是说……不光是小学，中学也都考完期末考了。”

二楼转角，李思崎扒着门边往一楼看，咬牙切齿：“李昱成这王八蛋，你管好你自己就得了！”

李峋揉了揉李昱成的小脑袋，看向一旁的保姆。保姆连忙说：“饭菜已经准备好了。”李峋对李昱成说：“去叫哥哥妹妹吃饭。”

餐桌上，李昱成无视李思崎警告的眼神，力求让李峋想起李思崎成绩单的事，无奈李峋就是不接他的话题。

“对了，假期你们几个想出去玩玩吗？”

李峋一句话将几个小朋友的注意力全部集中起来了。

“你跟我们一起去吗？”李玥凌问。

李峋：“嗯。”

“真的？！”一听李峋跟着一起去，孩子们都爆炸了。他们难得地忘了所有恩怨，七嘴八舌地讨论起旅行目的地来。

李玥凌：“去欧洲看城堡吧。”

李思崎紧抱妹妹大腿，“听你的听你的都听你的！就去欧洲看城堡！”

李昱成：“去欧洲哪个国家啊，德国？法国？”

“法国不行。”李峋淡淡地否定，“除了法国，哪儿都行。”

朱韵小指尖搔了搔耳根，没有参与发言。

最后讨论的结果是意大利，全票通过。

吃完饭，小朋友们欢天喜地地下了餐桌。

“李思崎，”李峋用餐布擦了擦嘴，对落在最后的大儿子说，“你去书房等我。”

李思崎的心情霎时间跌落谷底，李昱成做了个鬼脸，跑了。

不知前路如何的李思崎战战兢兢地等在书房里，过了一会儿，咔嚓一声，门开了，李峋和朱韵边聊天边往屋里走。

“……用不用去看看董斯扬？”

“不用，看他干什么。”

“他孤家寡人的，又不愿意请人来伺候，一个人不行啊。”

"不用担心，侯宁在他那边。"

李峋走过李思崎身边，靠在书桌上。李思崎不敢抬头，只能看见父亲一双修长的腿交叠在眼前。

"说说吧，这成绩怎么回事？"

到了这一步，李思崎也不管那么多了，开始破罐子破摔，"就这样了。"

李峋挑眉，"就这样了？"

李思崎看到他爸的表情，忍不住退了一小步。他猛然扭头对朱韵说："妈！你就承认了吧！"

朱韵本来在旁看热闹，被拉入谈话，奇怪道："我承认什么？"

"当年你是不是跟别人搞出来的我！你告诉我，我亲爸是谁！我绝对不是他的孩子！"李思崎指着李峋说。

朱韵："……"

李思崎吼道："不然为什么全家只有我看不懂书？！"

李峋："两本破书念成这样，你还撒起泼来了？"

李思崎："我不管！我就是看不懂！念不会！我早就跟你说了！我看不懂——"

李峋直起身朝他走过来，李思崎瞬间吓得稀软，跑到朱韵身后。

李峋沉着脸，"我打你一顿你就看得懂了。"

李思崎躲在后面大声道："现在哪有家长打孩子的！我要告诉外婆让她治你！还有我素未谋面的爷爷奶奶要是知道你打他们孙子，肯定骂你不孝！你晚上做梦给我小心点！"

李峋脸色越来越黑，"你给我过来。"

李思崎终于缴械，"妈——救命啊妈！"

朱韵上前半步，挡在李峋面前，将李思崎推出书房，"口无遮拦，自己回屋反省去！"

弄走李思崎，李峋端起桌上的水杯灌了几口。

朱韵在他背后劝道："你说说就算了，别真动手打孩子。"

李峋低声咒骂："打两下又死不了。"

朱韵："你歇着吧。你也知道思崎嘴上没谱儿，要是真到外面乱说，说你虐待孩子，先不说我妈那边会怎么样，媒体马上就报起来了，你是不是还嫌名声不够烂啊。”

李峋：“爱说什么说什么！树枝长歪了就要剪，他要不是我儿子，我才懒得管他。”

朱韵挑眉，“不是你儿子？我想想看有没有这种可能性哈，万一当年我哪次酒后断片儿没记住呢……哎，喂……别靠这么近……”

李峋用自己的身体将朱韵挤到书架上。他年过四十，因为专注工作从不胡吃海喝，所以身材保持得还不错。不过他烟抽得厉害，加上总是摆出一副臭脸，所以眉间和眼角的细纹很明显。

“接着想啊。”

时隔多年，他的声音还是能轻易让她神魂颠倒。朱韵忍不住垂头，下巴被李峋捏着抬起来，他吊着眼梢笑。

“开玩笑的……”朱韵声音无力地拨开李峋，忽感屁股一紧，李峋的大手捏了上来。

“拜你所赐，我想起了我们当年要他的时候了。”

朱韵也想起来了，李峋下颌蹭得她有些痒，她笑着说：“啊……那时候真疯狂。”李峋也跟她一起笑。朱韵怀念地说：“那时我们还很年轻呢。”

李峋托着她的脸，“你现在也很年轻。”

“胡说。”

“真的。”

朱韵蹙眉，“难得啊，你竟然主动夸人。”

李峋：“前几天张放他们闲聊时还说，因为你定的标杆太高了，公司里那些小姑娘都不敢对我有想法。”

朱韵：“……”

刚才那点美好的回忆全被岔走了，朱韵一把推开李峋。李峋原地打了个晃，臭不要脸地笑。

朱韵也冷笑起来，风凉道：“啊……那看起来男人的胆量确实比女人的要大啊。”

李峋：“什么意思？”

朱韵：“我的进度比你快，我已经收到过很多次邀请了。”

李峋的脸霎时间黑了，“什么？”

朱韵耸耸肩。

李峋：“谁？”

朱韵：“公司里的公司外的，都有啊。”

李峋：“公司里的是谁？”

朱韵：“这我怎么说，等着给人找麻烦吗？一个年轻的小孩，我帮了他点忙，他感动得要死，认认真真跟我表白。哎哟，照这么看的话，保不齐我保养得真的算不错的呢……”

“朱韵——”话被打断，李峋阴森森地看着她，“老子还没死呢。”

朱韵努努嘴，视线游离一圈回来后发现李峋还是那副阴沉的表情，她小心地凑过去，抱住他的腰，“开玩笑呢，我都没当回事，你要不提我都忘了。”

没反应。

晃一晃。

还没反应。

再晃一晃。

那森寒的嘴角总算松了点。

朱韵凑过去，李峋等着她讨好的献吻，结果朱韵在他脸上摸了一下就抽身走了，“我去准备旅行的东西。”

李峋：“……”

朱韵关门，隐隐听到李峋在背后无奈地哼笑：“行，你们娘儿俩今天就轮番上吧，能气死我最好。”

侯宁拎着水果来到医院，进了病房，董斯扬睡得正沉。

他坐到一旁的椅子里，打开电脑开始干活儿。

医院的味道不太好闻，身边男人的呼噜声让他的精力难以集中。他重新看向床上的人，思绪翻飞。

他是从什么时候开始，能够心平气和地待在这个男人身边的？

他记得他们最初的相识，简直不能更可怕，自己险些被他杀了，可现在自己却带着水果来看他。

他们最开始住在一起，是董斯扬胁迫的。当年朱韵怀孕，李峋搬出去跟她一起住。他自己住在之前租的房子里。有一次房子里遭贼了，刚好被他撞见，屋里有太多宝贝设备，他极力反抗，但还是被收拾了一通，东西也没有拿回来。

他受伤在医院躺了一周。那时李峋要分心照顾朱韵，好多工作都分给他做，他一住院，进度就耽误了，引起董斯扬的强烈不满。

于是董斯扬以“保护人身安全”的名义强行把他拉到了自己家去住。

那时他很想跟董斯扬说，跟你在一起才是最危险的。

可他不敢说。

于是他被迫和董斯扬开始了同居生活。

侯宁最初都躲着董斯扬，尽量不出现在他的视线里。董斯扬也不管他，只是闲着的时候会调侃他玩玩。

慢慢熟悉了之后，侯宁发现董斯扬的生活其实十分普通，白天在公司里忙来忙去，晚上如果没有应酬就回家看电视、睡觉。他的家不像李峋的家那么夸张奢华，就是很常见的居民楼，他自己不打扫卫生，请了保洁，一周来两次。

脱了西装，董斯扬周身戾气也没那么重了，就像建筑工地上的民工一样。

后来侯宁又发现，董斯扬虽然经营着互联网公司，可他对电子产品的接受度实在太低了。有一段时间欧冠比赛，董斯扬天天熬夜看球，有时睡过了耽误一场，便痛心疾首，一天都没有好脸色。

最后侯宁忍不住问：“为什么不录下来？”

董斯扬：“啊？那还得架摄像机，太麻烦了！”

侯宁：“……”

可能是他嫌弃的表情太明显，董斯扬不满道：“干什么？想造反啊？”

不过比起电子盲，董斯扬还有更让人无语的时刻，比如有一次他心血来潮要教侯宁打架，“你得学会自保，总躲在别人后面不是个事儿。”

那两天董斯扬兴致勃勃，一吃完饭就把侯宁带到客厅里，“来，捏拳头。”

董斯扬喜欢锻炼，客厅棚顶吊着一个巨大的沙袋，董斯扬无聊的时候就会打一会儿，侯宁每次听到那咣咣的声音都头皮发麻。

“捏紧，往沙袋上打。”

侯宁攥紧拳头，往沙袋上来了一下。

董斯扬：“……”

侯宁：“怎么了？”

董斯扬：“你这叫拳头啊？”

侯宁：“嗯。”

董斯扬：“我那啥都比这个硬你信不信？”

侯宁气得脸色涨红，董斯扬在旁哈哈大笑。

自此侯宁的自尊心受到严重伤害，往后说什么也不肯练了。

跟李峋相比，董斯扬的生活真的可以用“清贫”来形容，平时带员工出门玩也多是去朋友的店里，能给打折。

侯宁很奇怪，因为董斯扬是飞扬名义上的老大，按理说他应该不缺钱才对。

后来侯宁才知道，董斯扬的钱很大一部分都捐出去了。他师傅以前车间里的那些老工人，很多都已经被时代淘汰，生计困难。董斯扬资助了十几个家庭，早就养成了节俭的习惯。

某个新年夜，董斯扬喝完一箱酒，拉着侯宁吐露衷肠，“老子不是为了钱才入这一行，我就是为了证明自己！我就是要给我师傅争口气！”侯宁不胜酒力，喝了半瓶就迷糊了。两个男人在家里冷冷清清过除夕，场面要多惆怅有多惆怅。

侯宁问：“你怎么不结婚呢？”

董斯扬捏着酒瓶子，嘟囔道：“结什么婚？”

侯宁：“你天天跟女人睡来睡去，怎么都没想过定下来？”

董斯扬哼笑：“定下来就不能睡来睡去了。”

侯宁撇嘴。

董斯扬反问他：“你呢？要女人吗？我给你找。”

侯宁摇头，“没有女人会喜欢我。”

“为什么？”

“不为什么。”

“你下边缺东西啊？”

“你能不能别张嘴闭嘴都是这些？！”借着酒力，侯宁将很多以往说不出口的东西都吐出来了，“我跟你们不一样！”

他心中酸涩，嘴唇发抖，“你和李峋，就算你们什么都不会、什么都不干，也会有女人喜欢你们。我就不行，我再努力也没用。在她们眼里我就是畸形的怪胎，她们接近我都是为了利用我。”

侯宁哭丧着脸说这些丢人的话，说着说着忽然感觉脸前一黑，董斯扬的大脑袋凑过来。

“你……你干什么？”

“啧……”董斯扬眯着眼睛看，“其实你除了矮了点、瘦了点、背弯了点、眼睛鼓了点，再加上有点神经质以外，也没啥大毛病啊。”

侯宁怒不可遏："你还要什么毛病！"

董斯扬开怀大笑。

侯宁一怒之下，决定去挖董斯扬的老底嘲笑他。

他挖门盗洞总算查出董斯扬曾经有过一个还没过门的未婚妻，是他师傅朋友的女儿。女孩没什么文化，两人是经董斯扬师傅介绍认识的，并没有什么感情基础。后来还没来得及结婚董斯扬就进监狱了，那个女孩在外拼命劳作打拼，最后累死了。

董斯扬出来后把自己全部积蓄全赔给了她的家人，至今还在资助他们。也是从那时候起，董斯扬就经常把"女人不要工作""女人待在家里就行了"这种话挂在嘴边。

侯宁挖出了秘辛，可想想觉得没什么可嘲笑的点，就谁也没有告诉。

从那时起，侯宁就不怎么怕董斯扬了。

侯宁望着病床上的人出神。

董斯扬今年四十六岁了，他自己也四十岁了。董斯扬还是那个魁梧健硕、性格暴躁的男人，而他也还是那个唯唯诺诺、缩起来就看不见的人。但即便他再唯唯诺诺，有些事也绝不会退缩！

半个月前，侯宁收到一家公司的邀请信。这不是侯宁第一次被猎头盯上，也就没有放在心上。可这次的公司诚意十足，侯宁还没给信儿呢，对方已经送来一辆跑车当见面礼，车就堂而皇之地停在董斯扬家楼下。

一天，董斯扬回家的时候脸色难看，质问侯宁打算什么时候搬走。

他们已经一起住了十年有余了，侯宁没反应过来他的意思。董斯扬冷笑道："你装什么啊，你不是已经决定跳槽了吗？"他扯了领带，不等侯宁解释，又讽刺道："长得瘦骨头就是软，一辆破车就能买了你。去给老子把车开远点，别他妈碍事。"他说完黑着脸进了屋，门砰的一下关上。

侯宁来到窗外，一看过去就知道怎么回事了。

他心里忽然涌出一股悲哀，十几年了，弹指一挥间，他觉得董斯扬就算脑子再不灵光也应该知道他是什么样的人了，可结果竟然是这样。很快侯宁的悲哀转成无名火，他跑到董斯扬房门口咚咚敲门。

董斯扬骂骂咧咧地来开门，刚一照面侯宁就给了董斯扬一耳光。

董斯扬用了两秒钟反应过来发生了什么，他不怒反笑，盯着侯宁，"你他妈还真是娘儿们啊，车要红的，打人扇耳光？”

侯宁感觉自己从来都没有这么愤怒过，就算是之前被人背叛陷害入狱时都没有这样愤怒。他浑身哆嗦，眼珠险些要瞪出来。指着董斯扬，他费了好大力气才把话组织明白：“行，董斯扬，你行！你记着，这次就是跪下求我，我也绝对不会回来了！”

侯宁不带手机、不带电脑，一个人跑了。

他觉得自己失败透了，他已经四十岁了，可举目望去，好像全世界一个亲近的人都没有。他心理防线很脆弱，如今一刺激，浑浑噩噩的什么都想不起来，等回神后才发现自己来到了当年董斯扬威胁他的那个居民小区。

当年的居民楼如今看着更破旧了，侯宁爬到楼顶，吹着寒风，忽然哭了出来。他也不想动了，觉得干脆就无人知晓地死在这儿吧。

可死太难受了，才没坐多久侯宁已经冷透了，浑身打起哆嗦。他抱着自己，觉得更加悲催了。

四个小时后，侯宁听到楼道里传来脚步声。

十余年的共同生活，让侯宁一瞬间就知道来人是谁了。

侯宁扭过头，面无表情地看着远处。

董斯扬爬上顶层，看到侯宁，松了口气。

他来到侯宁面前，清清嗓子，不善道歉的人让场面十分尴尬——

“那个……我去问了，误会一场。”

“走吧，跟我回去吧。”

“不冷啊坐地上？”

“你好歹也扇了我一耳光呢……”

侯宁始终不说话，董斯扬自知理亏，也没什么办法，“以为你要走的时候，我火气一下子上来了，根本没办法正常思考。”

这话让侯宁心里舒坦了一点点。

“刚才跟你话说得太重了，是我的错，你说想怎么办吧。”

侯宁还是不说话，地上忽然掀起一阵尘土，侯宁转眼，看到董斯扬将外衣脱了。

“咱们来个痛快的，我让你出气。”他指着万家灯火的方向，“我从这儿跳下去，没死你就原谅我，行不行？”

侯宁还以为他开玩笑，没想到董斯扬说完就朝着那边大步流星地走过去。

“哎……”侯宁从地上爬起来，董斯扬一步踏出，侯宁吓得大叫，“哎！”

“董斯扬！”侯宁惨叫一声，连滚带爬地冲到边缘往下望。

顶楼居民修了一个玻璃阳台，董斯扬正站在阳台顶棚仰头看他。

侯宁跌坐在地，董斯扬跃起，扒着墙上的空调机器上来了。他仰头躺倒在地上，给自己点了根烟，“没死，等会儿跟我回去。”

侯宁缓了大半天才找回声音：“董斯扬……你是疯子吧？”

董斯扬咯咯笑，“可能吧。”他笑着笑着，忽然脸色一僵。

侯宁：“怎么了？”

董斯扬：“腰好像闪了。”

侯宁：“……活该！”

后来董斯扬被侯宁架着去了医院，董斯扬临时叫李峋帮忙，跟李峋说自己腰闪了，李峋没信。再后来李峋回家跟朱韵说董斯扬腰闪了，朱韵也没信。

大概他们都想不到董斯扬会以这种诡异的方式受伤吧。

三个小朋友在罗马斗兽场疯玩了半天，一个个累得喘气都费劲。

朱韵一手拉着一个儿子，李峋抱着昏昏欲睡的李玥凌，返回酒店。无论朱韵如何劝说，孩子们就是不肯洗澡，倒在床上眨眼间就睡着了。

朱韵无奈地掐着腰，看着雪白的床单上并排躺着的三个小朋友，扑哧一声笑了。

李峋刚好洗完脸，从盥洗室出来，“怎么了？”

朱韵：“你看他们仨像不像三条大虫子？”

李峋站到朱韵身边，像模像样地看了一会儿，“挺像。”

朱韵嘿嘿笑。李峋从后面环抱住她，朱韵顺势往后靠了靠。

“干什么？”

“不干什么。”

“他们仨看着要睡一阵呢，要不要出去转转？”

李峋思考几秒，点头。

飞扬公司的海外分部负责人早就为他们准备好了车，李峋载着朱韵一路漫无目的地乱转，开了没一会儿意外地到了“国中国”梵蒂冈的地界。

梵蒂冈面积不大、人口不多，却有着全世界最著名的教堂和博物馆，反正李峋和朱韵闲来无事，便下车游览。

可能是时间较晚的缘故，他们没有排很长队伍就进去了。博物馆恢宏非凡，举世闻名的《拉奥孔》雕塑坐落于八角中庭，游客们不断拍照留念。

朱韵天生缺乏艺术细胞，陪着李峋看了一会儿就开始犯困。李峋拉着她的手，以免走散。

潦草地逛完博物馆，他们来到圣彼得大教堂。为了给朱韵提神，李峋先带她去爬教堂顶层。一百多米的高度，几百级的台阶，爬到最上面的时候两人都出了一头的汗。

时值傍晚，天边是温柔的晚霞。这里是梵蒂冈的制高点，也是全罗马城的制高点。眺望远景，朱韵微微发怔。

“歇会儿吧。”李峋说。

“旅行真放松……”朱韵伸了个懒腰，“你说我们留了这么多工作，他们在国内是不是要累死了？”

李峋：“哪那么容易死啊。”

朱韵笑了笑。

下方是椭圆形广场，广场周围半圆形的长廊里耸立着多立克柱式的柱子，柱子顶上的一百四十尊圣像引人注目。晚霞从后方照来，好像圣徒们真的站在天际看着世间，风都带着温柔和神圣的味道。

“要是那兔崽子真不愿意学，等毕业就把他送付一卓那儿吧。”李峋忽然说道。

朱韵：“真的？那他可要高兴死了。”

李峋无奈，“不然怎么办？”

朱韵：“你不是要抓他成绩吗？”

李峋轻笑，深呼一口气，释然道：“算了，一辈子太快了，勉强自己太亏。让他自己折腾吧，万一真混不下去，多给他留点钱就是了。”

朱韵伸手，在李峋背上揉了揉，“不会混不下去啦，思崎多好看啊。”

李峋：“就他妈剩一张脸了。”

“有脸也行啊。他从小就喜欢付一卓，正好付一卓也没孩子，让他们俩一起玩去吧。”

提起这件事，李峋稍稍停顿了一下，朱韵察觉，问道：“怎么了？”

李峋斟酌片刻，说：“你猜付一卓现在干什么呢？”

朱韵："我哪知道。"

李峋看了看表，说："现在是北京时间晚上十一点多，他应该在战场呢。"

朱韵："他又去找任迪了？"

李峋："嗯。"

朱韵："这么多年了，他还没放弃呢？"

"谁知道呢，蠢货一个。不过其实也怪不了他，任迪那人……"李峋哼笑两声，看向朱韵，"我和董斯扬都跟他打赌，他要是能吃下任迪，我就让你给他手绣一面锦旗。"

朱韵："……你们打赌，为什么要把我算上？"

李峋："因为不可能啊，赌就赌呗。"

朱韵："为什么不可能？"

"要可能早可能了。"李峋说完静了一会儿，又低声道，"这么多年了，经历太多事了。付一卓这人也是闷，他要是早告诉我他的想法，十年前金城吸毒致死的时候我就帮他一把了。"

京城的夜才刚刚开始。

繁华的北京一角，有家很不起眼的面馆，因为物美价廉，所以在附近居民中的口碑相当不错。

店面营业到后半夜，给来来往往的夜行生物提供了落脚之处。

如今付一卓正坐在店铺里。他一身得体的正装跟店铺的风格不是很搭调，自然挺直的腰板和抹着发蜡的头发更是让身旁吃面的大妈频频侧目。付一卓察觉到大妈的视线，冲她微微一笑。大妈老脸一红，险些被骨头汤呛到。

门口丁零一声响，一个女人走进来。

深秋的天气里，她只穿一件白衬衫和一条黑色长裤，轮廓比起从前更为尖锐。她黑发凌乱，随意扎起，脸上依旧化着惨白的妆，进屋便像带进一股冷气一样。

要找的目标无比显眼，任迪步伐凌厉，几步走过去，坐到付一卓对面。

她入座便搭起腿，细瘦的脚白得发青。

付一卓起身，等任迪坐稳后微微欠身，"任小姐，晚上好。"

"为什么约在这种地方？"任迪冷漠地问。

付一卓坐下，永远是那副笑吟吟的表情，"因为这里可以抽烟。"

任迪正掏烟的手指顿了顿，浓妆之下的眼眸挑向对面。

付一卓伸手示意，“请便。”

任迪缓缓抽出烟，放到嘴里。

“如果时光可以倒流，你觉得付一卓会想回到十年前吗？”朱韵问李峋。

李峋没有回答。

朱韵自答道：“我觉得不会。”

李峋也没有问为什么。

朱韵迎着晚风，看向远方。

“人真矛盾——碰到坏事，大家都要感慨‘人生若只如初见’。可是比起日出，大多数人又觉得夕阳更美。”朱韵转向李峋，恰好李峋也正看着她。朱韵拨了拨李峋衣服上的碎屑，“虽然一路吃了很多苦，但我从来没有想过回到从前。”

李峋终于开口：“为什么？”

“你没听过蝴蝶效应吗？如果回到从前，万一哪句话说错了、哪件事做错了，我们现在可能就不会一起在这儿看日落了。”

李峋笑了，“你真的是离不开我啊。”

朱韵一本正经道：“不，我是出于人道主义。”

李峋：“具体点说说。”

朱韵捧起他的脸，“我大学时就这样想了——我要是不跟在你身边，你早晚有一天要横尸街头的。”

李峋垂头，笑得肩膀轻颤。没等朱韵回神，李峋已经吻了下来。

周围还有其他游人，朱韵脸颊通红，“……你干什么啊？”

“谢你救命之恩。”

朱韵暗暗踩了他一脚。李峋抱住她，朱韵从他的肩头望向远方。

“对了，李峋。”

“嗯？”

“有一件事我忘了告诉你。”

“说。”

“虽然田修竹家在法国，但我们第一次正式碰见，就是在意大利。”

“……”

“在当时的威尼斯双年展上。”

“朱韵——”

“嗯？”

“你是不是想气死我？”

朱韵闭上嘴，下巴垫在他的肩膀上，强忍住笑。

她绝不会为了躲避痛苦而回到从前，她是如此挚爱如今的生活。他们走的路完完整整，虽然有苦痛和伤害，但他们都撑过来了。

“我不饿，你要吃东西吗？”任迪问。

付一卓摇头。

任迪嘴里咬着烟，还是冰冷的表情，“去订家好酒店。”

付一卓微睁眼，“什么？”

任迪默然看着他。付一卓意识到当中含意，眼睛慢慢睁大。那表情在这么大块头的男人身上着实有些显蠢，任迪转眼看向灯火通明的夜色。

人真矛盾……

总想改变痛苦的过去，可少一分一秒，蝴蝶的翅膀也会掀起风暴。纵使生活中不如意的事很多，可一想到若真改变了过去，人生路上就可能再也碰不到曾经慰藉过我们的人，便又会感到死一般的不舍。

半夜了，侯宁打着瞌睡，隐隐听到床上有动静。

他来到病床旁，董斯扬已经醒了，他可能睡得不好，脸色铁青，眼中血丝密布。

见侯宁过来，董斯扬硬挤出笑容来。

侯宁看着那比哭还难看的笑，皱紧眉头，“好点了吗？伤还疼不疼？”

董斯扬声音沙哑，含着力量，“这点伤，没什么大不了的。”